AF398578

Cassia Bieber wurde 1984 in Brasilien geboren, verlor aber ihr Herz an Hamburg. Jahrelang verschlang sie Liebesromane und schreibt seit 2016 ihre eigenen Geschichten. Ihr Debütroman *Augenblicke für die Ewigkeit* erschien im November 2019 unter dem Pseudonym C.S. Bieber. Heute arbeitet sie neben dem Schreiben als Online Marketing Managerin, bloggt auf Instagram und lebt in der Hansestadt mit ihrer Familie. Ihr Herz brennt für bewegende Liebesgeschichten mit einer Botschaft, dramatischen Wendungen und Happy Ends.

CASSIA BIEBER

Neuanfang in Cotton Village

Eine berührende Liebesgeschichte
über Hoffnung und Vertrauen

Vorwort

Dies ist eine überarbeitete Neuauflage des bereits erschienenen Titels *Ein Teil meines Herzens* von Cassia Bieber.

Da wir uns stets bemühen, unseren Leser:innen ansprechende Produkte zu liefern, werden Cover sowie Inhalt stets optimiert und zeitgemäß angepasst. Es freut uns, dass du dieses Buch gekauft hast. Es gibt nichts Schöneres für die Autor:innen und uns, als zu sehen, dass ein beständiges Interesse an ästhetisch wertvollen Produkten besteht.

Wir hoffen, du hast genau so viel Spaß an dieser Neuauflage wie wir.

Dein dp-Team

Kapitel 1

Maddie

Justin Bieber leckte mein Gesicht ab und ich lächelte ihn dankbar an. Mit so einem herzlichen Empfang rechnete ich jedoch nicht durch alle Bewohner von Cotton Village, denn die Stadt, in der ich aufgewachsen war, hatte mir jahrelang mehr schattige als helle Seiten gezeigt.

»Wann lerne ich endlich, die richtigen Entscheidungen zu treffen?«, fragte ich das weiße Alpaka, das seinen flauschigen Kopf auf meinen Schoß sinken ließ.

Auf dem staubigen Boden sitzend schaute ich zum Horizont, hinter dem die Sonne verschwand. Der Himmel färbte sich in das Rosa einer Zuckerwatte und ich wünschte mir, dieser friedliche Moment würde nicht vergehen. Abgesehen von Justins Atemgeräuschen, dem Singen der Vögel und dem Rascheln der Bäume schwieg die Welt. Hier gab es keine Schuldgefühle, keinen Schmerz und auch keinen Entscheidungen, die ich treffen musste. Aber ich würde mich nicht verstecken oder vor meinen Problemen fliehen. Ich war zurückgekommen, um mich meinen Ängsten zu stellen. Egal, wie sehr es wehtun würde.

Alles wird gut, Maddie. Du wirst es diesmal richtig machen.

Justin hob den Kopf und bewegte seine Vorderbeine, wobei mir der Geruch von Erde und Heu in die Nase stieg. Seine Ohren, die aus der langen Ponyfrisur herauslugten, legte er nach hinten und in der nächsten Sekunde stand er ruckartig auf.

»Hey, was ...«

Das Babyalpaka rannte los und wirbelte Staub auf, der in meine Atemwege gelangte. Ein Hustenanfall überkam mich und mein Blick folgte Justin, der sich zu den anderen Alpakas auf die Wiese gesellte.

»Ein *Ich habe keine Lust mehr auf dich* hätte gereicht!« Noch immer hustend stand ich auf und wedelte mit der Hand vor meinem Gesicht herum. Das Geräusch von knirschenden Kieselsteinen schlich sich in meine Ohren.

»Ich denke, er hat eher keine Lust auf mich.«

Ich drehte mich um und sah Blossom an. Ein breites Lächeln umspielte die Lippen meiner Schwiegermutter. Ihre Augen hatten dieselbe Farbe wie die des Himmels an einem sonnigen Tag und ihre Wangen strahlten wie immer so rosa, als wäre sie bei Minusgraden zu lange draußen gewesen. Sie sah perfekt aus – auch wenn sie öfter das Gegenteil behauptete und immer darauf pochte, ein paar Kilos zu viel auf den Hüften zu haben.

»Wie lange stehst du schon da?«, fragte ich und stand auf.

Während ich den Staub von meiner Jeans klopfte, schaute ich zu Justin, der zusammen mit Lenny Kravitz ein Wettrennen über die Wiese veranstaltete. Beide Alpakababys waren am selben Tag geboren worden und sie beschäftigten sich mit nichts außer Essen, Schlafen und auf den Friseurtermin zu warten. So ein Leben wünschte ich mir auch.

»Wir sind gerade aus der Stadt gekommen.« Lächelnd zog mich meine Schwiegermutter in eine Umarmung. Ihre Stimme klang so, wie Marmelade schmeckte und ihre honigblonden Haare, die dieselbe Farbe hatten wie meine eigenen, kitzelten mir um die Nase. »Willkommen zurück, mein Schatz.«

Ich vergrub mein Gesicht in ihrem Hals, atmete ihren Duft von Keksen und Rosen ein und zog sie noch fester an mich heran.

Es ist die richtige Entscheidung, Maddie.

»Was ist los?«, fragte Blossom und strich mir über den Kopf.

Die Wahrheit war, dass meine Gefühle Achterbahn fuhren. Cotton Village war ein kleines Paradies in Alabama. Hier gab es Felder, die nach Freiheit rochen, Wasserfälle und Bäche, zu denen ich nach der Schule mit meiner besten Freundin gegangen war. Alle Einwohner hier kannten sich mit Vornamen. In Mrs. Sunrises Coffee- and Bookshop hatte ich unzählige regnerische Tage verbracht und auf dieser Farm Chris kennengelernt. Hier lebten seine Eltern, die mich bei meinem neuen Anfang unterstützten, mit ihren Alpakas, die mir immer ein Lächeln auf meine Lippen zauberten. Sie waren meine Anker, die mich nicht wieder in die Dunkelheit sinken ließen. Ich war vor elf Jahren aus der Stadt geflüchtet. Dafür hatte es damals genauso viele Gründe gegeben wie zu bleiben.

»Ich habe dich vermisst«, log ich und ließ sie los.

Natürlich hatten mir Blossom und die Zeit, die wir miteinander verbracht hatten, gefehlt. Aber ich war nur zurückgekehrt, weil Leo jetzt hier wohnte und ich mir das Beste für ihn wünschte.

Zwischen ihre Augenbrauen grub sich eine senkrechte Falte und sie legte ihre Hände auf meine Schultern. »Warum hast du nicht gesagt, wann du genau hier sein würdest? Ich hätte Leo darauf vorbereitet. Er hat …«

Sie machte eine Pause. Ihr Lächeln wankte.

»Er hat die ganze Zeit über dich gesprochen.«

Eine Lüge, die das Loch in meiner Brust nur tiefer klaffen ließ. Das letzte Mal, als ich mit meinem Sohn geredet hatte, lag Wochen zurück. Ich hatte stundenlang geweint, nachdem Leo mich darum gebeten hatte, ihn endlich abzuholen und ich ihn schon wieder hatte vertrösten müssen. Die Wut, die ich über den Bildschirm in seinen Augen gesehen hatte, würde ich nie vergessen und alles in mir fürchtete, er hätte mir noch immer nicht vergeben. Danach war Leo zufälligerweise bei jedem Anruf unterwegs oder keiner ist rangegangen.

»Ich wollte euch überraschen.«

Ich wollte nicht, dass mein Sohn mich hasste.

»Nun, das ist dir gelungen.« Sie presste einen Kuss auf meine Stirn. »Ich habe Apfelkuchen gebacken. Wie wäre es, wenn wir dazu einen Tee trinken und ein wenig reden?«

»Ich will vorher Leo sehen.«

Lachfältchen bildeten sich um ihre himmelblauen Augen und sie strich mir eine Haarsträhne aus dem Gesicht. »Er ist mit Cole in der Scheune. Sie basteln an Grandpas Traktor. Die Jungs werden sich vor Einbruch der Dunkelheit nicht daran erinnern, dass es uns gibt.«

Ihre Worte ließen die Angst in meiner Brust aufflammen. Leo sollte mich nicht vergessen. Keine Sekunde. Eine Weile war ich nicht die Mutter gewesen, die er brauchte und aus dem Grund hatte ich zugestimmt, dass er vor sechs Monaten zu meinen Schwiegereltern gezogen war. Mit beschissenen Eltern kannte ich mich aus und meine größte Angst war, dass er genauso unglücklich heranwuchs, wie es bei mir der Fall gewesen war. Mein Sohn verdiente Besseres. Hier zu wohnen war eine Übergangslösung. Es hatte all meine restlichen Kräfte abverlangt, es zuzulassen – nur bis mein Herz ein wenig geheilt war. Jetzt konnte ich Leo nicht ein zweites Mal aus seiner gewohnten Umgebung herausreißen. Daher hatte ich unser Zuhause in Atlanta aufgelöst, um nach Cotton Village zu ziehen. Während dieser Zeit war mein schlechtes Gewissen mit jedem Tag größer geworden. Doch es war nicht mit der monströsen Angst vergleichbar, die ich jetzt verspürte.

»Dann helfe ich den beiden«, schlug ich vor.

Blossom lächelte steifer, aufgesetzter. »Ich habe mir gedacht, dass du direkt zu den Alpakas kommen würdest.«

»War es nicht immer so? Ich komme zu Cher, die mich immer komplett ignoriert, Leo läuft zu Cole und Chris sucht sich ...«

Blossom senkte den Kopf und ein Schatten legte sich auf ihr Gesicht. Eine Welle der Erinnerungen brach über mich herein, trieb mir Tränen in die Augen. Erinnerungen an eine glückliche Zeit, die auf keinen Fall wieder zurückkommen würde. An Chris, der ebenfalls nie wiederkehren würde. Wie sehr hasste ich den Kloß, der in meiner Kehle anschwoll, wenn wir über ihn redeten.

Dein Sohn braucht dich, Maddie.

Blinzelnd räusperte Blossom sich. »Cher ist schon längst geschlechtsreif, Liebes. Sie wird nicht auf dich zukommen wie ein Alpakababy.«

Ihre Stimme versagte für eine Sekunde und ich meinte, in ihren Augen ebenfalls Tränen glitzern zu sehen.

Themenwechsel.

Ich liebe dich, Blossom.

»Dafür habe ich jetzt Justin.« Ich rang mir ein trauriges Lächeln ab und hoffte, nicht so gebrochen zu klingen, wie ich mich fühlte.

Sie legte die Stirn in Falten. »Justin?«

Ich zeigte auf das Babyalpaka mit dem milchweißen Fell und der Schrägponyfrisur. »Ich habe ihn Justin Bieber getauft.«

Blossom lachte. Das Geräusch lockerte den Knoten in meinem Hals. »Den Namen trage ich auf die Tafel ein. Die Kinder werden ihn lieben.«

Die schwarze Kreidetafel mit den Namen der Alpakas hing am Farmtor. Nur die Familienmitglieder bekamen die Ehre, das Vieh zu taufen. Den meisten Tieren hatte ich Namen gegeben. Nur Regenbogen war von Leo und Midnight von Chris getauft worden.

Chris.

»Sicher.« Ich ignorierte, wie eng sich meine Brust anfühlte, und hakte mich bei Blossom unter. »Waren die Kinder diese Woche schon hier?«, fragte ich, während wir den Weg in die Scheune nahmen.

»Wie jeden Montag. Öfter mute ich es meinen Tieren nicht zu. Die Schüler sind wilder als die Alpakas.«

Mein Mundwinkel zuckte. Die Farm war kein Streichelzoo, das betonten meine Schwiegereltern immer wieder. Sie züchteten die Alpakas hauptsächlich wegen der Wolle. Blossom leitete eine Strickgruppe, die sich dreimal pro Woche traf, um aus der Wolle Klamotten herzustellen, die anschließend in der Stadt verkauft wurden. Um mehr Zeit mit ihr zu verbringen, hatte ich angefangen, stricken zu lernen, was mir bis heute nicht gut gelang. Der Tag in der Woche, an dem die Kinder aus der Grundschule für eine Wandertour mit den Alpakas auf die Farm kommen durften, war Coles Idee gewesen. Damit sollte Chris den Kleinen eine Freude machen. Es hatte so gut funktioniert, dass Chris und ich nicht nur beste Freunde geworden waren – wir waren seelenverwandt gewesen. Jetzt fehlte mir jedoch ein Teil meiner Seele und mit den Scherben, die mir geblieben waren, musste ich so tun, als wäre ich ganz. Für meinen Sohn.

Leos Lachen drang zu uns, noch bevor wir die Scheune erreicht hatten, und ich drosselte meine Schritte. Das Geräusch fühlte sich an, wie ins warme Wasser zu steigen, bildete jedoch einen zweiten Knoten in meiner Kehle. Ich drängte die aufsteigenden Tränen zurück und blieb neben Blossom im Scheunentor stehen. Verwirrung ließ meine Gesichtszüge entgleiten. Nicht nur Leo und Cole, sondern auch noch ein fremder Mann betrachteten Grandpas Traktor. Mit einem Schraubenzieher in der Hand stieg er auf die Vorderachse, beugte sich über den Motor und werkelte herum. Er hielt den Kopf gesenkt, wobei ihm die braunen Haare in die Stirn fielen, und seine Armmuskeln spannten sich unter seinem T-Shirt, während er Kraft beim Schrauben ausübte.

»Ich hätte mir denken können, dass Cole dich einspannen würde«, sagte Blossom mit einem Lächeln in der Stimme.

Der Mann hob den Kopf und unsere Blicke trafen sich. Sein Mund stand leicht offen. Bartstoppeln zierten seine Wangen und die schweißnassen Haare klebten an seiner Stirn. Er sah unglaublich attraktiv aus und es war schon sehr, sehr lange her, dass ich einen Mann gut aussehend fand. Vor Chris hatte es vielleicht nur einen gegeben. Nach ihm ... Ich sollte keinen Mann nach ihm anziehend finden.

»Mom? Warum bist du hier?« Leos Stimme löste meine Aufmerksamkeit von dem Fremden.

Ich sah ihn an. Seine in ihm tobenden Gefühle zeichneten sich deutlich in seinen grünen Augen ab. Chris' Augen. Es war so, als würde mein Sohn mit einem leuchtenden Textmarker hervorheben, wie sehr er von mir enttäuscht war.

Kein Wunder. Ich hatte mein einziges Kind im Stich gelassen. Angst tobte in meiner Brust. Trotzdem kam ich Leo näher, ging vor ihm in die Hocke und flehte ihn stumm an, dass er mir vergab.

»Mir geht es endlich besser, mein Löwe. Jetzt kann ich bei dir bleiben.«

»Ich bin kein Löwe, sondern ein Junge.« Er trat einen Schritt zurück, kreuzte die Arme vor der Brust und ließ meine Hände von sich heruntergleiten.

Für einen kurzen Moment verfluchte ich mich selbst, nicht früher gekommen zu sein. Schuldgefühle würden mich ewig begleiten und ich musste mir immer wieder in Erinnerung rufen, dass ich nur das Beste für meinen Sohn gewollt hatte. Chris' Tod hatte mich zerstört und ich hätte keine gute Mutter für Leo sein können. Aber jetzt war alles anders. Ich war endlich hier und bereit, neu anzufangen.

»Natürlich.«

Leo schaute von mir weg, lief stattdessen auf Blossom zu und umarmte ihre Taille. »Atlas hat gesagt, dass Grandpas Traktor wieder fahren kann.«

So hätte er mich begrüßen sollen. Ich hatte es vermasselt.

»Atlas?« Ich versuchte, das ungute Gefühl, das meine erste Begegnung mit meinem Sohn in meinem Bauch verursachte, zu ignorieren und stand wieder auf.

»Ich denke, dass es funktionieren kann. Die Maschine hier hat nur eine neue Glühkerze gebraucht.« Der Mann stieg vom Traktor und zog ein dunkelblaues Tuch aus der Jeans heraus, um den Dreck von seinen Fingern zu wischen. »Dr. Atlas James Prescot«, sagte er und streckte mir die Hand entgegen.

Doktor. War er Coles Arzt? In den letzten Monaten hatte niemand mir etwas von einem neuen Doktor in der Stadt erzählt. Cotton Village besaß nur eine Praxis, in der Dr. Silver und seine Frau praktizierten. Das nächste Krankenhaus war in Birmingham, zwanzig Meilen von der Stadt entfernt. Die Frage war auch, was der Arzt hier machte und warum er so vertraut mit meinen Schwiegereltern umging, als wäre er … Teil der Familie.

Blinzelnd griff ich nach seiner Hand. »Maddie Wonder.«

Seine Augen, die die Farben von Gewitterwolken hatten, musterten mich eindringlich. Eine Sammlung ungewollter Gefühle staute sich in meiner Brust, als hätte ich einen Feuerball geschluckt. Rasch zog ich meine Hand zurück und sah zu Cole. »Jetzt kannst du das Ding endlich verkaufen.«

Mein Schwiegervater kam auf mich zu und ich stellte mich auf die Zehenspitzen, um ihm einen Kuss auf die Wange zu drücken. Sein Geruch nach Heu und Aftershave strich mir um die Nase und sein Lächeln erhellte die Dunkelheit in meinem Kopf. »Eigentlich habe ich vor, ihn Leo zu schenken.«

Ich runzelte die Stirn. »Er ist erst acht.«

Leo stöhnte. »Ich wusste, dass sie Nein sagen würde.«

Sie. Ich war nicht mehr Mom. Jetzt hieß ich nur *sie*.

»Er wird Wanda noch nicht fahren, Liebes. Der Traktor gehört aber ihm, bis er groß genug dafür ist«, erwiderte Cole sanft.

»Ich weiß nicht …« Alles in mir wollte bloß schreien, dass Leo alles haben könne, was er sich wünschte, nur damit ich einen liebevollen Blick von ihm ernten konnte. Aber es wäre nicht richtig und ich sollte das tun, was besser für ihn und nicht das, was leichter für mich war.

»Den Traktor so lange stehen zu lassen, ist nicht gut für die Maschine.«

Blossom trat an meine Seite. Mit ihren Fingerspitzen strich sie über meinen Rücken. »Lass ihm den Spaß, Liebes.«

Ich dachte nicht, dass das ein Spaß war. Das konnte gefährlich werden, da Leo nur einmal auf dumme Gedanken kommen, sich den Traktor schnappen und wegfahren musste.

Mein Sohn schaute mich nicht mehr an und die Rollen wurden somit verteilt. Ich war der böse Cop. Als würde er mich noch nicht genug hassen.

»Ich habe Cole gesagt, dass ich Wanda gut gebrauchen kann«, sagte Atlas. »Nur solange der kleine Mann den Traktor nicht fahren darf. So bleibt die Maschine in Bewegung und ich zahle auch Miete dafür.« Der Arzt sah zu Leo, der zwischen uns hin und her linste. »Und ... du kannst dein Geschenk immer wieder besuchen. Ich wohne ja hier nebenan.«

Wer war er und warum hatten meine Schwiegereltern noch nie über einen Dr. Atlas James Prescot gesprochen?

»Das klingt nach einer guten Lösung«, fand Blossom.

»Nur wenn deine Mom damit einverstanden ist«, fügte Atlas an Leo gerichtet hinzu.

Ich sah ihm in die grauen Augen. Mein Herz schlug auf falsche Art und Weise. Das hier war mir zu viel. Der Traktor, den Cole mit Chris und nicht mit einem Fremden hätte reparieren sollen. Leos Ablehnung und ein Neuanfang, für den ich noch immer nicht bereit war.

Der Umzug und die Angst, mein Leben doch nicht in den Griff zu bekommen. In jeder Zelle meines Körpers verspürte ich den Drang, wegzulaufen, zu schreien, mich in mein Zimmer zu verkriechen und zu weinen.

»Liebes?«, flüsterte Blossom. »Ist alles in Ordnung?«

»Ja. Alles gut.« Langsam ging ich wieder in die Hocke und sah Leo in die Augen. »Du darfst dich reinsetzen. Aber nur, wenn ein Erwachsener dabei ist, okay, mein ...« Seinen Spitznamen schluckte ich herunter, zusammen mit meinem Stolz. Es ging nicht um mich.

Er lächelte auf eine Weise, die sein ganzes Gesicht erhellte, sah aber dabei Cole an. »Darf ich jetzt aufsteigen, Grandpa? Atlas setzt sich zu mir.«

»Eigentlich wollte ich schon seit einer halben Stunde nach Mariah Carey sehen. Sie humpelt«, erwiderte Atlas und rieb sich den Hinterkopf.

Dr. Atlas James Prescot ist also Tierarzt.

»Darf ich mit ihm mitgehen?«, fragte Leo jetzt an Blossom gewandt.

Er bittet sie um Erlaubnis. Nicht mich.

Da war die Angst wieder. Wie ein gähnendes Monster drohte sie mich und all meine Hoffnung zu schlucken.

Langsam stand ich auf, ignorierte die Eifersucht und all die dunklen Gefühle in meiner Brust.

»Willst du nicht lieber mit mir spazieren gehen? Wir könnten auch zusammen in die Stadt fahren, um dir Spiderman-Bettwäsche zu kaufen.«

Er schüttelte den Kopf. »Grandma hat mir schon Spiderman-Bettwäsche gekauft. Jetzt will ich nach Regenbogen sehen, sie ist bestimmt bei Mariah Carey.«

Ich rang mir ein Lächeln ab. »Wenn das in Ordnung für Dr. Prescot ist, darfst du gehen.«

»Atlas«, korrigierte er mich.

Ich sah ihn an.

»Sie dürfen mich Atlas nennen.«

»Dann nennen Sie mich Maddie.«

Nach einem knappen Nicken sah er wieder Leo an. »Komm mit, Champ. Dein Grandpa hat mir gesagt, dass du einem Alpaka einen Namen gegeben hast. Ich will wissen, welchem.«

Meine Augen brannten, während ich Leo betrachtete, der neben Atlas hinausging.

»Liebes«, sagte Cole und kam vorsichtig einen Schritt näher.

Blinzelnd räusperte ich mich. »Ich nutze dann die Zeit, um in die Stadt zu fahren.«

»Liebes«, wiederholte er.

»Ich brauche neue Gardinen für das Haus und Leo neue Bettwäsche. Keine Spiderman-Bettwäsche, ich weiß. Aber vielleicht finde ich andere, die ihm gefallen könnte.«

»Ich kann dich fahren«, schlug Blossom vor.

Ich schüttelte den Kopf und eilte zum Scheunentor. »Ich bekomme das allein hin.«

Ich musste meinen Neuanfang schaffen. Die Zeit blieb nicht stehen und Leo brauchte jetzt eine Mutter, bevor jemand anderes die Rolle übernahm. Doch in diesem Moment gestattete ich mir, ein letztes Mal wegzulaufen.

Kapitel 2

Maddie

Der Motor meines Jeeps erstarb und ich zog den Schlüssel aus dem Zündschloss. Mein Blick huschte zum Gehweg. Mrs. Hill spazierte mit ihrer Tochter Alice, die mindestens einen halben Fuß größer geworden war, an mir vorbei. Wie alt musste sie jetzt sein? Vielleicht zehn? Ihre langen Zöpfe schwangen hin und her, während sie neben ihrer Mutter tänzelte. Aus entgegengesetzter Richtung kamen Luca und sein bester Freund Daxton, die sich über etwas unterhielten und wild mit den Händen in der Luft fuchtelten. Ein Lächeln umspielte meine Lippen und ich war mir sicher, dass sie über Football sprachen. Am Schaufenster von Sunrise's Coffee- and Bookshop reihten sich die April-Neuerscheinungen aneinander und an der Tür hing das Geöffnet-Schild. Ich umklammerte das Lenkrad und mein Herz klopfte schneller. Es war soweit. Ich war wieder da. Nicht nur für einen kurzen Besuch oder um die Feiertage mit Chris' Eltern zu verbringen.

Ich legte eine Hand auf meine Brust und fuhr mit den Fingerspitzen über den Anhänger meiner Kette – das letzte Geschenk, welches ich von Chris bekommen hatte. Irgendwie gab mir das kühle, runde Metall Kraft, den Kopf zu heben und nach vorne zu schauen.

Ein letztes Mal atmete ich durch, bevor ich aus meinem Auto stieg und in den Coffee- and Bookshop trat. Der Duft von frisch gekochtem Kaffee und altem Papier schwirrte in der Luft. Meine Muskeln entspannten sich in der Sekunde, in der ich meine beste Freundin sah. In der Ecke, hinter der Kuchentheke, vor einer moosgrünen Wand, stand Leslie Chen. Trotz des Läutens der Türglocke sah sie nicht zu mir. Sie hantierte mit einer Espressotasse und schob diese zu einem breitschultrigen Mann, der auf einem Barhocker saß und in das Buch in seinen Händen vertieft war.

Mein Blick schweifte durch die Buchhandlung. Nach wie vor bestanden die Regale aus alten Obstkisten, die Mrs. Sunrise recycelt hatte. Sie formten breite Regalreihen in der Mitte des Raumes und stapelten sich an den weißen Wänden. Erinnerungen an regnerische Tage, die ich an diesem Ort verbracht hatte, liebkosten meine Seele. Als wäre es gestern gewesen, sah ich mich mit Leslie zwischen den Regalen sitzen. Gemeinsam hatten wir Hogwarts, Narnia und Wunderland erforscht. Wir hatten Welten entdeckt, in denen wir nicht die Ausgegrenzten in der Schule gewesen waren.

»Maddie?«

Ich drehte mich zu der Café-Bar um und unsere Blicke trafen sich.

»Hi, Leslie.«

Fassungslos und mit einem breiten Strahlen auf den Lippen umrundete sie den Tresen und warf sich in meine Arme. Meine beste Freundin roch nach Vanille und umarmte mich so fest, als würde sie sicher sein wollen, dass ich wirklich da war.

»Du bist wieder da!«, sagte sie und lehnte sich zurück, um mich genauer zu betrachten. »Ich meine ... die ganze Stadt hat gewusst, dass du bald wiederkommst und vom Umzugswagen gestern bei deinen Schwiegereltern habe ich auch schon gehört. Aber nicht einmal ich konnte von ihnen herausbekommen, wann genau du hier ankommen würdest.«

Leslie sah aus, als wäre sie noch immer siebzehn. Ihre schwarzen Haare waren zu einem Dutt gebunden und ihr Pony reichte ihr nur bis zur Mitte ihrer hohen Stirn.

»Sie hätten das vor dir nicht verschweigen müssen. Aber ich gehe davon aus, dass sie mir ein bisschen Privatsphäre verschaffen wollten«, erwiderte ich.

»Hey, Maddie! Willkommen zurück«, rief der Mann am Tresen, den ich als Joe Mallone erkannt hatte. Der breitschultrige Bäcker, den ich über zwanzig Jahre kannte, exte seinen Kaffee und kam auf mich zu.

Mit einer unbeholfenen Bewegung zog er mich in eine halbe Umarmung, ließ mich dann aber schnell los und huschte aus dem Laden.

Verdutzt sahen Leslie und ich zur Tür, durch die er gegangen war, bis meine beste Freundin eine wegwerfende Handbewegung machte. »Es war besser so. Ich liebe Überraschungen.« Sie schaute kurz über meine Schulter und ihre Augen leuchteten wie polierte Obsidiane. »Und? Wo ist der kleine Mann?«

Seit ich vor elf Jahren nach Atlanta gezogen war, war kein Tag vergangen, an dem Leslie und ich nicht miteinander gesprochen hatten. Sie hatte sich für die University of Alabama entschieden, während ich bloß weit hatte wegziehen wollen. Chris hatte sich nur meinetwegen in dieselbe Universität eingeschrieben und am Anfang war es meine größte Angst gewesen, dass meine Freundschaft mit Leslie die Entfernung nicht überstehen würde. Doch unsere Beziehung war echt und weder die Zeit noch die zweihundert Meilen hatten sie zerstören können. Außerdem hatten wir uns nicht nur gesehen, wenn ich nach Cotton Village kam, um mit Chris seine Eltern zu besuchen, sondern auch Leslie war immer zu meinem und Leos Geburtstag zu uns gefahren.

»Er ist auf der Farm geblieben. Ich muss ein paar Sachen für die Hütte besorgen und habe mich gefragt, ob du heute arbeitest.«

Stürmisch umarmte sie mich erneut, nahm meine Hand und zog mich zu der Leseecke, in der zwei Sessel und ein runder Couchtisch standen.

»Wie geht es dir?«, fragte sie. Ein trauriger Glanz stahl sich in ihre dunklen Augen. Ein Ausdruck, den ich im letzten Jahr zu oft gesehen hatte.

Schulterzuckend betrachtete ich meine Hände. »Ich habe meine Alpakas wiedergesehen und das gibt mir schon ein bisschen Kraft.«

Leslie lachte leise und das Atmen wurde plötzlich leichter.

»Und Leo?« Sie verzog leicht die Lippen. »Wie hat er nach so vielen Monaten auf dich reagiert?«

»Er hat sich gefreut«, log ich, atmete tief durch und ignorierte das Ziehen in meiner Brust.

»Oh oh«, sagte sie und zog die Augenbrauen hoch. »Nur gefreut?« Sie las mich wie ein offenes Buch. Jeder andere hätte sich mit der Aussage zufriedengegeben. Aber nicht Leslie.

Ich senkte den Blick und kratzte an meinem Nagellack. »Er hasst mich und will nicht mehr, dass ich ihn Löwe nenne. Aber was hätte ich sonst erwarten sollen? Ich habe zugelassen, dass Blossom und Cole ihn zu sich holten. Er hat sich damals dagegen gewehrt und ich war zu egoistisch, um an ihn zu denken.«

Sie legte ihre Hand auf meine. »Du hast an ihn gedacht, Maddie. Die Liebe deines Lebens wurde dir auf brutale Weise entrissen und es ist okay, dass du ein paar Monate benötigt hast, um auf die Beine zu kommen.«

»Mein Sohn hat mich auch gebraucht.«

»Und du bist jetzt für ihn da.«

Ich sah auf und während sich unsere Blicke miteinander verbanden, trübten mir Tränen die Sicht. »Er hat mit Blossom geredet, als wäre sie seine Mutter und nicht ich.«

»Leo ist acht. Es ändert sich schnell.«

»Ich bin mir da nicht so sicher.«

»Jetzt bist du da und in ein paar Wochen werdet ihr wieder das eingespielte Team sein, das ich so sehr liebe.«

Auch wenn ich meine Gefühle nicht preisgeben wollte, wusste Leslie ganz genau, was mir das bedeutete. Seit ich schwanger geworden war, hatte ich mir gewünscht, die beste Mutter der Welt zu sein. Doch nach Chris' Tod war ich ein Wrack gewesen, ein Schatten meiner selbst.

»Cole hat Wanda zum Laufen gebracht.«

Leslie holte tief Luft und presste die Lippen aufeinander. Sie war an meiner Seite gewesen, als wir zugesehen hatten, wie Chris den Traktor als neues Projekt zusammen mit seinem Vater gekauft hatte und beide ihn danach hatten reparieren wollen.

»Harter Tag also.«

»Könnte besser sein«, murmelte ich und kaute auf der Innenseite meiner Wange herum.

»Früher oder später hätte Cole den Traktor repariert. Er hat schon zu viel Geld in die Maschine gesteckt, um Wanda einfach verrosten zu lassen.«

»Ich weiß.« Meine Stimme war ein Flüstern, doch es war die Wahrheit. Das Leben musste weitergehen. Auch wenn es wehtat.

»Aber wie hat Cole Wanda repariert? Er hat keine Ahnung von Mechanik. Ich habe eher erwartet, dass er den Traktor verkauft.«

»Jemand hat ihm geholfen«, erwiderte ich schulterzuckend.

Vor meinem inneren Auge sah ich diesen Mann wieder. Ich erinnerte mich, wie er sich über Coles Traktor gebeugt und mich angesehen hatte. Sein intensiver Blick brannte noch immer auf meiner Haut. In meinem Bauch breitete sich wieder ein seltsames Gefühl aus.

»Jemand?« Die Furchen in Leslies Stirn vertieften sich.

»Ein Mann wohnt jetzt neben der Farm. Ein Dr. Atlas James Prescot.«

Ihre Miene erhellte sich. »Du hast also den sexy Tierarzt schon kennengelernt?«

»Wie gesagt, er wohnt nebenan.«

Leslie straffte die Schultern. Ihr Lächeln war heller als ein Feuerwerk. »Als er das Haus von Mrs. Windfort gekauft hat und letzte Woche dort eingezogen ist, gab es in Cotton Village kein anderes Gesprächsthema mehr.«

Leslie war keine Tratschtante. Wenn ich etwas an ihr liebte, dann die Tatsache, dass sie Geheimnisse für sich behalten konnte. Doch hier im Laden bekam man alles mit, was man nicht unbedingt erfahren wollte. Madame Linour war einmal extra hierhergekommen, um bedenkenlos mit ihrer Freundin darüber zu reden, dass ihr Sohn, der gut aussehende Anwalt der Stadt, sich hatte scheiden lassen und wieder bereit für eine Beziehung war. Am nächsten Tag hatte es Einladungen für einen Kinobesuch oder ein Mittagessen auf seinem Anrufbeantworter geregnet.

»Außerdem gab es ausreichend Single Ladys, die mehr über ihn wissen wollten. Aber das Interesse ist abgeflacht, nachdem Dr. Prescot mit einer Rothaarigen gesehen wurde.« Sie hob vielsagend die Brauen.

»Er lässt also nichts anbrennen«, bemerkte ich. Diese Worte klangen falsch aus meinem Mund. Sie wirkten, als würde mich interessieren, mit wem er gesehen wurde oder nicht.

Leslie schüttelte den Kopf. »Sie ist nicht von hier. Vermutlich ist sie seine Freundin, denn Marie-Sue hat keinen Ehering an seiner Hand gesehen.«

Mir drehte sich der Magen um. Vielleicht lag es daran, dass alle nach einer Woche so viel über ihn erfahren hatten. Was wusste die Stadt bereits über mich? Wahrscheinlich war ich schon die Irre, die nach dem Tod ihres Mannes ihren eigenen Sohn im Stich gelassen hatte.

Ich zuckte mit den Schultern. »Bald werde ich seine Freundin auch kennenlernen. Jedenfalls scheint er nett zu sein, denn Leo mag ihn.«

»Als er hier gewesen ist, war er auch sehr freundlich.« Sie hob und senkte ebenfalls die Schultern. »Und seitdem er da ist, redet kaum jemand über dich.«

Seufzend rieb ich mir das Gesicht. »Was weiß die Stadt über Chris?«, sprach ich die Frage aus, die mir in der Kehle brannte.

Leslie senkte die Lider und ihre langen Wimpern berührten beim Blinzeln ihre Wangen. »Charleen ist jetzt Geschäftsführerin der lokalen Zeitung, Maddie. Sie hat darauf bestanden, in der Presse zu berichten, wie er gestorben ist. Alle Einzelheiten.«

Galle stieg in mir hoch und in meinem Kopf drehte sich alles. »Wie kann jemand so bösartig sein?« Meine Stimme brach.

Leslie umschloss meine Hand fester und schaute mir tief in die Augen. »Auch wenn sie das nicht getan hätte, würden alle das wissen. Es war in allen Nachrichtensendungen.«

Mein Herz in meiner Brust fühlte sich klein und immer noch zerstört an. »Ich weiß.«

Der Amoklauf in der Montgomery Primary School hatte einen ganzen Tag gedauert und alle wichtigen Nachrichtensender hatten vor der Tür der Schule kampiert. Meine Hoffnung war jedoch gewesen, dass Atlanta zu unwichtig, zu weit weg von Cotton Village war. Doch diese Stadt, die sonst immer zu sehr mit sich selbst beschäftigt war, hatte sich dazu entschieden, wegzuschauen, als ich es am wenigsten gebraucht hatte.

Leslie atmete tief durch und zog mich erneut in eine Umarmung. »Weißt du noch, was wir als Kinder gemacht haben, wenn es uns schlecht ging?«

Ich drückte sie fester. »Kakao mit Marshmallows im Lagerraum?«

Sie nickte. »Ich stehe jetzt eher auf Cappuccino mit Kakaopulver. Aber ich kann dir einen Kakao zubereiten, den Laden schließen und sicher sein, dass keiner uns hören wird, wenn wir miteinander reden.«

Ich ließ sie los und lehnte mich leicht zurück. »Es ist erst drei Uhr am Nachmittag. Du kannst den Laden nicht schließen.«

»Mom ist nicht da und ich kann tun und lassen, was ich möchte.« Grinsend stand sie auf und drehte das Schild an der Tür um. »Außerdem kommt es nicht täglich vor, dass meine beste Freundin nach Hause zurückkehrt.«

Meine Kehle schnürte sich zu und mein Mundwinkel zuckte. »Ich habe dich vermisst, Les.«

»Willkommen zu Hause, Maddie.«

Kapitel 3

Atlas

Der warme Nachtwind verfing sich in meinen Haaren und der bewölkte Himmel breitete sich über meinem Kopf aus. Ich schleppte mich auf die Veranda meines Hauses und ließ mich auf die Hollywoodschaukel fallen. Wer hätte gedacht, dass Dr. Atlas James Prescot auf einer Veranda-Schaukel in einem Kaff namens Cotton Village sitzen würde? Freiwillig! Vor zwei Jahren hätte ich über so eine Vorhersage gelacht. Doch jetzt war hier der einzige Ort, an dem ich überhaupt ein paar Stunden schlafen konnte. Immer noch keine volle Nacht, aber immerhin ein wenig.

Ich stieß mit den Fußspitzen die Schaukel an, die sich vor- und zurückbewegte. Grillen stimmten ihre nächtliche Symphonie an, Grashalme warfen sich nach links und nach rechts, wie die Wellen des Ozeans, und langsam beruhigte sich mein Herzschlag. Mein Blick streifte über die grüne Wiese, die sich vor meinen müden Augen erstreckte, über die Zäune, die mein

Grundstück eingrenzten, und fand die kleine Hütte neben dem Anwesen der Familie Wonder. Maddie Wonder wohnte in diesem Häuschen mit ihrem Sohn.

Wieso dachte ich an ihre nussbraunen Augen, an das Muttermal über ihrer Oberlippe, an ihre blonden Haare? Wieso war ich in der Scheune geblieben, als ich erfahren hatte, dass sie vorbeikommen würde? Ich hätte sie nicht sehen und nicht mit ihr reden sollen. Doch jetzt war es zu spät.

Die Tür knarrte und leichte Schritte fegten über den Holzboden.

»Schlecht geträumt?«

Ich sah auf. Sages rote Haare flatterten im Wind wie die Flamme einer Kerze und sie zog ihre Strickjacke enger an sich. Wie konnte man in Alabama frieren? Meine Schwester sah wie Feuer aus, war aber eine Frostbeule.

Ich nickte knapp und rutschte zur Seite, um ihr neben mir Platz zu machen. Sie setzte sich, hakte sich bei mir unter und legte die Wange auf meine Schulter. »Willst du mir davon erzählen?«

Ich schüttelte den Kopf und presste einen Kuss auf ihren Scheitel. Sie roch nach Lilien und Tau. Ein vertrauter Duft, der mir in den Wochen, in denen wir getrennt gewesen waren, schmerzlich gefehlt hatte.

Sage atmete tief durch und ich hörte in ihrem Seufzer all die Proteste, die sie gegen mein Schweigen hatte. »In der Hütte brennt Licht«, stellte sie fest. Sie zitterte.

Ich zog die Wolldecke aus der Truhe neben der Hollywoodschaukel und legte sie über ihre Schultern.

»Die Schwiegertochter von Cole und Blossom Wonder ist heute dort eingezogen«, sagte ich betont beiläufig.

Sage sah zu mir auf, ihre Wange immer noch an meine Schulter gepresst. »Warum wohnt sie in der Hütte und nicht in dem großen Haus?«

Ich zählte die Sommersprossen auf ihrer Nase und nahm mir vor, ihr eine stärkere Sonnenschutzcreme zu kaufen. Sie mochte schon achtundzwanzig Jahre alt und nur fünf Minuten jünger als ich sein, aber sie würde bis zu unserem letzten Tage immer meine kleine Schwester bleiben und ich würde mich dauerhaft um sie kümmern.

»Sie hat einen Sohn. Ich gehe davon aus, dass sie ein bisschen Privatsphäre wollen.«

Sage strahlte heller als die Sonne. In meiner Dunkelheit war meine Schwester mein Licht, meine Familie, alles, was mir geblieben war.

»Wie alt ist der Junge? Vielleicht kann meine Ella sich mit ihm anfreunden, wenn wir herziehen. Sie braucht Freunde.«

Ich zog die Brauen zusammen und straffte die Schultern, sodass Sage sich zurücklehnen musste, um mir in die Augen zu schauen. »Hast du diese verrückte Idee noch nicht aus dem Kopf bekommen?« Meine Stimme klang barscher als beabsichtigt. Manchmal war das notwendig.

Sie kreuzte die Arme vor der Brust. »Ich werde dich hier nicht alleinlassen, Atlas. Mom und Dad würden das nicht wollen.«

Ich schloss die Augen, atmete tief durch und massierte den Punkt zwischen meinen Augenbrauen.

»Mom und Dad würden nicht wollen, dass du deine Lebensziele meinetwegen aufgibst.«

Sage und ich waren seit unserer Kindheit unzertrennlich und aus einer Großstadt wegzuziehen, um hier ein neues Leben aufzubauen, hatte leider auch bedeutet, dass wir Abstand voneinander hatten nehmen müssen. Ich hatte nicht damit gerechnet, dass meine Schwester mir folgen würde, nicht erwartet, dass sie ihre Familie davon überzeugen würde, in meiner Nähe zu bleiben.

»Ich gebe mein Leben nicht deinetwegen auf.« Sie sah mich mit ihren flehenden blauen Augen an. »Hier geht es dir besser und ich hoffe, Ella wird auch wie früher werden. Du kannst wieder praktizieren und hast noch keine Panikattacke gehabt. Irgendwie scheinen die Luft, die Mücken oder die blöden Alpakas dir gutzutun.«

Ich hob eine Augenbraue. »Die Alpakas sind nicht blöd.«

Sie tat es mir nach. »Natürlich sind sie es. Weibliche Alpakas spucken Männchen an, wenn sie nicht an ihnen interessiert sind.«

Ich grinste sie an. »Das hast du als Teenager aber auch getan.«

Sage verengte die Augen und in der nächsten Sekunde schleuderte sie mir ein Kissen ins Gesicht. Sie lachte und es klang wie Befreiung. Es fühlte sich an, als wäre ich normal.

»Du kannst deinen Mann und deine Tochter nicht dazu zwingen, nach Cotton Village zu ziehen«, sagte ich mit ernster Stimme und legte den Arm um sie.

Sage lehnte erneut ihren Kopf an meine Schulter und atmete tief durch. »Sie wollen das tun. Für mich und für dich auch. Ray kann auch hier arbeiten. Das ist einer der Vorteile, selbständiger Webdesigner zu sein. Er ist an kein Büro gebunden.«

»Und Ella?«, fragte ich. »Sie liebt ihr Haus und ...«

Sage sah zu mir auf. »Meine Tochter liebt mich und ihren Lieblingsonkel und wir wollen, dass es dir gutgeht. Außerdem braucht sie genauso einen Tapetenwechsel wie du, denn alles, was passiert ist, ist an ihr nicht spurlos vorübergegangen. Die Therapie zeigt Wirkung, aber ein Neuanfang wird auch ihr guttun. Was gibt's Besseres für ein kleines Kind als die Natur?«

»Sage ...«

»Du kannst nicht von mir verlangen, dass ich glücklich bin, wenn es meinem Zwillingsbruder schlecht geht.« Sie nahm mein Gesicht in ihre Hände. »Ich liebe dich, Atlas, und ich werde dich nicht alleinlassen. Nicht nachdem wir unsere Eltern verloren haben. Nicht nach allem, was passiert ist. Ray weiß das, Ella weiß das. Jetzt musst auch du das kapieren.«

Ich presste meine Stirn gegen ihre und atmete ihren Duft ein. »Ich will nur nicht auch noch dein Leben zerstören«, flüsterte ich.

Sie umarmte mich. Stürmisch und vorbehaltlos, wie Sage war. »Mein Leben geht nur kaputt, wenn du nicht ein Teil davon bist. Es wäre so, als würde die Hälfte meines Herzens fehlen.«

Ich zog sie noch fester an mich. Meine Augen brannten und meine Kehle schnürte sich zu. »Er ist acht Jahre alt.«

»Wer?« Ihre Stimme klang brüchig.

Ich ließ sie los und sie wischte rasch eine Träne weg, die über ihre Wange gerollt war.

»Maddies Sohn. Er heißt Leo und ist acht.«

»Das ist doch toll. Die Alpakas und ein Freund. Ella wird ausflippen.« Sie lächelte, aber ich erkannte ihre Zweifel im Zittern ihres Mundwinkels.

»Ich liebe dich.«

Sie nickte. »Ich dich auch. Von hier bis zum Neptun.«

Sage würde keinen Rückzieher machen. Nicht einmal, wenn ich sie anflehen würde. Doch auch ich war nicht dazu fähig, zurück nach Hause zu kommen. Vor allem nicht jetzt, nachdem ich Maddie kennengelernt hatte.

***

Der Regen peitschte gegen die Fensterscheibe und ein Blitz erhellte den Himmel. In meinem Bett liegend kreuzte ich die Arme hinter meinem Kopf und zählte die Sekunden, bis ein Donner grollte und die Wände meines Zimmers zu beben schienen. Ich würde nicht wieder einschlafen. Eigentlich erwartete ich, dass Sage bei dem Lärm zu mir kam und anfing, über die letzte Folge von *The Bachelor* zu quatschen. Doch vor einer Stunde war sie ins Gästezimmer gegangen und hatte kein Lebenszeichen mehr von sich gegeben.

»Selig sind diejenigen, die schlafen können«, sagte ich zu mir selbst und stand auf.

Mein Blick huschte zum Badezimmer und der Gedanke an das orangefarbene Röhrchen im Badezimmerschrank schwirrte für eine Sekunde in meinem Kopf umher. Ich verbannte die Idee in die hinterste Ecke meines Bewusstseins und schlich die Treppe hinunter. Noch bevor ich die letzte Stufe erreichte, hallten donnernde Geräusche durch das Wohnzimmer. Doch es war nicht der Sturm, sondern jemand klopfte an der Tür. Ich schaute zur Uhr. Drei Uhr morgens. Wer ...

Das Klopfen wurde lauter und eine panische Stimme schrie meinen Namen. Mein Herz schlug schneller. Etwas brodelte tief in meiner Brust und drohte an die Oberfläche zu kriechen.

»Ganz ruhig, Atlas. Du bist zu Hause. Du bist in Sicherheit«, flüsterte ich mir selbst zu, während ich zur Tür ging.

Als ich sie aufriss, stand sie da. Maddie.

»Hey«, sagte ich. Mein Herzschlag hätte sich beruhigen sollen. Es war nur Maddie. Maddie, die, vom Regen durchnässt, auf meiner Willkommensmatte stand und hektisch atmete.

Maddie, deren braune Augen nicht vom Regen, sondern von Tränen feucht waren.

»Bitte hilf mir«, keuchte sie.

Mein Puls schlug schneller und das Monster, das in meinem Inneren wohnte, drohte aufzuwachen.

»Was ist passiert?«, fragte ich und trat näher. Vorsichtig legte ich die Hände auf ihre Schultern.

»Es war so dunkel und der Zaun war kaputt. Sie hatte nichts auf der Wiese zu suchen. Dann ist sie durch den kaputten Zaun ... ich ...« Sie vergrub das Gesicht in den Händen. »Ich habe Regenbogen angefahren.«

Das Alpaka.

Leos Alpaka.

»Wo ist sie?«, fragte ich und nahm ihr Gesicht in die Hände, damit sie mich ansehen musste.

Maddie ließ die Hände sinken und presste ihre bläulichen Lippen fest aufeinander. »Ich konnte sie nicht bewegen. Sie ist zu schwer.«

Ich nickte. »Bring mich einfach zu ihr, okay? Es wird alles gut.«

Es wird alles gut. Ein Satz, den ich seit Monaten nicht mehr ausgesprochen hatte. Zu niemandem. Auch nicht zu mir selbst. Doch als ich in Maddies Augen schaute und sich ein Fünkchen Hoffnung in sie stahl, fühlten sich meine Worte so echt an.

»Regenbogen gehört Leo. Er darf sie nicht meinetwegen verlieren! Nicht auch noch sie. Er hasst mich jetzt schon.« Ihre Stimme brach und Tränen rollten ihr über die Wangen. Keine Ahnung, was sie zu sagen beabsichtigte. Es blieb auch keine Zeit, um nachzufragen. Wir mussten ein Leben retten und vielleicht würde es mir diesmal gelingen.

Eilig zog ich meine Schuhe an. »Bring mich zu ihr«, wiederholte ich, nahm ihre Hand in meine und ließ mich von Maddie hinaus in den Sturm führen.

Kapitel 4

Maddie

Meine Hände zitterten und ich stützte sie auf dem Esstisch ab. Kälte fraß sich durch meine nassen Klamotten und krallte sich in meine Haut. Doch ich war noch nicht in der Lage, mich umzuziehen. Nachdem ich nach Leo gesehen hatte, der friedlich bei meinen Schwiegereltern schlief, war ich auf dem Stuhl in der Hütte zusammengesackt und brachte keine Kräfte mehr auf, aufzustehen. Wenn ich nicht so lange bei Leslie geblieben wäre, hätte ich nicht so einen Mist gebaut. Stattdessen war ich in Selbstmitleid versunken, nachdem Blossom mich angerufen und gesagt hatte, dass mein Sohn mich heute nicht mehr sehen und bei ihr schlafen wollte.

Ich musste mich ablenken, etwas mit meinen Händen tun. Abrupt stand ich wieder auf, öffnete und schloss die Schubladen, auf der Suche nach einem Putzlappen. Ich hatte keine Ahnung, wo Blossom die Putzmittel verstaut hatte oder ob ich überhaupt etwas hier finden konnte. Abgesehen davon sah die Hütte so sauber aus, dass ich vom Boden hätte essen können. Schwer atmend lehnte ich mich mit der Hüfte an die Arbeitsplatte, ließ meinen Blick über die in Weiß lackierten Küchenschränke und über den Holzesstisch schweifen.

Blossom und Cole hatten sich um alles gekümmert. Sogar in mein Zimmer, in das nur ein großes Bett passte, hatte meine Schwiegermutter ein Bild, das ich einst in der Schule gemalt hatte, gehängt und Lavendelblüten auf den Fenstersims gestellt. In Leos Zimmer hingen Fotos von ihm mit den Tieren. Ich sah die Liebe meiner Schwiegereltern zu mir und meinem Sohn in jedem Detail des Hauses. Eine Liebe, die ich Leo hätte zeigen sollen, als er mich am meisten gebraucht hatte. Stattdessen hatte ich sein Alpaka angefahren. Und wenn Regenbogen starb? Wenn es zu spät war?

Ein leises Klopfen an der Tür riss mich aus meinen Gedanken und ich stieß mich so schnell von der Arbeitsplatte ab, dass ich einen Stuhl anrempelte und dieser klappernd auf den Boden fiel. Eilig hob ich ihn auf, lief zu Tür und öffnete sie. Atlas stand auf meiner Veranda. Er trug noch immer seine Pyjamahose und ein weißes Oberteil. Seine tropfenden Strähnen klebten ihm in der Stirn und sein nasses Shirt an seinem Oberkörper.

»Ihr geht es gut«, sagte er und strich sich das Haar mit den Fingern nach hinten. »Regenbogen hat sich nur erschreckt. Bei ihr ist nichts gebrochen und sie ist auch sonst nicht ernsthaft verletzt.«

Mein Herz hämmerte gegen meine Brust. »Bist du dir sicher?«

Er schmunzelte. »Ich wäre ein erbärmlicher Tierarzt, wenn ich mir nicht sicher wäre.«

Schlechtes Gewissen überkam mich. Ich war mitten in der Nacht bei einem Fremden aufgetaucht, hatte ihn aus seinem Bett in den Regen gezerrt und zweifelte nun auch noch seine Fähigkeiten an. »Es tut mir leid. Ich … ich bin nur erschöpft«, sagte ich und trat zur Seite. »Komm bitte herein.«

Atlas zog die Augenbrauen hoch und seine stahlgrauen Augen musterten mich, als würde er sich für all meine Geheimnisse interessieren.

»Wäre es nicht besser, wenn ich Sie alleinlasse?«

Allein. Mein Blick huschte zur Tür hinter mir. Die Tür meines leeren Schlafzimmers. Ich dachte an mein leeres Bett, an das fehlende Lachen in diesem Haus. Ich hatte keine Lust, allein zu sein. Nicht jetzt.

»Haben wir nicht gesagt, dass wir uns duzen wollen?«, fragte ich.

Atlas holte tief Luft.

Ein kalter Windzug ließ mich erzittern.

»Du hast immer noch nasse Klamotten an«, stellte er fest. »Du wirst dich erkälten.«

Ich verzog die Lippen. »Noch ein Grund, um hereinzukommen. Ich kann uns einen Tee machen, mich umziehen. Hier drinnen ist es wärmer.«

Er schien mit sich zu ringen, schaute kurz über die Schulter zu seinem Haus und sah mich wieder an.

»Oh«, sagte ich und trat von einem Fuß auf den anderen. »Klar. Deine Freundin muss sich schon Sorgen um dich machen.«

Seine Augenbrauen wanderten nach oben. »Meine was?«

Hatte ich gerade zugegeben, mehr über sein Leben zu wissen, als ich es sollte? Meine Wangen brannten. »Es tut ... Cotton Village ist eine kleine Stadt und ... es tut mir leid, dass ich mich in dein Leben einmische.«

Ein Lächeln erhellte sein Gesicht. »An deinem ersten Tag in der Stadt hast du schon erfahren, dass ich eine Freundin haben soll?«

Mein Kopf fühlte sich an, als würde er in jeder Sekunde in Flammen aufgehen. »Es tut ...«

»Ich habe keine Freundin«, fiel er mir sanft ins Wort. »Und ein Tee wäre keine schlechte Idee.«

Atlas trat einen Schritt ins Haus und stand direkt neben mir im Türrahmen. Ich musste den Kopf in den Nacken legen, um ihn anzusehen. Er überragte mich um einen Kopf. Die Wärme, die von ihm ausging, liebkoste meine Haut und er duftete nach feuchter Erde und herbem Duschgel. Atlas hätte weiter hineingehen sollen, stattdessen versenkte er seinen Blick in meinen und musterte mein Gesicht, als wäre es das erste Mal, dass er mich sah. Wieder rumorte dieses Etwas in meiner Brust.

Mich räuspernd ging ich zum Esstisch. »Ich habe da ein paar trockene Sachen, die dir passen könnten.«

Er folgte mir und ließ die Tür hinter sich ins Schloss fallen. »Das ist nicht nötig. Ich wohne doch nebenan.«

Ich schüttelte den Kopf. »Ich habe deine Nacht schon gestört. Jetzt kann ich dich nicht in nassen Klamotten hier sitzen lassen.«

Sein Kiefer spannte sich und er schluckte schwer. »Okay.«

Ich nickte und fragte mich, warum er sich so dagegen sträubte. Wenn die Frau, die mit ihm gesehen wurde, nicht seine Freundin war ... Vielleicht hatte er mich angelogen.

Mein Gott! Was geht dich das an, Maddie?

»Ich ziehe mich nur kurz um und komme gleich wieder.«

Er nickte. »Ich gehe nirgendwohin.«

Es war die bescheuertste Idee, die ich jemals gehabt hatte. Ich hätte Atlas nach Hause gehen lassen sollen. Nein. Ich hatte seine Kleidung in die Waschmaschine geworfen und ihm Chris' Pullover, Chris' Jogginghose und Chris' Socken gegeben. Es waren Kleidungsstücke, von denen ich mich nicht trennen konnte, sie jetzt aber einem fremden Mann gab. Der Gedanke, dass ein anderer sie trug, ließ sich meine Brust schwer anfühlen. Doch ich konnte ihn nicht gehen lassen. Nicht ohne mich zu bedanken. Nicht so nass und klamm, wie er war. Ihm in die Augen schauen, konnte ich ebenfalls nicht. Ich starrte dagegen meinen Tee an und kein einziges Wort verließ meinen Mund.

»Sie ist meine Schwester«, sagte er.

Blinzelnd riss ich den Kopf hoch. »Wie ...? Was?«

Er sah mich nicht an, fuhr stattdessen mit dem Daumen über den Rand seiner Teetasse. »Die Frau, von der alle denken, sie sei meine Freundin. Sie ist meine Zwillingsschwester.«

»Du musst mir nichts erklären.« Ich schüttelte den Kopf. »Es geht mich nichts an. Es geht keinen in Cotton Village etwas an.«

Das Letzte, was ich mir jetzt wünschte, war, mit den Tratschtanten der Stadt verglichen zu werden. Atlas war ein Rätsel und ich wäre eine Lügnerin, wenn ich nicht zugeben würde, dass er mich neugierig machte.

Er war aber nicht dazu verpflichtet, jemandem etwas über sein Leben zu erzählen, nur weil er der Tierarzt der Stadt war.

»Ich weiß.« Er schaute mich an und seine grauen Augen schienen im Licht der Küchenlampe heller zu strahlen. »Ich möchte trotzdem, dass du es weißt.«

Ich legte den Kopf schräg, weswegen mir eine feuchte Haarsträhne über die Augen fiel. »Warum?«

»Um Missverständnisse zu vermeiden.« Er zuckte mit den Schultern. »Immerhin will ich mir hier ein Leben aufbauen.«

Mein Blick schweifte zu seinem Schlüsselbein, seinem Oberarm und über das T-Shirt. Chris war schmaler gebaut gewesen als Atlas, dementsprechend spannte sich der Stoff um seinen Bizeps.

Ich schloss für eine Sekunde die Augen und atmete tief durch. »Cotton Village ist bekannt für die schlimmsten Gerüchte«, sagte ich und sah ihn wieder an. »Ich denke, dass du leider ein paar nicht vermeiden kannst.«

Ein Herzschlag lang musterte er mich. Seine Augen wurden schmaler und seine Augenbrauen rückten näher zusammen. »Wurdest du selbst Opfer von irgendwelchen Fehlschlüssen?«

Ich schluckte. Genauso wenig wie ich an Atlas in Chris' Kleidung denken wollte, wünschte ich mir, Erinnerungen an meine Vergangenheit auszugraben. Doch etwas an der Art, wie er mich ansah, wie er mich wahrnahm, spornte mich an, mehr über mich zu sagen.

»Mehr als mir lieb wäre«, gab ich zu.

»Schwieriges Thema?« Eine steile Falte erschien auf seiner Stirn. Er trank seinen Tee aus.

Ich schlug die Augen nieder und fixierte meine Tasse dabei, als ob sie mir Halt geben könnte. »Wenn es nur Missverständnisse gewesen wären ...« Mein Tee war bereits kalt, als ich ihn austrank. »Ich hatte keine leichte Kindheit.«

Furchen gruben sich zwischen seine Augenbrauen. »Inwiefern?«

Ich starrte meine Hände an. »Ich denke nicht gerne an diese Zeit zurück.«

»Sorry. Du musst mir nichts erzählen, wenn du nicht möchtest.«

Ich hob den Kopf und rang mir ein Lächeln ab. »Es gab auch schöne Momente. Mit Chris, meiner besten Freundin Leslie und den Alpakas habe ich auch eine Menge Spaß gehabt.«

»Lebt sie noch hier in der Stadt?«

Ich nickte. »Sie meint, dich in ihrer Buchhandlung gesehen zu haben.«

Ein Lächeln erhellte sein Gesicht. Ein wunderschönes Lächeln.

»Ich weiß, wen du meinst. Ich finde sie sympathisch und ich glaube, dass sie so ziemlich die Einzige war, die mich nicht mit Fragen gelöchert hat.«

Ich lachte leise, doch Atlas' Lächeln schwand. Er betrachtete mich ernst, fast, als würde er etwas in meinen Augen suchen.

Ein warmer Schauer rieselte über meinen Rücken und ich räusperte mich.

»Ich kannte Leslie schon immer. Aber Freunde sind wir erst geworden, als ich angefangen hatte, Harry Potter in der Buchhandlung zu lesen. Ziemlich schnell fand ich heraus, dass sie, genau wie ich, in Draco verliebt war.«

Kleine Lachfältchen bildeten sich um seine Augen. »In wen?«

»Draco. Der aus *Harry Potter*.«

»Ach, ich habe die Filme nie geschaut.«

Ich blinzelte. »Wie bitte? Auf welchem Planeten lebst du?«

Atlas befeuchtete seine Lippen und hob abwehrend die Hände. »Sorry.«

»Die Bücher hast du aber gelesen?«

Er schüttelte den Kopf.

»Okay. Ich befürchte, dass wir so keine guten Nachbarn werden können«, sagte ich ernst.

»Ich stehe nicht wirklich auf Fantasy-Bücher.«

Abermals blinzelte ich. »Ich bin mir langsam sicher. Wie kann man Fantasy nicht mögen? Die Realität ist einfach zu … brutal.«

Ein Schwall von Erinnerungen brach über mich herein. Meine Kindheit in Cotton Village, die Sprüche von Charleen, Chris' Tod. Mein Herz zog sich zusammen.

»Manche Fantasy-Bücher sind ziemlich brutal. Oder kennst du *Game of Thrones* nicht?«

Der Knoten in meiner Brust schien sich zu lösen. Nicht einmal Blossom hatte es geschafft, mich mit einem Satz aus meinen dunklen Gedanken zu zerren.

»Die Bücher hast du also gelesen?«

Er biss sich auf die Unterlippe. »Ich habe die Serie geschaut.«

»Und warum ist das besser als *Harry Potter*?« Ich schmunzelte, hob den Zeigefinger und tat so, als würde ich nachdenken. »Warte. Lass mich mal raten: Wegen Emilia Clarke?«

Er lachte. »Sie ist nicht mein Typ.«

Sein Lachen gefiel mir. Seine Stimme gefiel mir.

Ich hasse mich dafür.

»Warum dann *Game of Thrones*?«, fragte ich.

Atlas legte beide Arme auf den Tisch und beugte sich leicht vor. »Mir gefallen Geschichten, die mich überraschen. Ich habe mir sogar vorgenommen, die Bücher zu lesen.«

Ich lehnte mich weiter zurück. »Liest du gerne?«

»Sehr. Auf meiner To-do-Liste steht ganz oben, Mrs. Sunrise's Coffee- and Bookshop wieder zu besuchen.«

Beinahe lächelte ich. Aber nur fast. »Jetzt fängst du an, Sympathiepunkte zu gewinnen.«

»Ich wusste gar nicht, dass ich welche sammle.« Abermals bog sich sein Mundwinkel nach oben und er zog seine Augenbrauen hoch.

»Ich will ja wissen, wie mein neuer Nachbar so ist. Meine Schwiegereltern scheinen dich auf Anhieb gemocht zu haben«, sagte ich, ohne ihn anzusehen.

»Ich mag sie auch.« Er klopfte mit den Fingern auf den Tisch, was mich aufschauen ließ. »Eigentlich bin ich wegen der Alpakas hierhergekommen.«

»Was?«

»Ein …«, sein Lächeln erstarb und er spielte wieder mit dem Rand der Teetasse, »… ein guter Freund hat mir erzählt, dass Alpakas sich super als Therapietiere eignen.«

Das mochte wahr sein. Doch die Alpakas auf der Farm meiner Schwiegereltern kannten nur die Einwohner von Cotton Village. Bekannt waren sie sonst nirgendwo. Keine Ahnung, woher Atlas kam, aber ich konnte es mir nicht vorstellen, dass er irgendwo anders davon erfahren hatte. Vielleicht stammte sein Freund auch von hier?

»Du brauchst also Therapie.«

»Ich habe Schlafprobleme. Seit ein paar Monaten schlafe ich keine volle Nacht. Aber wer braucht heutzutage keine Therapie?«

Ich musste an Leo denken und daran, dass ich für ihn einen Therapeuten suchen musste.

»Deshalb bist du aus ... woher kommst du noch mal?«

Atlas lächelte, doch das Lächeln erreichte seine Augen nicht.

Das unangenehme Schweigen zwischen uns dehnte sich aus und ich merkte den Wink mit dem Zaunpfahl. Dennoch interessierte es mich, warum er auf so eine harmlose Frage nicht antworten wollte.

»Sorry. Meine Neugier wieder. Du musst mir nichts erzählen.«

Langsam stand er auf und schob seinen Stuhl wieder an den Tisch heran. »Ich denke, ich sollte nach Hause, bevor meine Schwester aufwacht und sich fragt, wo ich stecke.« Er schaute kurz zum Fenster und ging zu seinen Schuhen, die, mit Zeitungen vollgestopft, vor der Tür standen. »Außerdem hat es schon aufgehört zu regnen.«

Wie lange hatten wir geredet? Warum fühlte es sich wie eine Ewigkeit und gleichzeitig wie fünf Minuten an?

»Ja. Klar«, erwiderte ich und stand ebenfalls auf.

Atlas zupfte die Zeitungspapiere aus seinen Schuhen und zog seine Sneakers an. Sie mussten noch feucht sein, doch es schien ihm nichts auszumachen. »Es war sehr schön, dich ein bisschen besser kennengelernt zu haben, Maddie.« Er drehte sich zu mir um und streckte seine Hand aus.

»Ich bin mir nicht sicher, ob ich dir zustimmen kann. Das mit *Harry Potter* war ein Schlag ins Gesicht.«

Grinsend hielt er meinem Blick stand. »Hoffentlich habe ich Zeit, mehr Sympathiepunkte zu sammeln.«

Ich griff nach seiner Hand. Die Berührung sandte ein Prickeln unter meine Haut. Ganz anders als gestern, als ich ihn in der Scheune meiner Schwiegereltern kennengelernt hatte. Mir wurde erneut warm und ich zog meine Hand zurück.

»Wenn du nicht vorhast, schon morgen wieder auszuziehen, wäre das möglich«, sagte ich.

Er lächelte. Wieder ein ehrliches Lächeln. Wieder ein Kribbeln in meinem Bauch.

»Ich gehe nirgendwohin.«

»Gute Nacht, Atlas.«

»Bis bald, Maddie.«

Kapitel 5

Maddie

Ein Vogelschwarm erhob sich aus den grün belaubten Bäumen am Sorrow Lake, stieg in den wolkenlosen Himmel und verschwand in Richtung Mittagssonne. Deren Gesang brach die Stille, der Wind liebkoste meine Wangen und trug den Naturduft mit sich. Ich schirmte meine Augen vor der blendenden Helligkeit ab, stützte mich aber in der nächsten Sekunde auf dem dürftigen Holzsitz des Fischerboots ab, wodurch es zu wackeln begann. Mein Blick streifte über die glatte Oberfläche des Sees, auf der sich der umliegende Wald spiegelte, und ich suchte nach etwas, was die Unruhe ausgelöst hatte. Nichts.

»Leo, hast du ...«

Das Boot wackelte erneut, verursachte wellenförmige Schwingungen auf der Wasseroberfläche und erst jetzt sah ich auf das Stück Holz, mit dem mein Sohn in den See stach. Seine Angelrute lag achtlos neben ihm.

»Ist alles in Ordnung, mein Löwe?«

Er warf mir einen kalten Seitenblick zu, stach aber weiter ins Wasser, sodass das Boot erneut zu schaukeln anfing. »Ich bin kein Löwe.«

Ich schluckte, hielt mich an den Bootsrändern fest und kletterte vorsichtig einen Sitz weiter, sodass ich mich näher zu ihm hinsetzen konnte. »Es tut mir leid. Ich nenne dich nicht mehr so, wenn du es nicht möchtest.«

Leo zuckte mit den Schultern und sah mich dabei nicht mehr an.

»Dir war es nie beim Angeln langweilig.«

Die Idee, mit Leo an den Sorrow Lake zu fahren, hatte mir eher Albträume beschert, denn es gab für mich nichts Langweiligeres, als mit einer Rute in der Hand stundenlang in einem Fischerboot zu sitzen. Aber hier ging es nicht um mich. Ich wollte so viel Zeit mit meinem Sohn allein verbringen wie ich konnte und das tun, was er liebte. Ich erinnerte mich an die Tage, an denen er mit Chris angeln gegangen und mit einem meterbreiten Lächeln zurückgekehrt war. Dieser Ort musste schöne Erinnerungen in ihm wecken und es gab nichts, was wir jetzt mehr brauchten, als gute Erinnerungen.

»Das ist doof, weil Daddy nicht hier ist.« Er rutschte auf seinem Sitzbrett von mir weg, sodass das Boot sich erneut bewegte.

Rasch fasste ich wieder an den Rand und lehnte mich nach hinten, um das Gleichgewicht zu halten. Mehr als alles andere auf der Welt wollte ich Leo in die Arme nehmen. Aber jetzt musste er auf mich zukommen oder das Boot würde umkippen. »Oder ist dir langweilig, weil ich hier bin?«

Abermals zuckte er mit den Schultern, verschränkte die Arme vor der Brust und drehte sich mit dem Rücken zu mir.

Seufzend strich ich über meine verschwitzte Stirn. »Ich wollte Daddy nicht ersetzen. Ich will nur etwas Besonderes mit dir unternehmen.«

Stille breitete sich zwischen uns aus, bis Leo mir nach ein paar Minuten einen kurzen Blick über die Schulter zuwarf. »Bist du in die Klinik gegangen, weil ich nicht lieb war?«

»Was?!« Mein Herz brach und ich erhob mich kurz von meinem Sitz.

Leo schwankte, ruderte mit den Armen, sodass ich mich hinsetzen musste. »Du bist das liebste Kind der Welt. Ich bin nur gegangen, weil ich gesund werden wollte. Ich wollte für dich gesund werden.«

Er umfasste das Holzstück, mit dem er gespielt hatte, ließ es aber wieder los. »Und? Bist du jetzt gesund?«

»Ich muss immer wieder an mir arbeiten.«

Auch wenn ich ihm sagen wollte, dass ich jetzt die perfekte Mom wäre, wollte ich ihn nicht anlügen. Ich hatte zwar meine Depression überwunden, musste aber ständig auf mich und meine mentale Gesundheit achten, um nicht rückfällig zu werden. »Aber du bist die wichtigste Person meines Lebens und ich möchte dich nie wieder im Stich lassen.«

»Heißt das, dass du nicht mehr gehst?«

»Nicht ohne dich.«

Langsam drehte sich Leo zu mir um und Traurigkeit stahl sich in seine grünen Augen. »Und wenn ich nicht aus Cotton Village weggehen will?«

»Dann bleibe ich.«

Ich hatte nicht vor, ihn aus seiner jetzt vertrauten Umgebung herauszureißen. Abgesehen davon wollte ich bei der Familie bleiben, die ich noch hatte. Blossom und Cole mochten nicht meine leiblichen Eltern sein, doch ich fühlte mich so, als wäre ich schon immer ein Teil ihrer Familie gewesen.

»Ich habe einen Laden gekauft und werde ihn hübsch machen, sodass ich dort viel tolle Kleidung verkaufen kann.«

»Und was passiert dann?«

»Dann habe ich einen sicheren Job, genug Geld für uns beide und uns wird es an nichts mehr fehlen.«

»Mir fehlt nichts.« Seine Stimme klang nicht mehr so abweisend wie vor ein paar Minuten, sondern eher skeptisch.

»Ich weiß.«

Erneut ließ er die Zeit verstreichen, holte sich einen Stein aus dem Boden des Bootes und warf ihn ins Wasser. »Ich bin noch sauer auf dich.«

»Ich weiß.« Langsam hob ich meine Hand, bot sie Leo an, damit er zu mir krabbeln und sich neben mich setzen konnte.

Er schaute kurz auf meine Finger und wieder in meine Augen. »Ich werde noch sehr lange auf dich sauer sein.«

»Das kann ich verstehen.«

Er nickte. »Muss ich angeln, wenn ich nicht will?«

»Nein.« Ich ließ meine Hand wieder auf meinen Schoß sinken, wollte ihn zu nichts drängen. Nicht einmal dazu, mich zu berühren. »Ich möchte nur Zeit mit dir verbringen. Da du immer gerne mit Daddy angeln gegangen bist, habe ich gedacht, dass du es wieder machen wollen würdest.«

»Wir haben nie wirklich geangelt.«

Ich legte meine Stirn in Falten. »Nein?«

»Daddy hat Süßigkeiten gekauft und wir sind in den Wald gegangen, um Hütten zu bauen.« Leo grinste breit und mein Herz schlug schneller.

»Hütten?«

»Mit Ästen und Blättern.«

»Interessant.«

»Danach sind wir in die Fischerei gegangen und haben Fisch gekauft.« Er schwang die Beine über den Sitz, sodass er jetzt zu mir gewandt saß. »Es war unser Geheimnis.«

»Das erklärt, warum der Fisch immer sauber und bereits ausgenommen war ...«

Natürlich hatte ich immer gewusst, dass Chris die Fische nicht selbst geangelt hatte. Aber ich hatte eher geglaubt, dass sie den ganzen Tag auf dem See verbracht hatten und eine Niederlage nicht hatten zugeben wollen.

Leo senkte den Blick und malte mit den Fingern Kreise auf seinem Knie. »Ich vermisse Daddy.«

»Ich auch«, gab ich zu und spürte die Sehnsucht nach ihm in jeder Zelle meines Körpers.

Er sah mich wieder an und presste für eine Sekunde die Lippen fest aufeinander. »Ich habe dich auch ganz doll vermisst.«

Ich durfte jetzt nicht weinen. Ich musste für ihn, für uns, stark sein. »Es tut mir leid, dass ich nicht da gewesen bin. Aber ich musste zum Arzt gehen, um eine bessere Mommy für dich zu sein.«

Leo fixierte meine Hände, wischte sich unter die Nase und kletterte einen Bootssitz weiter in meine Richtung. »Ich fand dich schon immer gut. Auch wenn du vergessen hast, frische Milch zu kaufen.«

Oh, mein Herz ...

»Jetzt denke ich daran, sie zu kaufen.« Meine Stimme brach leicht, doch ich holte stockend Luft und setzte ein schwaches Lächeln auf.

»Nicht immer. Gestern hast du es auch vergessen.«

Ich lachte, wobei mir eine Träne aus dem Augenwinkel schlüpfte. »Okay. Ich gebe mir Mühe, immer besser zu werden.«

Leo nickte und schaute zu der ruhigen Wasseroberfläche. »Ich weiß nicht, wie man angelt.«

»Wie wäre es, wenn wir in die Stadt fahren und uns Eis kaufen?«

»Das finde ich gut.«

Ich wischte meine Träne weg, fasste nach den Rudern und tauchte sie ins Wasser. Leo blieb, wo er war. Nicht dicht genug, dass ich ihn anfassen konnte, doch nicht so weit weg wie heute Morgen. Aber mit jedem Herzschlag hoffte ich, dass wir den Weg zueinanderfinden würden.

Kapitel 6

Maddie

Mein Herz fühlte sich noch immer schwer an, nachdem ich Leo in die Schule gebracht hatte. Heute war sein erster Schultag nach den Ferien und alles an diesem Ort hatte mich an die schlimmste Zeit meines Lebens erinnert. Allein der Geruch nach Kreide und Holz bescherte mir noch immer eine unschöne Gänsehaut. Während ich Leo in sein Klassenzimmer begleitet hatte, hatte ich in meinem Kopf das Gebet, mein Sohn mochte nie etwas Ähnliches durchstehen, wie ich zu meiner Schulzeit, wiederholt. Aber Leo war ganz anders als ich. Er war klug, charismatisch und hatte eine stabile Familie, die hinter ihm stand. Auch wenn ich für eine kurze Zeit nicht die Mutter gewesen war, die er verdiente.

Ich warf den Autoschlüssel auf den Esstisch, öffnete meinen Laptop und schaute mir meine Pinterest Pinnwand an. In Mintgrün und Grau lächelten mich Bilder an, die mich zu der richtigen Dekoration meines Fashionladens inspirieren sollten, und es kribbelte warm in meinem Bauch. Im Posteingang meines E-Mail-Programms wartete bereits eine Zusage des Lieferanten von Kleidern aus Bio-Baumwolle und ich las mir die Rechnung, die im Anhang zu finden war, durch, als es an der Tür klopfte. Rasch stand ich auf und ließ Blossom hinein, die einen braunen Karton in den Händen balancierte.

»Das ist gerade für dich gekommen«, sagte sie und stellte das Paket auf dem Tisch ab.

»Danke.« Stirnrunzelnd holte ich einen Brieföffner und schnitt das Paketband durch. »Kelly Martinez«, las ich den Namen des Absenders. Auf Anhieb verband ich ihn mit keiner Person, doch in dem Moment, als ich den Karton öffnete, stieg mir der Duft von Sandelholz in die Nase und Erinnerungen brachen wie eine Welle über mich herein. Chris' Parfüm riss die Wunde in meinem Herzen auf. Mit zitternder Hand holte ich seine Jacke heraus.

»Oh mein Gott ...« Blossom legte ihre Fingerspitzen auf den Mund und trat einen Schritt zurück, als hätte eine unsichtbare Kraft gegen ihre Seele geschlagen. »Es ist ...«

Ich atmete schneller, hatte das Gefühl, auf einem Seil über einem Tal zu balancieren und öffnete den Umschlag, der beigelegt war.

Liebe Maddie,

vielleicht erinnerst du dich nicht an mich, da wir nur einmal miteinander gesprochen haben. Ich habe aber einige Monate mit Chris zusammengearbeitet und ihn sehr als Kollegen geschätzt. Sein Verlust hat uns alle

getroffen und die Art, wie er aus seinem Leben gerissen wurde, bricht uns allen in der Schule das Herz. Es
tut mir sehr leid. Alles, was passiert ist, tut mir sehr
leid. Letzte Woche habe ich mich gefragt, was passiert
wäre, wenn ich an seiner Stelle zur Arbeit gegangen
wäre. Auf solche Fragen gibt es keine Antwort. Aber
ich habe Chris' Jacke in seinem Spind gefunden und
gedacht, dass du sie vielleicht haben wollen würdest.
Ich hoffe, du findest es nicht schlimm, dass ich die
Schulleitung um deine Adresse gebeten habe. Daten-
schutztechnisch ist das nicht erlaubt und ich bekomme richtig Ärger, wenn du es nicht gut findest.
Wenn du etwas brauchst, sag Bescheid. Ich wäre froh,
dir helfen zu können.

Alles Liebe

Kelly

Ein Kloß steckte in meiner Kehle und erst, als ich den
Brief niederlegte und Chris' Jacke in den Händen hielt,
merkte ich, dass ich weinte. Ich vergrub meine Nase in
dem Stoff, ließ die Erinnerungen an seine Stimme,
seine Berührungen und sein Lächeln meine Seele lieb-
kosen.

»Was meint sie damit?« Blossoms Worte klangen gebrochen.

Langsam hob ich den Kopf und ließ meine Hände mit
Chris' Jacke sinken. »Womit?«

Sie hielt den Brief zwischen den Fingern und löste ihren Blick nicht von den Zeilen. »Was wäre passiert,

wenn sie an Chris' Stelle zur Arbeit gegangen wäre? Was meint sie damit?«

Ich blinzelte. Ich konnte noch nicht glauben, dass Blossom einen Brief, der an mich adressiert war, gerade las, ohne mich um Erlaubnis zu bitten. Aber das war im Grunde nicht schlimm. Es ging um Chris und sie hatte ein Recht darauf, zu erfahren, was darin stand. Wieso brodelte es in mir? Es kam mir so vor, als würde ich erlauben, dass sie einen Teil von mir stahl.

Beruhige dich, Maddie. Sie will nur das Beste für dich.
Blossom wusste, dass es keine Geheimnisse zwischen uns gab und es in dem Brief um Chris gehen musste.

»Kelly sollte am Tag des Amoklaufs als Vertretungslehrerin anfangen«, erwiderte ich und wischte mir die Tränen vom Gesicht. »Aber ihr Auto hatte eine Panne, weshalb sie darum gebeten hatte, erst einen Tag später anzufangen. Chris ist dann für sie eingesprungen, aber er hätte normalerweise freigehabt.«

»Wenn sie zur Arbeit gegangen wäre, würde mein Sohn noch leben?«, fragte sie, ohne mich anzusehen. Ihre Finger verkrampften sich so sehr um den Brief, dass sie das Papier zerknitterte.

Ich kämpfte gegen den Drang an, den Brief – meinen Brief – aus ihren Händen zu reißen. Das Gefühl, dass mir alles Wertvolle genommen worden war, haftete noch immer an meiner Seele. Vielleicht war es ein Schutzmechanismus, den ich im Laufe der Jahre entwickelt hatte, denn vor Chris wurde ich nie aufgefangen. Als ich gefallen war, hatte ich den Boden hart unter mir gespürt und hatte mit den Schmerzen leben müssen. Aber dann war er gekommen, hatte sich in mein Herz geschlichen und mich gelehrt, dass ich nicht einsam sein musste. Chris war ein Geschenk gewesen, hatte Blossom und Cole in mein Leben gebracht und plötzlich hatte ich eine Familie. Ich sollte einfach dankbar dafür sein.

»Er hätte den Tag freigehabt. Aber ich weiß nicht ...«

»Ich denke immer wieder darüber nach«, schnitt sie mir das Wort ab.

Ich legte den Kopf schief. »Worüber?«

»Die Ärzte haben erzählt, dass er vielleicht noch leben würde, wenn sie ihn früher gefunden hätten.« Blossom strich gedankenverloren über die Zeile, wiederholte die Worte, die ich unzählige Male zu mir selbst gesagt hatte.

Aber je länger ich darüber nachdachte, desto schwieriger wurde es, zu akzeptieren, was geschehen war. Nichts, was wir jetzt tun konnten, würde die Vergangenheit ändern. Auch nicht, wenn wir die Geschehnisse tausendmal durch den Kopf gehen ließen.

»Eigentlich sollte er gar nicht in Atlanta leben«, fuhr sie fort. »Chris hätte in Cotton Village bleiben sollen, wo so etwas niemals passieren würde.«

Ein schmerzhafter Stich durchfuhr mein Herz. Wie oft hatte sie uns darum gebeten, zurückzukommen. Wie oft hatte sie uns vorgeworfen, dass sie ihren Enkel nicht aufwachsen sehen würde, wenn wir so weit weg lebten. Aber Cotton Village war schon immer zu klein für Chris' Träume gewesen und ich hatte hier Erinnerungen gesammelt, die ich vergessen musste. Erinnerungen, mit denen ich früher oder später konfrontiert werden würde. Wie konnte ich wissen, dass die Entscheidung, weit weg von meinen Ängsten zu wohnen, Chris' Leben kosten würde?

»Wir können hier nicht spekulieren, was hätte passieren können, wenn etwas anders gelaufen wäre. Es bringt ihn nicht zurück«, murmelte ich.

»Nein. Du hast recht.« Blossom sah mich an und ein Schatten legte sich auf ihre Züge. »Was machst du damit?«

Langsam zog ich den Brief zwischen ihren Fingern hervor. »Ich weiß noch nicht.«

»Leo würde sich über die Jacke freuen.« Sie streckte ihre Hand dem Kleidungsstück entgegen, schloss sie aber wieder und atmete tief durch. Im Gegensatz zu mir bildete sich keine Träne an Blossoms Augenwinkel. Sie war der Fels, der sie schon auf Chris' Beerdigung gewesen war.

Aber wieso fühlte ich mich nicht mehr so geborgen, wie ich mich damals gefühlt hatte? Wieso fühlte ich mich jetzt, als hätte mir jemand die Stimme geraubt und so, dass ich nur schreien wollte?

»Ich werde ihn fragen, ob er sie behalten will«, erwiderte ich, stopfte die Jacke zusammen mit den dunklen Erinnerungen in den Karton und schloss ihn.

Blossom blinzelte, rang sich ein Lächeln ab und sah mich wieder an. »Nach der Schule hole ich meinen Enkel ab. Sein Rucksack verträgt kein neues Schuljahr. Er braucht dringend einen neuen.«

Darauf hätte ich achten sollen. Aber mein Kopf war so voller Fragen bezüglich meiner Zukunft in Cotton Village, dass ich nicht an neue Schulsachen gedacht hatte.

»Das kann ich selbst erledigen.« Ich hatte mir vorgenommen, zu meinem Sohn zurückzufinden. Zuzulassen, dass Blossom weiterhin alles machte, was meine

Aufgabe als Mutter war, klang nicht nach dem richtigen Weg.

»Schon gut. Spar dein Geld für den Laden. Du wirst es brauchen. Ich hole ihn ab und du kannst weiterarbeiten.« Ein Angebot, das mir keinen Raum für Widerspruch ließ.

Ich ließ die Schultern sinken. Es würde andere Gelegenheiten geben, Leo etwas Neues zu kaufen. Außerdem hatte sie recht und ich musste Geld sparen, wenn ich wollte, dass der Laden in kürzerer Zeit Gewinn machte.

»Danke.«

»Ich gehe die Alpakas füttern.« Blossom warf dem Karton einen letzten Blick zu, bevor sie sich umdrehte und ging.

In meiner Brust rumorte ein ungutes Gefühl und ich rief ihr hinterher: »Er muss zum Abendessen wieder da sein.«

Ich wusste, dass sie mich nicht mehr hörte.

***

Mit meinem roten Koffer in den Händen setzte ich mich auf die Couch und ließ meinen Blick durch das Fenster schweifen. Draußen wurde die Dunkelheit nur durch das warme Licht, das aus Atlas' Haus strahlte, durchbrochen und nicht einmal die Alpakas störten die Stille. Ich hatte vergessen, wie friedlich es sich anfühlte, in Cotton Village zu leben. Trotzdem schlug mein Herz unruhig. Blossom war mit Leo nicht zurückgekehrt, hatte weder angerufen noch eine Nachricht geschickt.

Sie müssen sich daran gewöhnen, dass du wieder da bist, Maddie.

Nach einem tiefen Atemzug legte ich meinen Koffer auf den Boden, öffnete ihn und blickte auf den hässlichsten Schal, den ich je gestrickt hatte. Aus dem Schachbrettmuster lugten lose Fäden heraus und Löcher, in die meine Daumen hineinpassten, hatten sich dazwischen aufgetan. Ich zuckte mit den Schultern, holte die Bambusstricknadeln heraus und steckte sie in meine Haare. Als ich mit einem neuen Projekt anfangen wollte, das ich sicher keinem zeigen würde, klingelte mein Handy. Leslies Bild, wie sie mir die Zunge entgegenstreckte, erschien auf dem Display und ich nahm an.

»Beschäftigt?«, fragte sie.

Ich klemmte das Gerät zwischen Ohr und Schulter und wickelte hellblaue Wolle um die Metallstricknadeln. Das Klimpern sandte eine Wohlfühlwelle durch mich hindurch.

»Ich will eine Tagesdecke stricken. Für Leo.«

»Oh oh ...«

Ich ließ die Nadeln auf den Boden sinken und seufzte tief. »Was ist?«

»Du kannst nicht stricken. Nach so vielen Jahren solltest du eigentlich wissen, wie grottenschlecht du darin bist.«

»Das weiß ich doch.«

Aber das war unser Ding gewesen. Blossom hatte versucht, mir das Stricken beizubringen und mein Herz hatte sich immer sehr wohlgefühlt, als Chris uns dabei zugesehen hatte.

»Es beruhigt mich.«

»Und warum musst du dich beruhigen?«

»Leo ist noch nicht wieder da.« Ich umfasste das Handy, stand auf und schlich zum Fenster. Kein Zeichen von Blossoms Truck. Kein Licht in ihrem Haus. »Er ist mit meinen Schwiegereltern shoppen gegangen und sie sind noch nicht wieder zurück.«

»Und das macht dir Sorgen?«

Ich senkte den Blick und zupfte am Saum meines T-Shirts herum. »Ist es egoistisch von mir, meinen Sohn für mich haben zu wollen? Ich meine, seine Großeltern haben sich ein ganzes halbes Jahr um ihn gekümmert. Für einen Achtjährigen ist das eine verdammt lange Zeit. Ich kann nicht erwarten, dass er sofort Zeit mit mir verbringen will.«

»Ich weiß nicht, wie es ist, Mutter zu sein.« Leslie machte eine Pause und holte tief Luft. »Aber es ist okay, Hilfe anzunehmen, wenn man welche braucht. Blossom hat sie dir angeboten und du hast sie angenommen. Das war sehr mutig von dir.«

»Ich denke aber, dass ich schwach gewesen bin. Blossom hat ihren Sohn verloren und sich trotzdem um ihren Enkel gekümmert.«

»Nicht alle Menschen gehen mit Verlusten gleich um. Du bist die beste Mutter, die sich Leo wünschen kann. Das wird er früher oder später erkennen.«

Ich schwieg, ließ Leslies Worte auf mich wirken und hätte ihnen gerne geglaubt. Mein Sohn hatte mich gebraucht und ich hatte genauso wie meine eigene Mutter reagiert. Ich war zu der Person geworden, die ich am meisten hasste. Aber ich würde es wiedergutmachen. Dafür war ich zurückgekommen.

»Das hoffe ich.«

Kapitel 7

Maddie

Maddie, acht Jahre alt

Moms Atem strich heiß über meine Schläfe, während sie mir den Mund ganz vorsichtig auf die Wange presste. Mit den Fingerspitzen kämmte sie mir die Haare aus der Stirn und blieb noch ein paar Minuten auf meiner Bettkante sitzen. Ich tat weiterhin so, als würde ich schlafen. Wie immer. Das war unser Ritual, wenn sie für ein paar Tage wegen der Arbeit in eine andere Stadt fahren musste und wieder nach Hause zurückkehrte. Sie schimpfte nicht mit mir, weil ich immer noch auf war, obwohl ich morgen zur Schule musste, und sie entschuldigte sich nicht, weil sie mir wieder keine Geschichte vorgelesen hatte. Heute war es aber anders. Zu viele Fragen schwirrten in meinem Kopf herum, um sie nicht auszusprechen. Doch ich wartete nur auf den richtigen Moment, sie zu stellen. Sie stand auf und ich öffnete die Augen.

»Mom …«, flüsterte ich.

Sie drehte sich um. Ihr hellblaues Kleid bauschte sich leicht auf und das Licht, das aus dem Flur drang, schimmerte durch ihre schokobraunen Locken. Sie lächelte. »Du solltest schlafen, mein Goldfisch.«

Mein Herz wurde warm. Das passierte immer, wenn Mom mich so nannte. Sie hatte damit angefangen, als sie mich zum ersten Mal in den Schwimmkurs gebracht hatte. Doch ich verdrehte die Augen. Sie sollte bloß nicht auf den Gedanken kommen, mich vor meinen Freunden so zu nennen. Sie würden mich stinkender Fisch nennen. Mom ließ sich wieder auf meinem Bett nieder. Ich setzte mich auf und zog die Knie an die Brust.

»Ich kann nicht schlafen«, erwiderte ich heiser.

Sie zog die Augenbrauen zusammen und musterte mich mit diesem besorgten Ausdruck, den sie aufsetzte, wenn ich Fieber hatte. »Warum nicht?«

»Daddy wartet auf dich. Er will mit dir reden.«

Ihr Blick huschte zur Tür und als sie mich wieder ansah, schluckte sie schwer. »Ich weiß. Er hat mir eine Nachricht geschrieben. Aber warum kannst du deswegen nicht schlafen?«

Ich schaute nach unten und meine Wangen brannten. »Ich habe gelauscht, als Daddy im Wohnzimmer mit jemandem gesprochen hat.«

Sie legte den Kopf schräg. »Das ist nicht nett.«

»Ich weiß. Aber der Mann hat laut gebrüllt und ich konnte eh nicht einschlafen. Ich wollte Daddy nur sagen, dass sie leiser sprechen sollten. Dann habe ich gehört, wie der Mann gesagt hat, dass du weggehst.«

Moms Lippen trennten sich und die winzigen Falten zwischen ihren Augenbrauen wurden auf einmal größer. »Du musst dich verhört haben, mein Schatz.«

Mit den Fingerspitzen zupfte ich an meiner Unterlippe. »Nein, Mom. Er hat gesagt, dass du Dad verlassen wirst und du mit ihm wegziehst. Ich wollte ihn fragen, warum er das sagt ...« Mein Herz tat weh und mein Magen überschlug sich. »Aber Dad klang so sauer, dass ich Angst bekommen habe.«

Mom riss die Augen auf und ihre Lippen öffneten sich leicht. »Ich ... ich ...«

»Warum willst du wegziehen, Mom? Hast du einen neuen Job? Ist Dad sauer, weil er nicht umziehen möchte? Ich weiß nicht, ob ich es will, weil ich jetzt einen Freund in der Schule habe. Er heißt Chris und hat gesagt, dass seine Eltern Alpakas züchten und er will sie mir morgen zeigen«, sagte ich und meine Stimme zitterte. Ich zitterte. »Ich habe noch nie ein Alpaka gesehen.«

Seit ich ein Baby war, blieben wir nicht länger als ein paar Monate in einer Stadt. Ich verstand nicht so richtig, warum. Aber Mom meinte einmal, dass wir wegen ihres Jobs ständig umziehen mussten. Dad dagegen sagte, dass Mom einfach ein freier Geist sei und nirgendwo Wurzeln schlagen konnte. Ich wusste nicht wirklich, was es bedeutete, ein freier Geist zu sein. Aber jedes Mal, wenn Mom anfing, sich im Badezimmer einzusperren, um zu weinen, wusste ich, dass es an der Zeit war, umzuziehen. Seit ein paar Monaten war es jedoch anders geworden. Mom weinte häufiger und fuhr öfter in andere Städte. Trotzdem bestand Dad darauf, dass wir in Cotton Village blieben. Er meinte, dass ich

Sicherheit brauchte. Ich wusste auch nicht, was er damit meinte. Aber ich mochte es, wenn er so sprach. Es bedeutete, dass wir nicht wegziehen würden.

»Ich ...« Sie senkte wieder die Lider.

Mir kam der Gedanke, dass Mom wie ein Engel aussah und ich genau wie sie sein wollte. Sie war die beste Mom der Welt, denn sie schmierte immer mein Pausenbrot mit Erdnussbutter und Feigenmarmelade, weil sie wusste, dass ich Erdbeermarmelade hasste. Dad vergaß das immer. Außerdem sang sie auch wie ein Engel. Oder zumindest dachte ich, dass Engel so sangen wie sie.

»Rutsch ein Stück, mein Schatz«, verlangte sie sanft und streifte ihre Schuhe ab.

Ich schob meine Füße wieder unter die Decke und legte mich auf die Seite. Mein Bett war nicht so groß wie das von Mom und Dad, doch sie hatte oft gesagt, dass sie hier am liebsten schlief. Ich verstand nicht warum, denn ihre Füße ragten immer aus meiner Decke heraus und wenn sie sich auf den Rücken drehen würde, wäre sie auf dem Boden gelandet. Aber ich meckerte nicht. Ich mochte es, mit Moms Duft in meiner Nase einzuschlafen. Sie roch nach Lilien. Ich mochte keine Lilien. Aber an ihr roch das gut.

»Hast du schon mal etwas gesagt, was du später bereut hast?«, fragte sie und legte sich ebenfalls auf die Seite, um mich anschauen zu können.

Ich musste keine Sekunde überlegen. »Einmal habe ich Charleen gesagt, dass sie sterben sollte, weil sie sich über mein Kleid lustig gemacht hat. Aber ich wollte nicht, dass sie wirklich stirbt. Ich wollte nur, dass sie mich in Ruhe lässt.«

Moms Mundwinkel zuckten. Sie hörte das nicht zum ersten Mal und damals hatte Dad ihr gesagt, dass das nicht lustig war. Vielleicht erinnerte sie sich jetzt daran.

»Genau. Vermutlich hat dieser Mann, der mit Dad gesprochen hat, es auch nicht so gemeint.«

Ich nickte. »Dann ziehen wir nicht wieder weg?«

Sie kaute ein paar Sekunden auf der Unterlippe herum und atmete tief durch. »Nein, mein Goldfisch. Wir bleiben hier.«

»Aber warum hat der Mann gesagt, dass du Papa verlassen wirst? Musst du wieder für ein paar Wochen irgendwohin fahren?«

Sie lächelte. Aber es war ein trauriges Lächeln.

»Ich weiß nicht, wer das war, mein Schatz. Aber ich rede mit deinem Dad später, okay?«

Ich nickte. Meine Brust fühlte sich immer noch eng an. »Bleibst du bei mir, bis ich einschlafe?«, fragte ich vorsichtig.

Mom lächelte diesmal glücklich. »Ja, mein Goldfisch.«

Ich schloss die Augen und schob meine Finger zwischen ihre Hände. »Mom?«

»Ja?«

»Ich möchte nicht wieder umziehen. Jetzt habe ich Freunde hier und ich mag die Schule. Ich habe noch nie Schulen gemocht, aber diese mag ich.«

Ich spürte ihre Hand an meiner Wange. »Ich weiß«, flüsterte sie.

»Du hast mir versprochen, dass wir nicht wieder wegziehen müssen«, fuhr ich mit geschlossenen Augen fort.

»Ich weiß.«

»Versprichst du mir auch, dass wir zusammenbleiben?«

Sie antwortete nicht sofort und ich schlug die Augen auf. Mom lächelte. Aber sie lächelte nicht richtig. »Natürlich.«

Ich nickte und schloss die Augen. Das enge Gefühl in meiner Brust blieb.

Am nächsten Tag war Mom nicht mehr da. Ihr Kleiderschrank war leer. Obwohl Dad sagte, dass sie nicht wiederkommen würde, ließ ich die Tür meines Zimmers immer offen. Ich wartete darauf, dass sie sich auf meine Bettkante setzte und mir einen Kuss auf die Wange drückte. Manchmal trank ich sogar heimlich Kaffee, um länger wach bleiben zu können. Ein paarmal hörte ich, wie Dad weinte, als er dachte, dass ich schlief. Ich weinte auch, weil ich sie vermisste. Bis ich das irgendwann nicht mehr tat. Bis ich irgendwann nicht mehr darauf wartete, dass sie wiederkam. Dann hatte ich gemerkt, dass ich nicht mehr wie sie sein wollte, stand auf und schloss die Tür meines Zimmers.

Kapitel 8

Atlas

Regenbogen grinste mich auf der Wiese an. Eigentlich sah sie immer aus, als würde sie mich anlächeln. Nur nicht, als ich sie vor Maddies Jeep auf dem Boden kauernd gefunden hatte. Vielleicht lag es am Schock und sie musste nur wieder in den Stall geführt werden. Deshalb hatte sie in der Nacht so betrübt ausgesehen. Doch nachdem ich sie ins Trockene gebracht und sie gründlich untersucht hatte, starrte sie mich an, als wäre ich der liebste Mensch auf der ganzen Welt. In dem Moment hatte ich mein Handy nicht dabei gehabt. Jetzt holte ich mein Vorhaben nach, schoss ein Bild von dem scheckigen Alpaka und nahm mir vor, immer darauf zu schauen, wenn mir nicht nach Lachen zumute war. Es waren in der Tat magische Tiere, denn nur sie schafften es, mich nach allem, was mir passiert war, zum Lachen zu bringen.

Nein. Das stimmte nicht. Gestern, mitten in der Nacht, wurde ich aus meinem warmen Zuhause in den

Regen beordert, hatte ein verletztes Tier untersucht und vor Kälte gezittert, als wohnte ein Erdbeben in mir. Trotzdem hatte Maddie ein Lächeln aus mir gekitzelt. Mehrere sogar. Ich hatte sogar noch eine Weile gegrinst, nachdem ich nach Hause gegangen war und an ihre Aussage über meine nicht vorhandene Liebe zu Fantasy-Büchern gedacht. Sie war ganz anders, als ich sie mir vorgestellt hatte. Genau genommen hatte ich mir überhaupt noch kein Bild von ihr gemacht. Bevor ich nach Cotton Village gezogen war, hatte ich nur ein einziges Mal an sie gedacht und nur ein Foto von ihr gesehen. Doch jetzt beherrschte sie meine Gedanken und ein schlechtes Gewissen hämmerte in meinem Kopf herum.

»Geht es ihr besser?«

Eine kindliche Stimme riss mich aus meinen Gedanken und ich wirbelte herum. Leo stand hinter mir, seine grünen Augen weit aufgerissen, seine Fäustchen fest geballt. Seine sandfarbenen Haare standen in alle Richtungen ab, als wäre er soeben aus dem Bett gesprungen.

Ich schenkte ihm mein bestes Lächeln und kraulte an Regenbogens Wange. »Sie ist fröhlich und munter wie gestern früh. Keine Sorge, Champ.«

Er atmete tief ein und aus, drehte eine Holzkiste um, die vor dem Zaun herumlag, und stieg darauf. Regenbogen senkte die Schnauze auf seinen Kopf und schnupperte an ihm herum. Sie war eines der wenigen Alpakas, das vor mir nicht scheute. Mit Leo schien das Tier eine tiefere Verbindung zu haben.

»Du magst sie wirklich, oder?«, fragte ich und stützte mich mit dem Ellenbogen auf dem Zaun ab.

Regenbogen ließ von Leo ab und stupste mich mit ihrer kalten Nase an. Ich verzog das Gesicht, ließ aber zu, dass das Alpaka mir nahekam.

»Grandpa hat mich nie sehen lassen, wie ein Alpaka Babys bekommt. Nur bei Regenbogen durfte ich zusehen. Er hat gemeint, ich bin ein großer Junge und würde es verkraften. Aber Dad hatte es mir nicht erlaubt, sie zu mir nach Hause zu nehmen.«

Sein Dad. Gestern hatte Leo kein Wort über ihn gesprochen. Ich würde auch nichts fragen. Es stand mir nicht zu, mehr über sein oder Maddies Leben wissen zu wollen.

»Jetzt wohnst du aber hier und kannst sie sehen, wann immer du möchtest.« Ich lächelte.

Doch Leo senkte den Kopf, wobei seine blonden Haare seine Augen verdeckten. »Ich wollte aber nicht hier wohnen.« Seine Stimme klang gequält. Zu traurig für einen Achtjährigen.

»Warum nicht? Die Farm deiner Großeltern ist sehr schön und die Stadt auch. Es gibt außerdem Wasserfälle in der Nähe und ...«

»Daddy ist nicht hier«, fiel er mir ins Wort und schaute zu Boden. »Mom wollte auch nicht mitkommen. Aber ich musste trotzdem hierherziehen und es macht keinen Spaß, hier zu sein, wenn Daddy nicht hier ist.«

Meine Kehle schnürte sich zu und meine Hände wurden schweißnass. Ein Kind sollte nicht erfahren, was es bedeutete, ein Elternteil zu verlieren. Erinnerungen an mich selbst, in meinem Schlafzimmer, an Sage, die schluchzend so rot wurde, dass ich dachte, sie würde nie wieder normal atmen können, erfüllten meinen Kopf.

»Ich kann es mir vorstellen, dass du deinen Vater vermisst.«

Leo sah auf. Seine Augen glitzerten tränenfeucht. »Das kannst du nicht. Granny hat gesagt, keiner kann wissen, wie ich mich fühle.«

Ich kaute kurz auf der Innenseite meiner Wange herum. Regenbogen schnupperte erneut an mir, als würde das Alpaka mir Mut zusprechen, mit Leo darüber zu reden. Seit über fünfzehn Jahren hatte ich nicht über meine Eltern gesprochen. Nur mit Sage.

»Das stimmt. Aber ich habe meinen Dad auch sehr früh verloren.«

Seine Augenbrauen verschwanden unter seiner strubbeligen Frisur. »Warst du auch acht?«

Ich schüttelte den Kopf. »Ich war zehn.«

Zwei Jahre älter als Leo. Doch noch immer ein Kind. Was wäre mit mir passiert, wenn ich Sage nicht gehabt hätte? Ich wäre zerstört gewesen. Noch viel mehr, als ich es jetzt war.

»Ist er auch zur Arbeit gegangen und nicht wieder zurückgekommen?«

Ich wollte Leo nicht anlügen, denn manche Menschen logen Kinder mit der Ausrede an, sie würden etwas nicht begreifen können. Doch sie verstanden die Welt viel besser als manche Erwachsene. Jedoch wollte ich ihm auch keine Angst machen.

»Er und meine Mom sind in den Urlaub geflogen und das Flugzeug ist ... verunglückt.«

War das zu viel Information? Vielleicht war ich kein geeigneter Mensch, mit einem Kind über Verlust und

Trauer zu reden. Mein Leben lang hatte ich damit umgehen müssen und mir war es noch immer nicht gelungen.

»Hast du auch keine Mama?«, fragte er und seine Augen wurden größer als Tennisbälle.

Ich nickte. »Nein, Champ.«

Ich sollte aufhören zu reden, seine Mutter rufen. Jemanden, der die Wahrheit für ein Kind verständlicher formulieren konnte. Meine Handflächen wurden immer nasser.

»Tot sein ist doof«, sagte er und stieg von der Holzkiste herunter. »Ich mag es, eine Mama zu haben. Aber ich bin sauer auf sie.«

»Warum?«

»Sie hat immer wieder gesagt, dass sie kommt und hat mich trotzdem alleingelassen.«

»Vielleicht konnte sie wirklich nicht kommen.«

»Sie ist eine Weile krank gewesen und wir haben uns lange nicht gesehen. Aber eigentlich bin ich froh, dass sie wieder da ist.«

Genialer Junge. So ein genialer Junge.

»Du hast auch eine tolle Mom, Champ.«

»Hast du auch keine Grandma und keinen Grandpa?«

Ich schüttelte den Kopf. »Nicht mehr. Sie sind auch vor einigen Jahren gestorben, aber ich habe eine Schwester. Sie heißt Sage und ist meine beste Freundin.«

»Ist sie so cool wie du?«

»Nein. Aber sie kommt ganz nah dran.«

Leo starrte auf den Boden und scharrte mit den Füßen. »Atlas ...?«

»Ja, Champ?«

»Kann ich dir ein Geheimnis erzählen?«

Ich trat einen Schritt näher und ließ mich in die Hocke sinken, sodass ich ihm in die Augen schauen konnte. »Klar, Champ.«

»Ich weiß nicht mehr, wie Daddy aussieht.« Er sah wieder auf und eine kleine Falte bildete sich zwischen seinen Augenbrauen. »Ich habe ein Bild von ihm und er lächelt darauf. Aber ich weiß nicht mehr, wie er ernst geguckt hat.«

Mein Magen fühlte sich schwer an. So war es auch bei mir gewesen. Manchmal träumte ich noch von Moms Lachen und erinnerte mich genau daran, wie sie geklungen hatte. Doch von Dad ist nichts in meinem Kopf. Von ihm behielt ich nur die Bilder, die sich auf dem Kaminsims reihten.

»Vielleicht hat deine Mom Videos oder Fotos von ihm, die dir dabei helfen können, sich an ihn zu erinnern.«

Leo schüttelte den Kopf. »Ich will Mom das nicht fragen.«

»Warum nicht?«

»Weil sie immer weint, wenn ich etwas über Daddy sage und ich habe Angst, sie wird wieder so traurig, dass sie noch mal gehen muss.«

Maddie. Sie hatte so gelassen geklungen, als wir miteinander geredet hatten. Wieso hatte ich deshalb ein schlechtes Gewissen?

Weil ich nicht mit ihr hätte reden sollen.

Weil ich ihr nicht hätte nahe kommen sollen.

Maddie hatte ihren Mann erst vor einem Jahr verloren und war auf so viele Arten verboten, die ich gar nicht alle aufzählen konnte.

»Weint sie immer noch?«

»Nicht sofort. Sie sagt, dass ich fernsehen schauen darf und versteckt sich im Badezimmer. So war es zumindest in Atlanta gewesen.«

Ich befeuchtete meine Lippen und legte ihm eine Hand auf die Schulter. »Manchmal müssen auch Erwachsene weinen. Es hilft, wenn man traurig ist. Aber ich bin mir sicher, dass sie dich verstehen wird, wenn du mit ihr sprichst.«

Leo schaute sich um und seufzte. »Okay.«

»Wenn du über deinen Daddy oder etwas anderes reden möchtest, kannst du immer gerne zu mir kommen. Okay, Champ?«

Er nickte. »Sind wir Freunde?«

»Wir können beste Freunde werden, wenn du willst.«

Maddie nahe zu sein, war falsch. Doch von Leo würde ich keinen Abstand halten. Nicht, wenn er mich brauchte. Weil ich so gut nachvollziehen konnte, was er gerade durchmachte. Der Wunsch, für ihn da zu sein, brannte so heiß in meiner Brust.

»Ich habe noch keine Freunde hier«, murmelte er.

»Ich bin mir sicher, dass du ganz viele Freunde finden wirst. Aber für den Anfang hast du mich.«

Er verdrehte die Augen. »Ja, schon. Aber du bist auch erwachsen und musst auf die Alpakas aufpassen.«

»Für dich habe ich immer Zeit. Außerdem bin ich auch neu in der Stadt und brauche einen Freund.«

Er lächelte. »Ich kann Regenbogen mit dir teilen. Sie mag dich.«

»Das ist lieb von dir, Champ«, sagte ich und richtete mich wieder auf. »Dann sind wir ein Dreier-Freunde-Gespann. Du, Regenbogen und ich.«

»Vielleicht will Mom auch mit dir befreundet sein.« In seine Augen stahl sich ein Funken Freude. »Sie ist meine Mom und für mich zählt sie nicht als Freund. Aber für dich schon.«

»Das ist keine schlechte Idee.«

Das war eine miese Idee. Eine ganz schlimme Idee.

»Ich habe Hunger«, sagte er und ging um mich herum. »Hab Mom gesagt, dass ich nur kurz nach Regenbogen schauen würde. Jetzt will ich Pfannkuchen.«

»Dann rein mit dir, Champ.«

Er ging ein paar Schritte rückwärts und blieb stehen. »Willst du mit uns frühstücken?«

Lächelnd schüttelte ich den Kopf. »Nächstes Mal. Ich muss in die Stadt fahren.«

Abermals nickte er. »Okay. Bis dann, Atlas.« Dann drehte er sich um und lief ins Haus.

»Bis dann, Champ.«

Wem machte ich etwas vor? Ich wollte weder von Maddie noch von Leo Abstand halten. Beide kannte ich erst seit ein paar Tagen, doch bei kaum jemandem fühlte ich mich wohler als bei ihnen. Wir wohnten nebeneinander und ich würde ihnen nicht aus dem Weg gehen. Das wollte ich nicht. Die Frage war, was ich tun würde: das, was ich wollte oder das, was richtig war?

Kapitel 9

Maddie

Ich beugte mich über die Rechnungen auf dem Esstisch und vergrub die Finger in meinen Haaren. Der Wind peitschte gegen die Fensterscheibe, der Duft nach nasser Erde schlich sich durch den Türspalt und ein Schrei blieb in meiner Kehle stecken. Ich hasste es, mich um die Buchhaltung zu kümmern. Es war Chris' Aufgabe gewesen. Noch etwas, was er für mich übernommen hatte. Ich hatte es geliebt, von ihm abhängig zu sein. Er hatte mich auf Händen getragen und ich hatte es nur zu gerne zugelassen. Aber er war nicht mehr da und ich musste lernen, Autoreifen zu wechseln, Steuererklärungen zu machen und eine Spüle zu reparieren. Es war nicht so, dass ich Angst vor den Aufgaben hatte oder mich zu gut für sie schätzte. Ich hatte nur niemanden gehabt, der mir gezeigt hatte, wie das alles ging. Meine Eltern waren nie richtig für mich da gewesen und vielleicht deswegen hatte Chris auch nicht zugelassen, dass ich selbst etwas übernahm. Er hatte mich die

Liebe erfahren lassen wollen, die ich als Kind nicht bekommen hatte. Aber damit hatte ich auch zugelassen, dass ich für diese Welt untauglich wurde. Nach Chris' Tod fühlte ich mich so, als hätte er mich in einem wilden Regenwald, nur mit einem Buttermesser, alleingelassen.

Ein starker Wind wehte in die Küche und ich hielt mit flacher Hand die Rechnungen auf dem Tisch fest.

»Brauchst du Hilfe?«

Ich schreckte hoch und schaute zur Küchentür. Meine Schwiegermutter stand im Türrahmen, schloss ihren Regenschirm und steckte ihn in den Schirmständer.

»Ich habe dich nicht einmal die Tür öffnen hören«, gab ich zu und schob den Rechnungsstapel auf dem Tisch zur Seite.

Sie lächelte schwach, klemmte sich ihre Haarsträhne hinters Ohr und zog einen Stuhl hervor. »Du bist mit dem Kopf woanders.«

»Ein wenig.« Ich rieb mir das Gesicht. Meine Lider schienen eine Tonne zu wiegen und ich hatte keine Ahnung, wie spät es war.

»Bist du dir sicher, dass du schon bereit bist, neu anzufangen?«, fragte Blossom, während sie sich mir gegenüber setzte.

Ich schaute stirnrunzelnd zu ihr. »Was meinst du?«

»Chris' Tod war für mich und Cole auch nicht leicht.« Sie holte so tief Luft, dass ihr waldgrüner Pullover sich spannte. »Er war unser einziger Sohn und eine Weile habe ich gedacht, ich würde ohne ihn nicht mehr atmen können. Aber ich habe meinen Mann und du ...«

Mein Herz zog sich zusammen und ich legte meine Hand auf ihre. In meiner egoistischen Phase hatte ich nicht nur mein Kind vergessen, ich hatte auch zu viel von meinen Schwiegereltern verlangt. Zwar war es ihre Idee gewesen, Leo zu sich zu nehmen, doch ich hätte mich weigern sollen. Sie hatten einen Sohn verloren und hatten sich dann auch noch um ihren Enkel kümmern müssen.

»Wir haben einander und Leo.«

»Leo ist das Licht meines Lebens«, sagte sie nickend und strich leicht über meinen Handrücken. »Du hast aber keine einfache Kindheit gehabt, Maddie. Dein Vater war sehr abwesend, deine Mutter ist so früh gegangen und jetzt Chris.«

Blossoms Worte peitschten gegen mein Gesicht und Eiseskälte durchzog meine Brust. Schlagartig zog ich meine Hand zurück und straffte die Schultern. Sie redete so gut wie nie über meine Eltern, denn jeder in meiner Familie wusste, wie sehr es noch schmerzte, über meine Vergangenheit zu sprechen. »Was willst du mir damit sagen?«

Sie ließ ihre Hände auf den Schoß gleiten, schaute darauf und presste die Lippen fest aufeinander. »Ich frage mich nur, ob du dir vielleicht noch ein wenig mehr Auszeit nehmen solltest.«

»Auszeit?«

»Du musst nicht gleich wieder in eine Rehaklinik gehen, aber du kannst ans Meer fahren und ...«

»Und Leo alleinlassen?«, fiel ich ihr ins Wort. Leise Zweifel schlichen sich in mein Gehirn.

»Wir kümmern uns um ihn.« Blossom sah mich wieder an. Ihre Miene flehte stumm um etwas, was ich nicht so richtig deuten konnte.

»Ich bin sehr dankbar, dass ihr euch um ihn gekümmert habt, aber ich brauche keinen Abstand von meinem Sohn.«

»Du bist noch nicht du selbst, Maddie.«

Ich schüttelte den Kopf und ein ungutes Gefühl breitete sich in meinem Bauch aus. »Ich *war* nicht ich selbst. Jetzt ...«

»Wo ist Leo, Maddie?«

»Er ist ...« Mir lief es eiskalt den Rücken herunter und ich stand so abrupt auf, dass der Stuhl scharf über den Boden kratzte. »Fuck!«

Ich hatte Leo bei Leslie gelassen, denn er hatte sich ein paar Bücher aussuchen wollen. Aber ich sollte ihn um drei abholen. Auch wenn ich immer noch nicht wusste, wie spät es war, hatte sich die Dunkelheit schon längst auf die Stadt herabgesenkt. Leo musste hungrig und ängstlich sein. Wie hatte ich ihn nur vergessen können?

»Ich muss los«, sagte ich und schob die Rechnungen hin und her, um den Autoschlüssel zu suchen.

»Wir haben ihn schon abgeholt.«

Ich hielt in der Bewegung inne und schaute sie mit offenem Mund an. »Wo ist er jetzt?«

»Er isst eine Pizza mit Cole bei uns.« Blossom atmete abermals durch und lehnte sich auf dem Stuhl zurück. »Wir wollten dich nur entlasten und wenn er fertig ist, kommt er rüber.«

In meinem Kopf überschlugen sich all meine Gedanken, als würden sie von einer wilden Horde umgestoßen werden. »Woher habt ihr gewusst, dass er in der Buchhandlung bei Leslie war?«

»Er hat mich angerufen und gesagt, dass du wahrscheinlich vergessen hast, ihn abzuholen.«

Wieso hat Leo mich nicht angerufen?

Ich bin nicht mehr in der Reha.

Er kann auf mich zählen.

Aber wenn ich wirklich bei mir wäre, hätte ich meinen eigenen Sohn dann vergessen? Mein Herz klopfte heftiger gegen meinen Rippenbogen und mein Atem entwich nur gepresst meinem Mund. »Ich war im Papierkram versunken und habe ihn für eine halbe Stunde vergessen. Das kommt vor.«

Das passiert jedem, Maddie.

Das passiert ...

Wem machte ich etwas vor? Es war mit Sicherheit nicht nur eine halbe Stunde gewesen. Das Letzte, was ich mir im Leben erlauben wollte, war, wie meine Eltern zu werden und wenn ich so weitermachte, war ich verdammt nah dran, es zu schaffen.

»Ich will nur, dass du weißt, wir sind da.« Mitleid stahl sich in Blossoms Miene.

»Ich weiß.« Mit zitternder Hand fuhr ich mir durch die Haare. »Aber ich brauche keinen Strandurlaub, sondern einen Job, mit dem ich mich und Leo versorgen kann.«

Sie nickte und schaute zu meinen Rechnungen. »Hast du einen Laden gefunden?«

»Das Geld wird für die ersten Mieten und die Renovierung reichen.«

Als hätten sie nicht schon alles für mich gemacht, hatten Blossom und Cole meinen Traum mitfinanziert.

Bereits während meines Studiums hatte ich mit Chris darüber geredet, eine Boutique eröffnen zu wollen, in der Kleidung aus Alpakawolle verkauft werden sollte. Meine Schwiegereltern hatten keine Sekunde gezögert, in meine Zukunft zu investieren und mir ihre Opferentschädigung, die sie nach Chris' Tod bekommen hatten, zu schenken. Nur mein Anteil hätte dafür nicht gereicht. Doch jetzt fragte ich mich, ob es eine gute Idee gewesen war, noch mehr von ihnen abhängig zu werden.

»Das klingt schon mal sehr gut.«

»Ich werde euch aber alles zurückzahlen und wenn der Laden gut läuft, suche ich uns auch ein Haus.«

Sie schüttelte den Kopf. »Du darfst bleiben, solange du willst.«

»Ich weiß.«

»Das Geld brauchen wir nicht sofort zurück.«

»Ich weiß.«

»Wir wollen nur das Beste für dich und Leo, okay?«

»Okay«, erwiderte ich, war jedoch nicht mehr sicher.

***

Ich schloss das Fenster von Leos Zimmer und ging auf sein Bett zu. Während er seine Beine unter die Spiderman-Bettdecke schob, brach mein Herz ein Stück entzwei. Die Ärmel seines Pyjamas reichten ihm bereits nur bis zum Unterarm und die Erinnerungen, wie ich ihm die Kleidung eine Nummer zu groß gekauft hatte, lebten in meinem Kopf wieder auf. Wo war die Zeit geblieben? Wo war ich das ganze letzte Jahr gewesen? Die vergangenen Monate kamen mir so trüb und neblig vor. Ich hatte mein Leben verpasst. Ich hatte Leo verpasst.

»Geht es dir gut, mein Löwe?«, fragte ich und drückte ihm einen Kuss auf die Stirn.

Ich erwartete, dass er bei dem Kosenamen zusammenzuckte, protestierte. Stattdessen nickte er mit geschlossenen Lidern. »Ich bin nur müde.«

»Das ist okay.« Ich grub meine Finger in seine sandblonden Haare und schob sie von seinen Augen. »Hast du Spaß bei Leslie gehabt?«

Er brummte. »Sie hat recht. Bücher sind besser als Fernsehen.«

So sehr seine Worte mir Trost spendeten – das war nicht richtig gewesen. Ich hätte ihn nicht hängen lassen sollen. Was würde Chris jetzt über mich denken, wenn er mich sehen würde? »Es tut mir leid, dass ich vergessen habe, rechtzeitig zu Leslie zu fahren.«

»Es war nicht schlimm. Leslie hat mir *Reese's* gegeben. Sie wollte dich eigentlich anrufen, aber Granny hat gesagt, dass sie dir schon Bescheid geben würde.«

»Bist du nicht sauer auf mich?«

Er schüttelte den Kopf. »Ich bin froh, dass du nicht mit Daddy gestorben bist.«

»Warum sagst du sowas?«

»Atlas hat seinen Daddy *und* seine Mommy verloren. Das will ich nicht.«

Mein Herz fühlte sich unvollkommen an, verletzter als sonst. »Du verlierst mich nicht, mein Löwe.«

Er nickte.

Ich lächelte und küsste ihn abermals auf die Wangen. »Du weißt, dass ich dich mehr als alles andere auf der Welt liebe, oder?«

»Ich liebe dich auch, Mom.« Leo schlang seine Arme um meinen Hals und zog mich enger an sich heran.

»Bald haben wir ein richtiges Haus und morgen fange ich an, an meinem Laden zu arbeiten.«

»Ich mag dieses Haus.« Er ließ mich los, kuschelte sich in sein Kopfkissen und gähnte herzlich. »So wohnen wir in der Nähe von Grandpa und Grandma. Außerdem darf ich Regenbogen jeden Tag sehen.«

Ich stand auf. Mein Blick haftete noch auf ihm. Meine Schwiegereltern waren, seitdem ich mit Chris zusammengekommen war, für mich da gewesen. Sie waren mein Zuhause, die liebevollen Eltern, die ich mir immer gewünscht hatte und deshalb hatte ich ihnen alles anvertraut. Ich hatte immer allem zugestimmt, was sie für uns wollten, und sie hatten mich bei all meinen Plänen unterstützt. Aber Chris, der Leim, der uns zusammengehalten hatte, war nicht mehr da. Was würde passieren, wenn ich nicht mehr ihrer Meinung war? Was würde geschehen, wenn ich sie enttäuschte?

»Schlaf mal, mein Löwe. Morgen musst du zur Schule.«

Leo nickte, gähnte erneut und ich blieb stehen. Mein Sohn war das Wichtigste in meinem Leben, das Wertvollste, was mir geblieben war. Weder meine Schwiegereltern noch eine andere Person sollten einen Grund finden, warum er bei mir nicht am besten aufgehoben wäre. Ich musste mich auf meine Arbeit, meinen Sohn und unsere Zukunft konzentrieren. Für niemand anderen hatte ich jetzt Zeit.

Kapitel 10

Maddie

Vor einem Monat hatte Leslie mir von diesem Laden, der an der Mainstreet in Cotton Village zum Verkauf stand, berichtet. Ich hatte keine Sekunde nachgedacht und ihn sofort gekauft. Aber je länger ich die Räumlichkeiten jetzt betrachtete, desto sicherer war ich mir, dass ich dem Spitznamen *Maddie Madness* alle Ehre machte.

In meinem gelben Overall sah ich aus wie Walter White aus *Breaking Bad*. Um mich herum lagen Berge von Staub und der Boden war durch die graue Schicht kaum sichtbar. An der Decke fehlten Abdeckplatten und aus den Öffnungen hingen Stromkabel, von denen ich keine Ahnung hatte, wozu sie genau dienten. Vergilbte, halb abgerissene Tapeten zierten die Wände und in der Ecke stand eine Verkaufstheke, die unter der Dreckschicht vielleicht noch genutzt werden konnte. Hier sollte ich neu anfangen. Das hier war meine Zukunft und die lag bereits in Trümmern.

»Okay. Dann legen wir mal los«, sagte ich zu mir selbst und setzte die Schutzmaske auf.

Fünf Stunden lang fegte, schrubbte und entrümpelte ich den Laden, bis der schwarz-weiß karierte Boden glänzte und vor der Tür ein Berg von Sperrmüll lag. Cole würde am Ende des Tages mit seinem Truck vorbeikommen, um das Ganze zu entsorgen. Doch jetzt gönnte ich mir eine Verschnaufpause und setzte mich auf einen gepolsterten Stuhl, den ich noch hatte retten können. Mein Brustkorb hob und senkte sich schnell und der Duft von Zitronen hing in der Luft, als ein Klicken an den kahlen Wänden widerhallte und eine warme Brise in den Raum wehte. Ich drehte mich zum Eingang um. Im Türrahmen stand eine Frau.

Ihre kirschroten Haare reichten ihr in Wellen bis zu ihren Hüften und die zierliche Figur steckte in kurzen Shorts und einem karierten Hemd, das sie über dem Bund ihrer Hose zu einem Knoten gebunden hatte.

»Hi«, sagte sie und strahlte mich an, als wäre sie ein Kind, das zum ersten Mal ein Riesenrad sah.

»Hallo.« Ich stand auf und schob die gelbe Kapuze meines Overalls nach hinten. Womöglich sah ich so weniger bescheuert aus. Das glaubte ich aber nicht wirklich.

»Ich habe gehört, dass Sie einen Laden hier eröffnen wollen und habe mich gefragt, ob Sie mich vielleicht einstellen.« Sie wippte auf ihren Keilabsätzen vor und zurück.

Blinzelnd legte ich die Stirn in Falten. In Cotton Village benötigte ich in der Tat keine Jobanzeige, wenn ich für meinen Laden Unterstützung brauchte. Alle Einwohner wussten bestimmt nicht nur, was ich hier verkaufte, sondern auch, wann der Eröffnungstag sein würde. Und das, obwohl ich mich selbst noch nicht für ein genaues Datum entschieden hatte. Doch ich fragte mich, wie verzweifelt diese Frau sein müsste, um sich für einen Job in einem Laden in dem jetzigen Zustand zu bewerben.

Ich lächelte. »Ich kann es mir beim besten Willen nicht vorstellen, woher Sie die Information haben, dass Sie hier arbeiten können.«

Die Frau schüttelte den Kopf und trat näher. Ihre blauen Augen strahlten vor Freude. »Ich bin auch vor Kurzem hierhergezogen und sowohl auf der Suche nach einem Job als auch nach einem neuen Zuhause.« Sie warf sich die langen Haare über die Schultern. »Ich wollte in der Buchhandlung fragen, ob sie mich vielleicht einstellen würden, aber ein Typ hat mir gesagt, dass ich hier mehr Chancen hätte. Er kennt die ganze Stadt und weiß von keinem Laden, der jemanden braucht.«

»Mehr hat er nicht erklärt?«, fragte ich.

Kein: Vorsicht, der Laden ist noch ein Haufen Schrott und die Besitzerin kann dich bestimmt nicht bezahlen?

Sie schüttelte den Kopf. »Er hat mir auch nicht gesagt, was das hier für ein Laden sein wird.«

Na, das überrascht mich.

Ihre Schultern hoben und senkten sich. »Ich habe keine Angst vor harter Arbeit und würde fast alles tun, wenn Sie mir den Job gäben. Vielleicht würde ich nicht unbedingt in einem Sexshop arbeiten wollen, denn ich habe eine achtjährige Tochter, die das nicht so recht verstehen würde.« Sie klopfte mit dem Zeigefinger auf ihre Lippen. »Wobei ich denke, dass mein Mann sich sehr wohl darüber freuen würde.«

Ich lachte leise und streckte ihr die Hand entgegen. »Wie wäre es, wenn wir uns erst mal vorstellen? Ich bin Maddie.«

Sie griff danach und riss ihre blauen Augen weit auf. »Oh, sorry. Ich bin so verpeilt.« Sie schüttelte kurz meine Hand. »Und dumm. Wer bewirbt sich für einen Job und gibt schon am ersten Tag zu, verpeilt zu sein? Ich bin Sage.«

Mein Lächeln wurde breiter und ich ließ sie los. »Na ja, Sage. Wir beide wissen, dass das hier kein gewöhnliches Vorstellungsgespräch ist.«

Sie nickte. »Ich hoffe, ich habe nicht alles vermasselt.«

»Ich würde mich freuen, Hilfe zu bekommen. Wie du siehst ...«, ich verzog die Miene, breitete meine Arme aus und zeigte auf den ganzen Laden, »... gibt es hier eine Menge zu tun.«

»Ich bin bereit.«

»Das ist schön, aber ich kann noch keinen einstellen. Meine ganzen Ersparnisse habe ich dafür verwendet, den Laden und das Material für die Renovierung zu kaufen. Ein bisschen habe ich noch auf der hohen Kante, um mich die ersten Monate nach der Eröffnung über Wasser zu halten. Aber solange ich nichts verkaufe, kann ich keinen einstellen.«

Sage kreuzte die Arme vor der Brust und legte den Kopf schräg. »Wie lange denkst du, dass du dafür brauchen wirst? Um jemanden bezahlen zu können, meine ich.«

»Das kann ich leider nicht vorhersehen. Ich rechne mit einem Monat für die Renovierung und wenn alles nach Plan läuft und die Ware sich gut verkauft ... drei oder vier Monate?«, erwiderte ich schulterzuckend.

Sie kniff die Augen zusammen. »Und was genau wirst du verkaufen?«

»Hauptsächlich Kleidung aus Alpakawolle. Meine Schwiegereltern haben eine Alpakafarm am Stadtrand und bis jetzt haben sie die Wolle immer weiterverkauft. Ich möchte daraus in der Zukunft Kleidung von meiner Schwiegermutter und ihrer Strickgruppe herstellen lassen und hier verkaufen. Außerdem bin ich im Gespräch mit Lieferanten von Bio-Baumwolle und einer Schneiderei, damit ich auch ein breiteres Spektrum an Ware anbieten kann.«

Ihre Augenbrauen verschwanden unter ihrem dichten Pony. »Bist du Maddie Gilmore?«

Gilmore. Schon lange hatte mich keiner mehr mit meinem Mädchennamen angesprochen und ein bitterer Geschmack breitete sich in meinem Mund aus.

»Wonder. Ich habe den Namen meines Mannes angenommen.«

»Oh, du bist also verheiratet«, bohrte sie nach.

»Verwitwet.« Ein Kloß schwoll in meiner Kehle an. »Chris ist vor einem Jahr gestorben.«

»Oh.« Ihre Miene wurde weicher, entschuldigender. »Es tut mir leid.«

»Keine Ursache«, erwiderte ich und verstaute die Putzmittel in einem braunen Karton. »Wie gesagt. Ich kann dich bedauerlicherweise nicht einstellen.«

Sage kam auf mich zu und nahm eine Flasche Glasreiniger in die Hand. »Ich brauche keine Bezahlung.« Sie verdrehte die Augen. »Na gut. Irgendwann wird das schon wichtig sein. Aber ein paar Monate komme ich ohne Gehalt aus, benötige aber dringend eine Beschäftigung, bevor ich in dieser Stadt vor Langweile eingehe.«

Ein Lächeln zupfte an meinem Mundwinkel. »Wie kann die Mutter einer Achtjährigen sich langweilen?«

»Meine kleine Maus kommt erst nächsten Monat mit ihrem Dad zu mir. Vorher wollte ich ein schönes Zuhause für uns finden und einrichten.« Sie starrte ihre Füße an. »Ich vermisse beide so.«

»Vielleicht kann ich dir helfen, ein Haus zu finden. Ich bin hier nicht geboren, aber aufgewachsen«, erwiderte ich.

Sie strahlte. »Das wäre super.«

»Aber ich kann erst raus aus dem Laden, wenn ich diese hässliche Tapete abbekommen habe.«

»Ich helfe dir. Dann sind wir schneller fertig.«

»Bist du dir sicher?«

»Wenn der Laden läuft und ich Mitarbeiterin des Jahres werde, kannst du mir das beste Gehalt zahlen.«

Ich atmete tief durch. »Okay. Aber nur, wenn ich die Monate zurückzahlen darf, die du umsonst gearbeitet hast.«

»Dagegen habe ich keine Einwände«, sagte sie und streckte mir die Hand entgegen.

Ich griff danach und schüttelte sie fest. »Willkommen in *Maddies Fashionladen*, Sage.«

Sie biss sich auf die Unterlippe. »Na ja. An dem Namen müssen wir noch arbeiten. Aber ich freue mich schon.«

»Ich freue mich auch.«

***

Der Duft von Pizza schwirrte in der Luft und ich schaltete das Licht der Notfalllampe an. Solange die Elektrik im Laden nicht repariert wurde, musste das reichen. Durch das jetzt saubere Schaufenster betrachtete ich, wie Dunkelheit sich auf die Straßen von Cotton Village senkte und setzte mich auf den Boden. Ich lehnte mich mit dem Rücken an den Verkaufstresen. An meinen Verkaufstresen.

»Ich würde sagen, dass der Laden jetzt tausendmal schöner aussieht«, sagte Sage, die sich mit einem Pizzakarton in der Hand neben mich setzte. Staub verhedderte sich in ihrer wilden Mähne und auf ihrem Hemd prangten schwarze Flecken, von denen ich nicht wusste, woher sie stammten.

Die Wände, die sich unter den alten Tapeten verbargen, bestanden aus Beton und begeistert stellten wir fest, dass wir sie nicht streichen mussten. Zwar war das nicht gerade das Erscheinungsbild, das ich mir für den Laden wünschte, doch die graue Maserung verlieh den Räumlichkeiten einen Vintage-Look. Somit sparte man wiederum eine Menge Geld.

Seufzend zog ich ein Stück Salamipizza aus dem Karton und biss genüsslich davon ab. »Alles ist besser als diese scheußlichen Tapeten.«

Nickend lachte Sage und fiel ebenfalls über ihre Pizza her. »Morgen können wir uns um das hintere Zimmer kümmern. Es wird sicher super als Lager dienen. Die Toilette ist Gott sei Dank nur verstaubt, denn sonst hättest du gesehen, wie ich mich an meinem ersten Arbeitstag übergebe.«

Ich lachte. »Ich mich sicher auch.«

Sage legte den Kopf in den Nacken und zeigte mit dem Finger auf das Loch, das in der Zimmerdecke gähnte. »Nur darum können wir uns selbst nicht kümmern.«

Ich schaute ebenfalls empor und überlegte, wen ich dafür engagieren konnte, als die Tür geöffnet wurde.

»Da bist du.« Eine raue männliche Stimme erfüllte jede Ecke des Raumes.

Ich blickte zur Tür. Atlas stand in meinem Laden. Seine braunen Haare waren nach hinten gekämmt, sein Bart sorgfältig gestutzt und er trug ein dunkelgrünes Button Down-Hemd, das bis zu seinen Ellenbogen hochgekrempelt war. Seine dunkle Jeans saß perfekt um die schmalen Hüften und endete in schwarzen Wanderstiefeln. Etwas rumorte in meiner Brust und ich sah an meinem albernen gelben Overall herab, bevor ich aufstand.

»Woher wusstest du, dass ich hier bin?«, fragte ich und zupfte am Ärmel meines Einteilers.

Atlas ließ seine Hände in die Taschen seiner Jeans gleiten und legte die Stirn in Falten. »Eigentlich habe ich meine Schwester gemeint.« Er sah kurz an mir vorbei zu Sage.

Meine Wangen brannten und ich drehte mich zu ihr um. »Du bist Atlas Schwester?«

Sage grinste mich verlegen an und stand langsam auf. »Ich wollte es dir sagen, als du erzählt hast, dass du Cole und Blossoms Schwiegertochter bist. Aber dann hast du über die andere Sache mit deinem Mann gesprochen und ...« Sie zuckte mit den Schultern. »Sorry. Ich habe ihm gesagt, wo er mich abholen sollte und vergessen, diese Kleinigkeit zu erwähnen.«

Spielte das eine Rolle? Ich hatte Sage auf Anhieb gemocht und sie wollte außerdem vorerst ohne Bezahlung arbeiten. Es war doch praktisch, dass sie neben mir wohnte. Oder nicht?

Ich schaute wieder zu Atlas. »Als du von einer Zwillingsschwester gesprochen hast, hatte ich sie mir anders vorgestellt.«

»Ich weiß. Meine Haare sind auch braun, aber ich bevorzuge eine andere Haarfarbe«, sagte sie, erhob sich und stupste mich spielerisch mit der Schulter an. »Hab' versucht, Atlas zu überzeugen, seine Haare auch zu färben, damit wir nicht auf den Zwillingslook verzichten müssen. Aber er war von der Idee nicht begeistert.«

Er schüttelte den Kopf. »Das würde nur in deinen Träumen passieren.«

»Na gut. Dann sehen wir uns morgen früh?«, fragte Sage mich.

Mein Blick huschte zu Atlas, in dessen Augen sich ein Funkeln stahl.

»Ich kann dich abholen«, schlug ich ihr vor.

Ihr Lächeln wurde breiter. »Um neun?«

»Klingt super.«

Nickend schnappte sie sich ihre Handtasche und tänzelte zur Tür. »Wollen wir, Bruderherz?«

Atlas nickte mir zu und folgte seiner Schwester aus dem Laden. Zurück ließ er dieses Gefühl, das ich noch immer nicht deuten konnte. Oder vielleicht wollte ich es einfach nicht verstehen?

Kapitel 11

Atlas

Die Mittagssonne strahlte voller Kraft. Sie verbreitete Hitze und Trockenheit, während ich Maddie vom Gehweg aus in ihrem Laden durch das Schaufenster beobachtete. Sie stemmte die Hände in die Hüften, warf den Kopf in den Nacken und betrachtete das Loch in der Abdeckung über sich. Davon hatte Sage mir gestern Abend erzählt – kurz bevor ich meine Schwester beinahe umgebracht hatte, weil sie jetzt mit Maddie zusammenarbeitete. Aber dafür konnte sie nichts. Sage kannte all meine Geheimnisse, bis auf den wahren Grund, warum ich nach Cotton Village gezogen war. Auch wenn sie eine leise Ahnung hatte, dass ich nicht nur auf der Suche nach einem ruhigen Ort zum Leben war, wusste sie nicht, dass ich Maddie schon vorher gekannt hatte. Aber ich liebte sie dafür, dass sie nicht nachbohrte. Zumindest vorerst.

Maddie zerrte eine Leiter bis unter die Öffnung und kletterte darauf. Heute trug sie eine Jeans-Latzhose. Die hätte Cole gehören sollen, so viel zu groß war sie ihr. Trotzdem oder vielleicht genau deswegen sah sie so süß aus, dass es in meinem Herzen wehtat. Ich hasste mich, weil ich nicht aufhören konnte, zu bestaunen, wie wunderschön sie war. Ihre goldblonden Haare, die sie zu einem Knoten gebunden hatte, und die losen Strähnen, die ihr Gesicht umrahmten. Ihre zierliche Figur und dieses Muttermal, der winzige Punkt, der ihre Oberlippe zierte. Seitdem ich in ihrer Hütte gewesen war, ihr an ihrem Tisch gegenübergesessen hatte, konnte ich nicht mehr aufhören, an ihre haselnussbraunen Augen und an ihren Mund zu denken.

Maddie sah hinaus. Durch die Schaufensterscheibe trafen sich unsere Blicke. Mein Herz setzte einen Schlag aus, doch sie lächelte. Ich lächelte zurück und trat in den Laden.

»Hey«, sagte sie und kletterte von der Leiter hinab. »Noch gibt es nichts Interessantes, um durch das Schaufenster zu sehen.«

Und ob es Interessantes gibt.

Ich presste die Lippen aufeinander. »Meine Schwester hat mir von dem Loch in der Decke erzählt und ich habe mich gefragt, ob ich vielleicht helfen kann.«

Maddie legte den Kopf schief, wobei eine lose Haarsträhne ihre Nasenspitze streifte. »Du bist Tierarzt, schraubst an Traktoren herum und kennst dich auch noch mit Elektrik aus?«

Ich trat näher und kämpfte gegen den Drang an, ihr diese Haarsträhne hinters Ohr zu klemmen.

Sie ist verboten, Atlas!

Auf so starke Weise verboten.

»Mein Onkel ist so eine Art Mann für alles. Er hat auch eine Farm und mir ein paar Tricks beigebracht. Ich kann es mir also ansehen, aber ich garantiere für nichts.«

Maddie runzelte die Stirn. »Das klingt nicht gerade sehr vertrauenswürdig. Nach dieser Aussage habe ich eher Angst, dass du entweder meinen Laden abfackelst oder dir selbst einen Stromschlag verpasst.«

Ich lachte. »Ich habe praktisch die gesamte Elektrik meines Hauses repariert. Okay, ich musste nur den Sicherungskasten wechseln, aber ich habe gewusst, was zu tun ist.«

Sie verlagerte ihr Gewicht von einem Bein auf das andere. »Ich weiß nicht ...«

»Meine Schwester kann es bestätigen.« Ich schaute um mich. »Wo ist sie überhaupt?«

»Sie besorgt Farbe für den Lagerraum. Ich habe mich ...« Maddie unterbrach sich selbst und schaute zur Tür hinter mir.

In der nächsten Sekunde zog das Öffnen derselben meine Aufmerksamkeit auf den Eingang des Ladens und ich drehte mich um.

Im Türrahmen stand eine Frau. Sie musste in meinem Alter sein, vielleicht ein oder zwei Jahre jünger. Ihre unendlich langen Beine steckten in einem hautengen Rock, der ihr bis zu den Knien reichte. Ihre hochgeschlossene weiße Bluse hob ihren dunkelbraunen Teint hervor. Die Korkenzieherlocken umrahmten ihr markantes Gesicht und ein Lächeln umspielte ihre vollen Lippen. Eines, das Frost in meine Adern jagte.

»Wenn das nicht Maddie Madness ist.« Ihre Stimme klang weich wie ein Lammfell.

Mein Blick huschte zu Maddie, die schwer schluckte und bei der jeder einzelne Muskel sich zu versteifen schien.

»Ich habe mich gefragt, wann wir uns wiedertreffen, Charleen.«

Charleen kam auf uns zu und ihr Lächeln wurde breiter. Etwas an ihrer Bewegung erinnerte mich an eine Schlange. Kein gutes Zeichen …

»Ich hatte einfach furchtbar viel zu tun. Aber ich nehme die Gastfreundlichkeit der Südstaaten viel zu ernst und würde niemals die Möglichkeit verpassen, die verlorene Tochter zu begrüßen«, sagte Charleen.

Maddie schluckte. Ihr war die Anspannung anzumerken. Trotzdem reckte sie das Kinn und verschränkte die Arme vor der Brust. »Ich bin nie verloren gewesen.«

Charleen kam näher. Bedacht und langsam wie eine Raubkatze auf der Jagd. Sie blieb eine Armlänge vor Maddie und mir stehen und drehte einen fetten Diamantring auf ihrem Mittelfinger herum. »Und was ist mit deinen Alpakas? Mögen sie dich noch immer lieber als deine Eltern?«

Kaum merklich zitterte Maddie. Ihre Knöchel traten weiß hervor, während sie die Hand in ihrer Armbeuge zu einer Faust ballte. »Redest du immer noch so viel Mist?«

Charleen grinste bösartig. »Manieren scheinst du nach all der Zeit keine zu haben, Maddie.« Sie wandte ihren kühlen Blick mir zu. »Also, ich stelle mich selbst vor: Ich bin Charleen Geraldine Kennedy, Tochter des Bürgermeisters und Chefredakteurin der *Light Inn*, unserer lokalen Zeitung.«

In der Praxis hörte ich öfters etwas über sie. Hauptsächlich sprachen die Leute darüber, wie sie die öffentlichen Events der Stadt organisierte und praktisch die eigentliche Bürgermeisterin war, obwohl ihr Vater den Titel trug. Eine alte Dame, an deren Namen ich mich nicht mehr erinnerte, hatte heute Morgen ihren Kater zur Untersuchung mitgebracht und fast im Minutentakt erwähnt, dass Charleen bei der nächsten Wahl möglicherweise kandidieren würde.

»Dr. Prescot«, stellte ich mich ebenfalls knapp vor und griff nach ihrer bereits ausgestreckten Hand.

Sie lächelte dieses beunruhigende Lächeln und zog ihre Hand langsam zurück. »Sie sind der neue Tierarzt. Ich habe gehört, dass Sie sich die Praxis mit Bernard teilen, bis er nächstes Jahr in Rente geht.«

Meine Miene blieb ungerührt. »Sie scheinen bestens informiert zu sein.«

»Ich bin nun mal Journalistin«, erwiderte sie schulterzuckend.

»Es passt zu dir«, sagte Maddie. »Informationen zu verbreiten, war immer eine deiner Gaben. Ob sie der Wahrheit entsprechen, ist eine andere Sache.«

»Sei nicht so verbittert, Maddie. Davon bekommst du Falten.« Sie sah von mir weg. »Wir sind keine Kinder mehr.« Ihr Ton war zuckersüß. Doch beim Klang ihrer Stimme zogen sich meine Eingeweide zusammen.

»Was willst du hier?«, fragte Maddie. An ihrem Hals leuchteten rote Flecken.

Charleen verschränkte die Arme vor der Brust. »Wie gesagt: Ich wollte dich willkommen heißen.«

»Nichts von dem, was du bis jetzt von dir gegeben hast, klingt nach einem Willkommensgruß.«

»Du hast recht.« Sie atmete tief durch und reichte Maddie ihre Hand. »Es tut mir leid. Willkommen zurück, Maddie Indigo Rose. Ich würde mich freuen, wenn wir die kindlichen Fehler unserer Vergangenheit beiseitelegten und neu anfangen würden.«

Maddie sah zu Charleens ausgestreckter Hand. »Warum sollte ich das wollen?«

»Ich dachte, dass du dich nach dem Tod deines Mannes verändert hast. So einen brutalen Tod verdient kein Mensch.«

Hitze und Kälte schossen in meine Adern. Keine Ahnung, was für eine Art Beziehung Charleen zu Maddie hatte. Sie hatte auf keinen Fall das Recht, ein sensibles Thema wie den Tod ihres Mannes so anzusprechen. Ich holte Luft, um sie darum zu bitten, den Laden zu verlassen, doch Maddie sprach weiter.

»Ich danke dir, dass du vorbeigekommen bist.« Sie schüttelte kurz Charleens Hand und ließ sie wieder los. »Aber ich habe eine Menge zu tun.«

»Was wird aus der alten Schneiderei?« Charleen ließ den Blick durch den Raum schweifen.

»Das solltest du als Journalistin wissen. Immerhin hat ganz Cotton Village schon davon Wind bekommen.«

Sage hatte mir erzählt, dass Maddie eine genaue Vorstellung hatte, wie der Laden aussehen sollte und was sie hier verkaufen würde. Doch ich konnte es ihr nicht verdenken, dass sie ihr nichts erzählen wollte. Charleen schien darauf zu lauern, Maddies Traum zu hören, um diesen in der nächsten Sekunde zu zerschmettern.

»Lass mich die Einzelheiten erfahren«, sagte sie, wieder ein Lächeln auf den Lippen. »Ich kann gerne einen

Artikel in der Zeitung schreiben. Als Geschenk zu unserem neuen Anfang.«

»Danke«, sagte Maddie trocken. »Ich werde darüber nachdenken.«

»Es war mir ein Vergnügen, Dr. Prescot«, sagte sie an mich gerichtet. Ihre Züge entgleisten kein bisschen, als ich ihr keine Antwort gab. Stattdessen lächelte sie mich an und sagte zu Maddie über die Schulter hinweg: »Bis dann.« Dann ging sie hinaus.

Maggie bat mich darum, mir das Loch in der Decke anzuschauen und verschwand in den hinteren Teil des Ladens, ohne mir einen weiteren Blick zu schenken. Sie rief nur kurz, dass der Strom abgestellt war, damit ich ohne Gefahr arbeiten konnte, und dann hörte ich nichts mehr von ihr. Öfter als ich es gewollt hatte, dachte ich daran, nach ihr zu schauen, um zu sehen, ob alles in Ordnung war, lenkte mich aber mit den Kabeln ab, bis eine knappe Dreiviertelstunde vergangen war.

»Und? Hast du das Problem gefunden?«, erklang die Stimme meiner Schwester.

Ich sah hinab und entdeckte Sage, die zwei Farbdosen auf den Boden stellte und auf die Leiter zukam.

»Ich habe ein Kabel ausgetauscht. Jetzt muss ich nur den Strom anschalten, um zu sehen, ob alles wieder funktioniert«, erwiderte ich.

»Wo ist Maddie?«, fragte sie.

»Nach hinten gegangen, um den Strom auszuschalten. Sie muss etwas gefunden haben, was sie dort noch machen muss.«

Sage nickte. Ihre Augen waren glasig. »Ich habe mit Ray gesprochen und muss morgen früh nach Hause fahren.« Sie sah mich wieder an. »Er braucht Hilfe beim

Einpacken. Ich werde dann übers Wochenende dort bleiben und ...«

»Ich weiß, dass du Ella schmerzlich vermisst«, sagte ich, während ich die Leiter hinunterstieg.

Sie seufzte und in ihre Augen stahl sich ein schlechtes Gewissen. »Ich will dich nicht im Stich lassen, Atlas.«

Ich lächelte sie an. »Es ist ein Wochenende, Sage. Ich werde schon nicht ohne dich sterben.«

»Sag das nicht. Nicht einmal zum Spaß.« Ihre Miene wurde schlagartig ernst und sie schluckte schwer.

»Es tut mir leid«, murmelte ich.

Sage atmete tief durch und fuhr sich durch die Haare. »Wir haben schon alles für den Schulwechsel geregelt, weshalb ich Ella bereits zu uns holen kann. Ray kommt dann eine Woche später nach.«

»Du bleibst also dabei.«

»Ich bleibe bei dir, Bruder. Immer.« Sie nickte.

Mir war nicht danach, das Gespräch erneut zu beginnen. Außerdem war dies eine verlorene Schlacht. Vielleicht würde ich Ray davon überzeugen können, Sage und Ella wieder zu sich nach Hause zu nehmen. Aber so verliebt, wie mein Schwager in meine Schwester war, würde er sogar unter der Brücke wohnen, wenn sie damit glücklich werden würde.

»Ich gehe kurz zum Stromkasten. Bin gleich wieder da«, sagte ich und tätschelte im Vorbeigehen ihre Schulter.

»Wenn du Maddie hinten findest, schick sie nach vorne. Es spricht wahrscheinlich nicht für mich, dass ich schon in meiner ersten Woche freinehmen muss, aber sie versteht das sicher.«

Ich eilte zum Lagerraum, doch als ich durch die Tür
ging und sie hinter mir ins Schloss fiel, brachte das Geräusch eines Schluchzens mich zum Stehen. Der Klang
kroch unter meine Haut und mein Herz schlug schneller.

Ganz ruhig, Atlas.

Dir geht es gut.

Ich legte die Hand auf mein rasendes Herz und ging
ein paar Schritte, bis ich Maddie neben dem Stromkasten auf dem Boden kauernd fand. Sie hatte das Gesicht
in den Händen vergraben und ihr ganzer Körper bebte.

»Hey«, flüsterte ich und schlich einen weiteren
Schritt auf sie zu. »Ist alles in Ordnung?«

Dümmste Frage überhaupt.

Maddie hob schlagartig den Kopf. Ihre braunen Augen waren blutunterlaufen, ihre Wangen tränenfeucht.

»Ja. Alles gut. Ich ...«, sagte sie und erhob sich, immer
noch zitternd.

»Maddie«, flüsterte ich und trat näher, sodass meine
Schuhe ihre beinahe berührten.

»Nein, nein ...« Ihr Blick wanderte rastlos umher. Sie
wischte sich die Tränen von den Wangen. »Es ist alles
gut, ich ...«

»Maddie«, wiederholte ich sanft.

Sie hielt inne, legte den Kopf in den Nacken und sah
mir in die Augen. »Ich brauche nur ...« Wieder kullerten
Tränen aus ihren Augenwinkeln.

Sie war verboten. Ich hatte nichts in ihrer Nähe zu suchen. Doch als ihre traurigen Augen mich gefangen
hielten, dachte ich nur daran, sie in meine Arme zu ziehen. Und genau das tat ich. Ich hielt sie so fest, wie sie
es zuließ.

»Ich ...«, flüsterte sie in meinem Hemd und krallte die Fingernägel in meinen Rücken. »Ich schaffe das nicht.« Sie weinte, schüttelte den Kopf und schien nach den richtigen Worten zu suchen. »Ich schaffe das nicht, Atlas.«

Ich zog sie noch enger an mich heran, strich sanft über ihren Kopf und flüsterte in ihr Haar. »Das schaffst du doch. Wenn das jemand schaffen kann, dann du.«

Sie umarmte mich fester, weinte hemmungslos und ich wusste nicht genau, wovon wir sprachen. Doch ich war mir sicher, dass sie es schaffen würde. Ich hatte es mir vorgenommen, ihr zu helfen, wobei auch immer sie mich brauchte. Deshalb war ich nach Cotton Village gezogen.

Kapitel 12

Maddie

Spitze Steine auf dem Betonboden bohrten sich durch meine Jeans, mein Hintern schmerzte und mein Puls hatte sich bereits beruhigt. Trotzdem traute ich mich nicht, Atlas' Hemd loszulassen, den Blick zu heben und ihm in die Augen zu schauen. Gleich nachdem er mich aufgefangen hatte, waren wir zusammen zu Boden geglitten und waren seitdem so sitzen geblieben. Jetzt lauschte ich seinem Herzschlag und atmete seinen herben Duft ein. Die Stellen auf meiner Haut, auf denen meine Tränen getrocknet waren, spannten sich und mit den Fingerspitzen strich ich über Atlas' Hemdknöpfe. Er vergrub seine Finger in meinen Haaren und bescherte mir eine wohlige Gänsehaut. Ich schaute auf. Unsere Nasenspitzen berührten sich beinahe, sein ernster Ausdruck umarmte meine Seele. Wieso fühlte es sich so vertraut an, in den Armen eines Fremden zu liegen? Als ich den Mund öffnete, drang das blecherne Geräusch der Tür, gefolgt von Schritten, zu uns.

»Hey, Leute. Das Licht geht immer noch nicht«, rief Sage.

Mein Herz raste. Unbeholfen stand ich auf, klopfte den Staub von meiner Jeans und wich einen Schritt von Atlas zurück, der verdutzt noch immer auf dem Boden sitzen geblieben war.

»Seid ihr gestorben, oder ...« Sage blieb stehen. Ihr Blick glitt von mir zu ihrem Bruder und zurück. »Ist alles in Ordnung?«

Atlas stand langsam auf, fuhr sich durch die Haare und atmete tief durch. »Ähm ... ja.«

»Und warum hast du auf dem Boden gesessen?«

Mein Herz klopfte wild und ich sah förmlich, wie sich die Rädchen in Atlas' Kopf drehten.

»Ich war ...« Er ging auf Sage zu, legte die Hände auf ihre Schultern und schob sie zur Seite, als wäre sie ein Möbelstück. »Ich muss los.«

Eilig verschwand er aus dem Lagerraum, ließ uns beide und die Fragen zurück, die in Neonfarben über Sages Kopf schwebten.

Warum hat Atlas auf dem Boden gesessen?

Warum sind deine Haare durcheinander?

Warum hat sich mein Bruder so verhalten, als wäre er ein Kind, das heimlich Schokolade vor dem Abendessen vernascht hat?

Ich fuhr mir durch die Haare und befeuchtete die Lippen, bevor ich den Stromkasten öffnete und das Licht anschaltete. »Jetzt muss es funktionieren.«

Sage verengte die Augen, räusperte sich aber gleich darauf und warf sich die Haare über die Schultern. »Ich wollte mit dir über meinen Anfang im Laden reden.«

»Okay«, erwiderte ich heiser.

»Meine Tochter würde gerne so schnell wie möglich nach Cotton Village kommen. Ich wollte ursprünglich, dass sie auf das Ende des Schuljahres wartet, aber wir vermissen einander so sehr, dass ich sie schon jetzt holen möchte.«

»Fährst du also bald nach ...« Mir fiel ein, dass ich nicht wusste, woher Sage kam. Atlas hatte das Thema gewechselt, als er Regenbogen gerettet und wir in der Küche geredet hatten. »Woher kommst du noch mal?«

Sage lächelte breit. »Aus Atlanta. East Atlanta genau gesagt.«

»Ähm ... was?« Ich runzelte die Stirn. Atlas musste doch wissen, dass ich ebenfalls in Atlanta gewohnt hatte. Die Frage war nur, warum er das Thema gewechselt und mich nicht darauf angesprochen hatte. »Das ist echt ein großer Zufall.«

»Wieso?« Sie kreuzte noch immer lächelnd die Arme vor der Brust. »Kennst du jemanden aus dem Stadtteil?«

»Ich habe über elf Jahre in Atlanta gelebt. Zuerst an der Grenze zu Mountain View und später in East Atlanta.«

»Das ist wirklich ein Zufall.« Beim letzten Wort stotterte Sage leicht. Ihre Gesichtsmuskeln erschlafften und ihre Miene wurde nachdenklich. »Das kann nicht sein.«

»Was kann nicht sein?«

»Nichts.« Sie schüttelte den Kopf. »Ich wollte dich eigentlich fragen, ob es okay ist, wenn ich mir eine Woche freinehme. Hier gibt es schon jetzt eine Menge zu tun, aber ich bin rechtzeitig vor der Ladeneröffnung wieder da. Dann mache ich auch Überstunden.«

Ich wedelte mit der Hand. »Natürlich ist das okay, dass du deine Tochter abholst. Außerdem wirst du noch gar nicht bezahlt, weshalb ich nicht einmal das Recht habe, etwas von dir zu verlangen.«

»Ich will aber Mitarbeiterin des Monats werden.« Sie kreuzte die Arme vor der Brust und zog gespielt stolz die Augenbrauen hoch.

»Du bist die einzige Mitarbeiterin, Sage.«

»Dann habe ich gute Chancen.«

Wir lachten. Das Geräusch hallte an den Wänden wider. Doch ich behielt das Gespräch im Hinterkopf, das wir gerade geführt hatten. Zwar lebten in Atlanta fast eine halbe Million Menschen und ich war ihr wahrscheinlich nie über den Weg gelaufen, doch ich fragte mich, warum mich diese Information so aufwühlte.

***

Der warme Wind drang durch das offene Fenster meines Autos und strich über meine Haut. Das Knattern des Motors erinnerte mich daran, sobald wie möglich in Samiras Werkstatt zu fahren. Das Letzte, was ich jetzt brauchte, war, dass mein Ford, den ich gebraucht gekauft hatte, den Geist aufgab, noch bevor ich das Geld wieder erwirtschaftet hatte, das ich in die alte Kiste gesteckt hatte. Aber ohne Auto war ich in Cotton Village aufgeschmissen, da die Farm meiner Schwiegereltern eher am Stadtrand lag. Mein Blick glitt über die goldenen Weizenfelder und ich sog den Duft nach Freiheit und Sonne ein, als eine Gestalt auf dem Straßenrand in mein Sichtfeld kam. Eine ältere Frau balancierte eine braune Einkaufstasche auf den Händen und ich drosselte mein Tempo.

»Was machen Sie hier, Mrs. Marco?« Ich hielt an, stieg aus dem Auto und begrüßte sie mit einer kurzen Umarmung. Sie roch nach Honig. Schweißperlen traten ihr in die Stirn.

»Meine liebe Maddie. Du bist schon wieder da!«

»Seit ein paar Tagen.«

»Ich war nur kurz einkaufen, wie jeden Mittwoch.«

Der nächste Lebensmittelladen befand sich einen halbstündigen Fußmarsch von ihrem Haus entfernt und sie hatte schon gebrechlich ausgesehen, als ich aus Cotton Village fortgezogen war.

»So halten Sie sich fit, oder?«

Sie lächelte mich an und ihre abgebrochenen vorderen Zähne kamen zum Vorschein. »Und wie.«

Ich nahm ihr die Tüte ab, schnallte die Einkäufe auf die Ladefläche meines Fords und machte eine Handbewegung, um sie aufzufordern, einzusteigen. Zu meiner Überraschung kam sie meiner Bitte ohne Widerrede nach und setzte sich ins Auto.

»Die paar Meter hätte ich auch geschafft«, sagte sie und fächerte sich Luft zu, während ich mich anschnallte und losfuhr.

»Wenn Sie jemanden brauchen, der für Sie den Einkauf übernehmen soll, sagen Sie bitte Bescheid.«

Mrs. Marco gehörte zu den wenigen Leuten in dieser Stadt, die nie ein abfälliges Wort über meine Mutter oder mich verloren hatten. Vielleicht mochte ich sie deswegen so sehr.

»Das hat der neue Tierarzt mir auch angeboten. Hast du ihn schon kennengelernt, Liebes?« Sie fächerte sich

Luft zu, obwohl genug Wind durch das offene Fenster ins Auto gelangte. »Hübsches Ding.«

Ich umklammerte das Lenkrad bei der Erinnerung, wie Atlas mich in seinen Armen gehalten und ich seinen Duft eingeatmet hatte, noch fester. Fast hätten wir uns im Lagerraum meines Ladens geküsst. Beinahe hätte ich einen Fehler begangen, den ich für immer bereuen würde.

»Er ist nett und sehr hilfsbereit«, erwiderte ich leise.

»Ich weiß«, sagte sie mit Bedauern in der Stimme. »Er kommt nicht an unseren Chris heran.«

Nein. Das tat keiner. Aber ich hatte keinen Grund, Atlas mit Chris zu vergleichen. Warum tat es Mrs. Marco überhaupt?

»Wir sind da.« Ich rang mir ein Lächeln ab, stieg aus dem Auto und half ihr mit den Einkäufen in ihr Haus. Doch als ich rasch aus ihrer Küche ging, traf ich sie am Briefkasten.

Sie hielt einen Umschlag in einer Hand, zog dann ein anderes grobes Papier heraus und las vor, was darauf stand.

»Oh nee.«

Ich kam näher. »Ist alles in Ordnung?«

Mrs. Marco verdrehte die Augen und ließ beide Arme sinken. »Die Einladung zu Charleens Frühlingsball.«

Eiseskälte kroch meinen Rücken hinauf und ein Knoten schnürte mir die Kehle zu.

»Zum Glück gehöre ich dieses Jahr zu den Rentnerinnen, die nicht bei so einer grauenhaften Veranstaltung mitmachen müssen«, fügte sie hinzu.

Ich versuchte zu lächeln, scheiterte aber kläglich, denn mir stand so eine Wahl nicht zu. Das Einzige, was ich noch machen konnte, war zu beten, dass Charleen mich nach unserer heutigen Begegnung nicht einladen wollte. Aber meine Gebete gingen für gewöhnlich nicht in Erfüllung.

Kapitel 13

Maddie

Die Einladung starrte mich an. Das Stück silberne Papier hatte zwar keine Augen, dafür aber Charleen, die auf der vorderen Seite der Karte abgebildet war. Ihr Vater stand zu ihrer Rechten, an seiner anderen Seite stand seine Frau. An Charleens linker Seite lächelte sie ein Mann in hellblauem Anzug an. Seine blonden, gegelten Haare waren nach hinten gekämmt, seine strahlenden blauen Augen würde ich überall erkennen. Es war Tucker Lee Williams, ewiger Ballkönig der Cotton Village High, für immer Charleens fester Freund. Doch der Diamantring an ihrem Finger ließ nicht verkennen, dass sie einen Schritt in ihrer Beziehung weitergegangen waren und sich verlobt hatten. Ich konnte es mir nicht vorstellen, wer auf diesem Planeten besser zueinander passte als diese beiden.

»Wie lange wirst du noch diese bescheuerte Karte anstarren?«, fragte Leslie und nahm an meinem Esstisch mir gegenüber Platz.

Die Einladung zum jährlichen Kennedy-Frühlingsball hatte in meinem Briefkasten auf mich gewartet, als ich von meinem Laden nach Hause gefahren war. Mein Magen hatte auf eine unschöne Weise Purzelbäume geschlagen.

Seufzend schob ich die Karte zur Seite und schaufelte Spaghetti mit Tomatensauce auf Leos Teller. »Komm, mein Löwe. Essen ist fertig.«

»Nur noch fünf Minuten«, rief er zurück und starrte weiter auf den Fernseher.

»Gehst du dahin?«, fragte ich Leslie.

Nickend löffelte sie eine Pfütze Sauce auf ihren Teller und legte kunstvoll ein Nest Spaghetti darauf. »Habe ich eine Wahl? Mom muss ihr Bein schonen und Charleen würde die Buchhandlung in den Dreck ziehen, wenn ich nicht auf dem Ball auftauche.«

Genau aus diesem Grund ließ ich zu, dass Charleen mich in meinem Laden besuchte. Sie auf irgendeine Weise zu kränken, bedeutete für jeden, der in dieser Stadt arbeiten wollte, den absoluten Ruin. Schon als sie für die Schulzeitung geschrieben hatte, war es ihr gelungen, das Restaurant von Mr. Cheng schließen zu lassen, weil der alte Herr sie ein verwöhntes Gör genannt hatte. Charleen hatte es mit einem einzigen Artikel geschafft, das Gesundheitsamt auf ihn zu hetzen und auch dafür gesorgt, dass sie dort Ratten fanden. Ungeziefer, das vor diesem Zeitungsartikel dort noch nie gesehen worden war.

»Hast *du* etwa vor, nicht hinzugehen?«, fragte Leslie und schaute mich stirnrunzelnd an.

Ich seufzte. »Leo, bitte! Komm, sonst wird das Essen kalt.«

Schnaubend schaltete er den Fernseher aus und trampelte in die Küche. Ohne mich eines Blickes zu würdigen, setzte er sich hin und fiel über das Essen her.

Ein Schmunzeln zupfte an meinem Mundwinkel, doch ich übersah seine Ungezogenheit und stützte mein Kinn auf die Handfläche. »Ich habe zwar noch nicht mit Blossom und Cole geredet, aber ich habe genauso wenig eine Wahl wie du. Bei mir ist es sogar schlimmer, denn ich bin mir sicher, dass ihr Besuch gestern Nachmittag im Laden eher eine Warnung war.«

»Was für eine Warnung?«, mischte sich Leo ein und schob sich eine Gabel voller Spaghetti in den Mund.

Leslie lachte und ein Grübchen erschien in ihrer rechten Wange. Sie sah immer zehn Jahre jünger aus, wenn sie lachte. Vor allem, wenn sie eines ihrer T-Shirts mit Sprüchen aus berühmten Serien trug. Heute war *The Walking Dead* an der Reihe.

»Nichts, mein Löwe. Es ist nicht wichtig.«

»Eine Warnung ist immer wichtig, Mama«, sagte er mit vollem Mund.

Leslie lachte lauter. »Wo er recht hat, hat er recht.«

»Okay«, sagte ich. »Ich wurde gewarnt, dass der Frühlingsball am Wochenende nichts für Kinder ist, denn das wird meeega öde.«

»Wie kann ein Ball öde sein?«, fragte er. Sein Teller war fast leer.

Ich zuckte mit den Schultern. »Es ist einer für Erwachsene. Es wird nicht einmal eine Hüpfburg geben.«

Charleens Partys waren für das prunkvolle Essen und die auserlesenen Weine bekannt. Nicht dafür, dass man sich dort amüsierte. Außerdem war das die Möglichkeit für die Einwohner von Cotton Village, sich wirklich in Schale zu werfen und unter Leute zu gehen. Kinder waren auf solchen Veranstaltungen eher dazu verdonnert, am Tisch zu sitzen und leise zu sein. Wenn ich Leo an meiner Seite hätte, wäre das für ihn Folter.

»Und warum gehst du dann hin? Ohne Hüpfburg wirst du auch keinen Spaß haben.«

Ich strich mit meinem Daumen über seinen Handrücken. »Weil jemand aus unserer Familie uns repräsentieren muss.«

Blossom und Cole hatten angeboten, an meiner Stelle zum Ball zu gehen. Doch das war das Mindeste, was ich für sie tun konnte. Sie hatten jahrelang mitgemacht und wenn ich an ihre Stelle treten konnte, würde ich das auch tun. Egal wie viel Kraft es kosten würde, Charleen wieder in die Augen zu schauen.

»Bleibe ich dann bei Granny und Grandpa?«

»Ja. Ist das okay?«

Seitdem Leo vor zwei Tagen mit Atlas über den Verlust seiner Eltern gesprochen hatte, fühlte sich die Beziehung zwischen meinem Sohn und mir fast wie früher an. Er krabbelte jedoch immer noch nicht auf meinen Schoß, wenn wir zusammen Animationsfilme schauten und ich würde darum kämpfen müssen, meine Abwesenheit wiedergutzumachen. Aber Charleens Party war nur eine Nacht und wenn ich die Wahl hätte, würde ich selbst nicht hingehen wollen. Außerdem hatte ich nicht vor, Cole und Blossom komplett aus Leos Leben auszuschließen. Ich wollte mich nur wie seine Mutter benehmen und von ihm auch wieder so gesehen werden.

Leo zuckte mit den Schultern. »Ich schlafe dort gerne, denn Granny lässt mich länger fernsehen.«

Leslie lachte schallend und verwuschelte Leos Haare. »Wenn du willst, kann ich dir nach dem Essen ein Buch vorlesen.«

Leo rollte die Augen nachdenklich nach oben. »Welches?«

»Ich habe dir ein paar Bücher aus der Buchhandlung mitgebracht. Wir suchen uns gemeinsam eins aus.«

Leo grinste breit. Um seinen Mund herum klebte Tomatensauce. »Okay.«

Er war mein Ein und Alles. Der Teil von Chris, der mir geblieben war. Ein bisschen von uns beiden und doch war Leo einfach einzigartig. Wunderbar und perfekt. Er war mein Löwe und ich würde alles tun, damit unser Neuanfang hier funktionierte.

***

Nachdem Leslie Leo zum vierten Mal dasselbe Buch vorgelesen hatte, war er in einen sorglosen, tiefen Schlaf gefallen. Ein wenig schwärmte Leslie noch über ihre Lieblingsserie, bevor sie aufstand und sich ihre Jeansjacke überstreifte.

»Bist du dir sicher, dass du schon nach Hause gehen willst?«, fragte ich sie und gähnte herzlich.

Kopfschüttelnd grinste sie mich an. »Du bist todmüde. Ich bin erledigt. Es ist auch für uns Zeit, ins Bett zu gehen.«

»Ich würde es aber schaffen, die zweite Staffel von *The Walking Dead* mit dir zu schauen.«

Noch immer lächelnd schaute sie mich über die Schulter hinweg an und ging auf die Tür zu. »Die

Zombies werden auch morgen noch tot sein. Außerdem hast du nicht vor, die Stadt wieder zu verlassen, oder?«

»Nachdem ich Charleens Einladung gelesen habe, war ich ernsthaft versucht, das zu tun.«

Sie lachte, schnappte sich ihre Handtasche und zog mich in eine Umarmung. »Zu dritt werden wir das überleben.«

Ich ließ sie los und zog die Augenbrauen zusammen. »Zu dritt? Leo kommt nicht mit. Oder wer soll uns begleiten?«

Leslie rieb sich den Nacken und ein Lächeln umspielte ihre Lippen. »Ähm ... ich wollte es dir sagen. Aber dann habe ich Leo vorgelesen und alles vergessen.«

»Was sagen?«

»Ich habe so einen Typen kennengelernt.«

Ich riss die Augen auf. »Und das erzählst du mir erst jetzt? Wenn du kurz davor bist, nach Hause zu gehen? Wer ist er?«

Sie holte tief Luft. »Ich ...«

Es klopfte an der Tür und wir beide zuckten zusammen.

»Holt er dich auch ab?«, fragte ich und grinste vielsagend.

Leslie schüttelte den Kopf.

Ich konnte mir sonst nicht vorstellen, wer bei mir kurz vor Mitternacht auftauchen könnte. Ich ging zur Tür und öffnete.

»Hi.« Es war Atlas.

Unsere Blicke verwoben sich miteinander. Hitze stieg mir in die Wangen. Seit er mich gestern Nachmittag im Laden festgehalten und ich wie ein zweijähriges Kind in seinen Armen geweint hatte, war ich ihm aus dem Weg gegangen. Sehr erwachsen von mir ...

Mein Blick huschte zu seinen Händen, in denen er einen kleinen Stapel mit Kleidung hielt – Chris' Kleidung.

»Du bist der neue Tierarzt«, sagte Leslie und schob sich an mir vorbei, um Atlas die Hand zu reichen. »Wir haben in der Buchhandlung kurz miteinander gesprochen, uns aber noch nicht offiziell vorgestellt.«

Er sah mich nicht mehr an und begrüßte sie lächelnd. »Natürlich. Die meisten nennen mich Atlas.«

»Hi, Atlas. Ich bin Leslie.«

Sie lachte leise und sah mich verstohlen über die Schulter hinweg an.

Das kann nicht ihr Ernst sein!

Ich wandte den Blick von ihr ab und atmete tief durch. »Was machst du hier?«

Meine Stimme klang härter als beabsichtigt. Leslie sollte nicht auf den Gedanken kommen, mich mit irgendjemandem verkuppeln zu wollen. Es freute mich zu wissen, dass sie jemanden gefunden hatte, doch ich war eindeutig nicht auf der Suche.

»Ähm ...« Er sah zwischen Leslie und mir hin und her und ließ eine Hand in die Hosentasche gleiten. Mit der anderen presste er das Bündel Klamotten gegen seine Brust. »Ich wollte dir das hier zurückbringen.«

Sie presste die Lippen fest aufeinander, zog mich wieder in eine Umarmung und flüsterte mir ins Ohr: »Das erzählst du mir morgen, während wir die zweite Staffel nachholen.«

Ich wollte ihr sagen, dass es nichts zu erzählen gab und Atlas einfach wieder gehen würde. Doch sie schob sich an ihm vorbei und rief über die Schulter: »Es war schön, dich kennengelernt zu haben, Atlas.«

Er schaute meiner besten Freundin nach, wie sie laut *Lead Me Home* von Jamie N Commons trällerte, in ihren rostroten Truck stieg und losfuhr.

Als Atlas mich schließlich erneut anschaute, musterte er mich eine Weile, bis er die Sprache wiedergefunden hatte.

»Ich war nicht ganz ehrlich«, sagte er und rieb sich den Punkt zwischen seinen Augenbrauen.

Ich kreuzte die Arme vor der Brust. »Was meinst du?«

Seufzend hob er das Kinn. Seine grauen Augen musterten mich ernst. »Ich bin nicht wegen der Kleidung gekommen.«

Er trat einen Schritt näher, sodass das Licht im Flur sich auf seine harten Züge legte. »Eigentlich sind sie noch ein bisschen nass, denn ich habe sie heute Nachmittag gewaschen.«

Seine Haare sahen etwas wenig länger aus, sodass sie ihm fast über die Augen fielen, und sein Kiefer spannte sich, während er in meinem Blick nach Antworten suchte und mir Chris' Kleidung reichte.

Wärme kribbelte in meinem Bauch und ich wich mit den Klamotten in den Händen zurück. »Es ist auch ziemlich merkwürdig, dass du sie mir kurz vor Mitternacht zurückgeben willst.«

Atlas trat einen weiteren Schritt nach vorne, sodass sein Duft um meine Nase strich. Er roch nach Erde und Regen.

»Es tut mir leid. Ich gehe lieber.« Seine Stimme klang rau, unentschlossen. Als würde er nicht meinen, was er sagte. Doch er drehte sich um, um zu gehen.

»Warum bist du wirklich hier?«, fragte ich.

Er blieb stehen, starrte seine Schuhe an und seine muskulösen Schultern bewegten sich unter seinem T-Shirt, während er sich den Nacken rieb.

»Ich wollte wissen, wie es dir geht«, erwiderte er und drehte sich zu mir um. »Nach gestern Nachmittag habe ich mir Sorgen um dich gemacht und der einzige Grund, der mir einfiel, um herzukommen, war, die Klamotten zurückzubringen.«

Mein Gesicht wurde so heiß, als hätte ich eine brennende Fackel geschluckt. Ich hätte nicht in seinen Armen zusammenbrechen dürfen. Atlas war ein Fremder. Ein Mann, dem ich nicht nahe kommen wollte. Mein Leben war jetzt schon zu kompliziert und mein Herz war nicht bereit, noch jemanden reinzulassen. Egal ob als Freund oder etwas anderes.

»Deshalb kommst du um Mitternacht einfach so rüber? Weil du dir Sorgen um mich gemacht hast?«

Er nickte. »Ich wollte schon gestern Abend nach dir sehen, aber ich musste Sage nach Atlanta fahren und bin erst heute Mittag zurückgekommen.«

Atlas trat wieder näher zu mir.

Mein Herz schlug wieder falsch.

Falsch, falsch, falsch.

»Das Licht hat noch gebrannt und ich habe mir gedacht ...« Er unterbrach sich selbst, ließ seinen Blick wieder über mein Gesicht gleiten, verweilte eine Sekunde auf meinen Lippen und sah mir erneut in die Augen.

»Danke, dass du mir die Kleidung zurückbringst. Aber das im Laden war nichts.«

»Du hast in meinen Armen geweint. Danach bist du einfach gegangen«, sagte er. Seine Stimme so tief und rau, dass mir ein wohliger Schauer über den Rücken lief.

»Ich habe noch mit deiner Schwester geredet.«

Und hatte wie eine geplatzte Tomate gewirkt, als ich aus dem Lagerraum gegangen war. Zum Glück hatte Sage das Taktgefühl besessen, nicht zu fragen, warum ich so ausgesehen hatte.

»Das hat sie mir erzählt. Du hast mit ihr geredet, als wäre nichts passiert. Aber wir beide wissen, dass das sehr wohl der Fall war«, beharrte er.

Wahrscheinlich hatte Sage ihn ausgequetscht und ich wünschte mir nur, dass Atlas nicht erzählt hatte, was passiert war.

Ich atmete tief durch und reckte das Kinn. »Ich war müde, überfordert, und Charleen wiederzutreffen, hat mich ... es wird nicht wieder vorkommen.«

Atlas öffnete den Mund, sah zu der Kleidung in seinen Händen und dann wieder zu mir. »Okay.«

»Okay?«, wiederholte ich.

Ein letztes Mal suchte er in meinen Augen nach Antworten, bat um Erlaubnis. Dann drehte er sich um und ging.

Er hatte mir im Laden beigestanden. Er kannte mich nicht und trotzdem ...

»Atlas«, rief ich, bevor er die letzte Stufe meiner Veranda erreichte.

»Ja«, sagte er, ohne mich anzusehen.

»Meine Kindheit war nicht einfach und Charleen war ein Teil davon.«

Diese Worte rissen alte Verletzungen auf. Aber Blossom sagte, dass man manchmal Wunden aufreißen musste, damit sie richtig heilten.

Er stieg wieder auf die Veranda und steckte beide Hände in die Hosentaschen. »Willst du darüber reden?«

»Nein.«

Atlas nickte und kam erneut auf mich zu. »Okay.«

»Okay.« Ich presste Chris' Kleidung an meine Brust, suchte in meinen verworrenen Gefühlen nach Antworten auf meine eigenen Fragen. Mein Blick glitt an ihm vorbei zu Blossoms und Coles Haus. Durch das Fenster brannte kein Licht.

»Magst du Zombies?«

Er zog seine Augenbrauen hoch. »Ähm ... ich bin verwirrt.«

Ich verlagerte mein Gewicht von einem Bein auf das andere und kaute auf der Unterlippe herum. »Ich wollte mir jetzt die zweite Staffel von *The Walking Dead* anschauen.«

Seine Augen glitzerten vergnügt. »Ich kenne die Serie nicht.«

»Ich könnte mir wieder die erste Staffel ansehen«, erwiderte ich schulterzuckend. »Dann lernst du sie kennen.«

Atlas schloss den restlichen Abstand zwischen uns, sodass ich den Kopf in den Nacken legen musste, um ihm in die Augen zu schauen.

»Ich wollte immer wissen, warum man diese Serie so toll findet«, sagte er so leise, dass ich ihn kaum hörte.

Ich schluckte. Mein Mund fühlte sich so trocken an und meine Brust ganz warm.

»Komm rein. Ich mache uns Popcorn.«

Sein Lächeln wurde breiter und für eine Sekunde ertappte ich mich, wie ich es bewunderte. Atlas hatte ein wunderschönes Lächeln. Ich sollte es nicht wunderschön finden.

Er nickte, schob sich an mir vorbei, sodass seine Hand federleicht über meine streifte und mein Herz galoppierte.

Ich wollte mich nur bedanken. Er war noch immer ein Fremder. Einer, der mich festgehalten hatte, als ich wieder eine meiner Tiefen erlebt hatte. Aber vielleicht könnte er doch ein Freund werden. Einer, in dessen Nähe ich mich wohlfühlte. Das wäre eine gute Sache. Jetzt musste nur mein Herz das verstehen.

Kapitel 14

Atlas

Ein Zombie machte sich über einen weiteren Kadaver her und ich verdrehte die Augen. Nach drei Folgen am Stück verstand ich noch immer nicht, warum man die Serie so toll fand. War das Leben nicht schon schlimm genug? Warum sollte man sich anschauen, wie Menschen darum kämpften, nach einer Zombie-Apokalypse zu überleben? Hätte Sage oder irgendeine andere Person mich gefragt, ob ich mir *The Walking Dead* anschauen wollte, hätte ich sofort gesagt, ich würde lieber einen Besen fressen. Doch es war Maddie, die mich zu dem Fernsehabend eingeladen hatte. Maddie, die gestern in meinen Armen zusammengebrochen war und sich so eng an mich geschmiegt hatte, dass ich für eine Sekunde gedacht hatte, sie würde mich nie wieder loslassen.

Maddie hatte ihren Ehemann erst vor einem Jahr verloren und offensichtlich mehr damit zu kämpfen, als sie zugab. Ich hätte sie in Ruhe lassen sollen und sie nicht ansehen dürfen, wie ich es tat. Es stand mir nicht zu, so berauscht von ihrem Duft zu sein, wenn sie mir näherkam. Ich dürfte sie nicht berühren wollen. Doch sie hatte mich eingeladen, bei ihr zu bleiben und daher hatte ich dazu unmöglich Nein sagen können.

Blut lief aus dem Mund eines weiteren Zombies und ich seufzte.

Wie spät ist es?

Ich schaute zu Maddie, die neben mir auf der Couch saß, und mein Herz setzte einen Schlag lang aus.

Sie schlief, ihr Kopf lag auf der seitlichen Couchlehne, ihre hochgezogenen Knie berührten beinahe ihre Brust.

Ich hatte nie gedacht, dass sie noch hübscher als gestern aussehen könnte. Die Art, wie sie so unschuldig, so friedlich, dort lag, ließ meinen Puls schneller schlagen.

Ein Lächeln huschte über meine Lippen, während ich die Popcornschüssel auf den Boden stellte und vorsichtig von der Couch aufstand. Maddie regte sich nicht, sie atmete weiter gleichmäßig. Ich schaltete den Fernseher aus, deckte sie mit einer Wolldecke zu und wandte mich zum Gehen.

»Was machst du hier?«

Mein Herz sackte in den Magen und schoss in meine Kehle. Leo stand neben dem Küchentisch, umklammerte seine Bettdecke und sah mich verschlafen an.

»Hey, Champ. Wieso schläfst du nicht?«, flüsterte ich und kam auf ihn zu.

Er zuckte mit den Schultern. »Hab schlecht geträumt.«

Ich kniete mich vor Leo nieder und warf Maddie einen kurzen Blick über die Schulter zu. Sie kuschelte sich weiterhin zusammen und schlief weiter.

»Möchtest du darüber reden?«, fragte ich und sah Leo wieder an.

Er schüttelte den Kopf.

»So schlimm?«

Leo schaute an sich hinab. Seine winzigen Finger nestelten am Saum seiner Decke. »Ja.«

Ich seufzte. Ich wollte nicht fragen, ob er schlecht von seinem Dad geträumt hatte. Doch etwas in mir wusste, dass das der Grund war, warum er nicht darüber reden wollte.

»Manchmal habe ich auch Albträume, weißt du, Champ?«, flüsterte ich, um Maddie nicht zu wecken.

Auf dem Heimweg hatte Sage mir gesagt, dass Maddie kaum Schlaf bekam, denn sie verbrachte ihren ganzen Tag mit der Renovierung des Ladens und abends kümmerte sie sich um die Buchhaltung. Sie hatte sich einen straffen Plan für die Eröffnung des Geschäfts überlegt und ihre finanzielle Zukunft hing davon ab. Außerdem betreute sie Leo.

»Wie wäre es, wenn ich dich wieder ins Bett bringe und dableibe, bis du eingeschlafen bist?«, fragte ich.

Ich hätte Maddie fragen sollen, ob das in Ordnung war. Er war ihr Sohn, es war ihr Haus und ich nur ein Gast. Doch sie schien den Schlaf zu brauchen und ich würde nur im Zimmer nebenan sitzen.

Nickend rieb sich Leo die Augen. Ich stand auf, warf Maddie erneut einen Blick über die Schulter zu, um mich zu versichern, dass sie weiterschlief und folgte Leo in sein Zimmer. Die Tür ließ ich auf. So würde ich hören, wenn sie wach würde und könnte ihr sagen, dass ich noch hier war.

Leo kletterte ohne Umschweife in sein Bett und deckte sich zu. »Kannst du mir eine Geschichte erzählen?«, fragte er und gähnte gleich darauf.

Ich setzte mich auf den Boden neben seinem Bett und lehnte mich mit dem Rücken an die Wand. »Hast du ein bestimmtes Buch, aus dem ich dir vorlesen soll?«

Leo schloss die Augen und kuschelte sich in seinem Kissen ein. »Kannst du Geschichten erfinden?«

»Erfinden?«

»Mom macht das ab und zu. Sie denkt sich Geschichten aus und erzählt sie mir.«

Meine Mundwinkel bogen sich automatisch nach oben und ich wünschte mir, Maddies Märchen hören zu können.

»Ich kann es versuchen.« Ich legte mich auf den kühlen Holzboden, winkelte den Arm hinter meinem Kopf an und betrachtete die neonfarbenen Sterne, die an der Decke von Leos Zimmer klebten.

»Es war einmal ein Alpaka ...«, setzte ich an.

»Wie hieß es?«, fragte er und gähnte erneut.

»Hey, Champ. Du darfst mich nicht unterbrechen, sonst kann ich die Geschichte nicht gut erzählen.«

»Okay«, murmelte er und rutschte zur Bettkante, sodass er mich ansehen konnte.

Ich holte tief Luft. »Es war einmal ein Alpaka namens Lucky.«

***

Es duftete süß, nach Keksen oder Schokolade und Helligkeit drang durch meine geschlossenen Lider. Ich drehte mich auf die Seite und etwas Spitzes bohrte sich in meine Haut. Ein Fluchen blieb in meiner Kehle stecken und ich öffnete die Augen. Mein Blick begegnete warmen braunen Augen. Hitze und Kälte schossen gleichzeitig in meine Adern.

»Hi«, wisperte Maddie. Sie lag ebenfalls auf dem Boden, ihre Hände waren zwischen dem Holz und ihrer Wange gefaltet.

»Hey«, erwiderte ich und zog einen Legostein unter meinen Rippen hervor.

Sie rutschte näher, sodass ihre Nase beinahe meine berührte. Meine Muskeln spannten sich an und mein Herzschlag legte einen Zahn zu, obwohl ich wusste, dass sie das nur tat, um nicht lauter sprechen zu müssen.

»Warum schläfst du auf dem Boden von Leos Zimmer?«, fragte sie.

Ich schluckte und wich einen Zentimeter zurück, wobei ich ungewollt ihre Lippen betrachtete. Diese atemberaubenden Lippen.

»Er ist aufgewacht und wollte, dass ich ihm eine Geschichte erzähle.«

Leo regte sich auf seinem Bett und Maddies Blick huschte zu ihm. Langsam stand sie auf und bedeutete mir, ihr zu folgen. Hintereinander schlichen wir aus dem Zimmer, woraufhin Maddie die Tür so leise, wie es irgend möglich war, zuzog.

»Das war nicht nötig«, sagte sie ein wenig lauter und klemmte sich eine verirrte Haarsträhne hinters Ohr. »Aber danke.«

Ich lehnte mich mit der Hüfte an den Esstisch und verschränkte die Arme vor der Brust. »Wann bist du in sein Zimmer gekommen?«

Maddie schaute kurz zu meinen Armen, meinen Schultern, meinem Hals. Sie sah aber schnell wieder weg und ging zur Kaffeemaschine. »Vermutlich, nachdem du eingeschlafen bist. Leo hat mich geweckt und gesagt, dass du da schläfst.«

Ich lachte leise. »Meine Gesellschaft hat ihm wohl nicht gereicht.«

Sie zuckte mit den Schultern. »Nimm das nicht persönlich. Der Kleine kennt mich ein bisschen länger.«

Ich kam auf sie zu, blieb nur wenige Zentimeter neben ihr stehen. Maddie sah mich kurz aus dem Augenwinkel an, atmete stockend ein und löffelte Kaffeepulver in die Maschine. Etwas in der Art, wie sich mich ansah, war anders. Maddie sah beinahe ... verlegen aus.

»Warum hast du mich nicht geweckt?«, fragte ich und verschränkte erneut die Arme vor der Brust.

Sie schaltete die Maschine an und drehte sich zu mir um. »Eigentlich wollte ich das machen, denn es sah richtig unbequem aus, wie du da gelegen hast. Aber du hattest ja bereits erwähnt, dass du seit Monaten Schlafprobleme hast. Ich hatte Angst, dass du dann nicht wieder einschlafen kannst.«

Sie erinnerte sich daran! Nicht einmal ich wusste genau, in welchem Kontext ich ihr das erzählt hatte.

»Es ist echt lange her, dass ich so gut geschlafen habe.«

Die gestrigen Bedingungen waren alles andere als optimal gewesen, um eine ruhige Nacht zu haben, dennoch war gestern das erste Mal seit Langem gewesen, dass ich keinen Albtraum gehabt hatte.

»Dann hast du keine Alpakas gebraucht, sondern nur ein paar Legosteine unter deinem Rücken.« Sie lächelte und mein Herz stolperte.

Ich presste meine Zähne fest aufeinander, ließ meinen Blick in ihre warmen, haselnussbraunen Augen sinken und zählte im Kopf auf, warum ich sie jetzt nicht um ein Date bitten dürfte:

Sie hat erst vor einem Jahr ihren Mann verloren.

Sie hat Wichtigeres, um das sie sich kümmern muss.

Sie kennt mich nicht.

Sie weiß nicht, woher ich komme.

Sie wird mich hassen, wenn sie die Wahrheit erfährt.

Langsam erstarb ihr Lächeln und sie schaute zu meinem Mund. Nach einem tiefen Atemzug leckte Maddie sich über die Lippen. »Möchtest du Kaffee?«, fragte sie und wandte sich blinzelnd wieder der Maschine zu.

»Ich will dich nicht weiter stören.« Meine Stimme klang rau und ich konnte nur auf ihren Hals, ihr Schlüsselbein, ihre Schultern, die nur von den dünnen Spaghettiträgern ihres Tops bedeckt waren, schauen.

»Das tust du nicht«, erwiderte sie so leise, dass ich sie kaum hörte. »Ich finde es … schön, dass du geblieben bist.«

Ihre Worte sickerten in mein Herz, benebelten meinen Verstand und brachten mich dazu, mir das Unmögliche zu wünschen. Ich wünschte mir, ihr Gesicht in den Händen zu halten, ihre Lippen mit meinen federleicht zu erkunden, den Geschmack ihrer Zunge auf meiner zu spüren.

»Dann hätte ich liebend gerne eine Tasse Kaffee.«

Maddie goss in zwei Tassen ein und nahm beide mit zum Esstisch. Eine Tasse stellte sie vor sich, die andere vor den Stuhl neben sich.

Es gab einen Platz ihr gegenüber. Genug Abstand zwischen uns. Doch den Platz wählte sie nicht.

»Hast du auch eine Einladung für den Frühlingsball bekommen?«, fragte sie und setzte die Tasse an ihre Lippen.

Ich schloss für eine Sekunde die Augen, atmete tief durch und nahm neben ihr Platz. Die Einladung, von der sie sprach, lag auf dem Tisch. Darauf strahlten Charleen und ein paar Leute, die ich noch nicht kennengelernt hatte.

»Ja. Ich fand es aber ziemlich merkwürdig, dass ich eingeladen wurde, obwohl ich keinen auf der Einladung kenne.«

Maddie seufzte. »Es ist ein Standardding. Alle aus der Stadt werden eingeladen.«

»Ich bin aber nicht so der Party-Typ«, sagte ich und trank einen Schluck von meinem Kaffee.

»Mit Charleen hast du bereits Bekanntschaft gemacht. Es wäre keine gute Idee, nicht hinzugehen.«

Ich setzte meine Tasse ab und zog meine Augenbrauen zusammen. »Machen wirklich alle in dieser Stadt alles, was sie will?«

Maddie legte ihre Arme auf den Tisch, sodass ihre Hand nur wenige Millimeter von meiner entfernt war.

Es glich einer Folter, ihr so nah und gleichzeitig so fern zu sein.

»Ja«, erwiderte sie und zog die Augenbrauen hoch.

»Und keiner will das ändern?«

»Bis jetzt sind alle Versuche in diese Richtung gescheitert.« Sie ließ den Daumen über den Rand ihrer Tasse gleiten und betrachtete nachdenklich das Porzellan.

»Vielleicht mache ich das.«

Maddie hob schlagartig den Kopf. Ihre braunen Augen waren weit aufgerissen. »Tu das nicht.« Sie blinzelte. »Bitte.«

Ich legte den Kopf schräg. »Soll ich einfach hingehen, weil Charleen es will?«

»Ja«, erwiderte sie in hohem Ton. »Ich weiß, dass es bescheuert klingt. Aber glaub mir, wenn ich dir sage, dass du damit keinen guten Start in Cotton Village hinlegst.«

Ich schüttelte den Kopf. »Ich brauche einen stärkeren Grund, um auf einen Frühlingsball zu gehen.«

Maddie holte tief Luft. Sie schaute hektisch um sich, als würde sie ihre nächsten Worte sorgsam wählen wollen. »Und wenn ich dich einlade?«

Ich zog die Stirn hoch. »Du willst mit mir ausgehen?«

Sie sah mich wieder an. Ihr Mund blieb eine Sekunde offen, bevor sie weitersprach. »Ich will deinen Job retten und mit dir auf Charleens Frühlingsball gehen«, sagte sie ein wenig zu schnell. »Als Freunde.«

Ich gab mir Mühe, ein Grinsen zu unterdrücken. »Als Freunde?«

»Als Freunde«, wiederholte sie und trank von ihrem Kaffee.

Nicht einmal eine Freundschaft sollte es zwischen mir und Maddie geben. Wie sollte das funktionieren, wenn ich ihr nichts sagen durfte? Wie sollte ich ehrlich zu ihr sein, ohne dass sie mich dafür hasste?

Aber je länger ich ihren süßen Duft einatmete und in ihre Augen sah, desto sicherer war ich mir, dass es zu spät dafür war, um Abstand zu halten.

»Okay«, erwiderte ich. »Wann holst du mich ab?«

Sie lächelte. »Ich soll dich abholen?«

»Du hast mich eingeladen.«

Maddies Lächeln wurde breiter und in meiner Brust zog sich etwas zusammen.

»Na gut. Dann sei bereit, Dr. Atlas James Prescot. Ich hole dich morgen Abend um sieben ab.«

Ich war verloren. Verdammt, ohne Aussicht auf Rettung.

»Ich kann es kaum erwarten.«

Kapitel 15

Maddie

Ich band meine Haare zu einem Dutt, steckte die Bambusstricknadel hinein und kaute auf meinem Daumennagel herum. Mein Blick glitt über die drei Abendkleider, die ich vor meinem Kleiderschrank aufgehängt hatte. Eine Unruhe machte sich in meiner Brust breit und unzählige Male huschte mir der Gedanke durch den Kopf, den Ball abzusagen. Eigentlich war mein Problem nicht die Party an sich, sondern die Tatsache, dass ich mit Atlas hingehen würde.

Es ist nichts dabei, Maddie. Atlas ist nett und du willst ihm einen Gefallen tun.

»Maddie?!«

Ich zuckte zusammen, drehte mich in Richtung Tür, als wäre ich gerade bei einem Verbrechen ertappt worden. »Hier!«

Der Boden der Diele knarrte, Schritte erklangen und prompt stand Blossom im Türrahmen. »Entschuldigung, dass ich dir nicht geantwortet habe. Ich habe deine Nachricht gelesen und bin direkt gekommen, anstatt zu antworten. Mich macht dieser ganze Schreibkram ganz irre.«

»Es ist besser so«, erwiderte ich, holte die Stricknadeln aus meinem Haar und steckte sie wieder hinein.

»Diese Nadeln haben Chris immer nervös gemacht.« Blossom deutete zu meinem Dutt und ein wehmütiges Lachen entschlüpfte ihren Lippen.

Die Nervosität in mir wich einem Gefühl der Leere und ich senkte die Lider. Was würde Chris denken, wenn er wüsste, dass ich morgen Abend mit einem anderen Mann auf einen Ball gehen würde? Was würde die ganze Stadt über mich sagen?

»Was ... was wolltest du mich fragen?« Unsicherheit schwang in ihrer Stimme mit.

Ich sah sie wieder an, in diese Augen, die mir immer verständnisvoll entgegengeblickt hatten. »Ich wollte morgen auf den Frühlingsball gehen und brauche jemanden, der auf Leo aufpasst.«

»Oh Gott sei Dank!«, erwiderte sie und legte erleichtert die Hand auf die Brust. »Wenn du unsere Familie repräsentierst, muss ich bei dem Zirkus nicht mitmachen.«

Schon seit meiner Schulzeit hatten weder sie noch Cole etwas für Charleens Familie übrig gehabt. Ihr Frühlingsball war eine Verpflichtung, der meine Schwiegereltern schon immer ungern nachgegangen waren. Ich hatte eigentlich gedacht, dass sie nach Chris' Tod nicht mehr hingehen würden. Nur seinetwegen oder eher, damit er von den Kindern in der Schule nicht als Außenseiter behandelt wurde, hatten sie mitgemacht. Ich wollte das Gleiche für meinen Sohn tun. Die

Kuhmilch und andere Produkte der Farm könnte Cole weiterhin in die angrenzenden Städte verkaufen, sollte sich Charleen gegen ihn stellen. Zum Glück beugte sich nicht alle Welt ihrem Willen. Aber Blossom und Cole waren weiterhin auf die Bälle gegangen, auch nachdem Chris und ich nach Atlanta gezogen waren. Warum auch immer. »Ich gehe gerne für uns alle hin.«

Blossom wandte sich schon zum Gehen, blieb jedoch stehen und schaute zu den Kleidern, die vor meinem Schrank hingen. »Wenn du noch unentschlossen bist, was du anziehen sollst ... ich finde, dass du in Grün hinreißend aussiehst.«

Wärme erfüllte mein Herz. Chris hatte schon immer gesagt, dass dies meine Farbe war. »Das hilft mir weiter.«

»Ich hole Leo dann von der Schule ab und danach machen wir uns einen schönen Tag. Mach dir keine Sorgen um uns und versuch ein bisschen Spaß zu haben.« Sie schenkte mir ein verträumtes Lächeln und zuckte mit den Schultern. »Das Essen ist dort auf jeden Fall köstlich.«

Vielleicht war das der Grund, warum sie weiterhin auf den Ball gegangen war. Ich konnte es ihr nicht verdenken, denn so gute öffentliche Partys hatte ich nicht einmal in Großstädten erlebt. »Daran kann ich mich noch erinnern.«

Blossom nickte, wandte sich erneut zum Gehen, doch sie hielt erneut inne. »Ach ... holt dich Leslie ab?«, fragte sie über die Schulter.

»Leslie?«

»Du fährst doch mit ihr auf den Ball, oder nicht?«

»Ähm ...«

Es ist nichts dabei, Maddie. Er ist nur ein Freund.

»Ich habe Atlas gefragt, ob er mich begleiten möchte«, erwiderte ich in einem Atemzug. Meine Stimme zitterte dabei und ich fragte mich, warum ich überhaupt so nervös war.

Senkrechte Falten erschienen auf Blossoms Stirn. »Atlas?«

»Er hat nicht vorgehabt, auf den Ball zu gehen, weil er kaum jemanden in der Stadt kennt. Ich konnte nicht zulassen, dass er seine Karriere als Tierarzt in den Sand setzt.« Die Worte stolperten unkontrolliert aus meinem Mund. »Nicht, nachdem er Regenbogens Leben mitten in der Nacht gerettet hat.«

»Ich verstehe.« Sie drehte sich wieder zu mir um und kreuzte die Arme vor der Brust. Ihre Augen wurden merkwürdigerweise kleiner.

»Es ist nichts dabei«, fügte ich hinzu.

»Weiß er es auch?«

»Was weiß er?«

Sie kam einen Schritt näher. »Dass nichts dabei ist?«

»Ich weiß nicht, was du meinst.«

Wieso schaute mich Blossom an wie damals, als ich unerlaubt die Alpakas geschoren und damit die Wolle unbrauchbar gemacht hatte?

»Na ja, Cole und ich kennen Atlas noch nicht lange und haben ihm nicht viel über dich erzählt. Nur, dass du die Frau unseres verstorbenen Sohnes bist. Möglicherweise denkt er, dass du mit der Einladung für etwas Neues bereit wärst.«

Die Frau ihres verstorbenen Sohnes.

Ich hatte gedacht, dass ich mehr als das wäre. Aber vielleicht sollte ich in diesem Moment nicht jedes Wort auf die Goldwaage legen. Blossom wollte mich nur beschützen, sich versichern, dass ich Atlas keine Hoffnung mache.

»Wenn er so denkt, werde ich ihm schon sagen, dass ich nur eine gute Nachbarin sein und mich bedanken möchte. Mehr nicht.«

»Mehr nicht?«, wiederholte sie.

Ich wusste nicht vieles in meinem Leben und war offen, zu lernen. Aber eine Sicherheit hatte ich: Ich wollte keinen anderen Mann in meinem Leben. Nicht jetzt.

»Leo ist meine Priorität, Blossom. Ich habe meinen Sohn lange genug im Stich gelassen und bin überhaupt nicht stolz darauf.« Ich straffte die Schultern. »Also … mach dir keine Sorgen, denn ich bin weder bereit für etwas Neues, noch werde ich meine Prioritäten neu ordnen.«

Ich bin nicht wie meine Mutter. Ich werde nie wie sie sein.

Eine Sekunde verstrich, in der Blossom mich drängend anschaute. Dann huschte ein wackliges Lächeln über ihre Lippen.

»Es tut mir leid, Liebes.« Sie zog mich in ihre Arme und hielt mich so fest, dass ich ihre unruhigen Herzschläge spüren konnte. »Ich weiß das alles und es war dumm von mir, etwas anderes über dich zu denken.«

Als sie mich wieder ansah, kehrte ihr liebevoller Ausdruck in ihr Gesicht zurück. Blossom machte sich nur Sorgen um mich. Doch es gab keinen Anlass dazu. Atlas war interessant, nett und gut aussehend. Aber ich würde meine Schwiegereltern nicht enttäuschen. In meinem Leben gab es jetzt keinen Platz für ihn.

Kapitel 16

Maddie

»Ich werde deine Kopfhaut verbrennen, wenn du dich weiterhin bewegst«, warnte Leslie mich und senkte seufzend den Lockenstab.

»Sorry«, murmelte ich.

Sie verdrehte die Augen und machte sich wieder daran, mein Haar zu frisieren.

Irgendwie fühlte ich mich, als würde meine beste Freundin mich wieder für den Abschlussball fertig machen. Wie damals richtete Leslie mein Make-up, half mir mit der Wahl meines Kleides und machte mir die Haare. Darin war sie in der Tat viel besser als ich. Inständig versuchte ich, nicht daran zu denken, wie mein Abschlussball geendet hatte. Heute war ich eine erwachsene Frau und kein Mädchen, das sich von falschen Versprechen blenden ließ. Ich würde nicht wie damals zusehen, wie Charleen mich erniedrigte, denn ich war kein Opfer mehr.

»Fertig«, sagte Leslie.

Ich atmete tief durch und stand auf. Behutsam strich ich mit den Fingerspitzen über den tannengrünen Seidenstoff meines Kleides. Das letzte Mal, dass ich es angehabt hatte, war auf einer Hochzeit in Atlanta. Das Kleid war bodenlang, schmiegte sich an meine Kurven und besaß einen Schlitz, der mein rechtes Bein beim Gehen freigab. Nur dünne Träger bedeckten meine Schultern und der hohe V-Ausschnitt zeigte ein dezentes Dekolleté.

»Du siehst atemberaubend aus«, bemerkte Leslie.

Ich lächelte, betrachtete im Spiegel meine Haare, die mir in Wellen über den Rücken fielen. Mein Make-up bestand aus einem dunkelroten Lippenstift, etwas Mascara und Rouge. Ähnlich wie Leslies, die die Lippen nur in einem grelleren roten Ton geschminkt hatte. Ihre schulterlangen Haare hatte sie noch glatter gemacht.

»Danke«, sagte ich.

Sie grinste. »Jetzt kannst du den Prinzen abholen, Prinzessin.«

Schnaubend verdrehte ich die Augen. »Wir sind nur Freunde, Les.«

Leslie lachte, band ihr kariertes Hemd über den Bund ihrer Jeansshorts und schulterte ihre Tasche. »Natürlich. Und ich bin Damon Salvatore.«

Ich warf einen letzten Blick auf mein Spiegelbild und fragte mich, ob ich überhaupt wusste, was ich da tat. Eigentlich hätte ich allein zu Charleens Party gehen sollen. Es sollte mich nicht kümmern, ob Atlas möglicherweise all seine Patienten verlieren würde, wenn er nicht hinginge. Aber ich hatte gesehen, wie er neben Leo gelegen hatte. Minutenlang hatte ich beobachtet, wie mein Sohn ihn angesehen hatte und schließlich eingeschlafen war. Deshalb machte ich das. Weil Atlas Leo wichtig war. Ich konnte nicht zulassen, dass er seinen Job aufs Spiel setzte und wieder umziehen musste. Aus Freundschaft würde ich ihn heute Abend begleiten. Mehr nicht.

»Chris ist erst vor einem Jahr gestorben. Wenn du so was sagst, fühlt es sich so ...«, ich drehte mich zu ihr um und legte die Hand auf meine Brust, »... es ist so, als würde ich ihn betrügen.«

Leslies Lächeln verschwand und Mitleid stahl sich in ihre Augen.

»Maddie ...«, sie legte ihre Hände auf meine Schultern, »... so darfst du nicht denken. Chris hat dich geliebt, du hast ihn geliebt und ich glaube, dass du ihn immer lieben wirst. Aber er würde wollen, dass du glücklich bist.«

»Was würden Blossom und Cole denken?«

»Wieso interessiert es dich, was sie über dich denken?«

Weil sie wie Eltern für mich sind. Weil sie mir Leo wegnehmen können.

»Ich will nichts tun, was sie enttäuschen könnte. Außerdem bin ich glücklich und dafür brauche ich keinen Mann. Meine Schwiegereltern wissen, dass Atlas mich als Freund begleitet und mehr ist da auch nicht.«

Sie zog mich in eine Umarmung. »Du brauchst keinen Mann. Aber es muss dir klar sein, dass es in Ordnung ist, wenn du dich wieder verliebst.«

Leslie war nicht die Erste, die mir das sagte. Eine Nachbarin in Atlanta hatte bereits erwähnt, dass Leo eine neue Vaterfigur bräuchte. Als wäre ich nicht schon wütend genug auf die Welt. Es war genau zehn Monate nach Chris' Tod. Zu früh, um so was zu sagen. Jetzt war es mir auch zu früh, um überhaupt darüber nachzudenken.

»Du hast mir immer noch nicht erzählt, mit wem du hingehst«, lenkte ich ab.

Leslie ließ mich los und biss sich auf die Unterlippe. »Machen wir eine Überraschung daraus.«

»Hey«, protestierte ich.

»Ich muss mich umziehen«, sagte sie und deutete auf ihr T-Shirt mit einem Spruch aus der Serie *Friends*. »Mein Prinz holt mich nämlich ab und nicht umgekehrt.«

»Okay«, gab ich seufzend auf. »Wir sehen uns nachher.«

Leslie zwinkerte mir zu und eilte aus dem Haus. Die Tür fiel ins Schloss.

Ich schaute mich um, um nach meiner Tasche zu suchen. Ich sah auf Leslies Lockenstab, den sie vergessen hatte. In dem Moment, in dem ich ihn in die Hand nahm, klopfte es an der Tür. Ein Lächeln legte sich auf meine Lippen. Meine beste Freundin vergaß ihren Kopf nur deswegen nicht, weil er sich nicht abnehmen ließ.

Grinsend öffnete ich die Haustür und erstarrte. Vor mir stand nicht meine beste Freundin, sondern Atlas. Er trug eine schwarze Stoffhose, die perfekt auf seinen schmalen Hüften saß, ein weißes Hemd, eine dunkelblaue Fliege und ein schwarzes Sakko, das aus einem glänzenden Stoff bestand. Seine Haare waren an den Seiten kürzer und oben etwas länger, sein Bart perfekt getrimmt und seine grauen Augen schimmerten wie Blitze im Sturm.

»Hey, Nachbarin«, sagte er und schaute von meinem Bein, das aus dem Schlitz meines Kleides hervorlugte, bis zu meinen Augen. »Du siehst ...« Sein Kiefer spannte sich und er atmete stockend ein. »Alles, was ich sagen könnte, würde nicht annähernd so gut wiedergeben, wie wunderschön du aussiehst.«

Hitze stieg mir in die Wangen und ich schluckte schwer. »Du siehst auch nicht schlecht aus.«

Das war eindeutig untertrieben. Zweifellos würde Atlas keine Minute auf dem Ball allein bleiben. Ich konnte es förmlich sehen, wie Charleens Single-Freundinnen auf ihn zustürmen und ihn die ganze Nacht einspannen würden.

Er schenkte mir ein zaghaftes Lächeln und kam näher, sodass uns nur eine Handbreit trennte und sein Duft nach feuchter Erde und herbem Parfüm mich umgab.

»Die Einladung war auf einmal verschwunden und ich musste mein Haus auf den Kopf stellen, um sie zu finden. Ich muss gestehen, dass ich ein bisschen Angst gehabt habe, sie nicht zu finden.« Seine Stimme klang tiefer als sonst und sein inniger Blick verband sich mit meinem.

Mein Mund fühlte sich trocken an und mein Herz geriet leicht aus dem Takt. »Warum hast du deine Meinung bezüglich des Balles geändert?«, krächzte ich.

Sein Blick glitt über mein Gesicht, hing einige Sekunden an meinen Lippen und kehrte zu meinen Augen zurück. »Weil ich auf einmal mehr als alles andere auf der Welt auf diesen Ball gehen will. Ich konnte nicht einmal warten, dass du mich abholst.«

Die Hitze in meinem Bauch drohte mich zu versengen und je länger ich in Atlas' Augen schaute, desto benebelter wurde mein Verstand. Blinzelnd räusperte ich mich, eilte zum Esstisch und tauschte Leslies Lockenstab gegen meine Handtasche. »Dann lass uns gehen, bevor wir die Party verpassen.«

Ohne ihn anzusehen, schob ich mich an Atlas vorbei, doch er hielt mich am Unterarm fest. Ich blieb stehen. Unsere Gesichter waren nur wenige Zentimeter voneinander entfernt.

»Ist alles in Ordnung?«, fragte er.

Das war eine sehr gute Frage. Eine, die ich nicht richtig beantworten konnte.

»Können wir mit deinem Auto fahren? Mein Jeep hat heute Morgen ein wenig gezickt.«

Er lächelte mich an und etwas flatterte in meinem Bauch. »Klar.« Atlas bot mir seinen Arm an. »Wollen wir?«

Ein Teil von mir wollte Nein sagen. Ich sollte lieber im Bett bleiben, eine Serie schauen und mich vor der Welt verstecken. Meine innere Stimme sagte mir, dass ich noch um Chris trauern sollte und nicht mit einem fremden Mann ausgehen durfte. Doch mein Herz flüsterte ganz leise, dass das hier vielleicht in Ordnung wäre. Heute hatte ich mich entschieden, auf Letzteres zu hören.

Ich hakte mich bei ihm unter. »Ja. Wir können gehen.«

***

Sterne hingen von der Decke herab und ich glaubte, sie mit den Fingerspitzen berühren zu können. Zumindest hatte es den Anschein, als Atlas und ich im Ballsaal eingetroffen waren. Man konnte Charleen hassen, doch keiner konnte sagen, dass sie sich keine Mühe mit ihren Partys gab. Im Saal waren die Glastische so symmetrisch positioniert, dass ich glaubte, sie waren mit der Hilfe eines Lineals hingestellt worden. Die gigantischen Blumengestecke aus weißen Margeriten und Rosen ragten auf den Tischen empor und unzählige Lichterketten erstreckten sich über die ganze Decke des Saals. Die Luft roch nach Rosenduft und Protz und zwischen all dem schwirrten die Stimmen der Gäste, das Klirren von Gläsern und Klaviermusik.

»Maddie Gilmore«, erklang eine schrille Stimme.

Ich schloss für eine Sekunde die Augen, atmete tief durch und setzte mein falschestes Lächeln auf. »Hi, Theresa.«

Theresa Stiegler, Charleens beste Freundin, kam auf mich zu. Sie trug ein scharlachrotes Kleid, das ihre von Sommersprossen übersäten Schultern freigab, ihre Lippen waren in derselben Farbe geschminkt und ihre orangefarbenen Haare waren zu einem langen, seitlich positionierten Zopf gebunden.

»Oh, es tut mir leid. Ich meine Maddie Wonder«, korrigierte sie sich und küsste mich auf die Wangen. »Wie konnte ich das vergessen?«

Ihr Parfüm roch nach altem Geld und Arroganz. Mein Magen drehte sich um. Natürlich wusste Theresa, dass ich seit zehn Jahren nicht mehr Gilmore hieß. Sie wusste absolut alles in dieser Stadt. In der Schule hatte ich sogar ihre Fähigkeit bewundert, sich alle Geburtstage von allen Einwohnern von Cotton Village zu merken. Aber sie behielt nicht nur schöne Ereignisse in ihrem Kopf – nein. Theresa Stiegler widmete sich am liebsten den Geschehnissen, die einem wehtaten. Je verletzender die Erinnerung war, desto häufiger sprach sie darüber.

»Kommt vor«, erwiderte ich trocken.

Ihr bösartiges Lächeln schwand und sie setzte eine mitleidige Miene auf. »Endlich kann ich mein Beileid aussprechen.«

Sie nahm meine Hand in ihre. Ihre Haut fühlte sich kalt und glitschig an, wie die einer Schlange. »Einen Ehemann während eines Amoklaufs zu verlieren, ist die brutalste Art, Witwe zu werden.«

Meine Kehle schnürte sich zu und ich rang nach Luft. Wie konnte sie das tun? Wie konnte sie genau hier darüber sprechen? Ich straffte die Schultern und ließ nicht zu, dass sie sah, wie ihre Worte mich trafen. Doch meine Augen, die sich mit Tränen füllten, gehorchten mir nicht. Mom hatte immer gesagt, dass sie das Fenster zu meiner Seele waren und diese lag in diesem Moment in Scherben.

»Ich denke, wir wurden uns noch nicht vorgestellt ...« Atlas' Stimme riss mich aus dem Abgrund, in den ich immer tiefer sank, und ich blinzelte.

Theresa klimperte mit ihren falschen Wimpern und sah ihn an. In ihre giftgrünen Augen stahl sich ein Glanz, den ich nur zu gut kannte. »Sie sind Dr. Prescot, richtig?«, fragte sie zuckersüß und wandte sich ihm zu.

Oh wie sehr hasste ich, wenn sie Fragen stellte, deren Antwort sie bereits kannte.

»Sie können mich Atlas nennen«, sagte er und ein halbherziges Lächeln huschte über seine Lippen.

Ich wich einen Schritt zur Seite, um besser zu sehen, wie Atlas Theresa betrachtete. Sie war schön, Single, und wenn man sie nicht kannte, konnte man meinen, dass sie nett war. Doch ich kannte sie, erinnerte mich haargenau an alle Beleidigungen, die sie mir an den Kopf geworfen hatte, an alle Erniedrigungen, die mich dazu gebracht hatten, nicht mehr existieren zu wollen.

»Dann nenn mich gern Theresa.« Sie ging einen Schritt auf ihn zu und reichte ihm die Hand, die Atlas an seine Lippen hob.

Galle stieg in mir hoch und ein ungutes Gefühl flatterte in meinem Magen. Ohne ein weiteres Wort zu sagen, drehte ich mich um und ging auf die Tische zu. Die Stimmen der Gäste um mich herum drangen dumpf in meine Ohren und mein Blick schweifte rastlos umher, nach Leslie suchend. Die Burkes, die Johnsons, die Williams – jede Familie der Stadt war hier repräsentiert, doch meine beste Freundin, meinen Anker in diesem Strudel von Erinnerungen, fand ich nicht. Ein Kloß in meiner Kehle hinderte mich daran, zu atmen und als ich zu allem Überfluss noch Charleen und Tucker sah, wich die Luft gänzlich aus meinen Lungen. Zusammen stiegen sie auf das Pult und sahen wie die Könige dieser Stadt aus.

Ich brauche Luft.

Eine bekannte Stimme rief meinen Namen. Mrs. Brown winkte mir lächelnd zu und zum ersten Mal verspürte ich den Wunsch, mit jemandem auf diesem Fest zu reden. In Cotton Village gab es nicht nur schlechte Menschen wie Theresa und Charleen. Nein. Es barg auch glückliche Momente und herzerwärmende Gespräche aus meiner Vergangenheit. Aber war es nicht immer so? Eine negative Erinnerung überschattete meistens alle positiven.

So eilte ich nach draußen, während die Stimme der Gastgeberin durch die Boxen erklang und die Eröffnung des Balls verkündete.

Die frische Abendluft schlug mir entgegen, als ich auf die menschenleere Terrasse trat und ich atmete den Duft von frisch gemähtem Rasen ein. Der Sternenhimmel spannte sich über meinem Kopf und die Klaviermusik drang nur leise zu mir. Ich war dankbar dafür, dass alle Gäste im Saal waren und aufmerksam Charleens Rede zuhörten. Ich ging zur Marmorbrüstung, um bis zehn zu zählen.

»Ich bin nicht mehr siebzehn. Ich bin nicht mehr auf der High-School«, murmelte ich zwischen mehreren Atemzügen. Doch die Erinnerungen schienen aus dem dunklen Raum in mein Gedächtnis ausbrechen zu wollen. Sie raubten mir den Atem und trieben mir Tränen in die Augen.

»Maddie?«

Ich drehte mich um. Mein Herz schlug mir bis zum Hals und eine einsame Träne kullerte aus meinem Augenwinkel. Rasch wischte ich sie weg.

»Weinst du?«, fragte Atlas, der auf mich zukam.

Ich schüttelte den Kopf. »Nein. Es war nur ein kalter Windzug.«

Sein Blick glitt unruhig über mein Gesicht. Eine senkrechte Falte grub sich zwischen seine Augenbrauen. Er blieb nur wenige Zentimeter vor mir stehen, sodass seine Wärme auf mich ausstrahlte.

»Was ist passiert? Ich habe einmal weggesehen und schon warst du verschwunden.« Er hob langsam die Hand, als würde er mich berühren wollen, doch schob dann schob er sie wieder in die Hosentaschen.

Die Art, wie er mich eingehend musterte, ließ mein Herz so laut schlagen, dass ich befürchtete, er könnte es hören. »Ich wollte vor Theresa flüchten.«

Sein Mundwinkel zuckte, doch seine Miene blieb ernst. »Das habe ich gemerkt. Nur deswegen habe ich mich vorgestellt.«

Mir war es so, als würde eine Last von meinen Schultern abfallen und endlich drang wieder Luft in meine Lungen. Ich fragte mich, wieso. Was kümmerte es mich, ob sich Atlas für Theresa interessierte oder nicht?

»Sie ist schön«, murmelte ich.

Sein Lächeln wurde ein wenig breiter und er schaute zu meinem Mund. »Sie ist nicht mein Typ.«

Ein warmer Schauer rieselte mir über den Rücken und ich atmete stockend ein. »Es sind andere Frauen auf dem Ball, die dir gefallen könnten.«

Warum kümmerte mich das?

Warum sagte ich so was Bescheuertes?

Warum starrte ich seinen Mund an?

»Die sind auch nicht mein Typ.« Atlas trat einen weiteren Schritt näher, wobei ich mit dem Rücken leicht gegen die Brüstung stieß und er seine Hände links und rechts von mir positionierte.

»Du hast bestimmt noch nicht alle Frauen auf der Party gesehen«, wisperte ich und sah ihm wieder in die Augen. In die Gewitteraugen, die immer dunkler wurden.

»Hast du vor, mich heute zu verkuppeln?« Sein heißer Atem rollte über meine Lippen, sein Duft berauschte mich und meine Beine fühlten sich an wie geschmolzenes Wachs.

Nein. Das wollte ich nicht. Aber genauso wenig wünschte ich mir, ihn so anzusehen, ihm so nah zu sein. Es war falsch. Der falsche Zeitpunkt, um meinem Herz zu erlauben, so heftig zu schlagen. Der falsche Moment, um das Kribbeln zu genießen, das sein hungernder Blick in mir auslöste.

»Ich weiß nicht, was ich will«, flüsterte ich.

Atlas neigte seinen Kopf, sodass seine Nasenspitze über meine streifte. Sein Blick blieb fest in meinem verankert. »Ich weiß genau, was ich will. Aber das, was ich will, ist nicht richtig.«

Mein Blut pulsierte heiß in meinen Adern und mein Herz schlug mir bis zum Hals. »Was willst du, Atlas?«, hauchte ich und leckte mir über die Lippen.

Verlangen stahl sich in seine Augen und er neigte seinen Körper nach vorne, sodass sein Oberkörper meinen berührte. »Ich will dich küssen, Maddie.«

Ich atmete flach, schloss die Augen und ließ den Kopf leicht nach hinten fallen. Atlas' Lippen streiften meine, jagten Blitze durch meinen ganzen Körper, brannten die Vernunft in meinem Kopf nieder. Sie verführten mich dazu, einen weiteren Schritt zu gehen, obwohl ich bereits auf einer Klippe stand. So ließ ich meine Hände über seine muskulösen Arme hinaufwandern, zu seinem Hals, und vergrub sie in seinen Haaren. Dann sprang ich.

Kapitel 17

Maddie

Atlas küsste mich sanft, als hätte er Angst, ich würde in seinen Händen zerbrechen. Seine sinnlichen Lippen schmiegten sich an meine, während er eine Hand an meinen Hinterkopf schob und mich mit der anderen auch an der Taille festhielt. Ich balancierte auf den Zehenspitzen, nahm jeden Zentimeter seines harten Oberkörpers an meinem wahr und sog seinen Geschmack nach kühlem Sekt und Verlangen in mich ein. Ein leises Seufzen entwich meiner Kehle, woraufhin sich meine Lippen trennten und Atlas seine Zunge in meinen Mund gleiten ließ. Sein Kuss wurde härter, rücksichtsloser. Er neckte mich, packte mich fester an der Seite und küsste mich immer hungriger, als würde mein Geschmack ihn berauschen. Sehnsucht pochte tiefer in mir und heiße Empfindungen kreisten in meiner Blutbahn. Unsere Körper verschmolzen förmlich miteinander und mein Herz warf sich wild gegen meinen Brustkorb.

Plötzlich hielt Atlas inne und trat einen Schritt zurück. Mir war schwindlig und für eine Sekunde verlor ich das Gleichgewicht.

»Das war ein Fehler«, keuchte er, ohne mich anzusehen, und fuhr sich durch die Haare.

Meine Lippen kribbelten noch, doch die Frage, warum ich nicht diejenige war, die den Kuss unterbrochen hatte, hämmerte förmlich in meinem Kopf.

»Ja«, wisperte ich atemlos und hielt mich am Marmorgeländer fest. Ich hatte einen Sohn, wohnte bei meinen liebevollen Schwiegereltern, die, so wie ich, Chris' Tod noch nicht überwunden hatten.

Chris.

Schuldgefühle schnürten mir die Kehle zu. Ich hatte nicht nur den Kuss zugelassen, sondern ihn sogar provoziert!

»Es kommt nicht wieder vor«, sagte ich und schlängelte mich um Atlas herum. Ich wollte die Marmortreppe hinuntersteigen und in den Garten stürmen. Danach würde ich zu Fuß zurück zur Farm gehen. Meine dafür ziemlich unpassenden Schuhe und die sieben Meilen Entfernung waren mir jetzt egal. Doch bevor ich gehen konnte, hielt mich Atlas am Arm fest.

»Ich meine nicht ...« Atlas ließ mich los, schloss kurz die Lider und atmete tief durch. »Ich wollte dich küssen.«

Als er mich wieder ansah, stahl sich Verlangen in seine Augen. »Glaub mir, dass ich seit einer Weile nichts anderes als genau das will.«

Mein rasender Puls donnerte noch stärker. »Es war nicht der richtige Zeitpunkt.«

»Genau.« Atlas schloss den restlichen Abstand zwischen uns. Sachte strich er mit seinen Fingerspitzen über meinen nackten Arm und hinterließ eine Spur von Sehnsucht auf meiner Haut. »Ich will nichts überstürzen.«

»Wegen Leo.« Meine Stimme klang fast so schwach, wie sich meine Beine anfühlten.

Er nickte.

»Ich bin auch noch nicht für etwas Neues bereit«, gab ich zu.

Er lächelte, doch in seinen Augen erkannte ich keine Freude. »Wegen Chris.«

Sein Name aus Atlas' Mund stoppte meinen Herzschlag eine Sekunde lang. Ich nickte und trat nach einem tiefen Atemzug einen Schritt zurück. »Wir sollten ...«

»Da bist du!«

Mein Blick schnellte zur doppelflügeligen Tür, durch die Leslie kam. Sie trug einen rubinroten Hosenanzug mit V-Ausschnitt und wehender Schleppe. Ihre Haare hatte sie seitlich zu einem strengen Dutt gesteckt und ihr Make-up war einfach zum Niederknien. Keine Ahnung, wer ihre Begleitung war, doch er musste wirklich ein Prinz sein, um dieses Styling zu verdienen. »Du siehst ...« Ich breitete meine Arme aus. »Wow! Ich bin ... wow!«

Leslie blieb grinsend stehen. »Ich weiß.«

Bevor ich weitersprach, kam ein Mann durch die Tür und ich schaute zu ihm. Ich konnte für meine beste Freundin nur hoffen, dass er genauso nett war, wie er aussah.

»Warne mich, wenn du vorhast, wegzulaufen, als wärst du auf der Flucht vor deiner Mutter. Die Menschen könnten denken, dass ich dich dazu gezwungen habe, mich zu begleiten.« Er kam näher, legte seine Fingerspitzen auf Leslies Kreuz und streckte mir die andere Hand entgegen. »Ich bin Simon Backers.«

Simon überragte uns um zwei Köpfe. Seine Haare waren millimeterkurz, seine Haut dunkelbraun und ein hinreißendes Lächeln erhellte sein Gesicht.

Ich schüttelte kurz seine Hand. »Maddie Wonder.«

»Die beste Freundin also.« Seine tiefe Stimme konnte die eines Hörbuchsprechers sein, doch es war seine freundliche Miene, die mich sofort entspannte. Für eine Sekunde hatte ich sogar vergessen, dass ich Atlas geküsst hatte.

»Und du musst Dr. Prescot sein?«

»Nenn mich Atlas«, sagte er und griff nach Simons Hand.

»Na, wenn alle sich schon vorgestellt haben … können wir wieder reingehen? Ich bin nämlich nur wegen der frittierten grünen Tomaten gekommen.« Les hakte sich bei mir unter und ich war einfach dankbar dafür, Atlas nicht mehr in die Augen schauen zu müssen. Nicht, weil er etwas Falsches getan hatte, sondern weil ich selbst nicht wusste, was in mir vorging.

Zu viert nahmen wir an einem runden Tisch Platz. Einige Gäste schwebten auf der Tanzfläche, Musik erklang und vermischte sich mit dem köstlichen Duft der besten Gerichte der Südstaatenküche. Nach einem Toast und nachdem ich meinen Weißwein in einem Zug ausgetrunken hatte, ging ich mit Leslie auf das Buffet zu. Es gab Maisgrütze, Sausage Gravy, Maisbrot,

Gumbo und Jambalaya. Mir lief das Wasser im Mund zusammen, während ich mich an den Köstlichkeiten bediente, die so typisch für Alabama waren.

»Willst du jetzt darüber reden?«, fragte Leslie am Tisch, nachdem ich aufgegessen hatte, und schob sich eine riesige Garnele in den Mund.

Ich ließ meine Gabel endlich auf meinem Teller ruhen. Morgen würde ich wahrscheinlich zwei Runden um die Farm joggen müssen, um mein schlechtes Gewissen wegen des ganzen Essens heute wenigstens ein bisschen zu beruhigen. Mein Kleid schnürte sich jetzt schon enger um meinen Bauch.

»Worüber?«

»Ist das dein Ernst?« Sie schenkte sich und mir noch mehr Weißwein ein.

Vielleicht sollte ich eine Pause vom Alkohol machen, denn auch wenn ich gut gegessen hatte, war ich nicht mehr so trinkfest wie während meiner Uni Zeit.

»Ähm ...«

»Komm schon. Ich bin mitten in etwas geplatzt, als ich auf die Terrasse gekommen bin.« Sie lehnte sich auf ihrem Stuhl zurück und hob eine Augenbraue.

Mein Blick schwang zur Tanzfläche, an deren Rand Atlas und Simon standen. Beide unterhielten sich, als würden sie sich seit Jahren kennen. Neben ihnen lauerte Theresa, die sie mit Sicherheit in den nächsten Sekunden ansprechen würde.

»Wir haben uns geküsst.«

»Bitte was?!«

»Mach jetzt bitte keine große Sache daraus, okay?«, murmelte ich und sah sie wieder an.

Leslies Mund blieb offen, als hätte ich ihr gerade gebeichtet, in meiner Freizeit als Pole-Tänzerin zu arbeiten.

»Du küsst einen Typen, den du gerade kennengelernt hast, obwohl du mich zur Sau gemacht hast, weil ich genau das von dir gewollt habe?«

»Ja.«

»Und ich soll keine große Sache daraus machen?«

»Genau.«

Sie trank ihren Wein aus. »Meine Liebe, ich denke, ihr beide macht schon eine große Sache daraus, sonst hättet ihr nicht die ganze Zeit während des Essens geschwiegen.«

»Wir haben nicht ...«

»Atlas hat die erstbeste Gelegenheit ergriffen, um von diesem Tisch zu flüchten. Es hat so ausgesehen, als hätte Simon ihm einen Rettungsring zugeworfen, als er aufgestanden ist, während Atlas halb am Ertrinken war.«

»Vielleicht ...«

»Nein«, schnitt sie mir das Wort ab. »Es lag an dir, denn er hat die ganze Zeit Blickkontakt gesucht, während du deine Nase im Jambalaya vergraben hast.«

Ich hatte mich in der Tat wie Leo verhalten, als er Grannys Vase beim Fußballspielen zerbrochen hatte. Aber wir waren zusammen auf die Party gekommen und ich konnte nicht einfach so fliehen. Leslie würde mich nicht nach Hause fahren, denn sie war Simons Begleitung. Ich konnte also weder mit Atlas über den Kuss reden – auch nicht, wenn ich noch so durcheinander war – noch gab es einen anderen Ausweg aus dieser Lage.

»Okay, es *ist* eine große Sache.«

»Und weiter?«, forderte sie mit einer Handbewegung.

»Und weiter was?«

»Ich will Einzelheiten, solange die Männer so tun, als würden sie sich für Standardtanz interessieren, meine Liebe.« Leslie beugte sich vor und stützte sich mit den Ellenbogen auf dem Tisch ab. »Wie war die Performance?«

Allein bei der Erinnerung an den Kuss überzog mich eine wohlige Gänsehaut. »Ich hasse mich.«

Leslie runzelte die Stirn. »So schlecht?«

Ich seufzte, schob das Weinglas von mir weg und nippte stattdessen am Wasser. »Es war der beste Kuss meines Lebens.«

»Besser als ...« Sie bremste sich selbst.

Chris.

Schlagartig sah ich sie an. Meine Miene wurde ernst. »Verstehst du jetzt, warum ich mich so mies fühle?«

Mitleid stahl sich in ihre dunklen Augen. »Hey«, sagte sie sanft, stellte ihr Glas auf dem Tisch ab und legte ihre Hand auf meine. »Ich kann es mir überhaupt nicht vorstellen, wie du dich fühlst. Aber ich glaube, dass Chris dich glücklich sehen wollen würde. So hart es auch ist, er ist nicht mehr hier und dich selbst daran zu hindern, dich gut zu fühlen, bringt ihn nicht zurück.«

Mein Blick ruhte auf ihrer Hand, die auf meiner lag, und ich ließ zu, dass Leslies warme Worte mir ein wenig Trost schenkten.

»Er ist gestorben, aber ich sehe ihn jedes Mal, wenn ich meinen Sohn anschaue. Ich kann ihn nicht vergessen.«

Als ich aufsah, verwoben sich unsere Blicke miteinander. »Ich will ihn nicht vergessen.«

»Leo möchte auch, dass du glücklich bist.«

Daran zweifelte ich keine Sekunde. Vielleicht lag es an meinem selbstsüchtigen Wunsch, er würde nie eine zweite Vaterfigur brauchen. Oder ich wollte einfach nicht zugeben, dass ich Angst vor der Reaktion meiner Schwiegereltern hatte. Sie waren besser für mich als meine Blutsverwandten und ich konnte ihren Sohn doch nicht einfach so nach einem Jahr ersetzen.

»Ist alles in Ordnung?«

Ich zuckte zusammen und schaute hoch zu Atlas und Simon, die zurück an den Tisch gekommen waren. Eine Träne löste sich ungewollt aus meinem Augenwinkel und ich wischte sie rasch von meiner Wange, bevor sie jemand sehen konnte.

»Fresskoma«, erwiderte Leslie und lehnte sich wieder auf ihrem Stuhl zurück.

Ich rang mir ein Lächeln ab, versteckte mein Gesicht dann hinter dem Wasserglas, bis es leer war. Simons Ausdruck nach zu urteilen, kaufte er es Leslie nicht ab. Ich traute mich nicht, in Atlas' Augen zu schauen, doch wahrscheinlich glaubte er ihr genauso wenig. Meine beste Freundin sprang plötzlich auf und zog mich zu den Toiletten.

Erst als wir wieder am Tisch saßen, versuchte sie, die verkrampfte Stimmung mit Fragen über Atlas' Patienten aufzulockern. Als Simon sie zu einem Tanz aufgefordert hatte, beugte Atlas sich zu mir herüber.

»Möchtest du nach Hause fahren?«

Wir waren kaum drei Stunden auf der Party gewesen und das Letzte, was ich wollte, war, ihm die Feier zu verderben. Doch wenn ich hierblieb, würde er sich wahrscheinlich verpflichtet fühlen, bei mir zu bleiben und der Spaß hielte sich dabei in Grenzen. Ich stimmte also zu und zusammen stahlen wir uns aus dem Ballsaal, ohne dass Leslie davon Wind bekam. Wenn ich Atlas die Party schon kaputtmachte, musste ich ihr Date nicht auch noch ruinieren.

Den ganzen Weg nach Hause schwiegen wir und die Dunkelheit im Inneren seines Autos lastete schwer auf meinen Schultern. Immer mehr war ich mir sicher, dass Atlas mich nach dem heutigen Abend nicht mehr sehen wollen würde. Ich hatte mich wie eine unschlüssige Verrückte verhalten. Aus dem Grund bedankte ich mich nur knapp, als sein Auto vor meinem Haus anhielt.

»Wirst du aus dem Wagen springen und davonrennen?«, fragte er stirnrunzelnd.

»Ich ...« Mein Herz pulsierte härter, während ich den Türgriff losließ und den Blick auf meinen Schoß senkte. »Ich will es dir nur einfacher machen.«

»Was genau?«

Seine tiefe Stimme rollte heiß über meinen Rücken und plötzlich schienen sich alle meine Sinne zu verstärken. Sein Duft nach nasser Erde füllte meine Lunge und meine Haut erinnerte sich viel zu gut an seine Berührung.

»Ich bin nicht einfach, meine Situation ist knifflig und ich kann mir vorstellen, dass du dich lieber mit unkomplizierteren Frauen treffen möchtest.«

»Zum einen nehme ich sehr gerne Herausforderungen an ...«, er beugte sich zu mir, sodass sein Atem meine Wange streifte, »... zum anderen wusste ich nicht, dass ich noch eine Chance bei dir habe.«

Langsam drehte ich mich zu ihm um. Unsere Gesichter waren nur weniger Millimeter voneinander entfernt. Mein Blick glitt zu seinem Mund und Hitze durchströmte mein Inneres. »Ich habe dich geküsst.«

»Und es gleich danach bereut.«

Als ich Atlas wieder in die Augen sah, empfing mich sein warmer Blick.

»Ich habe den Kuss nicht bereut. Es ist nur ... nur ...«

»Kompliziert?« Sein Mundwinkel zog sich nach oben.

»Genau.«

»Deshalb hast du es den ganzen Abend vermieden, mir in die Augen zu schauen?«

»Es tut mir leid.« Erneut senkte ich den Kopf. Meine Haare, die ich mir zuvor hinters Ohr gestrichen hatte, glitten nach vorn und bildeten einen Vorhang zwischen Atlas und mir. »Ich hätte mit der Situation erwachsener umgehen sollen, aber ich wusste nicht wie. Das heute war mein erstes Date überhaupt.«

Chris und ich hatten uns schon in der Schule kennengelernt und waren von Anfang an beste Freunde gewesen. Bei ihm war alles so einfach wie atmen und ich hatte mir keine Gedanken darüber machen müssen, was er über mein Verhalten denken würde. Er hatte mich gekannt, mich wie sein Lieblingsbuch gelesen. Aber jetzt war er nicht mehr da und ich fing alles von vorne an. Als müsste ich lernen, zu gehen, zu reden, zu atmen.

»Maddie ...« Behutsam strich Atlas mir die Haare zurück hinter das Ohr.

Ich traute mich noch nicht, ihn anzusehen. »Ja?«

»Hat dir der Kuss gefallen?«

»Sehr.« Ich wollte nicht lügen, ihm die Chance geben, mich mit meinen Unsicherheiten und Fehlern kennenzulernen. Wenn er mich aufgeben wollte, hatte er die Möglichkeit, es jetzt zu tun.

»Möchtest du ihn wiederholen?« Seine Fingerspitzen glitten über meine Wange bis zu meinem Kinn und er drehte mein Gesicht behutsam zu sich. »Nicht jetzt. Vielleicht in naher Zukunft?«

Ja.

»Vielleicht.«

»Es reicht mir, das zu wissen.« Seine Hand verlor den Kontakt mit meiner Haut, sein eindringlicher Blick hielt mich jedoch gefangen. »Auf keinen Fall möchte ich dir das Gefühl geben, dass du dich sofort für etwas entscheiden oder ein schlechtes Gewissen haben musst.«

»Das machst du nicht.«

»Dann hab keine Angst, mir in die Augen zu schauen, okay?« Er lehnte sich leicht zurück.

Der Drang, ihn wieder näher an mich heranzuziehen, brachte mich beinahe um, doch Helligkeit schlüpfte aus dem Küchenfenster meines Zuhauses. Blossom musste gerade wach geworden sein. Sie ging für gewöhnlich früh ins Bett. Aber heute war sie bei uns in der Hütte geblieben, hatte Leo bestimmt eine Geschichte vorgelesen, und würde warten, bis ich ankam, damit sie nach Hause gehen konnte.

»Chris' Eltern dürfen nicht von uns erfahren«, sagte ich, ohne den Blick vom Fenster zu nehmen.

»Ist okay.«

»Leo auch nicht.«

»Es bleibt unser Geheimnis. Solange du es willst.«

»Atlas ...« Ich sah ihn wieder an, erlaubte mir, zu vergessen, dass ich seine Berührung nicht so schmerzlich vermissen sollte.

»Ja?«

»Es kann sein, dass ich dich jetzt schon wieder küssen will.«

Er lächelte, bewegte sich aber kein Zentimeter. »Das will ich auch.«

»Aber Chris' Eltern ...«

»Darf ich dich morgen besuchen?«, fiel er mir sanft ins Wort und legte seine Hand auf meine. »Ich kann vielleicht im Laden helfen.«

»Jede helfende Hand ist bei mir willkommen.« Seine Wärme liebkoste mich und ich fuhr langsam mit meinem Daumen über seinen Handrücken.

»Dann sehen wir uns morgen?«

Ich atmete stockend ein, öffnete die Autotür und stieg aus. »Bis morgen.«

Kapitel 18

Atlas

Grelles Licht erfüllte Maddies Laden und ich stopfte die reparierten Kabel wieder unter die Abdeckung. Das Loch in der abgehängten Decke hatte ich sorgfältig mit einer neuen Gipsplatte verschlossen und die Fläche mit weißer Farbe gestrichen. Dafür hatte ich bereits zwei Stunden gebraucht und hatte die ganze Zeit mit mir kämpfen müssen, um nicht zu Maddie zu schauen und versehentlich einen Stromschlag zu kassieren. Die Stimmung nach unserem Gespräch im Auto war auf eine Weise angespannt, die ich seit meiner Teenagerzeit nicht mehr kannte. Als wäre ich in die Tochter des Direktors verknallt und würde riskieren, von der Schule verwiesen zu werden. In meinem Bauch kribbelte es und mein Puls schlug auf alberne Weise schneller. Für einen kurzen Moment hatte ich gedacht, dass alles zwischen uns kaputtgehen würde. Stattdessen hatte sie mir Hoffnung gegeben. So viel Hoffnung, dass ich mir nicht mehr vorstellen konnte, von ihr Abstand zu halten. Auch wenn ich wusste, dass ich genau das tun sollte. Nachdem ich sie geküsst und geschmeckt hatte, gab es kein Zurück mehr. Maddie ging mir unter die Haut, hatte sich wie ein Siegel in mein Gedächtnis gebrannt und ich wünschte mir nichts sehnlicher, als sie wieder in meinen Armen zu halten.

Die Türglocke läutete und ich schaute zu Maddie, die mit zwei Pappbechern in den Händen hineinkam.

»Ich habe uns Kaffee mitgebracht.«

Meine Beine wurden schlagartig ganz weich, sodass ich Angst hatte, die Leiter, auf der ich noch stand, runterzufallen.

Was machst du mit mir, Maddie Wonder?

Langsam stieg ich abwärts und wischte mir die Haare aus der Stirn, bevor ich auf sie zuging. Ihr Duft, vermischt mit dem des Kaffees … ich hasste mich dafür, weil ich sie so gern an mich ziehen wollte.

Gib ihr Zeit, Atlas. Eigentlich solltest du gar nicht bei ihr sein.

»Danke.« Meine Finger streiften flüchtig ihre, während ich ihr meinen Becher abnahm.

Die Röte, die sich über ihre Wangen schlich, gab mir die Sicherheit, dass ich sie genauso wenig kaltließ, wie sie mich. Trotzdem wusste ich nicht, wie weit ich gehen durfte oder sollte. Ihr Leben war im Moment kompliziert genug und ich wollte sie weder mit meiner Vergangenheit belasten, noch ihr gutes Verhältnis zu ihren Schwiegereltern stören.

Ich hob den Becher an meine Lippen, wandte aber den Blick keine Sekunde von ihr ab.

»Bist du fertig?« Maddie kam näher, sodass sie den Kopf in den Nacken legen musste, um mich weiterhin anzuschauen.

Ihre Nähe und ihr Duft jagten eine wohlige Wärme in meinen Bauch. »Gerade eben. Hoffentlich habe ich diesmal alles richtig gemacht. Wenn nicht, bezahle ich einen echten Elektriker. Und vielleicht eine Komplettsanierung, falls ich das ganze Gebäude abfackele.«

Sie lachte. »So schnell gibst du auf?«

»Eigentlich nicht, aber ich muss in die Praxis.«

Sie biss sich auf die Unterlippe. »Jetzt schon?«

»Leider.« Es gab nichts auf der Welt, das ich in diesem Moment weniger wollte, als mich von ihr zu trennen. Aber mein Haus in Cotton Village zahlte sich nicht von selbst.

»Okay«, erwiderte sie, wich jedoch keinen Schritt zurück.

»Kann ich noch etwas für dich tun, bevor ich gehe?«

Sie lächelte breit, schaute kurz über die Schulter und dann wieder zu mir.

»Eigentlich ...« Maddie zog meinen Becher aus meinen Fingern, ging zum Verkaufstresen und stellte unsere beiden Getränke darauf ab. Als sie sich zu mir drehte, stahl sich ein neckischer Glanz in ihre braunen Augen.

»Im Lagerraum muss die Glühbirne gewechselt werden.«

Ich hob eine Augenbraue und musterte sie eingehend. Vor ein paar Minuten war ich dort gewesen und alles schien in bester Ordnung gewesen zu sein.

»Okay. Soll ich sie wechseln?«

Sie nickte, drehte sich um und steuerte auf den hinteren Teil des Ladens zu. Ich folgte ihr und schaute nur kurz auf die Uhr, um für den ersten Termin in der Praxis nicht zu spät zu kommen. Als ich den Kopf wieder hob, war Maddie im Türrahmen des Lagerraums stehen geblieben und über ihrem Kopf erhellte die Glühbirne den zwei Quadratmeter großen Raum.

Ich blieb stehen und verengte kurz die Augen. »Es sieht so aus, als wäre nichts kaputt.«

»Ich hab gelogen.« Sie sah nicht auf und lehnte sich mit dem Rücken an den Türrahmen, als würde sie mir Platz machen.

Ich kam ihrer stummen Aufforderung nach. Die Luft roch staubig, es war stickig und viel zu warm. Doch ich wollte keine Sekunde hier weg.

»Warum?«, fragte ich und lehnte mich mit einer Hand an der offenen Tür an, sodass ich ihr mein Gesicht zuwenden konnte.

Sie schloss die Augen, atmete stockend ein und hob leicht das Kinn an. »Weil ich mit dir allein sein wollte.«

Ich konnte es mir nicht vorstellen, welche Zweifel in ihr tobten und auch wenn ich das hier viel mehr als alles andere wollte, konnte ich sie nicht weitergehen lassen, wenn sie sich nicht sicher war. »Wir waren vorne allein.«

Maddie holte erneut tief Luft, was sich wie ein Seufzer anhörte, und stellte sich auf die Zehenspitzen. Ihre Nasenspitze berührte meine, ihr heißer Atem strich über meinen Mund. »Ich will dich küssen, Atlas.«

»Jetzt?«

Die Frage bereute ich sofort, denn sie war nicht nur bescheuert, sondern Maddie zu schmecken, war alles, was ich ebenfalls wollte.

»Ich habe die ganze Nacht über den Kuss nachgedacht und jetzt will ich es.« Sie strich vorsichtig mit ihren Fingerspitzen über meinen Nacken. »Seit Monaten fühle ich mich taub und es ist okay. Ich habe mich an dieses Gefühl gewöhnt. Aber seit gestern ist das anders. Du hast mich wieder spüren lassen. Ein Teil von mir hat Angst davor, aber ein anderer Teil will dieses Gefühl nicht verlieren.«

Ich neigte meinen Kopf tiefer, bis meine Lippen ihre vorsichtig berührten. »Was hast du gespürt?«

Maddie ließ ihre Zunge leicht über meine Unterlippe gleiten. »Leben.«

Ein rauer, schwerer Seufzer durchflutete meinen Körper und mein Blut pulsierte glühend heiß. »Willst du das nur heute wieder spüren?«

Sie vergrub ihre Finger in meinen Haaren, zog mich noch enger an sich heran und vertiefte den Kuss. Ich schmeckte den Kaffee, doch Maddies eigener Geschmack überragte alles. Mit einer Hand stützte ich mich am Türrahmen über ihrem Kopf ab, mit der anderen hielt ich sie an der Taille fest.

»Öfter«, keuchte sie in meinem Mund.

Ich küsste sie härter, ausgehungert, als wäre dies das letzte Mal, denn sie konnte es jederzeit beenden. Ich war ihr ausgeliefert, süchtig nach ihrer weichen Haut.

»Was heißt das für uns, Maddie? Was möchtest du nicht verlieren?«

»Diesen Teil meines Lebens, der sich so leicht anfühlt«, wisperte sie. »Ich will nicht, dass du mich aufgibst, weil ich zu verklemmt bin oder zu kompliziert.«

Ich ließ meine Augen zu, genoss die Empfindungen, die ihre Berührungen in mir auslösten.

»Du bist nichts davon.«

»Nein?«

Meine Stimme zitterte. Mein ganzer Körper bebte.

Mit den Fingerspitzen glitt ich unter ihr dünnes Top, strich über ihren Rücken, bis ich den Verschluss ihres BHs ertastete. »Du bist wundervoll und ich will dich besser kennenlernen.«

Ich durfte es nicht übertreiben. Gestern hatte Maddie mir während des Balls nicht in die Augen schauen können, weil wir uns zum ersten Mal geküsst hatten. Ich sollte damit zufrieden sein, dass ich noch hier sein und ihr so nahe wie jetzt sein durfte.

Maddie ließ ihre Hände an meinem Oberkörper hinuntergleiten, schob sie ebenfalls unter mein T-Shirt und bescherte mir die weltbeste Gänsehaut. »Was brauchst du, Atlas?«

Ich durfte nicht weitergehen, musste mein Verlangen nach ihr im Zaum halten. Alles, was sie von mir wollte, würde ich ihr in diesem Moment geben. Aber sie musste sich hundertprozentig sicher sein, was sie überhaupt wollte.

»Nur das, was du bereit bist, mir zu geben.«

Sie stellte sich auf die Zehenspitzen, landete wieder auf ihren Fersen und ihre Hände verloren den Kontakt mit meiner Haut. »Bis hier bin ich bereit. Weiter noch nicht.«

Ich öffnete meine Lider, blickte in unruhige Augen und zog meine Hand langsam unter ihrem Top hervor. Himmel! Ich wollte sie so sehr, dass mein ganzer Körper noch immer zitterte und meine Jeans sich verdammt eng anfühlte. Aber es ging nicht um mich.

Behutsam senkte ich meine Lippen auf ihre und küsste sie mit all den Gefühlen, die in mir kreisten.

»Ich warte, bis du bereit bist.«

Dann küsste ich sie erneut, ließ meine Zunge mit ihrer tanzen, bis sie leise in meinem Mund seufzte. Danach ließ ich sie los und trat einen Schritt zurück. »Ich warte auch darüber hinaus.«

»Ich fühle mich gerade sehr bescheuert.« Sie senkte den Kopf und kaute auf ihrer Unterlippe herum.

»Warum?«

Maddie schüttelte den Kopf. »Ich wollte das sein, was ich gedacht habe, was du von mir willst. Irgendwie habe ich mir gewünscht, jemand anderes zu sein. Jetzt ist es mir peinlich, dich hierher gelockt zu haben.«

»Dir muss nichts peinlich sein.«

Ich trat wieder näher, nahm ihr Gesicht in meine Hände und hauchte einen Kuss auf ihre Lippen. Es kostete mich alles, nicht weiterzugehen, als ich sollte. Aber ich würde das nur tun, wenn Maddie es sich wirklich wünschte und nicht, wenn sie mir nur gefallen wollte. Ich war derjenige, der ihr gefallen musste.

»Ich denke, peinlich wäre meine Performance, denn ich muss in zehn Minuten in der Praxis sein.«

Maddie lachte und das Geräusch kroch wohlig unter meine Haut. »Überzeugt.«

»Außerdem – und das ist das Wichtigste – will ich nicht jemand anderen. Ich will dich, Maddie.«

Ich hätte nie im Leben gedacht, dass ich so viel Beherrschung besaß. Gleichzeitig wünschte ich mir, ich hätte mich so verhalten, weil ich ein guter Mensch war und nicht, weil ich die Last meines schlechten Gewissens trug.

Maddie schlängelte sich um mich herum, schaute aber lächelnd über ihre Schulter, bevor sie wieder zurück nach vorne ging. Hinter dem Verkaufstresen sortierte sie Ordner aus und ich trat näher, bis mein Oberkörper beinahe ihren Arm berührte. »Was hast du heute Abend vor?« Ich wollte noch nicht gehen, doch wenn ich es tun musste, so musste ich mich versichern, dass ich Maddie heute noch wiedersehen durfte.

»Ich muss noch auf die Möbel für den Laden warten. Sie sollen bis achtzehn Uhr geliefert werden. Danach hole ich Leo bei Chris' Eltern ab. Danach gibt es Essen und ich lasse den Abend mit einem Glas Wein und *The Walking Dead* ausklingen.«

Ich lächelte bei den Erinnerungen, die die Erwähnung der furchtbaren Serie in mir auslöste. »Ich würde so gerne wissen, wie die Staffel weitergeht.«

Sie verzog die Lippen. »Gestern war ich mit dir auf dem Ball und die ganze Stadt wird jetzt sicher schon über uns sprechen. Wenn du auch heute zu mir kommst, drängt mich Blossom bestimmt dazu, zu erklären, ob das zwischen uns nur Freundschaft ist.«

Was ist es eigentlich überhaupt?

»Dann ein anderes Mal.« Ich bedeckte ihre Hand mit meiner und strich mit meinem Daumen darüber.

Sie ließ meine Berührung zu und in ihrer Miene las ich den Wunsch nach mehr.

»Bis dann«, sagte ich, bevor mir der Drang, sie wieder zu berühren, das Herz zerriss und verließ den Laden.

***

Der Wind rollte heulend über die dunkle Wiese. Ich setzte mich auf die Hollywoodschaukel und brachte sie mit meiner Fußspitze in Bewegung. Die Stille der Nacht schlich sich unter meine Haut. In meiner Hand hielt ich mein Handy so fest, dass meine Handfläche drum herum weiß wurde. Ich wollte nicht schwach sein oder gar um Hilfe bitten. Keine Ahnung, wie oft ich es getan hatte. Kalter Schweiß trat auf meine Stirn, mein Herzschlag dröhnte in meinen Ohren und der Gedanke, mich zu betäuben, schrie mit jeder Sekunde lauter in meinem Kopf.

Es war nur ein Traum, Atlas.

Ein verdammt realistischer Traum.

Ich stützte mich mit der freien Hand auf dem Sitz ab, um aufzustehen, als mein Handy vibrierte.

»Geht es dir gut?«, hob ich ab.

Sage atmete hörbar aus. »Die Frage wollte ich auch gerade stellen.«

»Warum?«

»Zwillingsradar.«

Etwas raschelte im Hintergrund. Ich holte tief Luft. Es machte mich fertig, zu wissen, dass Sage sich auch in Atlanta Sorgen um mich machte. Aber wenn ich ihr nichts sagte, hatte ich Angst, durchzudrehen.

»Ich habe von ihm geträumt.«

Ein Poltern. »Irgendwann vergisst du ihn. Es ist erst ein Jahr her.«

Kopfschüttelnd fuhr ich mir abermals durch die Haare. »Ich werde ihn nie vergessen.«

»Atlas, ich kann es mir nicht vorstellen, wie es für dich gewesen ist, aber ...«

»Ich werde ihn nie vergessen, weil er Maddies Ehemann war«, schnitt ich ihr das Wort ab. Meine Zunge fühlte sich bleischwer an und ich hoffte von ganzem Herzen, dass meine Schwester mich endlich verurteilen würde.

In der Leitung blieb es jedoch still. Die Sekunden verstrichen, bis Sage endlich erwiderte: »Wir reden nächste Woche.«

Danach legte sie auf.

Kapitel 19

Maddie

Ich war kein Fan von Rosa, doch der Samt-Sessel im Retro-Design passte in Pastellrosa perfekt zu der restlichen Dekoration. Goldene Garderobenstangen zierten die weißen Wände, in der Mitte des Ladens hatte ich einen pfirsichfarbenen Teppich ausgebreitet und einen Polsterhocker in Minze schob ich vor die zwei vergoldeten Standspiegel. An der Stelle von Betonwänden hatte ich mich für eine weiße Tapete mit glänzenden Maserungen, die mehr als die gesamten Möbel gekostet hatte, entschieden. Ich müsste jetzt eine Niere verkaufen, wenn ich Cole und Blossom sofort das Geld auszahlen würde, welches sie mir für den Laden geliehen hatten. Wenn aber alles nach Plan lief, würde ich nächste Woche mit Klamotten beliefert werden und könnte die Türen für Kunden öffnen. Blossoms Mäntel aus Alpakawolle waren zwar noch nicht fertig, doch die handgefertigten Teile aus Birmingham würden sich genauso gut für den Anfang machen. So sehr ich meine

Schwiegereltern liebte, in der Hütte wohnen zu bleiben, war keine Möglichkeit, wenn ich mich mit Atlas weiterhin treffen wollte. Und das wollte ich. Seitdem er mir den Atem im Lagerraum geraubt hatte, suchte ich nach einer Alternativlösung, um ihn allein wiederzusehen. Doch ich konnte Leo nicht öfter bei meinen Schwiegereltern übernachten lassen, ohne, dass sie Verdacht schöpften. Er sollte sich auch wieder daran gewöhnen, bei mir zu sein und nicht mehr Zeit mit Chris' Eltern verbringen. Doch während ich mich um meinen Sohn und um den Laden gekümmert hatte, war eine Woche vergangen und ich hatte keine freie Sekunde gefunden, Atlas zu sehen.

»Du meine Güte, ich liebe es!«

Ich drehte mich zur Tür um und entdeckte Blossom, die mit der Hand vor dem Mund und untertassengroßen Augen die Einrichtung bestaunte. »Ich hatte keine Ahnung, dass du so gut dekorieren kannst.«

Sie traute es mir immer noch nicht zu, dass ich mein Leben in den Griff bekommen konnte. Ich nahm es ihr aber nicht übel, denn ich hatte meinen Schwiegereltern genug Gründe geliefert, damit sie sich um Leos Wohlbefinden Sorgen machten. Außerdem hatte ich mit meinen neunundzwanzig Jahren noch nie länger als ein paar Monate gearbeitet, denn nach dem College war ich gleich mit Leo schwanger geworden und danach hatte ich mich nur um ihn gekümmert. Einen eigenen Laden zu eröffnen, war mit sehr viel Arbeit verbunden und ich sollte es nicht unterschätzen.

»Danke für den Akzent-Sessel«, sagte ich und strich mit den Fingerspitzen über den Samtbezug.

»Ist das der Sessel, den ich bestellt habe?« Blossom kam auf mich zu, betrachtete das Möbelstück aus der Nähe und lächelte mich an.

Ich nickte. »Danke dafür.«

Sie umarmte mich, ihr Duft nach Keksen und Rosen schwängerte die Luft und sofort wurde mir warm ums Herz. Als sie mich losgelassen hatte, atmete ich tief durch und führte sie durch den Laden. Blossom wirkte so von der Vorstellung begeistert, dass ihre Kleidung aus Alpakawolle hier präsentiert werden würde, dass sich rote Flecke auf ihren Hals schlichen. Nachdem sie ihre Fassung wieder erlangt hatte, half sie mir, die schweren Samtgardinen in der Garderobe aufzuhängen. Für den Moment war die Stimmung gut, als hätte es keine drohenden Worte zwischen uns gegeben. Es war fast so, als hätte sie mich nicht ermahnt, keine neue Beziehung anzufangen.

Sie will nur das Beste für Leo.

»Maddie?« Eine weibliche Stimme rief mich.

Ich notierte im Kopf, wieder die Türglocke aufzuhängen, und eilte nach vorne. Meine Lippen verzogen sich zu einem breiten Lächeln.

»Ich habe mich schon gefragt, ob du es dir mit Cotton Village anders überlegt hast«, sagte ich zu Sage und zog sie in eine Umarmung.

Sie grinste zurück, öffnete den Mund, doch die Tür wurde wieder aufgerissen, wobei der Wind ihre kirschroten Haare durcheinanderwirbelte. »Niemals. Die kleine Biene hier ist der Grund für meine Verspätung. Sie konnte sich nur nicht entscheiden, was sie anziehen wollte.«

Ein blondes Mädchen in Leos Alter schlüpfte in den Raum, drehte sich mit dem Kopf in den Nacken um und winkte abwesend. »Hallo«, sagte sie, ohne mich anzusehen.

»Hey«, erwiderte ich.

»Das ist meine Tochter, Ella.« Sage zupfte an den Bienenflügeln des Mädchens. »Sie steht scheinbar nicht auf Augenkontakt.«

Ella trug einen rot-gelben Rock und Bienenantennen. Sie sah wunderschön aus, hatte blondes feines Haar und die Augen ihres Onkels.

»Die Gardinen hängen alle richtig, Liebes. Ich gehe aber schon wieder, um den Mädels aus der Strickgruppe zu sagen, dass sie sich ins Zeug legen müssen. Jetzt will ich unbedingt meine Mäntel hier ausgestellt sehen.« Blossom kam auf uns zu, ihre Wangen sahen immer noch wie rote Äpfel aus.

»Ich weiß nicht, ob du schon Sage kennst«, sagte ich zu meiner Schwiegermutter. »Sie ist Atlas Zwillingsschwester und wird mir hier in dem Laden helfen.«

»Natürlich!« Blossom zog sie in eine kurze Umarmung. »Wir haben uns noch nicht vorgestellt, aber dein Bruder hat schon viel über dich erzählt.«

»Ich hoffe, nichts Peinliches«, erwiderte sie und rollte mit den Augen.

»Das würde er niemals tun. Atlas ist doch ein Gentleman.«

»Ach, ich weiß nicht. Er kann auch manchmal kein Gentleman sein.« Sage schnaubte.

Ich presste die Lippen fest aufeinander, während die Erinnerungen, wie er mich hart geküsst hatte, meinen Körper erhitzten. Keine Ahnung, warum ich ihn bis

zum Lagerraum gelockt und versucht hatte, ihn zu verführen. Aber in diesem Moment hatte ich auch nicht
darüber nachdenken wollen. Vielleicht lag es daran,
dass ein Teil meines Lebens sich leicht anfühlen sollte,
und ich wollte, dass dieser Teil Atlas hieß. Wenn ich
Glück hatte, würde Leo mit Ella spielen wollen und ich
hätte ein paar Stunden Zeit, um ihn wiederzusehen.
Anderseits hatte er mich eine Woche lang nicht mehr
besucht und ich fragte mich, ob er vielleicht das Interesse verloren hatte.

»Das kann ich mir nicht vorstellen«, sagte Blossom.

»Dann erzähle ich euch, dass er seine Ex-Freundin in
einem Restaurant sitzen gelassen hat, um bei der Geburt eines Fohlens zu helfen. Hätte Ray das mit mir gemacht, würde ich seine Eier abschneiden.«

Eine Ex-Freundin? Leise Eifersucht stach in meine
Brust, doch ich verdrängte sie mit aller Kraft. Atlas Vergangenheit sollte mich nicht interessieren. Das zwischen uns war zwanglos, zukunftslos, pure Anziehung
und mehr nicht.

Blossom lachte. »Das finde ich aber sehr heldenhaft.
Die Geburt eines Pferdes kann heikel werden.«

»So hat Maria aber nicht gedacht.«

Maria. Wie sollte ich jetzt diesen Namen vergessen?
Stattdessen fragte ich mich, wie sie aussah, ob sie brü-
nett oder blond war. Wie oft und wo sie miteinander
geschlafen hatten? Ich kaute auf meiner Unterlippe
herum.

»So oder so ist er der beste Junggeselle in der Stadt.
Ich wette mit dir, dass es nicht mehr lange dauert, bis
er seine Mrs. Prescot findet.«

»Vielleicht ist er gar nicht auf der Suche«, sagte ich und mein Magen sank tiefer. Ich hätte nichts sagen sollen. Wahrscheinlich würden sich meine Worte nicht so falsch anfühlen, wenn ich nicht versucht hätte, ihn im Lagerraum zu verführen. Atlas sollte mir egal sein und der Fehler, den ich auf dem Ball begangen hatte, hätte sich nicht wiederholen wollen. Das wollte ich aber.

»Wieso nicht?«, fragte Blossom und sah mich skeptisch an.

Ich zuckte mit den Schultern. »Auf dem Ball hat sich Theresa für ihn interessiert und er sich nicht für sie.«

Blossom schnaubte. »Kein Wunder, dass er sie nicht wollte. Sie ist zwar hübsch, aber viel zu angriffslustig. Ich denke, zu Atlas passt eher jemand, der bodenständig ist.«

»Jemand wie Maddie?«, fragte Sage.

Wie ein Blitz schoss Kälte in meine Adern. Hatte er ihr vom Kuss auf dem Ball erzählt? Oder was im Lagerraum geschehen war? Ich hatte ihm zwar nicht ausdrücklich gesagt, dass er es nicht tun sollte, aber er musste verstanden haben, dass ich es nicht wollte.

»Unsinn«, erwiderte Blossom lächelnd und wedelte mit der Hand. Doch ihre vorgespielte Belustigung erreichte ihre Augen nicht. »Maddie ist erst gerade Witwe geworden und sie hat keine Zeit für eine Beziehung. Leo und der Laden sind im Moment das Wichtigste in ihrem Leben, nicht wahr, Liebes?«

Ihre Worte hinterließen einen bitteren Geschmack in meinem Mund. Es war nicht okay, dass sie für mich antwortete oder bestimmte, was mir wichtig war oder nicht. Aber sie hatte auch recht. Ich war nicht für eine Beziehung bereit und wenn Atlas sich mit anderen

Frauen traf oder mit einer zusammen sein wollte, sollte es mir recht sein. »Genau.« Ich atmete tief durch. »Dafür brauche ich meine Lieblingsmitarbeiterin. Wenn du willst, kann ich dir den Laden im Detail zeigen.«

»Dann lasse ich euch allein.« Blossom ging auf die Tür zu und zog sie auf. »Es war schön, dich kennengelernt zu haben, Sage.«

Sie nickte. »Gleichfalls.«

Während Ella auf dem pastellrosa Sessel saß und mit ihrem Nintendo spielte, zeigte ich Sage den Lagerraum. Sie machte ein paar Anmerkungen zu der Dekoration und sparte nicht mit dem Lob. Erst, als wir uns hinter den Verkaufstresen stellten und uns die Klamottenbestellungen anschauten, blieb sie seltsam stumm und kaute auf ihrem Daumennagel herum.

»Ist alles okay?«, fragte ich und schob einen schwarzen Ordner in das Regal hinter dem Tresen.

Ertappt sah Sage auf, warf ihrer Tochter einen kurzen Blick zu und schaute mich wieder an. Sorgenfalten vertieften sich zwischen ihren Augenbrauen. »Darf ich dich etwas Persönliches fragen?«

Ich überlegte eine Sekunde, nickte aber zustimmend.

»Wie war dein Ehemann so?«

Ich stutzte, wollte aber nichts aus der Frage interpretieren. »Er war der beste Mann der Welt.«

Ihr Gesicht leuchtete auf.

»Ich weiß. Das musst du auch über Ray denken.«

»Ähm ... Nö. Das denke ich nicht.«

Ich lachte leise. »Vielleicht werden unsere Erinnerungen an einen geliebten Menschen nach seinem Tod ein wenig verzerrt. Wir tendieren dazu, nur an die guten Tage zu denken. Natürlich haben wir uns gestritten und jedes Mal, wenn ich die Küche in ein Chaos verwandelt hatte, war er kurz davor zu explodieren. Aber Chris hatte meine Gedanken lesen können und war immer bereit gewesen, mir zu vergeben, wenn ich mich daneben benommen hatte. Er hatte Leo immer vorgelesen, egal wie erschöpft er von der Arbeit war. Danach hatte er sich immer noch Zeit genommen, mir zuzuhören.«

»Das klingt toll.«

»Er war so und es lag nicht an großen Gesten.« Ich legte meine Hand auf die Brust und spielte mit der Kette herum, die Chris mir geschenkt hatte. »Wenn ich an ihn denke, erinnere ich mich an die alltäglichen Dinge. Daran, wie er mich auf die Stirn, auf die Wangen und auf den Mund geküsst hat. Immer in der Reihenfolge. Ich denke daran, wie er in der Dusche schief gesungen hat. Auch wenn ich über ihn gelacht habe, hat er nicht damit aufgehört.« Meine Stimme zitterte und ich atmete stockend ein.

»Es tut mir leid.« Sage kam näher und legte eine Hand auf meine Schulter. »Ich wollte dich nicht traurig machen.«

Ich schüttelte den Kopf. »Ich bin nicht traurig. Im Gegenteil: Es tut gut, über Chris zu reden, ohne den Drang zu verspüren, loszuheulen.«

»Ist es nicht mehr so?«

»Ich werde ihn immer lieben, aber ich bleibe nicht stehen. Wenn ich nicht nach vorne schaue, kann ich auch nicht die Mutter sein, die Leo verdient. Deswegen will ich mich freuen, wenn ich an ihn denke.«

Sage ließ ihre Hand sinken. »Ich weiß genau, was du meinst.«

Einige Fragen brannten auf meiner Zunge, doch ich stellte sie nicht. Stattdessen besprach ich mit ihr das weitere Vorgehen. Der Laden sollte bald eröffnet werden und heute wollte ich Leo noch von der Schule abholen, um mit ihm zusammen die Kinder aus seiner Klasse auf die Farm zu bringen. Ich hatte eine Menge zu tun und zu planen.

Nachdem Sage gegangen war, nahm ich mein Handy vom Tresen und wollte es schon in meine Tasche gleiten lassen, als es kurz vibrierte.

Unbekannt.

Können wir reden? Atlas.

Ich hatte eine ganze Woche auf diese Nachricht gewartet, doch anstatt sofort zu antworten, legte ich mein Handy in meine Handtasche und verließ den Laden.

Kapitel 20

Maddie

Vor einem Jahr

»Maddie, du kannst nicht den ganzen Tag liegen bleiben«, flüsterte Chris und klemmte mir eine Haarsträhne hinters Ohr. Seine Fingerkuppen fuhren sachte über meine Wange und sein Atem roch süß – nach Erdbeeren.

Ich hielt die Augen geschlossen und meine Lippen verzogen sich zu einem Grinsen. »Das kann ich doch. Du kannst mich nicht zum Aufstehen überreden. Auch wenn du mir Pancakes ans Bett bringst«, erwiderte ich und schmiegte meinen Oberkörper an die weiche Matratze. Der vertraute Geruch von Waschmittel stieg mir in die Nase und ich vergrub das Gesicht in meinem Kissen. Eine dünne Decke hüllte mich ein, wie in ein behagliches Nest aus Watte.

Er lachte leise und das Geräusch vibrierte wohlig unter meiner Haut. Auch wenn ich mich nicht dazu überwinden konnte, die Lider zu öffnen, wusste ich, dass Chris mir dieses Lächeln schenkte, das mein Herz zum Schmelzen brachte.

»Du wirst gebraucht, Maddie.«

Meine Gesichtsmuskeln erschlafften und ich schluckte schwer. »Keiner braucht mich. Ich mache nur Probleme, Chris. Das weißt du.«

Über meiner Wange kribbelte es leicht und seine Handfläche legte sich warm darauf. »Ich brauche dich, Maddie. Nur auf dich kann ich zählen.«

Ich wollte die Augen öffnen, Chris' Hand berühren, doch meine Arme wogen eine Tonne und meine Lider waren wie zugeklebt. Ein ungutes Gefühl machte sich in meinem Bauch breit.

»Wie kann ich dir helfen? Was muss ich tun?«

»Leo braucht dich.«

Ich zog die Brauen zusammen. »Unserem Sohn geht es gut. Er ist nicht allein.«

Chris nahm seine Hand von meinem Gesicht und ich vermisste sofort seine Wärme. »Er braucht aber dich, Maddie. Keiner kann dich ersetzen.«

Mein Herz wurde kalt. Eiskalt.

»Ich will nicht ersetzt werden«, entgegnete ich. »Du kannst ihm Frühstück machen und ich komme gleich in die Küche. Ich brauche nur noch fünf Minuten. Nur noch ein bisschen Schlaf.«

Er seufzte, doch ich roch keinen Erdbeerduft mehr.

»Ich kann euch kein Frühstück machen, Maddie.«

»Warum nicht?« Ein Kloß in meiner Kehle raubte mir den Atem und meine Hände waren wie betäubt.

Beweg dich, Maddie.

Steh auf.

»Weil ich nicht mehr hier bin.«

»Was redest du denn da?«

»Unser Sohn braucht dich.«

»Er braucht dich auch.«

Die Matratze ächzte und ein süßer Duft kehrte zurück. Aber es roch nicht mehr nach Erdbeeren. Es war eine Mischung aus Keksen und Rosen. Es war nicht Chris' Duft. Es war nicht seine Präsenz. Dunkelheit hielt mich gefangen und drückte mich tiefer in die Matratze.

»Ich bin nicht mehr hier. Aber du bist hier«, sagte er.

»Was meinst du? Ich verstehe dich nicht.« Ich runzelte die Stirn und atmete schneller.

»Ich werde immer für dich da sein, Maddie. Immer. Auch wenn du mich nicht sehen oder spüren kannst. Du bist die Liebe meines Lebens und du musst auf unsere Familie aufpassen. Das kann ich nicht mehr tun.«

»Chris, ich …«

»Leo. Er braucht dich, Maddie. Er hat Angst und braucht dich.«

»Chris!«

»Steh auf, Maddie«, forderte er mich sanft auf.

»Chris, bitte …«

»Ich liebe dich«, sagte er leise. Zu leise.

»Wach auf, Maddie.« Seine Stimme klang wieder lauter, höher, verzerrt.

»Ich will nicht. Nicht ohne dich. Ich kann nicht.«

»Maddie.« Diese Stimme klang anders. Weiblicher. Die Finger, die über meine Wange strichen, fühlten sich anders an. Sie besaßen keine rauen Fingerkuppen vom Gitarre spielen. »Maddie.«

Meine Lider gaben meine Sicht wieder frei und blinzelnd schaute ich in himmelblaue Augen. Ein scharfer Schmerz zerteilte mein Herz und ein Schluchzen ballte sich in meiner Brust.

»Du hast geträumt, Maddie«, flüsterte Blossom und fuhr sanft über meine Haare. Wie ich lag sie auf dem Bauch in meinem Bett, das Gesicht zu mir gewandt.

Sie hielt meinem Blick stand und wir mussten nichts mehr sagen. Allein die Tränen, die aus ihren und meinen Augenwinkeln kullerten, drückten unseren Schmerz aus. Meine Lippen bebten und Kälte erfüllte jede meiner Poren.

»Wo ist Chris?«, fragte ich zittrig.

Meine Stimme brach.

Mein Herz brach.

Meine Seele lag in Trümmern.

Blossom vergrub das Gesicht in meinem Kissen. Ihr entwich ein Schluchzen, das mir durch Mark und Bein ging. Dann sah sie mich wieder an. Traurig und gebrochen, so, wie ich mich fühlte.

»Du weißt, dass er den Amoklauf nicht überlebt hat, Maddie. Vor zwei Monaten, Maddie. Chris ist vor zwei Monaten gestorben.«

Ich atmete stockend ein und aus. Der Druck auf meiner Brust lastete schwer und mein Herz drohte zu platzen. »Ich war nicht bei der Beerdigung.«

Sie holte zitternd Luft. »Du wolltest nicht hingehen, Maddie. Hast du es vergessen?«

Ich presste die Lippen fest aufeinander. »Chris kann mich nicht verlassen. Er kann uns nicht verlassen.« Das Schluchzen in meiner Brust gewann die Oberhand und beherrschte jede Faser meines Körpers. »Ich habe nur ihn. Nur ihn.«

Blossom rutschte näher. Ihre Arme zitterten, als sie mich an sich zog und ich das Gesicht in ihrer Bluse vergrub. »Du hast deinen Sohn, Maddie. Du hast Leo. Und du hast uns. Ich bin auch für dich da, genau wie Cole«, erwiderte sie und drückte mich so fest an sich, als würde sie mein ganzes Ich zusammenhalten wollen.

Doch das konnte sie nicht. Keiner konnte mich zusammenhalten. Ich war gebrochen. Mein Herz war in tausend Teile zersplittert und der Einzige, der es zusammenflicken könnte, lebte nicht mehr. Die Liebe meines Lebens lebte nicht mehr.

***

Eine donnernde Stimme riss mich aus dem Schlaf. Die Person sprach nicht laut. Es war mehr der vertraute Klang, der bis tief in meine Brust widerhallte und mich in die unbarmherzige Realität zurückholte. Eine Realität, in der mein Ehemann nicht mehr Teil meines Lebens war. Eine, die ich nicht wollte. In meinen Träumen war er da. Dort wartete er darauf, mich in die Arme zu nehmen und mich zum Lachen zu bringen. Dort hörte ich sein Lachen. Einen Klang, der mich aus einer hoffnungslosen Dunkelheit rettete. Ich mochte diese Dunkelheit aber, denn dort fand ich Chris wieder. Aber wenn ich mich an sie gewöhnte, würde ich nie wieder die Sonne sehen wollen.

»Hat sie etwas gegessen?«

Blinzelnd öffnete ich die Augen und betrachtete den Kaktus auf der Fensterbank. Chris hatte ihn mir zum sechzehnten Geburtstag geschenkt. Er hatte mal gesagt, dass ich nur eine Sorte Pflanze hätte bekommen dürfen: die, die mich nicht zum Leben brauchte. Sie lebte weiter. Meiner Unachtsamkeit zum Trotz.

»Nichts«, erwiderte Blossom.

Cole seufzte. Ich stellte mir vor, wie er sich mit der Hand durch seine grauen Strähnen fuhr, während ich, mit dem Rücken zu beiden gedreht, so tat, als würde ich schlafen.

»Sie isst seit drei Tagen nichts. Wenn es so weitergeht, werde ich sie ins Krankenhaus bringen müssen.«

Ich presste die Augen fest aufeinander. Ich wollte nicht zurück an diesen verfluchten Ort. Nicht heute. Nicht morgen. Nicht, solange es sich in meiner Brust so leer anfühlte.

»Sie hat getrunken. Ich achte schon darauf, dass sie viel trinkt.«

»Wie geht es Leo?«

Ein Blitz durchfuhr meinen Körper. Mein Sohn. Ich musste aufstehen, mich um Leo kümmern. Aber da war diese unsichtbare Schnur, die meine Glieder festhielt. Diese gewaltige Traurigkeit, die mir all meine Atemzüge raubte. Ich war mir sicher, dass meine Schwiegereltern sich um ihn kümmerten. Aber wer würde sich um Cole und Blossom kümmern? Hatten sie auch geweint? Hatten sie Zeit gehabt, um ihren Sohn zu trauern? Ich konnte mich nicht daran erinnern.

»Der Kleine fragt immer wieder nach Chris.« Coles Stimme versagte und er ließ die Luft hörbar aus seinen Lungen weichen. »Er versteht nicht recht, was in der Schule passiert ist und fragt immer wieder, wann sein Papa zurückkommen wird.«

Blossom schluchzte.

Meine Kehle fühlte sich wie zugeschnürt an und ich ließ zu, dass Tränen durch meine geschlossenen Lider krochen.

Steh auf, Maddie.

Dein Sohn braucht dich.

»Hat er gegessen?«, fragte sie nach einigen Sekunden.

»Ein wenig. Er wacht auch öfter in der Nacht auf.«

Chris hatte mich in meinem Traum darum gebeten, mich um unseren Sohn zu kümmern. Ich sollte mich um alle kümmern. Aber das schaffte ich nicht.

Ich will nur schlafen, Chris.

Ich will dich wiedersehen.

»Wie geht es dir, Liebes?«, fragte Cole.

Blossom antwortete nicht. Stattdessen erklangen ihre Schritte neben mir. Meine Matratze gab nach und ihre zierliche Hand legte sich auf meine Schulter. »Wir passen auf Leo auf, Maddie.« Ihr Daumen strich sachte über meinen Arm und die Berührung brannte in meinem Herzen.

Ich sollte mich um Leo kümmern. Um meinen Sohn, der seinen Daddy vermisste und Albträume hatte. Ich sollte meine Schwiegermutter entlasten, die sich für mich stark machte und innerlich gerade zusammenbrach.

Ich kann nicht, Chris.

Es tut mir leid, aber ohne dich kann ich es nicht tun.

Der Geruch von Rosen umgab mich wieder. Ich schnappte stockend nach Luft und Blossoms Arme legten sich um mich. Ich lehnte meine Wange an ihre Schulter. Der einzige Ort, wo ich mich weniger leer fühlte. Ich wusste nicht, wie lange ich weinte, doch die

Sonne machte irgendwann dem Mond Platz und meine
Augen schwollen an. Ich lag immer noch in Blossoms
Arm und ihre Bluse klebte nass an meiner Wange.

»Du brauchst Hilfe, Maddie«, flüsterte sie.

Ich nickte.

»Wie wäre es, wenn wir dich an einen Ort bringen, wo
du dich besser erholen kannst?«

»Kein Krankenhaus«, krächzte ich.

Sie strich mir über die Haare. »Eine Klinik. Es ist wie
ein Spa.«

Ich konnte mir nicht vorstellen, was sie damit meinte.
Aber es war mir auch egal. Hauptsache kein Krankenhaus. Ich nickte.

»Solange du dort bist, nehmen wir Leo zu uns. Auf der
Farm können wir uns besser um ihn kümmern.«

Mein Sohn brauchte mich. Er brauchte seine Mutter.
Aber ich hatte seit Tagen nicht geduscht, nicht gegessen
und fühlte mich so, als hätte ich die ganze Zeit auch
nicht geatmet. Ich erwiderte nichts. Stattdessen setzte
ich mich langsam auf und leerte die Wasserflasche aus,
die auf der Nachttischkommode stand. Blossom erhob
sich ebenfalls.

»Leo hat nach dir gefragt«, sagte sie.

Leo. Mein Herz blutete und ich sah sie erneut an. »Ihr
passt auf ihn auf. Nur so lange, bis ich wieder da bin.«

»Nur bis du zurück bist«, wiederholte sie.

Ich nickte »Okay.«

Kapitel 21

Maddie

Der Duft von frisch gebrühtem Kaffee stieg mir in die Nase und ich sah zur dampfenden Tasse in meinen Händen und drehte sie auf dem Tisch hin und her.

»Ich will mich nicht beschweren, denn ich liebe es, wenn du mich besuchst. Aber solltest du nicht im Laden sein?«, fragte Leslie und setzte sich mir gegenüber.

Ich hob den Kopf und schaute zu der Leseecke, in der Leo und Ella gemeinsam saßen. Sie hielten jeweils ein Buch in den Händen. Leos Lippen bogen sich leicht nach oben und eine sanfte Wärme überkam mich.

»Wir haben für heute schon Feierabend gemacht. Die Lieferung von Stoffen aus Bio-Baumwolle ist vor ein paar Minuten eingetroffen. Sage und ich haben alles im Lager einsortiert und es sieht so aus, als würden wir den Laden nächste Woche eröffnen können.«

»Das klingt großartig.«

Ich nickte und trank einen Schluck Kaffee. »So ist es.«

»Und wo ist die Ente?«

»Ente?«

Leslie seufzte, legte beide Arme auf den Tisch und beugte sich leicht zu mir herüber. »Kannst du dich an dieses Wimmelbuch erinnern, das Mama extra für uns beide damals gekauft hat?«

Ich nickte. Und wie ich mich daran erinnerte. Es ging um Bücher mit extrem überladenen Seiten, auf der sich eine Ente mit einem gelben Hut versteckt hatte. Ich hatte es geliebt, mit Leslie in der Leseecke zu sitzen und diese blöde Ente zu suchen.

»Weißt du, warum ich so gut darin war, die Ente zu finden?«

Ich zuckte mit den Schultern. »Weil deiner Mutter die Buchhandlung gehört hat und du die Bücher auswendig kanntest?«

»Eigentlich habe ich mir nur die Bilder angeschaut, wenn du bei mir gewesen bist. Aber ich hatte ein Muster entdeckt.«

»Bereichere mich mit deinem Wissen«, spottete ich.

Sie streckte mir die Zunge raus. »Die Ente war immer in der harmonischen Ecke.«

»Was?«

»Die Bilder waren immer chaotisch. Es gab Dinosaurier in der Eisdiele, Pferde in der Bank und Kühe auf dem Spielplatz. Aber da, wo Eltern friedlich einen Kinderwagen vor sich herschoben, war immer die Ente.«

Blinzelnd legte ich den Kopf schräg. »Normalerweise verstehe ich dich auf Anhieb, aber jetzt machst du mir das Leben schwer.«

Seufzend rieb sie sich die Stirn. »Vor einer Woche warst du auf dem Frühlingsball, hast Atlas geküsst und seitdem nichts mehr gesagt.«

Mit aufgerissenen Augen schaute ich zu Leo, der, vertieft in sein Buch, eine Seite weiterblätterte.

»Kannst du bitte leise sein?«, ermahnte ich Leslie.

»Dann sag mir, wo die verdammte Ente ist, Maddie. Du bist viel zu friedlich und gut drauf, um keine Ente bei dir zu haben.«

Ich hatte kein Problem damit, meiner besten Freundin Recht zu geben. Aber diesmal hatte sie etwas falsch verstanden.

»Bei mir ist keine Ente.«

»Ach nein?«

»Es mag sein, dass nach außen alles friedlich aussieht, aber in meinem Kopf bricht gerade das Chaos aus.«

Leslie schaute durch das Fenster zu der anderen Seite der Straße und nickte in Richtung der Tierarztpraxis.

»Was hat er getan? Soll ich ihn hassen? Eine Voodoo-Puppe basteln und ganz viele Nadeln in sie stecken?«

»Die Frage ist, was habe *ich* getan?«, erwiderte ich.

Die waagerechte Furche in ihrer Stirn vertiefte sich.

Ich beugte mich weiter vor, um mich zu versichern, dass Leo uns wirklich nicht hörte. »Nach dem Ball hat er mir mit dem Laden geholfen und ich habe ihn ... verführt.«

»Okay ...« Leslie zog das Wort unnatürlich in die Länge. »Was heißt das konkret?«

Hitze kroch meinen Nacken hinauf und ich versteckte mein Gesicht hinter der übergroßen Kaffeetasse. »Ich habe ihm gesagt, dass eine Glühbirne im Lagerraum gewechselt werden sollte und ihn dort praktisch angefallen.«

»Aha ...« Sie befeuchtete ihre Lippen und sorgte für eine theatralische Pause. »Ich verurteile dich nicht.

Immerhin hattest du seit sehr langer Zeit keinen Sex mehr und der atemberaubende Kuss auf dem Ball hat bestimmt deine innerliche Raubkatze geweckt. Ihr habt es also im Lagerraum getrieben?«

Das letzte Wort sprach Leslie so leise aus, dass ich sie kaum hörte.

»Übertreib es nicht. So weit sind wir nicht gekommen.« Seufzend kämmte ich meine Haare mit den Fingern aus dem Gesicht. »Aber ich war nicht diejenige, die ihn gebremst hat.«

Leslies Augenbrauen wanderten höher. »Ich verstehe dich nicht. Du hast ihn geküsst, obwohl du mir gesagt hast, dass du es nicht wolltest. Okay, Atlas ist heiß, küsst anscheinend wie ein Weltmeister und sieht bestimmt mega niedlich aus, wenn er sich um die Alpakas kümmert. Aber es sieht dir überhaupt nicht ähnlich, dass du mit ihm schon schlafen wolltest. Bei Chris hast du sogar bis zur Ehe gewartet, obwohl dir deine Hormone viel mehr zu schaffen gemacht haben.«

»Ich weiß.« Mein schlechtes Gewissen nahm ein episches Ausmaß an und ich vergrub mein Gesicht in meinen Handflächen. »Ich bin Mutter, hab' Chris erst vor einem Jahr verloren und sollte nicht im Traum darüber nachdenken, meine Schwiegereltern oder Leo zu enttäuschen. Aber ich wollte einmal so unkompliziert wie diese Frauen in den Netflix-Serien sein.«

»Warte. Was haben Blossom und Cole damit zu tun?«

Langsam hob ich den Kopf, trank meinen Kaffee aus und schaute zu Leo, der sich ein neues Buch geholt und sich wieder neben Ella gesetzt hatte.

»Blossom hat mich daran erinnert, dass ich mich auf meinen Sohn und den Laden konzentrieren soll. Ich habe dabei das Gefühl gehabt, dass sie es mir übel nähme, wenn ich mich so früh in eine neue Beziehung stürzen würde.«

»Wow!« Leslie hob kopfschüttelnd die Hände. »Ich denke nicht, dass sie über dein Leben bestimmen sollten. Nur du weißt, ob es zu früh für eine Beziehung ist. Nur weil du bei ihnen wohnst, gibt es ihnen nicht das Recht, über dein Leben zu bestimmen.«

War es zu früh? Genau das hatte ich Atlas gesagt. Ich war auch davon überzeugt, dass es zwischen uns pure Anziehung war. Ich *wollte*, dass es nur Begierde war, denn so müsste ich nicht darüber nachdenken, dass ich möglicherweise Gefühle für einen Mann entwickelte, nur ein Jahr, nachdem ich die Liebe meines Lebens verloren hatte.

»Sage hat mich über meine Erinnerungen an Chris ausgefragt und ich habe dadurch gemerkt, dass alles mit Atlas viel zu schnell ging.«

»Das ist etwas anderes.«

»Außerdem schulde ich meinen Schwiegereltern so viel. Sie waren mehr für mich als mein beschissener Vater und haben sogar das Geld, das sie selbst gebraucht hätten, in mein Geschäft investiert.«

Leslie streckte ihren Arm über den Tisch, griff nach meinen Händen und schaute mir tief in die Augen. Ihre Berührung fühlte sich tröstlich an.

»Seit du ein Kind bist, hast du Sorge, was andere über dich denken und sagen werden. In der Schule war es Charleen, die dich wegen deiner Eltern gequält hat. Ihretwegen hast du auf so viel verzichtet. Jetzt lässt du dich zu sehr von Blossom und dieser kritischen Stimme in deinem Kopf lenken.«

»Ich ...«

»Chris hat dich geliebt und wo auch immer er ist, er will bestimmt, dass du glücklich bist.«

»Ich weiß.«

»Dann lass niemanden, abgesehen von dir selbst, dir sagen, wann du für etwas Neues bereit bist.«

Es war für Leslie einfach, so etwas zu sagen, denn sie hatte keinen Sohn, für den sie verantwortlich war. Leo war das Wichtigste in meinem Leben und ich wusste auch nicht, wie er reagieren würde, wenn ich einen anderen Mann in mein Leben lassen würde. Es war eine Sache, wenn er sich als Freund mit Atlas gut verstand. Eine ganz andere Sache wäre es jedoch, wenn er mein fester Freund wäre. Ich war nach Cotton Village zurück gezogen, um meinen Sohn wieder für mich zu gewinnen und nicht, um ihn endgültig von mir zu stoßen.

»Ich bin noch nicht bereit.«

Sie nickte, ließ meine Hände los und lehnte sich auf ihrem Stuhl zurück.

»Okay. Aber das kannst du ihm auch sagen. Atlas ist kein Kind mehr und auch wenn du ihn im Lagerraum praktisch flachlegen wolltest, hast du das Recht, deine Meinung zu ändern.«

Ich schaute zur Tierarztpraxis auf der anderen Seite der Straße und fragte mich, wie enttäuscht Atlas von meinem Verhalten sein musste, als die Türglocke mich aus meiner Trance riss.

»Wie habt ihr dieses Wunder vollbracht?«

Sage kam auf unseren Tisch zu, ihr Blick war jedoch auf Ella und Leo geheftet, die uns, immer noch in ihre Bücher vertieft, nicht beachteten.

Leslie zuckte mit den Schultern. »Ich musste den beiden nur das richtige Buch zeigen.«

»Schade, dass ich die perfekte Welt zerstören muss.« Sage schaute auf ihre Armbanduhr. »Ella, wir müssen nach Hause, Bienchen.«

Sowohl Ella als auch Leo hoben ihre Köpfe, ihre Mundwinkel bogen sich nach unten.

»Ich will nicht gehen«, protestierte sie.

»Wir kaufen das Buch, mein Schatz. Aber ich muss in einer Stunde mit Daddy skypen.«

»Aber Leo liest das Buch zusammen mit mir. Wenn ich gehe, weiß ich nicht, wie weit er ist«, schmollte sie.

»Ich kann dich nicht hierlassen und Daddy wird sauer werden, wenn ich wieder nicht zu Hause bin.«

»Kann Leo dann mitkommen?«

Sage sah mich fragend an, woraufhin mein Blick zu Leo wanderte, der wie ein Wackeldackel nickte.

»Von mir aus kannst du mitfahren. Morgen ist sowieso Samstag.« Eigentlich hatte ich eine Disney-Nacht mit Leo veranstalten und ganz viel Eiscreme essen wollen, während wir die neuesten Live-Action-Filme schauten. Aber mir war wichtiger, dass er Freunde fand. In der Schule hatte er leider den Anschluss verpasst und Sages Tochter schien sich gut mit ihm zu verstehen.

»Yes!«, jubelte Ella.

»Ich bringe ihn dann nach dem Abendessen nach Hause«, sagte Sage.

Ich nickte und kämpfte gegen den Drang an, wieder zur Praxis zu schauen. Leslie hatte recht. Ich sollte mich wie eine erwachsene Frau verhalten, anstatt Atlas aus dem Weg zu gehen.

Kapitel 22

Maddie

Von der Veranda meines Hauses aus sah ich, dass bei Atlas warmes, sanftes Licht brannte. Die milde Nachtbrise strich über meine Wangen. Meine Gedanken waren ein Strudel aus Fragen, doch bevor ich sie ordnen konnte, vibrierte mein Handy. Ich zog das Gerät aus der Hosentasche und schaute auf das leuchtende Display.

Sage schrieb:

Darf Leo bei uns schlafen? Ella ist in dem neuen Haus ein wenig aufgeregt und dein Junge beruhigt sie irgendwie.

Das Haus an der Stoudmire Street hatte perfekt zu Sages Familie gepasst und ich hätte es für mich selbst gekauft, hätte ich das nötige Kleingeld besessen. Leider oder zum Glück steckten alle meine Ersparnisse in dem Laden und ich hing von dessen Erfolg ab. So konnte ich im Moment überhaupt nicht darüber nachdenken, die Hütte meiner Schwiegereltern zu verlassen.

Ich antwortete.

Natürlich. Wenn Ella es möchte, kann Leo ihr morgen die Alpakas zeigen.

Klingt toll. Wir kommen, wenn die Kinder ausgeschlafen haben.

Ich steckte mein Handy wieder ein und sah erneut zu Atlas' Haus herüber. Ich nahm einen Schatten wahr, der sich in der Küche bewegte. Ohne auf das rasende Pochen meines Herzens zu achten, atmete ich tief durch und ging auf sein Haus zu. Mein Puls donnerte in meiner Schläfe und meine Hände zitterten, bis ich an seine Tür klopfte und sie aufgerissen wurde.

Mein Atem stockte. Atlas trug eine Jogginghose, die tief auf seinen Hüften saß, und sowohl seine Füße als auch sein Oberkörper waren nackt. Mein Blick glitt über seinen durchtrainierten Bauch, seine Brust, seine schmalen Schultern, bis zu seinen grauen Augen. Ein heißer Schauer rollte meine Wirbelsäule hinunter und ich drückte den Rücken durch.

»Hey«, krächzte ich.

Ein Lächeln breitete sich auf seinem Gesicht aus und er stützte sich mit einer Hand am Türrahmen ab. »Ich dachte, es wäre Sage. Sonst hätte ich ein T-Shirt angezogen.«

Bitte ... bleib so.

Unruhig trat ich von einem Fuß auf den anderen. »Ich hätte dich anrufen sollen.«

»Oder auf meine Nachricht antworten können.«

Ich senkte die Lider und kaute auf der Unterlippe herum. Das hier war ein Fehler. Was wollte ich bei Atlas? Seine Schwester wohnte nicht mehr hier, er sah zum Niederknien aus und meine Schwiegereltern könnten ihn jederzeit besuchen oder sehen, wie ich sein Haus verließ. Was würden sie dann denken?

»Ich gehe lieber«, sagte ich und drehte mich um.

»Warte.« Atlas hielt mich am Ellenbogen fest.

Mein Blick wanderte zu seiner Hand und meine Haut prickelte wohlig unter seiner Berührung. Als würde sie sich daran erinnern, wie es sich angefühlt hatte, von ihm festgehalten zu werden. Er ließ mich jedoch schnell wieder los und trat einen Schritt zurück.

»Es tut mir leid. Ich will dich nicht drängen oder dir ein schlechtes Gewissen machen.«

»Das tust du nicht.« Langsam drehte ich mich wieder um und sah ihm in die Augen. Bedauern ergriff mein Herz und ich fuhr mir seufzend durch die Haare. »Du hast mir eine Nachricht geschickt und ich habe eine Woche lang nicht darauf reagiert. Ehrlich gesagt weiß ich nicht, wie es mir gelungen ist, dir in einer so kleinen Stadt wie Cotton Village zwei Wochen lang aus dem Weg zu gehen.«

Er kreuzte die Arme vor der Brust, wobei sich sein Bizeps spannte. »Die Frage ist, warum du mir überhaupt aus dem Weg gehen möchtest.«

»Ich ...« Mein Blick huschte zu Blossoms und Coles Haus, in dem ein Licht angeschaltet wurde.

»Willst du lieber reinkommen?«, fragte Atlas.

Ich sah ihn an. Mein Puls hatte sich wieder beruhigt, obwohl sein Duft nach herbem Duschgel und nasser Erde mich noch immer durcheinanderbrachte.

»Ja.«

Er trat zur Seite und ich schlüpfte ins Haus. Das Wohnzimmer roch nach Früchtetee und Morgentau und meine Muskeln entspannten sich bei der milden Temperatur. Mein Blick glitt über die hellen Holzbalken, die die Decke und die Wände zierten, über den beigefarbenen Teppich und die hellgrüne Couch. Die Einrichtung war harmonisch und hochwertig, eine Mischung aus Landhaus und industriell.

»Du hast es dir sehr schön gemacht«, sagte ich und schaute zu den Fotos, die neben brennenden Kerzen auf dem Kaminsims thronten.

»Danke.« Atlas schnappte sich ein weißes T-Shirt von der Couch, zog es an und deutete zum anderen Ende der Sitzpolster, bevor er sich hinsetzte. »Das meiste hat Sage dekoriert.«

Ich nahm ebenfalls Platz. Ein Meter trennte uns, doch jede Zelle meines Körpers war sich seiner Anwesenheit bewusst. »Hast du deine Meinung über Cotton Village noch immer nicht geändert?«

»Was meinst du?«

»Normalerweise ist man nach einem Umzug aufgeregt, weil alles neu ist, aber nach einer Weile bekommt man Heimweh.«

Das war zumindest die Erfahrung, die ich in Atlanta gemacht hatte. Damals war es sowohl mein Studium als auch das Leben zusammen mit Chris gewesen, das mir Lampenfieber beschert hatte. Aber mit der Zeit hatte ich diese Stadt vermisst, obwohl ich so viele Narben in meinem Herzen trug.

»Ich habe meine Gründe, die Stadt noch immer zu lieben.« Sein Blick glitt über mich, jagte mir eine wohlige Gänsehaut über den Rücken und blieb an meinen Lippen hängen.

»Ich muss dich mit meinem Verhalten nerven.«

Er lächelte mich warm an. »Ich würde dich nur gerne verstehen.«

Das würde ich auch. Wenn ich die Gefühle in meiner Brust benennen könnte, wäre mein Leben um einiges einfacher. Aber es lag nicht nur daran, dass ich es mir nicht zutraute, es genauer zu definieren. Ich war mir auch bewusst, dass ich nicht nur für mein Leben verantwortlich war. Es gab so viele Menschen, die mir unglaublich wichtig waren und die ich nicht einmal in meinen schlimmsten Träumen enttäuschen wollte.

»Leo braucht keinen neuen Vater und meine Schwiegereltern wollen auch nicht, dass ich mich so früh mit jemandem treffe.«

Atlas befeuchtete die Lippen und legte den Kopf leicht schräg. »Und was möchtest du?«

Ich wollte ihn schmecken, vergessen, dass ich Verpflichtungen hatte. »Ich bin nicht die Art Frau, die eine Sexbeziehung anfängt. Auch wenn ich genau das im Lager meines Ladens angedeutet habe.«

»Okay.« Er nickte knapp.

»Aber ich bin gerne bei dir.«

Sein wunderschönes Lächeln kehrte in sein Gesicht zurück. »Ich mag dich auch.«

»Ich will dich immer noch küssen.«

»Da haben wir etwas gemeinsam.«

Wie gebannt starrte ich seinen Mund an und Hitze verschlang mich. »Nicht nur einmal.«

»Schön, dass wir auf einer Wellenlänge sind.« Belustigung schwang in seiner Stimme mit, doch sein rauer Klang entging mir nicht.

»Aber ich kann von dir nicht verlangen, dass du das zwischen uns geheim hältst und dich gleichzeitig mit niemand anderem triffst.«

Atlas schüttelte ernst den Kopf. »Das zwischen uns, was auch immer es ist, geht nur uns beide etwas an.«

»Wirst du nicht einmal Sage davon erzählen?«

Eigentlich war das ganz schön heuchlerisch von mir. Immerhin wusste Leslie über alles Bescheid, was zwischen uns passiert war. Aber ich kannte Sage nicht lange genug, um mir sicher zu sein, dass sie dichthalten würde.

Er holte tief Luft und stand auf, um sich dann wieder dicht neben mich zu setzen. Sein Oberschenkel streifte meinen und seine Wärme, gepaart mit seinem Duft, betörte meine Sinne. »Wir sind zwar Zwillinge, aber sie muss nicht alles über mein Leben wissen.«

»Okay«, wisperte ich und verlor mich im Grau seiner Augen.

Atlas hob seine Hand, strich mir eine Haarsträhne hinters Ohr und ließ seinen Daumen über meine Wange gleiten. »Und ich will definitiv keine andere Frau küssen.«

»Blossom möchte dich aber verkuppeln.« Die Worte verließen meinen Mund, doch ich achtete nicht genau auf das, was ich sagte. Seine Berührung und seine Nähe raubten mir den Verstand und all die Vorsätze, mich nicht von meiner Lust steuern zu lassen, schmolzen wie Zuckerwatte im Regen.

»Ich muss gestehen, dass nicht nur sie einige Versuche in diese Richtung unternommen hat.«

Eifersucht peitschte gegen mein Ego und ich lehnte mich ruckartig zurück. Atlas nahm aber mein Gesicht in seine Hände und küsste mich. Seine vollen Lippen schmiegten sich in meine, schmeckten nach Zahnpasta und Verlangen. Ich schloss die Lider, gab mich der Hitze hin, die Atlas in mir verursachte, und krallte meine Finger in sein T-Shirt.

»Haben deine Kandidatinnen dir gefallen?«, keuchte ich, ohne die Augen zu öffnen.

Er küsste mich auf die Nasenspitze, meine Stirn, meinen Mund. »Wie oft muss ich dir sagen, dass ich keine andere will?«

»Ich weiß nicht.« Erneut zog ich seinen Mund auf meinen und zweifelte an meiner Zurechnungsfähigkeit.

»Heißt das, dass du mir nicht mehr aus dem Weg gehst?«, fragte er ein wenig außer Atem.

Es gefiel mir, zu spüren, welche Wirkung ich auf ihn hatte. So lange hatte ich mich nicht mehr wie eine Frau gefühlt und diese Empfindungen wollte ich einfach nicht mehr aufgeben. Deshalb küsste ich ihn, bis meine Lippen sich taub anfühlten, bis mein Unterleib vor Lust pochte und es keinen Platz mehr für Zweifel in meinem Kopf gab.

»Ich interpretiere es als ein Ja«, raunte er dicht an meinen Lippen.

Mit meinen Fingerspitzen strich ich über seine Arme, hinunter bis zu seinen Händen. »Aber ich gehe lieber.«

Atlas lehnte seine Stirn sanft gegen meine. »Warum?«

Es war nicht gerade das, was ich jetzt wollte. Aber ich kannte mich zu gut, um zu wissen, dass ich es bereuen würde, wenn ich jetzt mit ihm schlief. Ich wollte wissen, wer Atlas überhaupt war und wenn es zwischen uns funktionierte, würde ich auf den richtigen Zeitpunkt warten, um Leo und meinen Schwiegereltern von uns beiden zu erzählen. Vielleicht erst dann, wenn ich nicht mehr auf der Farm wohnen würde.

»Ich möchte dich kennenlernen, es langsam angehen lassen. Aber wenn du halb nackt vor mir stehst und mich weiter so küsst wie jetzt, verwandle ich mich in einen hormongesteuerten Teenager.«

Leise lachend strich er mit seinen Lippen über meine. »Ich bin unentschlossen, ob ich dich gehen lassen oder betteln soll, damit du bleibst.«

In meinem Bauch nistete sich ein leises Flattern ein, doch ich konnte die Angst nicht leugnen, die mir immer wieder ins Ohr flüsterte, dass ich noch nicht für diese Beziehung bereit war. Langsam zog ich seine Hände herunter und stand auf.

»Ich gehe lieber, bevor du bettelst und ich nachgebe.«

Er verzog die Lippen, rieb sich am Hinterkopf und begleitete mich bis zum Eingang. »Ich lasse dich aber nur kampflos gehen, wenn du mir sagst, wann wir uns wiedersehen werden.«

Ich öffnete die Haustür und lehnte mich mit dem Rücken in den Türrahmen. Meine Beine wollten mir einfach nicht gehorchen, kämpften gegen meine Vernunft an.

»Dein Jeep hat getönte Scheiben.«

Atlas schaute an mir vorbei zu seinem Auto, das in der Auffahrt stand.

»Interessant, dass dir das auffällt, aber ja.«

»Morgen läuft *Matrix* im Freiluftkino.« Eine Röte stieg mir in die Wangen und ich biss mir auf die Unterlippe. Eigentlich hatte ich mit Leslie hinfahren wollen, aber zum Glück hatte ich noch nicht mit ihr darüber gesprochen.

»Verstehe ...« Atlas zog das Wort in die Länge, während sich Erkenntnis in seine Miene stahl. »Darf Leo schon *Matrix* schauen?«

»Leider nein. Er will morgen bei seinem Grandpa schlafen, da beide an der Modelleisenbahn arbeiten werden.«

Atlas kam näher, sodass seine Wärme mich dazu einlud, wieder in seine Arme zu fallen, und legte eine Hand auf meine Taille. Seine grauen Augen nahmen die Farben von schweren Gewitterwolken an und er atmete stockend ein.

»Ich habe Leo sehr gerne, aber im Moment freue ich mich, dich morgen allein für mich zu haben.«

Ein Poltern ertönte in der Nacht. Mein Herzschlag legte einen Zahn zu und ich stolperte auf die Veranda zurück. Ich schaute zu Blossoms und Coles Haus. Das Licht erlosch und die Alpakas jammerten vor sich hin. Als ich Atlas wieder ansah, hatte ich die Augenbrauen hochgezogen.

»Ich glaube, dich abzuholen, kommt nicht infrage, oder?«

Ich presste die Lippen fest aufeinander. »Warte auf meine Nachricht, okay?«

»Ich werde an nichts anderes denken.«

»Bis morgen, Atlas«, sagte ich lächelnd, drehte mich um und ging. In meinem Bauch hielten sich die Schmetterlinge nicht mehr zurück. Mein Blut rauschte vor Freude und ich war mir sicher, dass ich die ganze Nacht lang keine Sekunde schlafen würde.

Kapitel 23

Atlas

Ich legte meine Hand auf den Popcorneimer, fischte etwas daraus heraus und warf es mir in den Mund. Neo war gerade dabei, dem weißen Kaninchen zu folgen, doch ich konnte mich keine Sekunde auf den Film konzentrieren. Normalerweise plapperte ich die Szenen nach, denn ich kannte alle Dialoge auswendig. Sage schaute ihn schon längst nicht mehr mit mir zusammen, weil ich sie auf die Palme brachte, wenn ich den Klugscheißer spielte und die Fehler in der Geschichte aufdeckte. Doch heute war es anders. Ich saß auf der Rückbank meines Autos, starrte auf die Leinwand des Freiluftkinos und interessierte mich kein bisschen für *Matrix*. Stattdessen nahm ich Maddies Anwesenheit, ihren süßen Duft und ihren Atem viel zu intensiv wahr. Obwohl wir uns gestern geküsst hatten und unsere Körper instinktiv wussten, was wir tun wollten, fühlte sich jetzt alles verkrampft an, wenn wir uns nicht berührten.

»Langweilig?«, fragte Maddie. Es war das erste Wort, das sie seit ihrer Ankunft gesagt hatte.

Natürlich hatte ich sie nicht abholen dürfen und war direkt zum Freiluftkino gefahren. Nachdem ich mein Auto tausendmal umgeparkt hatte, um die beste Stelle zum Schauen zu finden, ohne dass man von außen einen freien Blick auf den Rücksitz hatte, hatte ich Maddie meinen Standort per Nachricht geschickt. Sie war nach ein paar Minuten zu mir gekommen, war direkt auf die Rückbank gestiegen und hatte mir das Popcorn in die Hand gedrückt. Schon von der ersten Minute an hatte ich nicht gewusst, wie ich mich verhalten sollte. Wir wollten uns näher kennenlernen, über das Körperliche hinausgehen. Doch wie sollten wir das machen, wenn wir uns wie Teenager verhielten, die sich zum Vögeln im Auto trafen?

»Ähm ... was meinst du?« Ich drehte mich mit dem Oberkörper zu ihr und der Drang, sie zu berühren, wuchs mit jeder Sekunde.

Maddie sah atemberaubend aus. Sie trug ein hellblaues Kleid, das ihr bis zu den Schenkeln reichte, ihre honigblonden Haare fielen offen über ihre Schultern und eine leichte Strickjacke bedeckte ihre Arme. Sogar in der Dunkelheit zogen mich ihre vollen Lippen an und ich umklammerte mein Popcorn fester, um nicht in Versuchung zu kommen, von ihr zu kosten.

Sie winkelte ihr Bein auf dem Sitz an und drehte sich ebenfalls zu mir.

»Du hast nichts gesagt, seit ich angekommen bin.«

»Du auch nicht.« Beiläufig warf ich mir Popcorn in den Mund und stellte den Eimer auf den Fahrersitz.

»Es war keine gute Idee, hierherzukommen, oder?« Maddie kaute auf der Unterlippe herum, schaute kurz zur Leinwand und dann wieder zu mir.

»Wieso?«, fragte ich noch kauend. »Ich sage nur nichts, weil ich dich nicht beim Film stören will.«

Sie schüttelte den Kopf. »Den habe ich tausendmal geschaut. Leslie will mich umbringen – jedes Mal – wenn wir ihn zusammen schauen.«

»Warum?«

»Na ja ...« Sie rollte die Augen zum Himmel, während sich ein schüchternes Lächeln auf ihre Lippen stahl. »Ich liebe alles an ihm. Aber ich verderbe ihr immer wieder das Kinoerlebnis, wenn ich über die ganzen Fehler im Plot spreche.«

Ich grinste breit, kreuzte die Arme vor der Brust und genoss das Kribbeln, das über mein Herz rollte.

»Zum Beispiel?«

»Wie kommt Cypher in die Matrix, um mit Smith zu sprechen?« Sie drehte die Handfläche nach oben und riss die Augen auf, als würde jeder es wissen müssen. »Der Typ war die ganze Zeit mit Morpheus und den anderen zusammen und würde einen Operator brauchen, um in die Matrix zu gehen. Tank würde alles sehen, was er da macht. Es kann auch nicht sein, dass Cypher einfach so aus dem Hovercraft rausgegangen ist.«

»Aha.« Meine Wangen schmerzten, so breit lächelte ich.

»Was ist so lustig? Kennst du die Szene nicht?« Sie schaute hastig zur Leinwand. »Du kannst sie dir genauer ansehen, dann gibst du mir recht.«

»Du siehst niedlich aus, wenn du dich aufregst«, erwiderte ich nur.

Maddie öffnete den Mund, fand jedoch ein paar Sekunden lang keine Worte. »Atlas ...«

»Sorry.« Ich räusperte mich und versuchte mit all meinen Kräften, sie nicht küssen zu wollen. »Wir haben also etwas gemeinsam. Wir beide nerven unsere Mitmenschen beim *Matrix* schauen.«

»Hast du den Film oft geschaut?«

»Um die dreihundertmal.«

Maddie zog ihre Augenbrauen empor. »Dann muss dir echt langweilig sein.«

»Du bist hier, Maddie. Ich kann mir nichts Aufregenderes vorstellen.«

Sie schluckte, lehnte sich mit der Schulter an die Rücklehne und ihre Miene wurde ernst. »Leo hat mir erzählt, dass du deine Eltern früh verloren hast.«

Der Themenwechsel brachte mich kurz aus dem Konzept, doch ich hatte kein Problem damit, mit ihr über alles zu reden. Über fast alles. Ich winkelte mein rechtes Bein ebenfalls an, sodass mein Knie Maddies streifte, und rief verblasste Erinnerungen auf.

»Es war eine harte Zeit für Sage und mich. Aber unsere Großeltern waren toll und haben sich vorbildlich um uns gekümmert.«

»Ich will nicht, dass Blossom und Cole sich um Leo kümmern.« Sie wandte den Blick von mir ab, strich stattdessen über den Saum ihres Kleides.

»Wieso nicht? Es ist nicht so, als würden sie dich ersetzen wollen.«

Schlagartig sah sie mich an. »Genau davor habe ich Angst.«

Maddie schien sich so gut mit ihren Schwiegereltern zu verstehen. Bisher hätte ich niemals gedacht, dass solche Ängste in ihrer Brust lauerten.

»Aber warum sollten sie das tun?«

»Ich habe eine schlimme Kindheit gehabt.« Sie atmete tief durch und schob sich eine Haarsträhne hinters Ohr. »Meine Mutter ist mit einem Typen durchgebrannt und mein Vater hat seinen Frust an mir ausgelassen.«

»Hat er dich ...« Allein der Gedanke, ihr Vater hätte sie verletzt, auf welche Art auch immer, jagte Wut in meine Adern.

»Er hat mich nicht geschlagen. Stattdessen hat er mich so oft ignoriert, dass ich mir gewünscht hätte, ich wäre tot.«

»Das ... das tut mir sehr leid.«

Sie zuckte mit den Schultern. »In der Schule haben sich Charleen und Theresa oft über mich lustig gemacht und ein paar Aktionen durchgeführt, um mich regelrecht zu demütigen.«

Ein schlechtes Gewissen machte sich in mir breit. Grundlos, denn ich hatte davon keine Ahnung gehabt. Charleen hatte ich schon richtig eingeschätzt, aber ich wäre mit Theresa sachlicher umgegangen, wenn ich gewusst hätte, was sie Maddie angetan hatte.

»Sie waren mir vom ersten Augenblick an nicht sympathisch.«

»Aber nachdem ich mit Chris zusammengekommen war, kehrte ein bisschen Sonne in mein Leben ein.« Sie lächelte schwach. »Blossom war wie eine Mutter für mich und die Alpakas haben mich als neues Familienmitglied angenommen.«

»Magische Tiere.«

Maddie presste die Lippen fest aufeinander und legte ihre Hand auf mein Knie. Gedankenverloren malte sie mit den Fingerspitzen zarte Muster auf meine Jeans. »Nach Chris' Tod war es aber so, als fiele ich in ein Loch. Ich habe mich wie gelähmt gefühlt und all meine schlechten Erinnerungen hielten mich davon ab, überhaupt an etwas anderes zu denken. Ich konnte nicht essen, nicht duschen, nicht aus meinem Bett aufstehen.«

Ich legte meine Hand auf ihre und suchte den Augenkontakt. »Du musst mir sowas nicht erzählen, wenn du nicht willst.«

»Ich möchte, dass du mich kennenlernst und wenn du weglaufen willst, dann lieber jetzt.« In ihre braunen Augen stahl sich ein Schatten, der mir sehr vertraut vorkam.

»Ich gehe nirgendwohin.«

Maddie nickte, holte tief Luft und schob ihre Finger zwischen meine. »Blossom hat mir in Atlanta sehr geholfen und sich um Leo gekümmert. Aber sie musste wegen der Farm zurück und hatte mir angeboten, Leo mitzunehmen. Ich habe keine Kraft gehabt, mich dagegen zu wehren.«

»Ich kann mir vorstellen, dass dir die Entscheidung schwergefallen ist.«

»Es war so, als hätte ich mein Herz aus der Brust gerissen und zugestimmt, dass meine Schwiegermutter es für eine Weile aufbewahrt.« Sie rutschte näher, sodass der süße Duft ihrer Haare um meine Nase wehte. »Aber das habe ich gebraucht, um aus meinem Loch zu kommen. Ich hatte die Motivation, gesund zu werden, um eine gute Mutter für Leo zu sein.«

»Das bist du«, redete ich sanft auf sie ein.

»Ich habe aber Angst, dass es zu spät ist.«

»Zu spät wofür?« Mit meiner freien Hand strich ich über ihren Unterarm.

»Leo ist ein halbes Jahr bei meinen Schwiegereltern gewesen und ich habe Angst, dass sie sich daran gewöhnt haben. Angst, dass sie ihn für immer bei sich haben wollen und jetzt glauben, dass ich wie meine Mutter bin.«

»Maddie, du hattest Depressionen. Warum bist du so hart zu dir?«

»Ich weiß nicht.« Sie ließ den Kopf sinken. Ihre Haare fielen wie ein Vorhang vor ihr Gesicht.

Sachte hob ich ihr Kinn, damit sie mich wieder ansah. »Es kann sein, dass ich dich nicht lange kenne. Aber das, was ich von dir weiß, ist für mich Beweis genug, dass du eine wundervolle Mutter bist.«

Ihr Blick glitt zu meinem Mund und verweilte dort. »Und warum sitze ich hier mit dir und will dir nahe sein, anstatt mich um meinen Sohn zu kümmern?«

»Weil du nicht nur Mutter sein musst.« Alles in mir wollte sie festhalten, trösten und für sie da sein. Doch ich hielt mich zurück. »Du bist eine wunderschöne, interessante Frau und hast das Recht, alles zu sein, was du sein möchtest.«

»Du läufst also nicht weg?« Ihre Stimme klang heiser und ich liebte diesen Ton.

»Du hast gerade gesagt, dass du mir nahe sein willst. Ich gehe nirgendwohin.«

Sie lächelte wieder und ich liebte die Art, wie ihre Augen dabei glänzten.

Maddie rutschte näher, sie legte ihre Beine zwischen meine und ich liebte es, wie schnell sich ihr Brustkorb hob und senkte.

Danach nahm sie mein Gesicht in die Hände, zog meine Lippen auf ihre und ich genoss es, ihre süße Zunge zu schmecken.

Wir küssten uns und ich hielt sie fest in meinen Armen, als würde ich diese Möglichkeit nie wieder haben. Ich mochte viele schlechte Entscheidungen in meinem Leben getroffen haben, doch eine gute traf ich jetzt: Ich würde Maddie nie das Gefühl geben, sie wäre nicht genug, denn sie war absolut alles, was ich wollte.

Kapitel 24

Atlas

Ein Dach aus grünen Blättern verwob sich über meinem Kopf, Sonnenlicht schlüpfte schüchtern durch die Lücken und ich setzte mich auf einen Baumstamm. Der Wind trug den Duft feuchter Erde und Moos mit sich, der Gesang der Vögel schwebte in der Luft und mein Blick wanderte zu den meterlangen trockenen Ästen, die, ineinander verheddert, die Wände des Waldtipis bildeten. Juteschnur hielt die wacklige Konstruktion zusammen, die jede Sekunde zusammenbrechen und mich unter Blättern begraben konnte. Trotzdem erfüllte Freude mein Herz und ich wünschte mir gerade, nirgendwo anders zu sein.

»Das hast du allein gebaut?«, fragte ich und betrachtete erneut das Innere des Tipis.

Leo ließ sich auf einen Baumstamm mir gegenüber fallen und öffnete eine Chipstüte. »Grandpa hat mir gezeigt, wie das geht, aber er weiß nichts von diesem Versteck.«

Im Wald gab es keine gefährlichen Wildtiere und in Cotton Village machte ich mir keine Sorgen, dass Leo hier allein spielte. Sein Versteck lag auch nur eine halbe Meile von der Farm entfernt, in einem zwei Meter hohen Graben, in den zwei Traktoren hineinpassen würden. Seit ein paar Tagen besaß er ein Handy, das er benutzen durfte und mit dem er sich bei seiner Mutter regelmäßig melden musste, wenn er allein unterwegs war. Nachdem sie ihren Mann verloren hatte, konnte ich mir vorstellen, wie schwer es ihr fiel, Leo Freiheiten zu gewähren.

»Dann bin ich der Erste, der das sieht?«

»Du bist der Einzige, der von meinem Schloss weiß und du musst mir versprechen, dass du es keinem erzählst.« Er warf sich Chips in den Mund und reichte mir die Tüte.

»Oh, das verspreche ich.«

Leo war ein guter Junge. Die Momente mit ihm erinnerten mich immer wieder an eine Zeit, in der es keine Sorgen in meinem Leben gegeben hatte.

»Nicht einmal Mom darfst du etwas sagen.« Er nahm die Tüte zurück und sah mich dabei ernst an. »Ich weiß, dass ihr befreundet seid.«

Eigentlich wusste ich nicht wirklich, was Maddie und ich waren. Gestern hatten wir in meinem Auto stundenlang rumgemacht. Wir waren nicht weitergegangen als bisher. Aber es war mir nicht wichtig gewesen und ich war selbst von meiner Beherrschung beeindruckt. Wir hatten uns geküsst und ich sie in meinen Armen gehalten. Ich hatte mehr über ihre Vergangenheit und ihre Ängste erfahren und war ein Stück weiter in ihr Herz gedrungen. Das war mir viel wichtiger als

Sex. Maddie wurde mit jedem Tag wichtiger in meinem Leben. Ich wollte ihr bester Freund sein, ihr Partner, der Mann, den sie brauchte. Auch wenn wir uns für eine Weile verstecken mussten. »Versprochen.«

Leo nickte und stand auf. Noch mit der Chipstüte in der Hand schob er ein paar Äste hin und her.

»Ähm, Champ ...«, setzte ich an. »Findest du es gut oder schlecht, dass deine Mom und ich befreundet sind?«

»Gut«, erwiderte er, ohne mich anzusehen.

»Einfach nur gut?« Ich mochte Leo und unabhängig davon, wie es sich zwischen Maddie und mir weiterentwickelte, wollte ich ein Teil seines Lebens sein. Ich wollte für ihn da sein.

»Mom sagt, dass ich Freunde brauche. Aber sie braucht auch welche.«

»Sie hat doch Leslie.«

»Ich habe auch Ella.« Er setzte sich wieder hin und legte die Tüte auf den Boden. »Aber ich muss nicht nur einen Freund haben.«

»Das stimmt.« Ich holte tief Luft. »Ich bin ...«

»Knutscht ihr auch?«, fiel er mir ins Wort und sah mich wieder an.

Mir lief es eiskalt über den Rücken. »Was?«

»Na ja ... Ella wollte mit mir knutschen. Knutschst du auch mit Mama?«

Okay. Jetzt wusste ich nicht, was wichtiger war. Ob er meine achtjährige Nichte geküsst oder mich mit seiner Mutter gesehen hatte. »Ähm ... wieso wollte Ella dich küssen?«

Leo zuckte mit den Schultern. »Sie meinte, dass ihre Eltern das ständig tun. Deswegen wollte sie wissen, wie das geht.«

»Hast du es getan?«

»Nein. Das ist eklig.« Er kniff die Augen zusammen und schüttelte sich. »Deswegen habe ich ihr mein Schloss noch nicht gezeigt.«

Mein Herzschlag beruhigte sich wieder und für eine Sekunde dachte ich darüber nach, wie Sage reagieren würde, wenn ich ihr davon erzählte. Meine Schwester hatte ihren ersten Kuss Jahre vor mir gehabt und ihr Liebesleben war sehr wild gewesen, bevor sie Ray kennengelernt hatte. Sie erzog Ella aber eher konservativ und hoffte inständig, ihre Tochter würde nicht nach ihr kommen. Jetzt konnte ich ihr sagen, dass Gott ihre Gebete nicht erhört hatte und sie sich auf ein sehr spannendes Teenageralter gefasst machen konnte.

»Gut so«, sagte ich.

Der Blick in die Zukunft machte mich ein wenig schadenfroh, doch ich war auch noch nicht bereit, an meine Nichte mit Jungs zu denken.

»Also, du willst mit Mom nicht knutschen?«, fragte Leo.

Oh Mann! Ich wollte ihn nicht anlügen, denn es war nicht nur falsch. Wenn die Wahrheit rauskommen würde, wäre es sein gutes Recht, es mir übelzunehmen.

»Wäre das schlimm?«

»Ich weiß nicht.« Er nahm einen Stock in die Hand und zeichnete Muster auf die Erde.

»Wieso nicht?«, hakte ich nach.

»Weil Daddy mit Mom geknutscht hat und ich will nicht, dass jemand anderer es tut. Auch wenn wir Freunde sind.« Seine Stimme klang traurig und mein Herz zog sich zusammen.

»Das ist in Ordnung, Champ.« Meine Worte meinte ich auch so.

Leo nickte, starrte den Boden ein paar Sekunden an, bevor er mich wieder ansah. »Aber wenn Mom jemand anderen küssen will, sage ich ihr, dass du vielleicht okay dafür wärst.«

Ich lächelte, erlaubte mir, ein wenig Hoffnung zu empfinden. »*Vielleicht okay* klingt sehr gut.«

Leo zeigte mir die Umgebung, versprach, nicht allein in den Wald zu gehen, wenn es dunkel war und auch nicht zu lange in seinem Schloss zu verschwinden, sodass seine Mutter sich sorgte. Er musste auch versprechen, immer ranzugehen, wenn Maddie ihn anrief. Im Gegenzug war sein Geheimnis bei mir sicher.

Nach einer Stunde bekamen wir richtig Hunger und nahmen den Weg zurück zur Farm. Schon aus der Ferne brachte Maddie mein Herz kurz aus dem Takt. Sie saß auf dem staubigen Boden. Ein Alpaka hatte sich neben sie hingelegt und sie strich dem Tier über das Fell. Als es aufstand und auf die Wiese floh, sah Maddie zu uns. Ein Lächeln stahl sich auf ihre Lippen, während sie sich erhob und den Staub von ihrer Jeans klopfte.

Ich blieb stehen und wartete ab, bis Leo zu seiner Mutter gelaufen war und ihr in die Arme fiel. Mein Herz schlug anders – lebendiger – während ich beide beobachtete. Maddie fuhr Leo über die blonden Haare, warf mir verstohlene Blicke zu und sagte dem Jungen etwas, was ich aus der Ferne nicht genau verstehen konnte.

»Hey, Atlas«, rief eine weibliche Stimme.

Ich drehte mich um. Hinter mir stand Theresa. Sie lächelte mich an und mir wurde schlecht. Auf dem Ball hatte ich sie zwar nett gefunden und schön war sie auch, aber nachdem Maddie mir erzählt hatte, dass sie von ihr in der Schule gemobbt wurde, wollte ich nur Abstand von ihr.

»Hey.«

»Ich habe versucht, dich zu erreichen, aber meine Anrufe gingen direkt auf die Mailbox.« Sie kam näher. Ihre grünen Augen taxierten mich.

»Da, wo ich war, gab es kein Netz«, erwiderte ich trocken und schob die Hände in die Hosentaschen.

»Nicht schlimm. Sage hat mir gesagt, dass du hier sein könntest.«

Aha. In meinem Kopf notierte ich, meiner Schwester zu sagen, dass sie in Zukunft niemandem ohne meine Erlaubnis sagen sollte, wo ich mich befand.

»Hier bin ich. Wie kann ich dir helfen?«

Theresa blieb eine Handbreit vor mir stehen. »Meiner Stute geht es nicht gut. Könntest du heute nach ihr sehen?«

Mein Blick wanderte langsam zu Maddie, die sich noch mit Leo unterhielt, mich und Theresa aber beobachtete. Ich trat einen Schritt zurück.

»Schick mir deine Adresse per Nachricht und ich fahre zu dir, sobald ich mit den Alpakas fertig bin.«

Sie verengte die Augen und schaute ebenfalls zu Maddie, bevor sie ihr Handy aus der Jeans zog und etwas darauf tippte. »Jetzt hast du meine Adresse.«

»Danke.« Ich straffte die Schultern und versuchte mit all meiner Kraft, nicht zu Maddie zu schauen.

»Soll ich auf dich warten?« Erneut schaute sie zu Maddie und danach wieder zu mir.

»Nicht nötig.«

»Okay.« Theresa wartete ein paar Sekunden ab, bis eine unbehagliche Stille sich zwischen uns ausbreitete. »Dann bis später.«

Ich nickte und wartete ab, bis sie in ihren Ford einstieg und davonfuhr. Dann ging ich in Richtung Wiese, nahm aber mit jeder Zelle meines Körpers wahr, dass Maddie auf mich zukam.

»Dr. Prescot«, begrüßte sie mich ernst.

Als sie mich jedoch ansah, tanzte Belustigung in ihren braunen Augen.

»Mrs. Wonder.«

Sie lächelte mich breit an und verwuschelte Leos Haare, der neben ihr die Arme um ihre Hüften schlang. »Was wollte Theresa?«

»Sie braucht einen Tierarzt für ihre Stute.«

Maddie zog die Augenbrauen hoch und Spott legte sich in ihre Züge. »Natürlich.«

Es mochte vielleicht ein wenig unreif von mir sein, doch ich liebte es, zu sehen, dass Theresas Interesse an mir Maddie nicht kaltließ. So sehr ich Leo mochte, ich wollte jetzt nur allein mit seiner Mutter sein, um ihr zu zeigen, wie sehr ich nur sie wollte.

»Mom, darf Atlas heute bei uns essen?«, fragte Leo und sah zu ihr hoch.

»Ähm ...« Sie blinzelte, sah zu ihm und wieder zu mir. »Ich weiß nicht, mein Löwe. Er hat bestimmt etwas Besseres zu tun.«

»Mom macht heute Lasagne. Etwas Besseres gibt es nicht.«

Eine angenehme Wärme durchfuhr meine Brust und ich suchte in Maddies Augen nach der Erkenntnis, ob sie mich dabeihaben wollte oder nicht.

»Lasagne klingt lecker.«

Sie befeuchtete die Unterlippe und biss kurz darauf. Röte stieg ihr in die Wangen. »Dann bist du hiermit ganz herzlich zum Essen eingeladen.«

»Ich muss mir nur Theresas Stute ansehen. Dann brauche ich eine Dusche und komme gegen sechs vorbei.«

»Bist du um sechs fertig, Mom?«

Maddie fing meinen Blick ein. »Ich gebe mir Mühe.«

Das hier war mehr, als ich verdiente. Viel mehr, als ich je zurückgeben konnte. Aber ich hatte mich entschlossen, mich nicht mehr für meine Fehler zu bestrafen und stattdessen das Geschenk anzunehmen, das mir das Leben gab. Vielleicht hatte Chris mir vergeben, wo auch immer er jetzt war. Das hoffte ich zumindest.

Kapitel 25

Maddie

Ich war seit vier Uhr morgens auf den Beinen und hatte jede Ecke des Ladens dreimal geputzt, sodass jeder bei der Eröffnungsparty am Wochenende vom Boden essen konnte. Danach war ich Blossom bei der Fütterung der Alpakas zur Hand gegangen. Nachdem ich Leo das beste Abendessen aller Zeiten versprochen hatte, war ich nach Hause gegangen, hatte Lasagne gemacht und ihm beim Duschen und Umziehen geholfen. Dann hatte ich ein wenig Ordnung in die Hütte bringen müssen und hatte erst eine halbe Stunde, bevor Atlas kommen sollte, selbst unter die Dusche springen können. Ich wusch den ganzen Dreck des Tages von mir ab. Ich war ein Wrack. Aber meine Mühe hatte sich mehr als ausgezahlt.

Nach dem Nachtisch konnte Leo die Augen nur mit Mühe aufhalten, weshalb ich ihn ins Bett brachte und ein paar Minuten bei ihm blieb. Während ich neben meinem Sohn in seinem Bett lag, sagte mir mein

Gehirn, dass ich Atlas nach Hause schicken und mich ausruhen sollte. Doch mein Herz ging die letzten Stunden durch. Ich erinnerte mich daran, wie er und Leo sich über das Schloss im Wald unterhielten und darüber, wie sie wieder dahin gehen und Verbesserungen vornehmen wollten. Leos Lachen, als er betonte, dass Mädchen nicht wissen durften, wo sich sein Versteck befand, brachte Wärme in meine Brust. Ebenso stolperte mein Herz, wenn ich an den Glanz in Atlas' Augen dachte, an seine Stimme, seine Lippen. Ich war todmüde, träumte davon, in mein eigenes Bett zu gehen und auszuschlafen. Stattdessen stand ich vorsichtig auf, um Leo nicht zu wecken, schlich aus seinem Zimmer und steuerte auf das Wohnzimmer zu.

Bläuliches Licht warf sich an die Wände, Stimmen summten aus dem Fernseher und mein Blick streifte über die Küche, die, anders als ich sie hinterlassen hatte, sauber und aufgeräumt glänzte. Doch erst als ich Atlas auf der Couch sah, fiel die Müdigkeit von mir ab. Seine Beine hatte er auf dem Couchtisch ausgestreckt, seinen Kopf hatte er an die Rücklehne des Sofas geschmiegt und seine Lider waren geschlossen.

Ein Schmunzeln stahl sich in meine Mundwinkel und ich schlich auf ihn zu. Erst als ich neben ihm Platz nahm, öffnete er die Augen.

»Da bist du«, raunte er. Seine Stimme klang verschlafen und so verdammt sexy.

»Entschuldige, dass ich dich geweckt habe.«

Er schloss brummend die Augen, atmete tief durch und streckte mir die Hand entgegen. Als ich nach ihr griff, zog er mich so abrupt in seine Arme, dass mir ein hohes Glucksen entglitt. »Shh ...«, sagte er an meinem

Ohr und vergrub die Finger in meinen Haaren. »Sonst weckst du Leo. So sehr ich auf Monopoly stehe, jetzt habe ich eher Lust, nur mit seiner Mutter zu spielen.«

Seine tiefe Stimme verursachte mir eine wohlige Gänsehaut, erwärmte mein Blut und verscheuchte endgültig jedes Anzeichen von Müdigkeit.

»Und was willst du mit Leos Mom spielen?«

Atlas lachte leise und nahm seine Beine vom Tisch. Mit einem Ruck zog er mich von der Seite her auf seinen Schoß. Ich achtete diesmal darauf, keine Laute von mir zu geben und stützte mich stattdessen mit der Hand auf seinen harten Oberkörper. Den anderen Arm schlang ich um seinen Hals.

»Alles, was du auch willst.« Sein intensiver Blick traf meinen und trieb meinen Herzschlag in die Höhe.

»Du hast abgewaschen und aufgeräumt. Ich denke, du verdienst eine Belohnung.«

»Ich bin gespannt, was ...«

Atlas stoppte sich selbst, als ich mich erhob und mich rittlings auf ihn setzte. Sein Atem stockte. In seinen Gewitteraugen tobte ein Sturm und seine Hände zitterten an meiner Taille. Langsam lehnte ich mich herunter, bis meine Stirn seine berührte und ich seinen Duft nach nasser Erde einatmete.

»Danke«, wisperte ich.

»Für den Abwasch?«, fragte er. Seine Miene blieb ernst, während er seinen Griff verstärkte und zu meinem Mund schaute.

Ich nahm sein Gesicht in die Hände und legte meine Lippen sanft auf seine.

»Dafür, dass du so bist, wie du bist.«

Atlas küsste mich und zog mich enger an sich heran, sodass ich mich automatisch an ihn presste. Seine Härte drückte sich gegen meine Mitte und jagte einen heißen Schauer nach dem anderen durch mich hindurch, bis mir ein Stöhnen entglitt. Mein Mund öffnete sich, wobei ich Atlas' Zunge Einlass gewährte und sein Geschmack nach Schokoladeneis und purer Lust aufsog. Er küsste mich härter, gieriger und trübte meinen Verstand, sodass ich anfing, mich an ihm zu reiben. Er kam mir entgegen und zog mich herunter. Eine Hand ließ er unter mein Kleid über meinen Schenkel empor gleiten. Jeder Zentimeter von mir pochte vor Lust, mein Puls raste und mein Atem ging gepresst durch meine Lippen.

»Was machst du mit mir, Maddie?«, keuchte er an meinem Mund.

Ich vergrub meine Finger in seinen Haaren, küsste ihn leidenschaftlicher, drängte meinen Körper gegen seinen, bis Atlas einen rauen Laut vor sich gab. »Ich will dich.«

Er schob beide Hände unter mein Kleid. Über den dünnen Stoff meines Slips massierte er den Punkt zwischen meinen Beinen und steckte meine Haut damit in Brand.

Hör nicht auf. Bitte hör nicht auf …

»Du fühlst dich so gut an«, raunte er, biss mir in die Unterlippe und saugte gierig daran.

»Ich …«, sagte ich außer Atem und ließ meine Hüften kreisen. »Mehr.«

Atlas ließ seine Finger in mich gleiten, küsste meinen Hals, mein Schlüsselbein und schob mit der Zunge einen Träger meines Kleides zur Seite. Sein Mund auf meiner Haut, seine Finger in mir, seine Bewegung – ich wollte mehr, viel mehr, ihn überall spüren.

»Warte«, wisperte ich und hielt sein Handgelenk fest.

Atlas atmete hektisch, seine Augen waren eine bodenlose Dunkelheit. Trotzdem zog er seine Finger aus mir, lehnte sich auf der Couch zurück und betrachtete mich wortlos.

Ich stieg von seinem Schoß herunter, ging zur Zwischentür, die das Wohnzimmer von den hinteren Zimmern trennte, und schloss sie ab. Dann kam ich zu ihm zurück und blieb vor dem Sofa stehen.

»Wir müssen nicht weitermachen, wenn du nicht möchtest.« Die Art, wie er mich gierig ansah, die Schnelligkeit, mit der sich seine Schultern hoben und senkten, straften seine Worte Lügen. Er wollte nicht aufhören. Atlas wollte mich und ich wollte ihn.

Langsam schob ich die Träger meines Kleides zur Seite, öffnete den seitlichen Reißverschluss und ließ meine Kleidung zu Boden fallen. Nur in Slip stand ich vor ihm.

»Du bist so schön«, sagte Atlas andächtig und streckte mir seine Hand entgegen.

Ich verschränkte meine Finger mit seinen, ließ mich von ihm näher ziehen und unmittelbar vor sich zog Atlas meinen Slip aus. Er verlor den Augenkontakt mit mir keine Sekunde und legte behutsam seinen Mund auf meinen Bauch.

Ein heißer Schauer durchlief meinen ganzen Körper und ich zog erneut an seinen Haaren, legte meinen Kopf in den Nacken und genoss, wie er an meiner Haut saugte, leckte und mich überall schmeckte.

»Atlas«, seufzte ich.

Er stand auf, zog sein T-Shirt aus und küsste mich erneut. Seine Wärme legte sich um mich, während er sich, ohne den Kuss zu unterbrechen, von den restlichen Klamotten befreite.

Mein ganzer Körper bebte und ich ließ meine Hände über seine Muskeln gleiten, bis er mich behutsam wieder auf die Couch schob und ich mich darauf legte.

»Bist du dir sicher?«, fragte er und sah mir tief in die Augen.

Ich nickte, strich über seinen starken Rücken und hob meinen Kopf, um ihn sanft zu küssen.

Atlas setzte sich, zog ein Päckchen aus seiner Jeans und legte seinen Mund wieder auf meinen. Seine Zunge tanzte mit meiner, während er das Kondom überstreifte. Ich wollte ihn sehen, ihn überall küssen. Doch bevor ich etwas sagen konnte, glitt er in mich. Ich schnappte nach Luft, bog meinen Rücken durch und krallte meine Fingernägel in seinen Rücken.

»Ist alles okay?« Seine Stimme zitterte und er verharrte in der Bewegung.

Es war mehr als okay. Es war alles, was ich brauchte.

Ich hob ihm meine Hüften entgegen und ließ sie kreisen. Atlas stöhnte leise, stieß tief in mich und wir fanden unseren Rhythmus. Mit jedem Stoß wuchsen meine Lust und der Drang, nach mehr zu betteln. Als hätte er meine Gedanken gelesen, gab er mir mehr. Er stieß mich härter, schneller und wisperte meinen Namen, bis das Verlangen in mir explodierte. Kurz nach ihm erbebte auch mein Körper und unser heftiger Atem wurde eins. Eine Weile blieben wir ineinander verschlungen liegen und ich lauschte unseren langsamer werdenden Herzschlägen. Atlas hielt mich fest in seinen Armen, strich über meine Haare und küsste meine Schläfe. Ich wollte an nichts denken, nur den Moment genießen. Doch etwas musste ich mir schon jetzt eingestehen: Das hier war nur der Anfang.

Kapitel 26

Atlas

Regenbogen hatte eine neue Frisur. Sie sah eher wie ein gescheckter Q-Tip aus, das mich endlich an sich heranließ. Ich schaute mir ihr Hinterbein an und kraulte ihr die Wange.

»Sie ist wie neu, oder?«, fragte Leo und stieß mich spielerisch in die Seite.

Der kleine Mann hatte mir am Samstagabend unbewusst ein Geschenk gemacht und die ganze Nacht durchgeschlafen. Maddie und ich waren dagegen stundenlang wach geblieben. Ich hatte sie in den Armen gehalten, sie geliebt und ihren Duft für immer in meinem Gedächtnis eingespeichert. Erst kurz bevor die Sonne die ersten Strahlen über Cotton Village geworfen hatte, war ich aus der Hütte geschlichen. Mein Herz hatte eine Delle bekommen, als ich mich von Maddie verabschiedet hatte, ohne sie zu wecken. Ich hatte mit ihr aufwachen, Leo wecken und mit den beiden zusammen frühstücken wollen. Noch nie hatte ich davon geträumt, eine eigene Familie zu haben. Bisher hatten mir Sage, Ray, Ella und meine Arbeit gereicht. Jetzt wünschte ich mir nichts Sehnlicheres, als mit den beiden Zeit zu verbringen. Aber vorerst wollte Maddie das zwischen uns vor Leo und ihren Schwiegereltern geheimhalten. Ich war nicht in der Lage, etwas anderes von ihr zu fordern. Stattdessen musste ich den besten Zeitpunkt finden, um endlich ehrlich zu ihr zu sein.

»Ich wette, Regenbogen kann jetzt noch besser laufen als vor dem Unfall.«

Leo grinste, streckte dem Tier die Hand entgegen und ließ Heu aus seinen Fingern zupfen.

»Wir kommen zu spät zur Schule!«, rief Maddie.

Ich drehte mich zu ihr um und mein Herz setzte einen Schlag aus. Wir hatten uns gestern den ganzen Tag nicht gesehen, da sie mit Leo Angeln gegangen war. Ein Teil von mir hätte sich gerne selbst eingeladen, mitzukommen, doch ich musste Theresas Stute erneut untersuchen und wollte Maddie auch Freiraum geben. Außerdem war ich spätestens jetzt sicher, dass ich mich nicht auf das Angeln konzentriert hätte, wenn ich mitgekommen wäre.

Maddie steckte in einer engen Jeans und trug ein hellblaues T-Shirt mit V-Ausschnitt, ihre Haare waren zu einem lockeren Pferdeschwanz gebunden. So wunderschön, dass mein Puls immer schneller wurde und Sehnsucht in mir heftiger pochte, je näher sie mir kam.

»Ich möchte nicht in die Schule«, jammerte Leo.

Regenbogen lief auf die Wiese und wirbelte dadurch Staub auf.

»Das steht nicht zur Debatte, mein Löwe.«
Er grunzte.

»Heute ist Ellas erster Tag. Sie wird sich freuen, jemanden dort zu sehen, den sie bereits kennt«, sagte ich.

Leo verdrehte stöhnend die Augen. »Wenn es sein muss ...«

Ich lachte leise, verstummte jedoch sofort, als ich Maddie wieder ansah. Ihr Blick fing meinen ein und sanfte Röte schlich sich über ihre Wangen. Die Erinnerungen daran, wie weich sich ihre Haut angefühlt hatte, wie betörend sie schmeckte, stürmten meinen Kopf wie ein Orkan und meine Hände kribbelten vor Verlangen, sie zu berühren.

Maddie sah von mir weg, atmete stockend ein und wuschelte Leo durch die Haare. »Dann hol bitte deinen Rucksack und wir können los.«

»Basteln wir an meinem Schloss, wenn ich aus der Schule komme?«

»Leider muss ich heute lange arbeiten, Champ. Aber morgen kann ich dich abholen und wir arbeiten daran.« Ich schaute zu Maddie und achtete nicht darauf, wie verrückt mein Herz in ihrer Gegenwart spielte. »Wenn deine Mom damit einverstanden ist.«

»K... klar«, stotterte sie. »Aber jetzt müssen wir los.«

Leo nickte und rannte zur Hütte.

Als ich Maddie wieder ansah, kam sie einen Schritt näher, sodass nur wenige Zentimeter uns trennten. Ich verlor mich in ihren braunen Augen und kämpfte gegen den Drang an, meine Hand in ihren Haare zu vergraben, ihre Lippen zu schmecken.

»Ich habe nicht gedacht, dass du der Typ Mann bist, der nach einer heißen Nacht einfach so verschwindet.«

Ich grinste sie schief an. »Wenn es nach mir ginge, läge ich noch nackt auf deiner Couch.«

Maddie biss sich grinsend auf die Unterlippe und brachte meine Beherrschung an ihre Grenzen. »Ich denke, Leo würde Fragen stellen, wenn er dich so sehen würde.«

»Ich habe nur eine Frage.« Mein Blick wanderte kurz zu Blossoms und Coles Haus, bevor ich meine Finger streckte und sanft über Maddies Handrücken strich. »Wann darf ich dich wieder küssen?«

Ihr Atem stockte und Verlangen stahl sich in ihre Augen. »Du hast gerade gesagt, dass du heute länger arbeitest.«

»Wenn ich Feierabend habe, ist Leo schon im Bett. Aber du vielleicht noch nicht.«

»Kommst du zu mir?« Ihre Stimme zitterte und ich war mir sicher, dass ihre Haut sich heiß anfühlte. So heiß, wie mein Hunger nach ihr.

»Wenn ich darf.«

»Das darfst du.«

Ich öffnete den Mund, schloss ihn jedoch wieder, als Leo die Tür aufriss und mit dem Rucksack in der Hand auf uns zustürmte.

»Bis heute Abend«, sagte ich.

Maddie nickte, drehte sich zu Leo, der mir zum Abschied winkte, und stieg mit ihm ins Auto.

Während sie davonfuhr, fragte ich mich, was ich gerade tat. Ich war nach Cotton Village gekommen, um ein Versprechen einzulösen, das ich Chris gegeben hatte. Stattdessen war ich dabei, mich in seine Frau zu verlieben.

***

Abgesehen vom Rauschen des Wassers im künstlichen Brunnen war es in der Tierarztpraxis komplett still. Mein erster Patient würde erst in einer Stunde eintreffen, doch ich wollte schon früher herkommen und hoffte, dass Maddie Zeit finden würde, mich zu besuchen. Ihr Lächeln, ihre Stimme hatten mich so verrückt gemacht, dass ich nicht aufhören konnte zu grinsen. Während ich meinen Computer hochfuhr, um mir den Terminplan für den Tag anzusehen, wurde die Praxistür geöffnet und mein Puls schlug höher. Ich sah am Monitor vorbei. Sage stand mit vor der Brust gekreuzten Armen im Türrahmen meines Büros.

Ich ließ die Luft aus meiner Lunge weichen, stand auf und ging auf sie zu.

»Hasst du mich noch?«

»Ich werde dich nie hassen, Idiot. Egal, was du tust.« Sage stürmte in meine Arme, vergrub die Nase in meinem Hemd und atmete tief durch.

»Trotzdem bist du mir aus dem Weg gegangen.« Ich strich ihr über das Haar und legte meine Wange auf ihren Scheitel. »Ich habe Ella nicht einmal gesehen.«

»Nachdem du mir das mit Maddies Mann erzählt hast, habe ich ein bisschen Abstand gebraucht.« Ihre Stimme klang gedämpft, während sie in mein Hemd sprach.

»Ich weiß.«

Es hatte mir wehgetan, so lange von Sage getrennt gewesen zu sein. Etwas, was ich nicht zugeben würde, denn ich war immer noch nicht damit einverstanden, dass sie nur meinetwegen nach Cotton Village zog. Aber es war meine Schuld, denn ich hatte sie angelogen, was meine Verbindung zu Maddie betraf und ich war ein verflucht mieser Bruder gewesen. Das Mindeste, was ich tun konnte, war, ihr Zeit zu geben.

»Die Situation ist gerade nicht leicht.«

»Es wird nicht leichter.«

Sie ließ mich los, trat einen Schritt zurück und tiefe Furchen gruben sich in ihre Stirn. »Wieso?«

»Ich sollte dir nichts erzählen, aber ich habe das Gefühl, ich zerbreche.«

»Was ist passiert, Atlas?«

»Maddie und ich …« Ich rieb mir den Nacken und hoffte von Herzen, dass Sage mich verstehen konnte. Jemand musste es tun, auch wenn ich selbst keine Ahnung hatte, was ich hier tat. »Wir sind irgendwie zusammen.«

»Zusammen?«

»Ja.«

»Irgendwie?« Ihre Augenbrauen rückten aneinander.

»Sie ist noch nicht bereit dazu, ihren Schwiegereltern oder Leo davon zu erzählen. Aber wir sind …«

»Ihr schlaft miteinander«, sprach sie die Worte aus, die ich zu sagen vermieden hatte. Zusammen mit dieser Erkenntnis legte sich Wut auf ihre Züge.

»Gestern Abend. Einmal.«

Sie fluchte, fuhr sich durch die Haare und tigerte auf und ab. »Weiß sie von Chris?«

Ich schüttelte den Kopf.

»Scheiße, Atlas!« Sage krümmte die Finger, als würde sie sich mit aller Kraft daran hindern wollen, mich zu würgen. »Wann wirst du es ihr sagen?«

»Ich wollte noch warten.«

»Worauf?!« Sie schrie, zuckte jedoch zusammen und atmete tief durch, bevor sie leiser weitersprach. »Wirst du ihr am Altar sagen, dass du nach Cotton Village gekommen bist, weil du ihrem verstorbenen Mann versprochen hast, dich um sie zu kümmern?«

Sages Worte durchfuhren mich wie ein Stromschlag und mein Puls schlug in derselben Sekunde schneller. Der Geruch von Blut, das Stimmengewirr, das Flehen von so vielen Menschen, denen ich nicht helfen konnte, krochen an die Oberfläche meines Bewusstseins. »Sie wird mich hassen.«

»Es wäre keine große Sache gewesen, wenn du es ihr von Anfang an gesagt hättest.« Mitleid stahl sich in ihre Miene und sie kam wieder auf mich zu. »Stattdessen hast du sie die ganze Zeit angelogen.«

Ich hatte auf den richtigen Zeitpunkt gewartet und gehofft, dass das, was ich für Maddie empfand, rein körperlich wäre. Aber jetzt dachte ich nur daran, sie in meinen Armen zu halten, ihren Duft einzuatmen und ihr zuzuhören. Ich wollte ein Teil ihres Lebens sein, der beste Freund werden, den sie brauchte. Ich wollte für sie und Leo da sein und für sie sorgen.

»Wenn ich es ihr schon gesagt hätte, würde sie mich ebenfalls hassen.«

»Warum?«

Ich roch die Angst in den Fluren der Schule, hörte die Schreie der Kinder, spürte das Gewicht von Chris' Körper in meinen Händen und schmeckte mein eigenes Blut auf meiner Zunge. Meine Sinne waren nicht mehr bei mir. Ich drehte mich um, ging auf meinen Schreibtisch zu und achtete nicht auf mein Herz, das sich heftig gegen meine Rippenbögen warf.

»Er ist meinetwegen gestorben.«

»Atlas …«

»Ich habe ihn verbluten lassen.« Die Worte schmeckten wie Säure und ich setzte mich, bevor mein Kreislauf mich wieder im Stich ließ.

»Du trägst keine Schuld am Amoklauf.«

Wie oft hatte Sage es mir gesagt.

Wie oft hatte meine Therapeutin es mir gesagt.

Warum fühlte es sich immer noch nicht so an?

»Aber ich war da und konnte ihm nicht helfen.« Ich schluckte den Kloß herunter, der sich in meiner Kehle gebildet hatte. »Ich habe seine Wunde mit meinen Händen zugehalten und konnte ihm nicht helfen.«

»Du bist Tierarzt, Atlas.« Sage stützte ihre Handflächen auf meinem Schreibtisch ab und schaute mir tief in die Augen. Als würde sie ihre Worte in mein Gewissen prügeln wollen. »Auch wenn du Chirurg wärst, glaube ich nicht, dass du auf dem Boden eines Klassenzimmers etwas hättest tun können.«

Ich wusste es. Der sachliche Teil meines Gehirns wusste, dass Sage recht hatte. Chris war viermal angeschossen worden und ich hatte nichts dagegen tun können. Aber ich hatte ihm zugehört, ihn angefleht, für seine Frau und seinen Sohn zu überleben. Als ich die Möglichkeit gehabt hatte, ihm zu helfen, hatte ich es nicht getan. Er hatte mich versprechen lassen, dass ich ihm dabei helfen würde, zu überleben. Ich hatte ihm versprochen, dass er seinen Sohn wiedersehen würde und hatte versagt.

»Wird Maddie auch so denken?«

»Du solltest ehrlich zu ihr sein.«

Ich war schon lange genug nicht ehrlich gewesen. Aber jetzt hatte sie sich mir geöffnet und ich hatte das Gefühl, sie in- und auswendig zu kennen.

»Und wenn sie mich nicht mehr sehen will?«

»Das ist ihr gutes Recht.« Sage zuckte mit den Schultern, doch ihre Augen verrieten mir, dass sie wusste, wie viel Maddie mir bedeutete.

»Das weiß ich.«

Sie stieß sich vom Tisch ab, umrundete das Möbelstück und umarmte mich, sodass ich meine Schläfe an ihren Bauch anlehnen konnte. »Morgen komme ich mit Ella nach der Schule zu dir.«

Ich schlang meine Arme um ihre Taille. »Ich habe den Nachmittag mit Leo verplant.«

»Du magst ihn, oder?«

Sie waren die Familie geworden, die ich mir wünschte, obwohl ich nie eine gewollt hatte. Warum nistete sich das Gefühl in mir ein, dass ich sie Chris weggenommen hatte?

»Ich will den Kleinen nicht enttäuschen.«

»Das gehört zum Leben dazu.« Sage streichelte mir über das Haar. »Und wenn beide dich nicht in ihrem Leben haben wollen, haben sie Pech gehabt. Du hast einen Fehler gemacht, bist aber immer noch einer der besten Menschen, die ich kenne.«

»Sage?« Ich sah zu ihr auf.

»Ja?«

Meine Worte verhaspelten sich in meinem Mund, wollten nicht heraus finden. »Ich habe Angst, sie zu verlieren.«

Sie seufzte und nahm mein Gesicht in ihre Hände. »Du bist verliebt.«

»Ich denke schon.« Zum ersten Mal in meinem Leben hatte ich dieses Gefühl zugelassen. Jetzt musste ich damit rechnen, dass ich Maddie und Leo verlieren würde.

Sage legte ihre Hand auf meine Brust. »Dein Herz ist
sich sicher.«

Kapitel 27

Atlas

Ich war von Kopf bis Fuß mit fettigem Schlamm bedeckt. Meine Armmuskeln brannten und bettelten nach Erholung. Trotzdem zupfte ein müdes Lächeln an meinen Mundwinkeln. Am Vormittag hatte ich wie üblich gearbeitet, zwei Farmen besucht und mich gleich danach mit Leo im Wald getroffen. Wir hatten den Graben, in dem sich sein Schloss befand, ausgeweitet und die Wände der wackligen Konstruktion ausgebessert. Am Ende des Tages hatten wir am Rand des Grabens gesessen, Erdnussbutter-Marmelade-Sandwiches gegessen und überlegt, ob wir Maddie das Schloss zeigen würden oder nicht.

Die Zeit mit Leo war einzigartig und ich hätte nie gedacht, dass ich mich danach sehnen würde, mit einem Achtjährigen Waldhütten zu bauen.

Immer noch grinsend über Leos Vorschlag, Regenbogen in das Schloss zu schleppen und dort mit dem Alpaka zu übernachten, sprang ich unter die Dusche. Ich ließ das heiße Wasser auf meinen angespannten Nacken prasseln, neigte den Kopf nach vorne und schloss die Augen. Der Duft meines Duschgels stieg mir in die Nase, während ich den Dreck von mir wusch. Sehnsucht machte sich in meiner Brust breit. Ich vermisste Maddie, gierte danach, mit ihr über meinen Tag zu reden, ihre Stimme und den Klang ihres Lachens zu hören. Die Skizze einer erfundenen Geschichte über einen König, der ein Alpaka mit Fell aus Gold besaß, schob sich in meinen Kopf und ich wünschte mir, bei Leo zu sein, um ihn ins Bett zu bringen. Doch ich konnte Maddie nicht bedrängen, ihr nicht das Gefühl geben, dass ich mehr von ihr wollte, als sie bereit war, mir zu geben.

Ich drehte das Wasser ab, stieg aus der Dusche und wickelte ein Handtuch um meine Hüften, als das Licht mit einem Schlag erlosch. Ich hob den Kopf und lauschte dem Klang des Abends, dem Gesang der Zikaden. Wassertropfen lösten sich von meinen Haarspitzen und liefen über meine Nase bis zu meinem Kinn. Ich atmete tief durch und achtete nicht auf meinen Puls, der mit jeder verstrichenen Sekunde schneller pochte.

»Es ist nur der Sicherungskasten, Atlas«, sagte ich zu mir selbst. »Nur der Sicherungskasten.«

Mit zitternden Händen griff ich nach einem anderen Tuch, rieb mir die Haare trocken und tastete daraufhin unter dem schwachen Mondlicht nach meiner Jogginghose. Hastig zog ich mich an, holte eine Taschenlampe aus dem Regal unter dem Waschbecken und schlich aus dem Badezimmer. Auf meinen Schultern schien ich einen ganzen Lastwagen zu tragen und ich konzentrierte mich auf den Lichtkegel, den ich mit der

Taschenlampe auf den Boden warf. Mein Herz glaubte den beruhigenden Worten, die ich mir selbst zuflüsterte nicht mehr, denn bei jedem vorsichtigen Schritt in Richtung Keller warf sich das Organ hastig gegen meinen Brustkorb.

Meine Handflächen waren schweißnass, während ich die Tür öffnete und die Treppen hinunterging. Ich atmete stockend die feuchte Luft ein, so gehetzt, dass mir langsam schwindlig wurde. Dennoch stieg ich Schritt für Schritt tiefer in die Dunkelheit hinab. Ich musste es nur bis zum Sicherungskasten schaffen und alles würde gut werden.

Als ich schließlich vor dem grauen Kasten stand, nestelte ich am Griff, bis ich die kleine Tür endlich öffnen konnte. Nach einem tiefen Atemzug schaltete ich die Sicherung wieder an und die Glühbirne über meinem Kopf erfüllte den Raum mit warmem Licht.

Ich wartete darauf, dass mein Herz sich beruhigte, doch ein Knall dröhnte in meine Ohren. Ich zuckte zusammen, legte die Hand auf mein rasendes Herz und sog die Luft viel zu gierig ein.

Nichts.

Der Wind fegte pfeifend durch den Keller. Meine Schultern hoben und senkten sich schnell, doch es gelangte kein Sauerstoff in meine Lungen. Meine Kehle schnürte sich zu, mein Magen brannte, als würden glühende Kohlen darin liegen und meine Beine fühlten sich an, als wären sie aus Gummi.

Ich muss hier raus. Ich muss Sage anrufen.

Ein zweiter Knall ließ den Boden erzittern, jagte Blitze durch meine Adern und weckte meinen Fluchtinstinkt. Aber wovor wollte ich fliehen? Vor wem? Ich taumelte einen Schritt vorwärts. Meine Knie gaben nach und schlugen hart gegen den Boden. Schmerz durchbohrte meine Haut, drang durch jede meiner Zellen und steckte sie in Brand. Meine Brust war eingeengt und bot keinen Platz mehr für mein Herz. Ich würgte, wollte um Hilfe schreien, während nur ein schwaches Krächzen durch meine Lippen schlüpfte.

Ich muss hier raus. Ich muss ...

Meine verschwommene Sicht raubte mir die Orientierung. Das Donnern des sich aufbauenden Sturms klang dumpf in meinen Ohren. Ich schloss die Augen, senkte den Kopf und wartete darauf, in Ohnmacht zu fallen.

»Atlas?« Maddies Stimme drang durch meine lähmende Taubheit.

Ich sog scharf die Luft ein und wisperte schwach ihren Namen. Sie würde mich nicht hören, mich nicht finden.

»Atlas?« Ihre Schritte klangen lauter, die Holzstufen der Kellertreppe knarrten und ich schwamm im Klang ihrer Stimme, als wäre sie das Wasser und ich der Ertrinkende. Meine Worte erreichten aber nicht meine Lippen. Nur Schmerz zerdrückte meine Luftröhre, als steckte sie in einem Schraubstock.

»Atlas!« Maddie lief auf mich zu, sank auf die Knie und nahm mein Gesicht in ihre Hände.

Noch immer bekam ich keine Luft. Ein Donner erschütterte meinen Körper.

»Was hast du?« Panik erklang in jedem ihrer Worte. »Bitte ... rede mit mir!«

Ich schüttelte den Kopf, schloss die Augen und versuchte mich mit all meiner Kraft daran zu erinnern, dass ich nicht mehr dort war.

Maddies Wärme an meinen Wangen.

Ihre Stimme.

Atme, Atlas. Du bist hier. Es ist vorbei.

Zum wiederholten Mal rang ich nach Luft, klang gebrochen, falsch.

»Was kann ich für dich tun?« Sie lehnte ihre Stirn gegen meine. »Ich lasse dich nicht allein.«

Sie lässt mich nicht allein. Ihre Worte schlichen sich in meine Seele, überdeckten Erinnerungen, die ich löschen wollte.

Maddie zückte ihr Handy aus der Hosentasche. Ihre Finger zitterten und ihr süßer Duft stieg mir in die Nase.

Ihr Duft.

Ich atmete wieder. Mein Rachenraum brannte, als hätte ich Lava geschluckt. Ich zitterte am ganzen Körper.

»Maddie«, flüsterte ich heiser und hob langsam die Hand, um sie daran zu hindern, die Notrufnummer zu wählen. »Nicht.«

»Du siehst …«, stammelte sie und sah mich dabei unsicher an. »Du musst ins Krankenhaus.«

Erneut schüttelte ich den Kopf, atmete durch die Nase ein und zählte dabei bis vier. »Nein.«

Abermals hielt ich die Luft an, zählte bis sieben, atmete tief durch den Mund aus und zählte bis acht. »Rede mit mir.«

»Worüber?« Mit unruhigem Blick schaute sie mich an.

»Egal. Nur nicht über jetzt.«

Sie lehnte sich zurück. Ihre Unterlippe zitterte. »Ich habe gedacht, dass ich ein Beuteschema habe. Schon als Teenager stand ich auf blonde Jungs: Tom Felton, Ryan Gosling, Leonardo DiCaprio. Sogar Chris war blond. Aber dann kommst du und macht meine Theorie kaputt.«

Meine Lippen kräuselten sich, mein Herz schlug wieder richtig und Sauerstoff durchströmte meinen Körper. »Ich bin also nicht dein Typ?«

»Du warst nicht mein Typ.«

»Jetzt findest du mich okay?«

Sie legte ihre Lippen vorsichtig über meine und lehnte sich in der gleichen Sekunde zurück. »Was ist gerade passiert?«

»Panikattacke«, krächzte ich. Schamesröte stieg mir in die Wangen. Es gab nichts, wofür ich mich schämen musste, das wusste ich. Trotzdem hatte mich kein Mensch, abgesehen von Sage und meiner Therapeutin, je so gesehen.

»Ich habe schon davon gelesen, aber sowas noch nie gesehen.« Sie küsste meine Schläfe und suchte den Augenkontakt. »Was kann ich für dich tun?«

Ich ließ mich in die Tiefe ihrer braunen Augen ziehen, nahm meine Glieder und all meine Sinne wieder wahr. »Du hast genau das getan, was ich gebraucht habe.«

»Passiert dir das oft?«

»Seit einem Jahr öfter.« Eigentlich hatten meine Panikattacken mit dem Tod meiner Eltern angefangen und waren dann im Laufe der Jahre weniger geworden, bis sie eine Weile komplett weggeblieben waren. Doch vor einem Jahr, genau an dem Tag von Chris' Tod, waren sie zurückgekommen. Mit voller Wucht und erbarmungslos. Ich hatte Sage nicht davon erzählt, denn sie machte sich schon genug Sorgen um mich.

»Normalerweise sind sie nicht so heftig. Aber heute habe ich auch Glück gehabt, dass du hier warst. Ich habe nicht damit gerechnet, dich so früh zu sehen.«

»Ich …« Sie ließ ihre Hände auf ihren Schoß sinken. »Leo wollte sich für den Tag bedanken und hat vorgeschlagen, dass ich dich zum Abendessen einlade.«

Ich hievte mich auf die Beine, streckte Maddie die Hand entgegen und half ihr auf. Mein Körper fühlte sich wieder so, als würde er mir gehören und sowohl das erneute Grollen des Donners als auch das Prasseln des Regens gegen das Haus ließen mich kalt. Es war Maddie. Sie gab mir eine Ruhe, die ich bisher nirgendwo gefunden hatte.

Sie ließ sich auf die Beine helfen. »Du hast aber bestimmt keine Lust darauf.«

»Machst du Witze?« Ich schloss den Abstand zwischen uns und küsste sie. Leicht und so liebevoll wie noch nie. »Es gibt nichts, was ich mehr will, als mit euch beiden Zeit zu verbringen.«

Sie rang sich ein schwaches Lächeln ab und schien in meinen Augen nach der Sicherheit zu suchen, dass es mir wirklich gutging. »Ich muss schnell zurück, weil Leo allein ist. Wir warten dann auf dich.«

»Ich bringe dich zur Tür und ziehe mir nur etwas an.«

Gemeinsam stiegen wir die Kellertreppe hinauf, steuerten auf die Haustür zu und Maddie wartete eine Sekunde ab, bevor sie sich umdrehte und unter feinem Regen zu ihrem Haus herüberging. Ich wünschte mir, ich könnte ehrlich sein, ihr alles erzählen, was in

meinem Herzen wummerte. Aber ich hätte so viel zu
verlieren. Alles, was ich jetzt nicht aufs Spiel setzen
konnte.

Kapitel 28

Maddie

Der Duft von karamellisiertem Zucker stieg mir in die Nase, Lounge-Musik kam leise aus den Boxen und das Klirren von Gläsern vermischte sich mit den fröhlichen Gesprächen. Alle, die ich zur Eröffnungsparty meiner Boutique eingeladen hatte, waren gekommen und Sage hatte sich selbst bei der Organisation übertroffen. Luftballons in Silber und Gold zierten die Decken und an ihnen hingen metallene Schnüre, die beinahe bis zu den Köpfen der Gäste reichten. Warmes Licht ergoss sich im Raum und ein sehr gutaussehender Kellner kam mit einem Lächeln auf den Lippen und einem Tablett voller köstlichen Häppchen auf mich zu.

»Der Laden sieht Hammer aus!«, sagte Leslie.

»Du siehst Hammer aus!«

Ich stopfte mir ein Kanapee in den Mund und zog sie danach in eine Umarmung. Bevor ich fragen konnte, was sie dazu bewogen hatte, zum ersten Mal in ihrem

Leben ein Cocktailkleid anzuziehen, trat Simon an ihre Seite.

»Du bist bestimmt daran schuld«, sagte ich und begrüßte ihn ebenfalls mit einer Umarmung.

»Woran?«, wollte er wissen.

Ich lugte zu Les, die ihre Augen heftig verdrehte. »Ich habe sie noch nie in einem Kleid gesehen. Als Kind hat Mrs. Chen zwar versucht, sie mit einem rosa Rock zu kleiden, aber Les hat den Stoff komplett zerrissen.«

Simon lachte. »Es klingt nach meinem wilden Kätzchen.«

Seine Worte kitzelten mein Herz und ich wollte meine beste Freundin nur fest drücken. Sie ließ jedoch genervt die Luft aus der Lunge und schnappte sich von einem vorbeigehenden Kellner eine Champagnerflöte. Egal wie oft Leslie ihre Nase in einem Glas verstecken würde, nichts könnte den Glanz in ihren Augen verbergen. Sie war verliebt und ich …

Mein Blick ging zu Atlas, der Ella auf den Arm genommen hatte und sich mit Sage unterhielt. Er trug ein schwarzes Jackett, dunkle Jeans und ein weißes Hemd. Doch es war sein Lächeln und die liebevolle Art, wie er seine Nichte ansah, die ihn so unwiderstehlich aussehen ließen.

»Seid ihr endlich ein Paar?«, flüsterte Leslie mir ins Ohr.

Ich löste den Blick von Atlas, sah sie an und rang mit den Worten, die sich nicht aus meinem Mund befreien wollten. Meine Gefühle für Atlas waren gewachsen und passten nicht mehr in die Schublade, in die ich sie hatte stecken wollen. Er war kein Zeitvertreib mehr, kein Ausweg, um mich nicht einsam und taub zu fühlen. Er war jemand, an dessen Seite ich zu gerne einschlief und mit dem ich über meine Ängste und Pläne sprach. Er war mehr, als ich mir eingestehen wollte oder durfte.

»Ich weiß nicht«, wisperte ich zurück.

Les zog die Augenbrauen zusammen, als würde sie mir sagen wollen, dass ich es mittlerweile wissen müsste. Sie hatte recht. Ich war eine erwachsene Frau und auch wenn ich immer noch Angst davor hatte, was Blossom und Cole zu unserer Beziehung sagen würden, konnte ich meine Gefühle für Atlas nicht verstecken.

»Rede mit ihm«, sagte sie.

Ich nickte, atmete tief durch und steuerte auf ihn zu. Doch bevor ich bei Atlas ankommen konnte, stellte sich Charleen mir in den Weg. Meine Augenbrauen wanderten höher. »Hey. Gut, dass du gekommen bist.«

Es klang nicht einmal halbwegs so überzeugend, wie es hätte klingen sollen. Aber es war die beste Lüge, die ich jetzt von mir geben konnte. Natürlich hatte ich sie und die ganze Stadt für die Eröffnungsparty meiner Boutique eingeladen. Aber ich hatte nicht damit gerechnet, dass sie tatsächlich auftauchen würde. Oder ich hatte es eher gehofft.

»Das ist doch selbstverständlich«, erwiderte sie und grinste mich an.

Charleen war schon immer ein Ausnahmetalent, wenn es darum ging, zu verheimlichen, was sie fühlte oder dachte. Es war nicht einfach, zu lesen, was sie wirklich sagen wollte. Aber sie täuschte mich nicht, denn ich sah nicht ihr Lächeln, sondern ihre Augen an. Dunkle Augen, die mich voller Verachtung ansahen.

»Ich musste mir die ...«, sie legte sich den Zeigefinger auf die Lippen und ließ ihren Blick durch den Laden streifen, »... *Cozy Wollboutique* anschauen, um einen Artikel für die Zeitung zu verfassen.«

Den Namen hatte sich Sage für meinen Laden ausgedacht und er hatte mir auf Anhieb gefallen, denn er gab perfekt wieder, was ich vermitteln wollte. Beim Aussprechen hatte ich das Gefühl, zu Hause zu sein, mich in der eigenen Haut und in den Klamotten wohlzufühlen. Doch Charleen ließ alles an meinem Geschäft lächerlich klingen.

»Danke«, erwiderte ich sachlich. »Es sind zwar einige Menschen gekommen, doch ich freue mich immer auf positive Werbung.«

Ich sah an ihr vorbei zu Atlas, der Ella abgesetzt hatte und sich jetzt mit Sage unterhielt. Tiefe Furchen gruben sich in seine Stirn und er fuhr sich durch die Haare.

»Ich habe nicht gesagt, dass der Artikel positiv ausfallen wird.«

Mein Blick kehrte zu Charleen zurück und ein ungutes Gefühl kam in mir auf. »Was meinst du damit?«

»Alles hängt von dir ab, Maddie.« Schulterzuckend schlenderte sie um mich, legte ihre Hände auf meine Schultern und die Lippen an mein Ohr.

»Kannst du bitte mit den Spielchen aufhören? Wir sind schon längst keine Kinder mehr.« Ich legte all meinen Mut in die Worte, doch die Erinnerungen aus meiner Schulzeit stießen voller Wucht in mein Bewusstsein. Vor meinem inneren Auge sah ich, wie Charleen und ihre Freundinnen meinen Spind mit Müll stopften, wie sie lauthals in den Schulfluren brüllten, dass ich für meine Mutter nichts Besseres als Abfall war.

Wenn du etwas wert wärst, wäre sie geblieben.
Die Alpakas mögen dich mehr als deine Mutter.

Maddie Madness.
Maddie Madness.

»Oh, das weiß ich.« Erneut ging sie um mich herum. »Wenn es so wäre, würdest du wohl kaum mit dem Tierarzt vögeln.«

Eiseskälte kroch meine Wirbelsäule hinauf. Woher wusste sie von Atlas und mir? Wir hatten so gut aufgepasst, dass keiner uns zusammen sah.

»Was willst du von mir?« Ich reckte das Kinn und klemmte meine zitternden Hände in meine Armbeugen.

Ein bösartiger Glanz stahl sich in ihre Augen und ihre Lippen verzogen sich zu einem schlangenartigen Lächeln. »Nach deiner Reaktion zu urteilen, wissen deine Schwiegereltern noch nichts davon.«

Mein Blick huschte zu Cole und Blossom, die sich vom Buffet bedienten und mit Mrs. Chen redeten. »Es geht auch keinen etwas an, mit wem ich mich treffe.«

»Natürlich.« Charleen kam näher und beugte sich zu mir, als würde sie mir ein Geheimnis verraten. »Und ich würde auch niemandem etwas sagen. Aber die Information habe ich aus einer sicheren Quelle, die ihre Zunge nicht lange im Zaum hält.«

Es ging also um Tage, vielleicht um Stunden. Früher oder später würden es alle wissen.

»Ich werde es Blossom und Cole erzählen. Weder sie noch Leo sollen es von einer anderen Person erfahren.«

»Selbstverständlich kann ich mit meinem Informanten reden und dazu einen hübschen Artikel über die schönste Boutique von Cotton Village verfassen.«

Ich schluckte und wappnete mich für das, was kommen würde. »Und was willst du dafür?«

»Theresa ist meine beste Freundin und sie hat ein Auge auf Dr. Prescot geworfen.« Sie kam schnell auf den Punkt, hob und senkte beiläufig die Schultern. Als würde sie nicht über den Mann reden, in den ich mich verliebt hatte.

»Und?«

Sie verengte die Augen und wartete ein paar Sekunden ab, bevor sie weitersprach. »Wir wissen, dass das zwischen euch beiden nichts Ernstes sein kann.«

»Ach nein?«

»Du hast gerade deinen Mann verloren. Wenn er wirklich die Liebe deines Lebens war, wie du so oft betont hast, kann es nicht sein, dass du ihn so schnell vergessen hast. Ich zumindest würde nicht wie das Flittchen gesehen werden wollen, das einen Neuen hat, noch bevor die Leiche ihres verstorbenen Mannes kalt geworden ist.«

Jede Silbe schlug wie eine Bombe in meinen Magen ein und verdunkelte mein Gewissen. »Chris war ...«

»Er *ist*, Maddie.« Charleen hob die Augenbrauen. »Oder bist du darüber weg?«

Nein. Ich liebte Chris immer noch. Ich würde ihn für immer lieben.

»Ich ...«

»Du bist nicht wie deine Mutter, oder?«

Wie meine Mutter.

Wie die Mutter, die mich verlassen hatte.

Wie die Mutter, die mich vergessen hatte.

Ich durfte Chris nicht vergessen, undankbar seinen Eltern gegenüber sein. Ich durfte ihn nicht ersetzen, wie es meine eigene Mutter mit mir gemacht hatte.

»Was willst du damit sagen?«

»Ich sage dir nur, dass du nicht bereit für etwas Neues bist, Maddie.« Charleen schaute kurz zu Atlas und wieder zu mir.

»Woher solltest du das wissen?« Meine Stimme zitterte.

»Du wohnst bei deinen Schwiegereltern, hast nur dank ihnen den Laden geöffnet und willst jetzt wirklich riskieren, eine Beziehung mit einem Mann anzufangen, den du überhaupt nicht kennst? Dabei riskierst du nicht nur, dass sich deine Schwiegereltern gegen dich stellen, sondern die ganze Stadt.«

Mein Magen vollführte ein Rückwärtssalto und ich konzentrierte mich darauf, mich nicht zu übergeben.

»Du solltest gehen, Charleen.«

»Denk über mein Angebot nach.« Sie legte ihre Hand auf meine Schulter, schaute mir tief in die Augen und ging.

Meine Gedanken waren vermischt mit schweren, dunklen Gefühlen und kreisten wieder und wieder in meinem Kopf. Es waren dieselben Gefühle, die mich nach Chris' Tod beherrscht hatten. Gefühle, die ich nie wieder zulassen durfte.

Als ich Atlas ansah, fing er meinen Blick auf. Ich hoffte, dass er zu mir kommen und mich in die Arme nehmen würde. Aber stattdessen schluckte er schwer, sagte Sage etwas und ging aus dem Laden. Eine endlose Kälte erfasste meine Seele und ich fragte mich, wie viel Wahrheit in Charleens Worten steckte.

Kapitel 29

Atlas

Ich starrte mein Handy bereits seit Stunden an, tippte zum zehnten Mal eine Nachricht und löschte sie wieder. Nachdem ich mich gestern Abend auf Maddies Party wie ein Feigling benommen hatte, suchte ich nach einem Weg, mich bei ihr zu entschuldigen. Ich wollte wissen, wie es ihr ging, denn sie hatte mit Charleen geredet und nach dem letzten Mal, als die beiden miteinander gesprochen hatten, war es Maddie überhaupt nicht gutgegangen. Ein anderes Thema jedoch schlug mit einem Vorschlaghammer in mein Gewissen. Sage hatte ein Ultimatum gestellt und ich nahm mir vor, Maddie endlich alles über Chris zu erzählen. Ich wusste selbst nicht, ob ich ihr die ganze Wahrheit sagen musste. Ich wollte ihr aber alles sagen. Nicht nur, weil meine Schwester mich darum gebeten hatte, sondern weil es das Richtige war. Ich war mutig genug gewesen, Maddie zu küssen und mich in sie zu verlieben. Jetzt musste ich auch so verantwortungsvoll sein, mit den Konsequenzen zu leben.

Mein Herz setzte einen Schlag aus, während ich Maddie erneut eine Nachricht schrieb und sie darum bat, mich zu treffen. Sie sollte den Ort und die Zeit bestimmen. Hauptsache, wir waren allein. Endlich drückte ich auf Senden und starrte mein Telefon an.

Die Sekunden fühlten sich wie Stunden an, bis drei Pünktchen erschienen, die mir verrieten, dass sie eine Antwort tippte. Doch das Zeichen verschwand wieder. Ich presste meine Lippen fest aufeinander und stand auf. Vielleicht sollte ich einfach zu ihr gehen. Wir waren Nachbarn, befreundet, und wenn mich ihre Schwiegereltern nach dem Grund fragen würden, warum ich Maddie so spät am Abend besuchen wollte, könnte ich eine Ausrede aus dem Ärmel schütteln.

Mein Entschluss wurde jedoch durch ein Klopfen verhindert. Ich ging auf die Haustür zu und öffnete sie. Dort stand Maddie. Mein Puls schnellte wieder in die Höhe und die Worte blieben in meinem Hals stecken. Ich hatte so viel zu sagen, aber jetzt wollte ich sie nur festhalten und nie wieder loslassen.

»Ich wollte dich auch sehen«, sagte sie und zog die Ärmel ihrer Strickjacke über die Finger.

Ich trat zur Seite, hielt die Tür auf und bedeutete ihr, dass sie reinkommen durfte.

Maddie atmete tief durch und warf einen kurzen Blick über die Schulter, bevor sie an mir vorbeiging. Ihr süßer Duft stieg mir in die Nase. Wärme machte sich in meinem Bauch breit und ich hasste mich dafür, nicht schon früher mit ihr geredet zu haben. Wie viel

Schmerz hätte ich meinem Herzen erspart, wenn ich von Anfang an ehrlich gewesen wäre.

Dein Mann ist meinetwegen tot, Maddie. Ich bin hier, weil ich ihm versprochen habe, mich um dich zu kümmern.

»Ist Leo bei deinen Schwiegereltern?« Ich ging auf die Couch zu und setzte mich neben sie, sodass mein Knie ihres streifte.

Sie hob den Kopf und sah mir in die Augen. Erst jetzt merkte ich, wie feucht und gerötet sie waren.

»Nein, er schläft. Ich ...« Ihre Hand zitterte, während sie sich die Haare hinters Ohr strich. »Ich bleibe nicht lange.«

»Was ist passiert?« Ich ballte meine Hände auf meinem Schoß, um dem Drang zu widerstehen, sie anzufassen, sie an mich heranzuziehen.

»Ich war schon vor deiner Tür, als du mir geschrieben hast.«

»Warum?«

»Weil du gestern verschwunden bist.« Sie presste die Lippen aufeinander. Ihr Blick schien in meinen Augen nach Antworten zu suchen. Antworten, die ich ihr schuldig war. »Ich habe dich aus dem Laden gehen sehen, aber ich dachte, dass du zurückkommst.«

Ich bin ein Feigling, Maddie.

Sage hatte ihre Familie meinetwegen mobilisiert, hierherzuziehen. Aber sie war jetzt glücklich. Ella ging es hier so gut, dass sie sich mit Leo angefreundet hatte und Ray würde nächste Woche dazukommen. Meine Entscheidungen sollten Sages Leben nicht mehr beeinflussen. Wenn Maddie mein Herz brach, würde ich damit klarkommen. Allein.

»Mir ging es nicht gut«, murmelte ich.

»Sage hat gesagt, dass ihr eine Meinungsverschiedenheit hattet.«

Schön gesagt. Meine Schwester war nicht in der Lage, zu lügen und ein Teil von ihr hasste mich, weil ich sie dazu zwang. »Aus dem Grund wollte ich mit dir reden.«

»Weil sie gelogen hat und ihr doch keine Meinungsverschiedenheit gehabt habt?« Maddie ballte ihre Hände ebenfalls auf ihren Knien, ihre Schultern krümmten sich zusammen, als würde sie sich vor meiner Antwort schützen wollen.

»Nein.«

»Wenn sie nicht gelogen hat, dann lügst du jetzt?«

»Nein.« Ich stand auf und fuhr mir durch die Haare. Tief in mir brodelte etwas. »Mir ...«

»Ich kenne dich nicht, Atlas«, fiel sie mir ins Wort und stand ebenfalls auf.

»Was meinst du?«

Maddie schüttelte den Kopf. Mit ihrer zitternden Hand fuhr sie ihren Arm auf und ab. »Ich weiß nichts über dich.«

»Ich weiß.« Meine Stimme klang gebrochen. Mein Herz fühlte sich ebenfalls kaputt an.

»Wie hießen deine Eltern? Was ist dein Leibgericht? Welche ist deine Lieblingsfarbe?«, schoss sie Fragen auf mich ab. Diese waren alle so einfach zu antworten, klangen aber in diesem Moment so schwerwiegend.

Ich legte meine Hände auf ihre Schultern und schaute ihr tief in die Augen. »Ist dir all das wichtig?«

»Mir ist wichtig, zu wissen, dass ich gerade keine falsche Entscheidung treffe.«

»Welche Entscheidung?«

»Ich habe gestern mit Charleen geredet und sie hat mir Sachen gesagt, die mich ...« Maddie nahm mein Gesicht in die Hände. »Ich will dich nicht verlieren und auch keine Geheimnisse mehr, Atlas.«

»Maddie ...«

Sie stellte sich auf die Zehenspitzen und küsste mich. Ihre weichen Lippen schmiegten sich an meine und es fühlte sich so vertraut an. »Ich will, dass du mit mir und Leo zu Abend isst und auch über Nacht bleibst. Ich möchte dich in der Öffentlichkeit küssen dürfen und mich nicht auf der Rückbank deines Autos verstecken müssen«, sagte sie noch mit geschlossenen Augen.

»Das will ich auch.« Ich schlang meine Arme um ihre Taille, zog sie enger an mich heran und lehnte meine Stirn gegen ihre.

»Aber?«

»Muss es ein Aber geben?«

Es gab eins. Eines, das uns für immer trennen könnte.

»Wenn es kein Aber gibt, warum fühlt es sich an, als würdest du etwas vor mir verheimlichen? Warum denke ich, dass ich gerade Blödsinn rede und du nichts Ernstes willst?«

»Ich will etwas Ernstes. Ich will dich.«

»Sicher?«

»Ich will dich aber auch nicht enttäuschen«, sagte ich heiser, atmete ihren süßen Duft ein und presste ihr einen Kuss auf den Scheitel. »Leo auch nicht.«

»Dann mach es nicht.« Maddie zog mich fester an sich heran, senkte sich wieder auf die Fersen herab und schien meinem Herzschlag zu lauschen.

Ich vergrub meine Finger in ihren Haaren. Ich hielt jemanden in meinen Armen, der mir so schnell so unglaublich wichtig geworden war. »Was kann ich für euch tun, Maddie? Sag es mir und ich tue es.«

Ein Teil von mir wünschte sich, sie würde keine Zukunft mit uns sehen. Ich würde daran zerbrechen, hätte jedoch keinen Grund mehr, über Chris zu schweigen.

»Ich werde morgen mit Blossom und Cole reden. Chris hat ein Teil meines Herzens mit sich genommen. Aber ich lebe noch und habe das Recht, glücklich zu werden.« Sie löste sich aus meinen Armen und trat einen Schritt zurück, um mir wieder in die Augen zu schauen. »Mit dir.«

»Okay.« Das Wort klang viel zu schwach, viel zu unbedeutend, im Vergleich zu der Entscheidung, die sie gerade getroffen hatte. Maddie besaß den Mut, der mir fehlte. Ich verdiente sie nicht.

»Okay«, wiederholte sie.

»Und wenn sie nicht damit einverstanden sind?«

Sie schluckte. Ihre Schultern hoben und senkten sich in einem tiefen Atemzug. »Unabhängig davon, was sie sagen werden, möchte ich ab morgen ein anderes Haus suchen. Ich muss darauf vertrauen, dass es mit dem Laden funktionieren wird und wir es auch ohne meine Schwiegereltern schaffen. Ich bin nicht zurückgekommen, um von ihnen abhängig zu sein.«

So verdammt mutig.

»Willst du nicht lieber ein wenig warten?«

»Habe ich einen Grund dazu?«

Ich fuhr mit dem Daumen über ihre Wange und versprach, für sie da zu sein. Egal, ob sie mein Herz brechen würde oder nicht. »Nein.«

»Dann ist alles gut.«

Ich küsste Maddie sanft und mit all den Gefühlen, die ich für sie empfand. Es war nicht der richtige Zeitpunkt und Sage musste mich verstehen. Maddie würde die Wahrheit erfahren, wenn der passende Moment dafür da war. Jetzt brauchte sie meine Unterstützung und ich wollte alles für sie sein, was sie wollte.

***

Der Wind verfing sich in meinen Haaren, während ich aus Leos Schloss schlich. Die ehemals wackelige Konstruktion hatte neue Wände aus Holzbrettern bekommen und ein Dach aus Zweigen und Stroh. Leo und ich hatten den ganzen Nachmittag daran gearbeitet, gesägt, genagelt und zugeschnürt, bis meine Hände schmerzten und die Sonne hinter dem Horizont sank.

»Es sieht klasse aus, Champ.«

Leo stemmte nickend die Hände in die Hüften. Schlamm klebte an seinen Wangen und ich war mir sicher, dass Maddie über den ganzen Dreck an seinen Klamotten schimpfen würde. »Ich habe mir überlegt, Ella doch mein Schloss zu zeigen.«

»Mach das.« Ein Lächeln zupfte an meinen Mundwinkeln. »Es ist ein bisschen suspekt zu sagen, aber sie ist ein sehr nettes Mädchen und kann Geheimnisse gut bewahren.«

»Was bedeutet suspekt?«

»Ich meine, dass ich immer Gutes über Ella erzählen werde, deshalb zählt meine Meinung nicht richtig.«

Er kaute eine Sekunde lang auf der Innenseite seiner Wange herum. »Sie redet auch nicht viel.« Leo hob einen dicken Ast auf und zog ihn von der Hütte weg.

Mein Herz zog sich zusammen. Am Tag des Amoklaufs war Ella zu Hause geblieben, weil sie Windpocken hatte. Eine Krankheit, die ihr das Leben gerettet hatte. Doch in der Schule waren ihre Freundinnen, ihre Lehrerin und Chris gewesen.

»Ella ist durch eine schlimme Zeit gegangen, bevor sie hierhergezogen ist.«

»Deshalb spricht sie so wenig?«

Ich nickte.

»Was ist passiert?«, fragte Leo und setzte sich auf einen Baumstamm.

»Ihre beste Freundin hatte einen … Unfall und danach haben sie nicht mehr miteinander geredet.«

Lina hatte nicht Ellas Glück gehabt und war in der Schule gewesen. Sie hatte viel mehr gesehen, als ein Mensch, vor allem ein Kind, hätte es sehen sollen.

»Wieso haben sie nicht mehr miteinander geredet?«

»Ich weiß nicht.« Meine Gedanken kehrten zu dem Tag zurück und ein Schatten klopfte an mein Bewusstsein. Ich schluckte und schaute zum dämmernden Himmel. »Wenn schlimme Sachen passieren, verhalten sich Menschen unterschiedlich.«

»Wie Mom, als Daddy gestorben ist?«

»Genau.«

»Dann braucht Ella einen Freund.« Leo hob einen Stock vom Boden und kritzelte etwas auf die Erde. »Mama geht es viel besser, seitdem sie dich als Freund hat. Sie lacht mehr.«

Ein leises Lächeln legte sich auf meine Lippen. »Ich versuche, ein guter Freund für sie zu sein.«

»Ich werde auch versuchen, für Ella ein guter Freund zu sein.«

Es war an der Zeit, die Vergangenheit zu begraben. Nichts, was ich sagen konnte, würde Chris zurückbringen. Warum sollte ich Maddies und Leos Glück aufs Spiel setzen? Nur um mein Gewissen zu erleichtern? Ich würde damit leben lernen, denn ich wollte beide nicht verlieren. Ich konnte nicht auch noch sie verlieren.

Kapitel 30

Maddie

Coles Mund verzog sich zu einem Lächeln, während ich Kartoffelpüree auf den Tisch stellte und der Duft von frisch gekochtem Essen in die Luft stieg. Ein Funken Stolz entfachte sich in meiner Brust und ich ließ meinen Blick über die gedeckte Tafel schweifen. Maisblätter-Taschen, Pulled Pork, Brot und die Barbecue Sauce, die Blossom mir beigebracht hatte zuzubereiten, stapelten sich auf dem Tisch. Dazu hatte ich mein bestes Porzellan mit gefalteten Servietten hervorgeholt. Aus dem Radio erklang leise Countrymusik. Erinnerungen an Tage, an denen mein eigener Vater zum wiederholten Mal nicht nach Hause gekommen war und ich bei Chris' Familie Zuflucht, eine warme Mahlzeit und vor allem Liebe gefunden hatte, erfüllten mein Herz. Ich schuldete ihnen viel mehr, als ich in meinem Leben je zurückgeben könnte. Aber wenn ich es weiterhin versuchte, es ihnen recht zu machen, ohne an mich selbst und meine Gefühle zu denken, würde ich nie glücklich werden.

»Was haben wir getan, um so ein Bankett zu verdienen?«, fragte Cole, der grinsend Kartoffelpüree auf seinen Teller schaufelte.

»Schatz, du kannst wenigstens warten, bis Maddie sich hingesetzt hat.« Blossom legte ihre Hand auf Coles und hinderte ihn daran, seinen Teller noch voller zu machen.

Lächelnd schüttelte ich den Kopf und setzte mich meinen Schwiegereltern gegenüber. »Fang ruhig an, sonst wird es kalt.«

»Und was ist mit meinem Enkel?«, fragte Blossom, bevor sie ihre Serviette vom Teller nahm und das Fleisch darauf lud.

»Er schläft heute bei Ella.« Obwohl das Essen in der Tat köstlich duftete, lagen die Worte, die ich aussprechen musste, wie Blei in meinem Magen.

»Sie verstehen sich sehr gut, oder?«, wollte Cole wissen.

»Bei Kindern ist alles so einfach.« Blossom verdrehte verträumt die Augen und seufzte beinahe, als würde sie von einem Film erzählen, der ihr gefallen hatte.

In meinem Bauch flatterte es und ich strich mit den Fingernägeln über meine Jeans. »Ich wünsche mir, bei uns Erwachsenen wäre es auch so.«

»Was meinst du damit?« Meine Schwiegermutter hielt mit der Gabel in der Luft inne und schaute zu mir.

Nach einem tiefen Atemzug sandte ich stumm ein Gebet zu Gott, er mochte mich den Abend unbeschadet überleben lassen.

Sie lieben dich, Maddie. Sie werden dich verstehen.

»Ich habe euch eingeladen, weil ich etwas Wichtiges besprechen möchte.«

»Ist etwas mit Leo?« Blossom legte ihre Gabel wieder auf den Teller und sah blinzelnd zwischen mir und Cole hin und her. »Oder mit dem Laden? Brauchst du mehr Geld? Wir können vielleicht Wanda endgültig an Atlas verkaufen und …«

»Ich brauche kein Geld.« Mein Herz brach bereits, doch ich musste jetzt den Mut haben, über meine Gefühle zu sprechen. »Jedenfalls ist das nicht gerade das Thema, über das ich mit euch reden möchte. Aber genau um Atlas geht es.«

»Hat er dich respektlos behandelt? Oder hat er …«

Cole legte seine Hand auf Blossoms und sah sie liebevoll an. »Meine Blume, lass Maddie reden, sonst erfahren wir nie mehr, was sie sagen will.«

»Es tut mir leid.« Sie lehnte sich auf ihrem Stuhl zurück, ließ die Finger über Coles Unterarm gleiten und setzte ein zitterndes Lächeln auf. »Es ist nur so, dass du eine Menge um die Ohren hast und wir haben dir Atlas vorgestellt. Wenn er sich respektlos benommen hat, fühle ich mich schuldig.«

»Atlas ist ein einfühlsamer Mann und er ist nicht nur zu Leo gut, sondern auch zu mir.«

»Ich weiß nicht …« Sie sah kurz zu Cole und wieder zu mir. »Vielleicht solltest du ihm aber sagen, dass ihr nicht mehr als nur Freunde werdet.«

»Blossom«, warnte er sie leise.

»Was?« Sie nahm ihre Hand von ihrem Mann, während ihr Blick in meinem nach Antworten zu suchen schien. »Er hat ein gutes Herz und ich weiß, dass seit dem Frühlingsball viele in der Stadt über euch beide tratschen. Ich habe schon gesagt, dass du nicht bereit für eine Beziehung bist. Nicht, dass er sich deswegen Hoffnung macht und die ganze Zeit auf dich wartet.«

In meiner Brust rumorte es und Hitze stieg in mir auf. »Ich möchte selbst entscheiden, ob ich für eine Beziehung bereit bin oder nicht.«

»Natürlich.« Cole lehnte sich leicht über den Tisch. »Ich denke, dass Blossom dich nur beschützen will.«

»Das weiß ich.« Es war nicht einfach so dahergesagt. Von ganzem Herzen glaubte ich, dass meine Schwiegereltern nur das Beste für mich wollten. »Ich bin unendlich dankbar für alles, was ihr für mich getan habt. Ihr wart die liebevollen Eltern, die ich nie gehabt habe.«

»Du bist auch wie eine Tochter für uns«, erwiderte Cole.

»Und ich werde Chris immer lieben«, fügte ich hinzu.

Blossom rutschte auf ihrem Stuhl hin und her. »Warum sagst du uns das jetzt, Maddie?«

Ich schloss meine Augen einen Moment lang, atmete tief durch und sammelte all meinen Mut. »Atlas und ich sind zusammen.«

Stille.

Mein Herzschlag dröhnte in meinen Ohren, meine Hände zitterten und ich blickte in unergründliche Gesichter.

»Was?«, murmelte Blossom.

»Es ist alles noch ganz frisch und Leo weiß noch nichts davon.« Ich klemmte mir die Haare hinters Ohr. Mein Atem kam gepresst aus meinem Mund. »Aber ich wollte es euch beiden als Erstes sagen, damit ...«

»Das kannst du nicht machen.« Meine Schwiegermutter schob den Teller von sich und stand so abrupt auf, dass die Gläser klirrten.

»Blossom, setz dich hin!«, forderte Cole ernst.

»Nein!« Sie schaute empört zwischen ihm und mir hin und her. »Sie bedankt sich und betrügt unseren Sohn im selben Atemzug.«

Betrügen? Scharfer Schmerz durchzog meine Brust und die Wunde, die Blossoms Worte hinterließen, vertiefte sich mit jeder Sekunde mehr. Sie sprach die Ängste aus, die ich seit seinem Tod in mir trug. Das Letzte, was ich wollte, war, die Menschen zu enttäuschen, die für mich dagewesen waren, als ich sie gebraucht hatte. Warum zweifelte sie jetzt daran?

»Das darfst du nicht sagen. Würde Chris noch leben ...«

»Er lebt in unserem Enkel!«, schnitt sie mir das Wort ab.

»Blossom!«

»Sag nicht, dass ich schweigen soll, Cole!« Wut loderte in ihren himmelblauen Augen und sie ballte ihre Hände neben sich zu Fäusten. »Soll Leo jetzt einen neuen Vater bekommen und unseren Chris vergessen? Wird er zusehen müssen, wie du mit einem anderen Mann im Bett aufwachst? Oder was wird er noch sehen müssen? Wird er Leo am Vatertag in die Schule begleiten?«

Sie hatte Chris verloren und meinetwegen nicht die Möglichkeit gehabt, richtig um ihn zu trauern. Meine Schwiegereltern hatten sich um meinen Sohn gekümmert, als ich im freien Fall war und ich war ihnen eine

Menge schuldig. Aber sie verlangte von mir, dass ich mich komplett aufgab.

»Atlas wird Chris nicht ersetzen. Niemals.«

»Dann geht es um Sex?«

»Es reicht, Blossom!« Cole stand ebenfalls auf. Eine leichte Röte legte sich auf seinen Hals, während er seine Frau entschlossen ansah.

»Nein!« Sie trat einen Schritt zurück und schob ihren Stuhl weiter vom Tisch. »Ich habe genug davon, zusehen zu müssen, wie egal Maddie ihre Familie ist.«

»Ihr und Leo seid mir nicht gleichgültig!«

»Nein?« Ihre Unterlippe zitterte und Tränen traten ihr in die Augen. »Du hast keine Sekunde an Leos Gefühle gedacht, als wir ihn zu uns genommen haben.«

Enttäuschung sickerte wie Säure in meinen Magen. Natürlich hatte ich nicht damit gerechnet, dass meine Schwiegereltern mich sofort verstehen würden. Aber mich mit dem schlimmsten Moment meines Lebens zu konfrontieren, war ein Schlag unter der Gürtellinie.

»Ich habe die ganze Zeit nur an ihn gedacht, daran, wie ich ihm keine gute Mutter sein konnte. Aber jetzt kann ich es. Jetzt gebe ich mein Bestes.«

»Na klar.« Sie lachte und es klang so gebrochen wie mein Herz.

»Blossom, ich möchte keinen Streit mit dir. Aber du entscheidest nicht, mit wem ich zusammen sein darf.«

Meine Stimme klang zwar fest, doch die Zweifel, ob sie damit recht hatte oder nicht, brachten mich bereits um den Verstand.

»Und du kannst nicht einen Mann in Leos Leben zulassen, den du nicht einmal kennst.«

»Ich kenne ihn gut genug, um zu wissen, dass er gut für uns ist.«

»Er ist und bleibt ein Fremder und ich werde nicht zulassen, dass er Chris' Platz in Leos Leben einnimmt.« Blossoms Stimme versagte und eine Träne rollte über ihre Wange. »Wenn ich vor Gericht gehen muss, damit du es verstehst, dann mache ich das.«

Gericht.

Sie wollte Leo für sich.

Sie hatte Chris verloren und jetzt wollte sie meinen Sohn für sich.

»Das kann nicht dein Ernst sein«, erwiderte ich durch zusammengepresste Zähne.

Die Angst, Leo und alles zu verlieren, was ich im Leben noch schätzte, wuchs wie ein Monster, das mich zu verschlingen drohte.

»Das werden wir sehen!« Blossom wischte sich die Träne vom Gesicht, drehte sich um und stürmte aus der Küche.

Meine Beine fühlten sich wie weiche Butter an und ich sackte auf dem Stuhl zusammen. Ich wollte stark sein und bewies es mir selbst, dass ich noch nicht bereit dafür war. Ich war nicht bereit, um Leo zu kämpfen. Ich war nicht bereit, von meiner Familie abgewiesen zu werden.

Der kühle Nachtwind strömte in die Küche und das Fliegengitter stieß abermals gegen den Türrahmen.

»Es tut mir leid, Maddie.« Cole kam auf mich zu und legte seine Hand liebevoll auf meine Schulter.

Ich sah zu ihm auf. Meine Lippen fühlten sich taub an, meine Zunge bleischwer. »Ich hatte gehofft, dass sie mich verstehen würde.«

»Chris war unser einziger Sohn.« Er seufzte schwer.

»Er war und wird immer die Liebe meines Lebens sein.«

»Das glaube ich dir.« Er nickte. Kummer sprach aus seinen trüben Augen. »Aber ich denke, dass Chris' Tod für Blossom realer wird, wenn sie dich mit einem anderen Mann sieht. Davor hat sie Angst.«

»Ich habe auch Angst«, gab ich zu.

Ich hatte Angst davor, falsch zu wählen. Aber wenn ich keine Entscheidung traf, entschied ich mich trotzdem. Ich wählte ein Leben in Furcht.

»Lass dich nicht von sowas aufhalten.« Cole nahm einen tiefen Atemzug und sein Blick wanderte kurz in die Richtung, in die Blossom verschwunden war. »Gib deiner Schwiegermutter einfach Zeit. Ich rede mit ihr.«

»Das Letzte, was ich wollte, war, euch zu kränken«, sagte ich und meinte jedes Wort ernst.

»Du bist ein Teil unserer Familie, Maddie. Die Tochter, die wir nie hatten. Glaub nicht, dass wir anders empfinden werden, weil du weiterleben willst.«

Wärme legte sich um mein Herz. »Genau das Gegenteil hat Blossom mir aber gerade zu verstehen gegeben.«

»Gib ihr einfach Zeit«, wiederholte er sanft.

Ich senkte die Lider und strich mit den Fingernägeln über meine Jeans. »Muss ich schon morgen ausziehen?«

»Denk nicht im Traum daran.« Er hob spielerisch die Augenbrauen. »Sonst werde ich richtig sauer.«

»Bitte nicht. Es reicht mir schon, dass Blossom mich hasst.«

»Das tut sie nicht. Es war nur die Trauer, die aus ihr gesprochen hat.«

Ich stand auf und sah ihm tief in die Augen. »Danke, Cole.«

Er zog mich in eine Umarmung und hielt mich ein paar Sekunden fest, sodass ich mich endlich wieder sicher fühlte.

»Wenn du dich richtig bedanken willst, pack mir ordentlich was von dem Essen ein. Heute wird bei uns nicht mehr gekocht.«

***

Die Luft duftete nach nasser Erde. Regentropfen peitschten gegen das Schaufenster und ich schaltete die Stereoanlage aus. Schon seit ich die *Cozy Wollboutique* heute Morgen eröffnet hatte, war sie leer. Sorgen breiteten sich in meinem Kopf aus. Heute war der erste Tag, an dem ich mein Modegeschäft nach der Party offiziell geöffnet hatte und ich hatte kein einziges Teil verkauft. Vielleicht lag es am Regen, der alle in der sonst so trockenen Stadt zu Hause hielt. Aber es könnte auch an Charleen liegen, die ihre Drohung wahrgemacht hatte und alle davon abgehalten hatte, mein Geschäft zu betreten. Ich hatte auf mein Herz gehört, meinen Schwiegereltern die Wahrheit erzählt und zu meinen Gefühlen zu Atlas gestanden. Scheinbar war Ehrlichkeit nicht immer die beste Entscheidung.

Mein Handy vibrierte und ich entsperrte das Display. Es war eine Nachricht von Atlas.

Ich habe keinen Termin mehr heute. Wie wäre es mit Abendessen bei mir? Leo hat mir gesagt, dass er mal wieder meine Barbecue Pommes mit Trüffelmayonnaise essen möchte.

Meine Lippen verzogen sich zu einem Lächeln, doch bevor ich ihm antworten konnte, klingelte die Türglocke und der stürmische Wind wehte in den Laden.

»Hey, Maddie.« Theresa kam hinein, schloss ihren triefenden Regenschirm und steckte ihn in den Ständer.

Ich hob mein Kinn und sah sie entschlossen an. Wenn sie gekommen war, um zu prahlen, dass ihre beste Freundin mir meine Existenz genommen hatte, würde ich nicht mit gesenktem Kopf zuhören.

»Suchst du etwas Bestimmtes?«

»Ich bin nicht gekommen, um zu shoppen.« Theresa schlenderte an den Verkaufstresen heran. Ihr Blick streifte über die gefüllten Garderobenständer und kehrte zurück zu mir.

»Warum dann?«

»Charleen hat mir von eurem Gespräch auf der Eröffnungsparty erzählt.« Zögernd legte sie ihre Hände auf den Tresen. Ihre Haare waren feucht, doch ihr Make-up schaute intakt aus.

»Hör zu, wenn du ...«

»Sie hat kein Recht dazu gehabt«, unterbrach sie mich.

Mein Mund blieb ein paar Sekunden offen stehen. »Was?«

»Ich bin kein Kind mehr und weder sie noch jemand anderes hat das Recht, sich in mein Liebesleben einzumischen.« Theresa schaute auf den Tresen, zuckte mit den Schultern und stieß ein schweres Seufzen aus.

Ihre herablassende Art machte mich noch immer irre. Doch wenn sie keinen Streit wollte, würde ich auch keinen riskieren. »Okay.«

»Ich habe nicht gewusst, dass sie dir drohen würde oder sowas.« Theresa schaute mich endlich an, wobei ich ihrem Blick standhielt.

»So ist sie nun mal.«

»Ich aber nicht.«

»Okay ...«

Es fühlte sich an, wie damals in der Schule. Doch ich war kein Kind mehr und würde nicht heulend nach Hause laufen, wo keiner auf mich wartete. Ich musste stark sein. Für meinen Sohn und für mich selbst.

»Ich gebe zu, dass ich an Atlas interessiert bin«, fuhr sie fort und atmete tief durch. »Aber wenn er lieber mit dir zusammen sein will, akzeptiere ich es.«

Damit hätte ich nicht einmal im Traum gerechnet. Seit wann verhielt sich Theresa so vernünftig?

»Du hast dich verändert.«

»Wie gesagt, ich bin kein Kind mehr. Wenn Dr. Prescot lieber die langweilige Single Mom will, hat er Pech gehabt.«

»Ich habe es verstanden«, erwiderte ich mit fester Stimme.

»Charleen wird also weder einen unschönen Artikel über dein Geschäft schreiben, noch jemandem das mit euch beiden erzählen, denn ich brauche kein Mitleidsdate. Egal, wer das organisieren will.« Theresa hob ihre Augenbrauen und wandte sich zum Gehen. Nachdem sie ihren Schirm aus dem Ständer gezogen und die Tür geöffnet hatte, schaute sie mich über die Schulter hinweg an. »Schöner Laden.«

»Danke.« Das Gewicht von tausenden Bergen fiel von meinen Schultern. »Für alles.«

Ich atmete wieder und als hätte Theresas Erscheinen den Bann gebrochen, trat Mrs. Price in den Laden. Sie begrüßte mich mit einem Lächeln und ließ ihre Finger über die Blusen streifen. Ich erwiderte ihre Begrüßung. Bevor ich ihr meine Hilfe anbot, schrieb ich Atlas eine Nachricht.

Ich kann es kaum erwarten.

Kapitel 31

Maddie

Der herrliche Klang von Leos Lachen hallte von den Wänden des Wohnzimmers wider. Pure Freude schwirrte von meiner Brust bis zu meinem Bauch und versetzte die Schmetterlinge darin in Aufruhr. Doch in der Sekunde, als ich aus dem Fenster geschaut hatte und das Licht im Haus meiner Schwiegereltern erlosch, fiel mein Lächeln in sich zusammen. Seit zwei Tagen redete Blossom nicht mehr mit mir und ein Teil von mir glaubte, dass sie mich nur wegen Cole nicht aus der Hütte gejagt hatte. Ein anderer Teil hoffte, sie würde versuchen, mich zu verstehen und Atlas eine Chance geben.

»Ich bin pleite«, sagte ich und schaute kopfschüttelnd zum Monopoly-Brett.

»Oh, Mom.« Leo schüttelte lachend den Kopf und schaute zu Atlas, der ihn mit einem noch breiteren Lächeln ansah.

Wärme durchflutete mich und ich war mir sicher, dieses Gefühl beinahe vergessen zu haben.

»Nicht schlimm«, sagte ich. »Ich muss eh Ella nach Hause fahren.«

»Oh nein«, protestierte sie. »Ich möchte noch eine Runde spielen.«

»Darf Ella hier schlafen?«, fragte Leo mit dem schönsten Dackelblick der Welt.

»Bitte«, fügte die Kleine hinzu.

»Bitte, bitte.« Atlas zog seine Augenbrauen hoch und imitierte den Ausdruck meines Sohnes.

Die drei auf dem Boden meines Wohnzimmers zu sehen, entfachte ein kleines Feuerwerk in meiner Brust. Ich wollte das. Genau das. Mehr Abende mit Abendessen, Brettspielen und dem Geräusch von Freude. Ich brauchte Leo, aber auch Atlas und keiner auf der Welt würde mich davon überzeugen, dass ich eine falsche Entscheidung getroffen hatte. Auch nicht Blossom mit ihrer Abweisung.

»Ich rufe deine Mom an«, sagte ich und stand auf.

Beim Klang der Jubelrufe steuerte ich auf die Küche zu, hob mein Handy von der Arbeitsplatte und wählte Sages Nummer.

»Hat Ella dein Haus in Brand gesetzt?«, hob sie ab.

Ich lachte. »Sie ist ein liebes Mädchen.«

»Zu dir vielleicht.«

»Ich wollte fragen, ob sie hier schlafen darf. Leo würde sich sehr freuen.«

»Machst du Witze?« Etwas raschelte im Hintergrund. »Das ist die beste Nachricht ever! Seit Ray zu uns gekommen ist, hat Ella uns keine Minute alleingelassen. Nicht einmal nachts.«

»Na dann könnt ihr einen schönen Filmabend veranstalten.«

»Meine liebe Maddie. Jetzt bin ich dabei, mich auszuziehen. Dann springe ich in die Dusche und rasiere mich. Heute kommt Ray nicht einmal in die Nähe des Fernsehers.«

Ich lachte, wobei mir Hitze in die Wangen stieg. Zu gerne würde ich genau dasselbe mit Atlas machen.

»Na dann viel Spaß.«

»Melde dich nur, wenn sie dein Haus abfackelt. Sonst holen wir sie morgen nach dem Frühstück ab.«

»Mach dir keine Sorgen und genieß dein Vorhaben.«

Ich legte auf und starrte das Display noch ein paar Sekunden an, als sich starke Arme um meine Taille legten. Ich zuckte zusammen, atmete Atlas' Duft nach herbem Duschgel und Regen ein, drehte mich um und blickte in die grauen Augen, in die ich mich verliebt hatte.

»Was hat Sage vor?« Atlas zog mich enger an sich heran.

Ich legte meine Hände auf seinen Oberkörper und drückte ihn leicht von mir. »Leo kann jederzeit reinkommen.«

Atlas hielt mich fest, senkte seine Lippen an mein Ohr und gab mir einen zarten Kuss darauf. »Er ist kurz mit Ella rausgegangen. Sie wollten Regenbogen Gute Nacht sagen.«

Sein heißer Atem rollte genüsslich über meine Haut, jagte Feuer durch meine Adern und erinnerte jeden Teil von mir an seine Berührung. Ich wollte ihn wieder schmecken, seinen Körper an meinem spüren.

»Sage plant einen romantischen Abend mit Ray.«

»Ach so.« Atlas nickte, schob seine Hand an meinem Rücken unter mein Top, ließ sachte Küsse über meinen Hals regnen und brachte mein Herz dazu, schneller zu schlagen. »Schade, dass wir nicht auch sturmfrei haben.«

Ich schob meine Hände ebenfalls unter sein T-Shirt, sog seine Wärme in mich ein und legte meine Lippen auf seine. Atlas schmeckte nach dem Apfelkuchen, den wir zum Nachtisch gegessen hatten, nach Lust und allem, was ich mir jetzt wünschte. Er küsste mich härter, drängte mich gegen die Arbeitsplatte und ließ mich seine Erektion wahrnehmen. Ein leiser Seufzer entkam meinen Lippen und ich gewährte seiner Zunge Einlass in meinem Mund. Er vertiefte den Kuss, ließ mich spüren, wie hungrig er nach mir war. Auch ich brauchte ihn, vermisste jeden Teil von ihm.

»Mom! Regenbogen hat Midnight angespuckt!« Leos Stimme erschallte im Haus.

Abrupt lösten sich Atlas und ich voneinander. Ich drehte mich zur Spüle, wobei mir das Handy aus den Händen fiel und ins dreckige Wasser platschte. »Mist!«

»Mom!«

»In der Küche!«, erwiderte ich und trocknete das Gerät in meinem Top. Mein Blick wanderte zu Atlas, der offensichtlich ziemlich konzentriert tief durchatmete. Als ich zur Beule in seiner Hose sah, die er mit seinem Shirt zu verstecken versuchte, verkniff ich mir mein Grinsen und eilte Leo entgegen, um ihn daran zu hindern, in die Küche zu kommen.

»Das war cool«, sagte Ella und ihre Augen leuchteten dabei.

Lachend nahm ich die Kinder an der Hand und führte sie in Richtung Wohnzimmer, in dem wir ein Buch zusammen aussuchten. Noch bevor ich mit *Wunder* von R.J. Palacio anfangen konnte, gesellte sich Atlas zu uns. Ich kämpfte gegen den Drang an, wie ein Teenager zu grinsen oder genau da weiterzumachen, wo wir in der Küche aufgehört hatten. Stattdessen konzentrierte ich mich auf die Geschichte, bis Leo seine Augen vor Müdigkeit kaum noch offen halten konnte. Ella gähnte herzhaft und läutete damit die Zeit ein, ins Bett zu gehen. Atlas half mir, den Kindern die Zähne zu putzen und die Pyjamas – Leo lieh ihr seinen Dino-Pyjama aus – anzuziehen. Wir waren das perfekt eingespielte Team und ich konnte nicht aufhören, mir zu wünschen, dass dieser nur der erste von vielen Abenden wäre, die wir zusammen verbringen würden.

»Habe ich das gut gemacht?«, flüsterte Atlas, nachdem er die Tür des Kinderzimmers zugezogen hatte.

Ich nahm seine Hand und zog ihn zurück ins Wohnzimmer. »So gut, dass ich finde, eine Belohnung wäre angebracht.«

Seine Lippen verzogen sich zu einem breiten Grinsen. »Das höre ich gerne.« Er ließ sich auf die Couch fallen, woraufhin ich mich rittlings auf seinen Schoß setzte.

Noch bevor ich ein Wort sagen konnte, schob er seine Hand an meinen Hinterkopf und eroberte meinen Mund mit seinem. Er küsste mich innig, raubte mir den Atem und verwandelte mein Blut in Lava. Ich rieb mich an ihm, krallte meine Finger in sein T-Shirt und ließ meine Zunge mit seiner tanzen.

»Ich habe mit meinen Schwiegereltern über uns gesprochen«, keuchte ich an seinem Mund.

»Okay ...« Atlas zog sich schwer atmend zurück. »Wenn du mich bremsen wolltest, war das der richtige Spruch.«

Ich hauchte einen sachten Kuss auf seine Lippen, sah ihm in die Augen und zeichnete die kleinen Fältchen in seinem Gesicht mit meinen Fingern nach.

»Nein, entschuldige. Das wollte ich nicht. Obwohl ... irgendwie doch. Ich muss dir einfach erst etwas Wichtiges sagen.«

»Ich höre.« Seine Miene wurde ernst und sein Brustkorb hob sich in einem tiefen Atemzug.

Langsam stieg ich von seinem Schoß und setzte mich stattdessen an seine Seite. »Ich mag dich. Sehr.«

Er lächelte verschmitzt, blieb jedoch stumm.

»Ich will uns nicht mehr verstecken. Im Gegenteil: Ich war kurz davor, durchzudrehen, als Theresa dich geholt hat, damit du ihre Stute untersuchst. Aus dem Grund will ich, dass die ganze Stadt weiß, dass wir zusammen sind.«

Sein Grinsen wurde breiter.

»Aber ich bin nicht allein. Mich gibt es nur als Gesamtpaket und niemand in meinem Leben wird jemals wichtiger sein als mein Sohn.«

Atlas' Miene wurde erneut ernst, doch er sagte weiterhin nichts.

»Wenn du also mit mir zusammen sein willst, werde ich mit Leo reden. Sollte er etwas dagegen haben, dann ...«

»Er wird nichts dagegen haben«, fiel er mir ins Wort und umfasste mein Gesicht mit beiden Händen. »Ich will nicht darüber nachdenken, wie es wäre, wenn er etwas dagegen hätte.«

Mein Herz hoffte inständig, dass Atlas recht hatte. Anderseits wusste ich nicht, wie sehr meine Schwiegereltern meinen Sohn diesbezüglich beeinflusst hatten. Was, wenn sie ihm das ganze Jahr lang gesagt hatten, dass ich keinen anderen Mann haben durfte? Wenn Leo selbst dachte, dass ich seinen Vater ersetzen wollte und sich gegen unsere Beziehung stellte?

»Und wenn doch?«, wisperte ich.

Atlas küsste mich. Diesmal so zärtlich und so voller Gefühle, dass sich mein Herz zusammenzog. »Dann warte ich auf dich, bis er seine Meinung geändert hat.«

»Atlas ...«

»Du bist die mutigste, wundervollste Frau, die ich je kennengelernt habe, Maddie.« Er lehnte seine Stirn gegen meine und sein Griff verstärkte sich. »Ich will dich nicht verlieren.«

Mein Puls schlug schneller und Angst machte sich in meiner Brust breit. »Ich dich auch nicht.«

»Dann hoffen wir, dass er von mir begeistert ist und tun alles, was wir können, um Leo Sicherheit zu geben. Ich will, dass er weiß, dass er mich immer an seiner Seite haben wird. Egal, ob wir in der Zukunft zusammenbleiben oder nicht.«

Es sollte mich kränken, dass Atlas schon darüber nachdachte, was passieren würde, sollte es zwischen uns nicht funktionieren. Immerhin waren wir nicht einmal offiziell zusammen. Stattdessen schien meine Brust zu platzen, so voller Freude war ich. Leo war ihm wichtig und damit gewann Atlas endgültig einen Ehrenplatz in meinem Herzen.

»Atlas, ich ...«

»Mom?«

Mein Puls schnellte so rasch in die Höhe, dass mir schwindlig wurde. Unbeholfen schob ich mich von Atlas weg, verlor das Gleichgewicht und landete auf dem Boden.

»Geht es dir gut?«

Ich achtete nicht auf Atlas' Frage, sondern hievte mich hoch und eilte zu Leo, der augenreibend im Türrahmen stand.

»Ja, mein Löwe?«

»Was habt ihr da gemacht?«, wollte er wissen und sah an mir vorbei zu Atlas.

Ich schaute kurz über die Schulter und überlegte, ob jetzt der richtige Zeitpunkt für so ein wichtiges Gespräch war. Leo war müde. Keine Ahnung, warum er aus seinem Bett gekrochen war. Ich wusste eh nicht, welche Worte ich verwenden sollte. Aber gab es überhaupt einen perfekten Zeitpunkt dafür? Er hatte seinen Vater verloren, war ein ganzes halbes Jahr ohne seine Mutter bei seinen Großeltern geblieben und jetzt, da ich wieder da war, hatte ich mich verliebt. Ich hatte mich in Atlas verliebt und der wichtigste Mensch meines Lebens musste es wissen.

»Möchtest du nicht lieber zurück ins Bett? Und wir reden morgen beim Frühstück?«

Er schüttelte den Kopf. »Habt ihr euch gestritten?«

»Was?« Erneut wanderte mein Blick zu Atlas, der genauso überrascht aussah, wie ich mich fühlte. »Wie kommst du darauf?«

»Ich weiß nicht. Ihr habt euch so ernst angeguckt.«

Ich atmete tief durch, strich Leo über die Arme und nahm seine Hände in meine. »Im Gegenteil, mein Löwe.«

»Was ist das Gegenteil von Streiten?«

»Ich meine, dass wir uns sehr mögen und gar nicht darüber nachdenken, zu streiten.«

Leo schien eine Sekunde zu überlegen. Dann schaute er zum wiederholten Male zu Atlas. »Magst du meine Mama?«

Schritte erklangen und Atlas' Duft umgab mich, bevor er vor Leo in die Hocke ging. »Sehr, Champ. Sie ist mir sehr wichtig.«

»Und magst du ihn auch?«, fragte er jetzt mich.

»Nicht so sehr wie dich. Aber ich mag ihn jeden Tag ein bisschen mehr.«

Leo verdrehte stöhnend die Augen. »Du kannst ihn nicht so mögen wie mich. Ich bin dein Kind und er ist dein Freund.«

Meine Lippen öffneten sich, doch die Überraschung ließ meine Worte nicht herauskommen.

»Er ist doch dein Freund, oder?«

»Genau. Wenn du nichts dagegen hast, möchte ich der feste Freund deiner Mama sein«, übernahm Atlas die Antwort.

»Wie kann man denn ein *unfester* Freund sein?«

»Ich meine, dass wir ganz besondere Freunde sind und mehr Zeit miteinander verbringen werden.«

Leo rieb sich den Nacken, trat einen Schritt zurück und wieder vorwärts. »Ihr werdet also küssen?«

»Ja«, erwiderte ich.

»Schläft Atlas auch hier?«

»Ab und zu.«

Leo seufzte. »Okay. Aber ich muss Mama nicht erzählen, wo mein Schloss ist, oder?«

»Auf keinen Fall«, sagte Atlas mit ernster Stimme. »Das ist unser Geheimnis.«

Ich lachte und meine Wangen schmerzten, so breit grinste ich.

»Aber ... Atlas?«

»Ja, Champ?«

»Bedeutet das, dass du nie weggehen wirst?«

Atlas beugte sich ein wenig nach vorne und schaute Leo tief in die Augen. »Ich werde immer für dich da sein. Immer, wenn du mich brauchst.«

Einige Sekunden verstrichen, bis Leo mich wieder ansah. »Okay. Dann dürft ihr besondere Freunde sein. Ich gehe wieder ins Bett.«

Verblüfft schaute ich zu Atlas, der mit dem Mund Worte wie *wundervolles Kind* formte. Ich biss mir grinsend in die Unterlippe und wollte nur vor Freude schreien. Stattdessen sandte ich stumm ein Gebet zu Gott, damit dieser Abend kein Traum war und ich endlich ein wenig Glück abbekam.

Kapitel 32

Atlas

Der Duft von Schokolade stieg mir in die Nase. Unter meinem Körper befand sich eine viel zu weiche Matratze, doch mich störte das nicht im Geringsten. Im Gegenteil: Diese Nacht hatte ich besser als alle anderen Nächte in meinem Leben geschlafen.

»Guten Morgen«, sagte ich heiser und vergrub meine Nase in Maddies Haaren. Blinzelnd öffnete ich die Augen und ließ die Helligkeit im Zimmer mich endgültig wecken.

Maddie brummte, kuschelte sich an mich und drückte ihren Hintern gegen meine Erektion.

Abgesehen von meiner üblichen Morgenlatte war sie der Grund, warum ich für ein drittes Mal bereit war. Nachdem Leo gestern wieder ins Bett gegangen war, hatte Maddie mich eingeladen, hier zu übernachten. Diesmal hatten wir daran gedacht, die Tür abzuschließen und ich hatte sie so geliebt, wie noch nie. Das erste Mal hatte ich sie sachte genommen, das zweite Mal härter und beim dritten Mal die Kontrolle über mich verloren. Ich gehörte ihr. Mein Körper, meine Gedanken, mein Herz. Alles an mir gehörte Maddie.

»Wie spät ist es?«, murmelte sie verschlafen und vergrub ihre Finger in meinem Haar.

Ich warf dem Wecker auf dem Nachttisch einen kurzen Blick zu, bevor ich in die Wärme ihres nackten Körpers eintauchte, meinen Arm um ihre Taille schlang und meine Zunge über ihr Ohrläppchen fuhr. Maddie ließ ihre Hüften kreisen, stieß ein leises Stöhnen aus und fasste meine Härte an.

»Kurz vor sieben«, erwiderte ich schwer atmend. Mein Blut kochte bereits in meinen Adern, mein Herz galoppierte und ich verfluchte mich nur, weil ich kein Kondom mehr hatte.

»Dann haben wir eine halbe Stunde, bevor die Kids wach sind.« Sie bewegte ihre Hand auf und ab und drehte den Kopf leicht zu mir, sodass ich ihren Mund erobern konnte. Maddie schmeckte nach Verlangen, nach demselben Gefühl, das mich zu verschlingen drohte.

»Ich habe …«, ich sog die Luft scharf ein, küsste ihren Hals, ihre Schultern und konzentrierte mich, um nicht schon jetzt zu kommen, »… kein Kondom mehr.«

Maddie lachte leise, ließ mich los und drehte sich zu mir um. Ein Teil von mir bedauerte sofort, den Kontakt zu ihrem Körper verloren zu haben, ein anderer Teil wollte nur in ihrem lustvollen Blick versinken.

»In der Nachttischschublade«, flüsterte sie.

Ich hob eine Augenbraue.

Sie zuckte mit den Schultern. »Ich musste sie online bestellen, denn wenn ich in Marias Apotheke gegangen wäre, würde die ganze Stadt wissen, dass ich mit dem heißen Tierarzt schlafe.«

»So nennt man mich? Bin ich der heiße Tierarzt?«

Sie kicherte und zog sich auf mich, sodass sie ihre Hand bis zur Nachttischschublade strecken und ein Päckchen Kondome herausziehen konnte. Als sie zu mir herabsah, war ich mir sicher, der glücklichste Mann auf der Welt zu sein.

»All die Frauen in der Stadt müssen aber ab jetzt aufpassen.«

»Warum?«

»Weil du *mein* heißer Tierarzt bist.« Maddie legte ihren Mund auf meinen, öffnete meine Lippen mit ihrer Zunge und glitt mit ihr über meine.

Unsere Körper bewegten sich in einem perfekt eingespielten Rhythmus und passten sich lückenlos aneinander an. Ich atmete ihren Duft ein, küsste, leckte und liebkoste sie, bis ich vor Lust beinah verging und sie um mehr bettelte. Maddie bekam mehr. Sie bekam alles von mir, was sie sich wünschte, und ich würde ihr alles geben, was ich hatte. Unsere Bewegungen wurden heftiger, unkontrollierter und unsere Küsse wilder, bis ein Stöhnen zwischen ihre bebenden Lippen schlüpfte und ich mich komplett hingab. Schwer atmend lag sie in meinen Armen und ich wollte sie nie wieder loslassen. Meine Zunge fühlte sich schwer an, doch die Worte, die ich jetzt sagen wollte, kreisten in meinem Kopf.

Ich liebe dich, Maddie.

Aber das war weder der richtige Zeitpunkt, noch durfte ich es ihr sagen, solange meine Vergangenheit zwischen uns stand. Wir hatten uns erst vor zwei Monaten kennengelernt und es gab noch so viel, das ich über sie erfahren wollte. Die Frage war nur, ob sie noch mit mir würde zusammen sein wollen, wenn ich ihr alles über den echten Grund meines Umzugs nach Cotton Village erzählt hatte. Doch für heute sperrte ich meine Zweifel hinter eine Tür meines Bewusstseins ein und genoss den Augenblick des Friedens.

***

Der Regen hatte, kurz bevor ich zur Arbeit gefahren war, Cotton Village wieder erreicht. Nachdem ich Feierabend gemacht hatte, hörte ich, dass der Fluss, der sich durch die Stadt schlängelte, über den kritischen Punkt gestiegen war. Ich verbrachte meinen Nachmittag also damit, den Einwohnern zu helfen, Sandsäcke am Flussufer zu stapeln. Mit schmerzenden Muskeln und komplett durchnässt, schleppte ich mich nach Hause, schrieb Maddie eine Nachricht und las ihre Antwort, nachdem ich aus der Dusche gekommen war.

Ich bin mit Leo noch bei Leslie. Heute verbringen wir den Er darf alles Tag. Wenn du unbedingt mit uns den Abend verbringen möchtest, muss ich ihn fragen, ob er damit einverstanden ist.

Mein Herz pochte vor Sehnsucht nach ihr, doch ein wenig Erholung würde mir nicht schaden. Vor allem, weil ich wusste, dass ich nicht zur Ruhe kommen würde, wenn ich bei ihr war.

Daher schrieb ich zurück:

Schon okay. Ich schaue mir Das Rad der Zeit an. Vielleicht kannst du mich doch noch für Fantasy begeistern.

Ich warte noch auf deine Meinung über Harry Potter.

Sorry. Die Bücher lese ich nicht.

Ich kann meine Talente nutzen, um dich zu überzeugen.

Hör sofort auf oder ich hole dich doch zu mir.

Keine schlechte Idee. Ich vermisse dich schon.

Mein Herz warf sich freudig gegen meine Rippen und ich betrachtete das Display und überlegte, auf Erholung zu pfeifen, nur um die Nacht wieder mit ihr zu verbringen.

Aber besser, ich bleibe hier, sonst denkt Les, dass ich sie gegen dich getauscht habe.

Grüß sie von mir.

Mache ich.

Ich ließ mich auf das Sofa fallen, legte mich hin und googelte ein paar Restaurants in der Nähe, in die ich Maddie einladen könnte. Sage hätte nichts dagegen, wenn ich sie darum bitten würde, auf Leo aufzupassen. Dann würde ich Maddie ausführen, den perfekten Ort

finden, um ihr endlich zu sagen, was ich für sie empfand. Sie verdiente alles, das Beste, und genau das
wollte ich ihr geben. Nachdem ich das ideale Fischres-
taurant in Birmingham gefunden hatte, legte ich mein
Telefon auf den Boden und machte meine Augen für einen Moment zu.

*Der Gestank von Blut und Urin brannte mir in der
Nase und mein Puls dröhnte lauter als das Flehen, das
an den Wänden des Klassenzimmers widerhallte.*

*»Die Stadt ist wunderschön. Meine Familie ist noch
schöner.« Der Mann verdrehte die Augen, verlor aber
nicht das Bewusstsein. Ein dicker Schweißfilm bedeckte seine aschfahle Haut und er befeuchtete sich die
blutleeren Lippen. »Meine Eltern züchten Alpakas in
Cotton Village. Leo liebt Alpakas. Du musst meinen
Sohn beschützen.«*

*»Du kommst wieder auf die Beine. Die Ärzte sind
gleich hier und du wirst dich selbst um deine Familie
kümmern können.«*

*»Hör mir zu!« Seine Stimme klang schwach, ver-
träumt, als würde er halluzinieren, und sein Kopf wackelte von einer Seite zur anderen.*

*Ich sah an mir hinab. Mein Brustkorb hob und senkte
sich hastig und spannte mein mit Blut getränktes T-
Shirt an. Ich umschloss seine schweißnasse Hand mit
meiner. »Ich bin hier.«*

Ich wollte nicht hier sein.

Ich gehörte nicht hierher.

*»Maddie und Leo bedeuten mir alles.« Er hustete, wo-
bei noch mehr Blut aus seinem Mundwinkel quoll. »Du*

musst mir versprechen, dass du dich um sie kümmern wirst.«

Mein Blick wanderte zu dem Bild, das der Mann in seiner freien Hand hielt. Auf dem Papier war kaum noch etwas zu erkennen. Alles war rot. So viel Rot.

»Du wirst sie wiedersehen«, log ich. Heute hatte ich nur gelogen und wenn ich aus der Hölle fliehen konnte, würde ich weiter lügen. Nur so konnte ich überleben.

Erneut schüttelte er mühsam den Kopf. »Du hörst mir nicht zu.«

Ein Knall erschütterte mich bis ins Mark und ich zuckte zusammen und krümmte mich.

Schreie.

Weinen.

Angst.

Ich warf einen Blick über die Schulter und schaute zu der Menschentraube, die sich durch die Tür des Klassenzimmers quetschte. Es war nicht vorbei. Es konnte nicht vorbei sein. Aber wenn doch? Mein Herz bohrte ein Loch in meine Brust und mein Atem ging nur gepresst aus meinem Mund. Ich konnte ihn nicht alleinlassen. Ich hatte es ihm versprochen.

Noch ein Knall.

»Atlas?«

Noch ein Donnerschlag.

»Atlas?«

Er packte mich am Kragen, zog mich näher an sich heran und verschwand.

»Atlas?«

Wie Nebel in der Sonne wurden das Blut, seine Hände, sein Gesicht zu nichts.

Noch ein Knall.

Ich schreckte hoch, kroch im Sitzen auf der Couch rückwärts, bis mein Steißbein gegen die Lehne stieß. Hektisch sah ich mich um, doch meine Sicht war trüb. Mein Herz polterte in meiner Brust und ich atmete schneller und schneller.

»Atlas, beruhige dich.«

»Wer ... wo?« Meine Kehle brannte, Erinnerungen trafen voller Wucht gegen die Wirklichkeit und verwandelten mein Bewusstsein in pures Chaos. Ich war nicht mehr da, doch ich war auch noch nicht hier.

»Atme!«

Blinzelnd schaute ich zur Seite. Ich schaute zu der Hand, die mich an der Schulter festhielt und in das Gesicht meiner Schwester.

»Atme«, wiederholte Sage und machte vor, wie ich mich zu verhalten hatte.

Ich holte stockend Luft, entließ sie durch den Mund und hielt meinen Blick auf ihre Augen gerichtet. Der schlimmste Tag meines Lebens war vorbei. Ich war nicht mehr dort.

»Ich habe geträumt.« Meine Stimme klang so schwach, wie ich mich fühlte.

Sage setzte sich auf den Rand des Sofas. Sie verlor keine Sekunde den Augenkontakt mit mir. Doch trotz ihres Lächelns rollte eine Träne aus ihrem Augenwinkel.

»Geht es dir besser?«

»Vielleicht.« Ich schluckte, mein Mund war staubtrocken. »Was machst du hier?«

Sie wischte ihre Träne weg, zuckte mit den Schultern und ließ ihre Hände von mir heruntergleiten. »In meiner Brust war es so eng und du hast auf meine An-rufe nicht reagiert.«

Mein Blick ging herüber zu meinem Handy, das noch immer auf dem Boden lag, und mein Herzschlag beruhigte sich allmählich. Ich wischte mir den Schweiß von der Stirn. »Diesmal habe ich nichts gegen dein Zwillingsradar einzuwenden.«

»Atlas, ich werde immer für dich da sein. Aber denkst du nicht, dass du darüber reden musst?«

Ich nickte und rieb mir den schweißnassen Nacken. »Morgen rufe ich Dr. Grint an.«

»Ich meine nicht deine Therapeutin, Atlas.« Sage legte ihre Hand auf meine Wange. »Ich werde ihr nichts sagen. Wenn du es so willst, halte ich dicht und streite mich nicht mehr mit dir darüber. Aber ich denke, dass du deine Dämonen erst loswerden wirst, wenn du ehrlich zu Maddie bist.«

In meiner Brust tat sich ein Loch auf. Auch wenn ich meiner Schwester nicht zustimmen wollte, so wusste ich, dass sie recht hatte. Welche Beziehung konnte funktionieren, wenn sie auf einer Lüge basierte?

»Ich …« Mein Atem stockte. »Nächste Woche erzähle ich ihr alles. Versprochen.«

»Du musst mir nichts versprechen. Ich will nur das Beste für dich.«

»Das weiß ich. Es wird alles gut.« Abermals log ich. Als hätte ich an diesem verdammten Tag damit angefangen und nie wieder aufgehört. Aber es war Zeit für einen Schlussstrich. Am Wochenende würde ich Maddie erzählen, was ich für sie empfand und gleich danach ihr Herz brechen. Vielleicht für immer.

Kapitel 33

Maddie

In *Carol's Diner* roch es nach frisch gebrühtem Kaffee, Backwaren und dem besten Frühstück der Stadt. Heitere Stimmen erfüllten den Raum, während der Regen weiter gegen das Fenster des Cafés schlug. Normalerweise hätte ich Leo zur Schule gefahren und würde jetzt im Laden mit Sage arbeiten. Doch der Unterricht fiel aus, da alle Lehrer mit den Barrikaden beschäftigt waren, die den Fluss daran hindern sollten, in die Stadt einzudringen. Ich hielt es nicht für möglich, denn es hatte längere Regenzeiten in Cotton Village gegeben, die nie in einer Überschwemmung geendet hatten. Der Bürgermeister war jedoch für seine vorausschauende Einstellung bekannt und mobilisierte die Stadt gerne für solche Aktionen.

Sage hatte dann vorgeschlagen, dass Leo zu ihnen fuhr und mit Ella spielte. Ray arbeitete von zu Hause aus und würde auf die Kinder aufpassen. Ich nutzte vorher die Gelegenheit, ihren Ehemann kennenzulernen und lud alle zu einem Frühstück ein.

Ray versenkte seine Gabel in dem Berg Pancakes auf seinem Teller, schnitt sie an und stopfte noch mehr Essen in seinen bereits vollen Mund. Ella kicherte, Sage beobachtete ihn sprachlos und Leo war mit seiner überdimensionalen Müslischale viel zu beschäftigt, um uns Beachtung zu schenken.

»Ich kenne diesen Mann nicht«, sagte Sage, ohne den Blick von Ray zu nehmen.

Mit verwirrter Miene sah der von seinem Teller auf. In seinem Mund steckte so viel Essen, dass er kaum die Lippen schließen konnte. »Was ist?«

Sage rollte stöhnend mit den Augen. »Babe, kannst du bitte nicht mit vollem Mund reden? Es reicht schon, dass du schaufelst, als hättest du die letzten zehn Jahre im Gefängnis verbracht.«

Ella kicherte erneut.

Ich grub die Zähne in die Unterlippe, um nicht loszuprusten.

»Sorry«, erwiderte er und spülte sein Essen mit einem Schluck Tee herunter. »Ich verhungere.«

»Das haben wir mitbekommen«, sagte sie lächelnd und tätschelte seine Schulter.

»Es ist auch deine Schuld, wenn ich mich bei deiner Chefin blamiere.«

Sie zog die Augenbrauen hoch. »Und warum ist es meine Schuld, dass du dich wie ein Höhlenmensch benimmst?«

»Vielleicht würde ich langsamer essen können, wenn du mir meine Kräfte gestern Nacht nicht ausgesaugt hättest. Ich musste bis heute Morgen schwitzen.«

»Warum hast du geschwitzt, Daddy?«

Ray erstarrte zur Salzsäule, hielt mit der Gabel auf halbem Wege zu seinem Mund inne und richtete seinen Blick langsam auf Ella.

»Na, gute Frage«, spottete Sage und kreuzte die Arme vor der Brust. »Warum musstest du schwitzen?«

»Er musste bestimmt Sport treiben«, mischte sich Leo ein. »Rays Arme sind dicker als die von Atlas.«

»Genau.« Ray stopfte einen weiteren Bissen in den Mund und zeigte mit der Gabel auf Ella. »Deine Mom hat mich die ganze Nacht lang, und auch noch heute Morgen, dazu gezwungen, mit ihr Sport zu treiben.«

»Na hör mal!« Sage zog ihre Augenbrauen aneinander und schaute Ray böse an. »Ich habe dich zu nichts gezwungen. Im Gegenteil: Du hast eine Menge Spaß gehabt, als ich dir die neue ...«, ihr Blick huschte kurz zu Ella und wieder zu ihrem Mann, »... die neuen Burpees gezeigt habe.«

»Mommy, was sind Burpees?«, fragte Leo.

Ich holte Luft und sammelte all meine Kraft, um nicht auf der Stelle loszuprusten, als sich eine Hand auf meine Schulter legte.

»Es sind gefährliche sportliche Übungen, die nur Erwachsene machen dürfen«, sagte Atlas.

Ich sah zu ihm auf. Sein Blick fing meinen ein und die Schmetterlinge in meinem Bauch flatterten aufgeregt. Er presste einen sachten Kuss auf meine Stirn. Keine Ahnung, warum mir so heiß wurde, aber ich hoffte nur, nicht wie ein verliebtes Mädchen zu erröten.

»Genau!« Ray erhob sich kurz und begrüßte seinen Schwager mit einer schnellen Umarmung. »Ihr beide dürft keine Burpees machen, bevor ihr dreißig werdet.«

»Warum?«, fragten Leo und Ella gleichzeitig.

»Hör auf, Mist zu erzählen, Ray. So verwirrst du die Kinder«, erwiderte Sage und fuhr sich kopfschüttelnd durch die feurigen Haare.

Atlas zog einen Stuhl unter dem Tisch hervor und setzte sich neben mich. Seinen Arm legte er über die Rückenlehne und mit dem Daumen streichelte er meine Schulter. Wir hatten uns gestern Nacht nicht gesehen und schon bei seiner ersten Berührung pochte heiß die Sehnsucht in mir. Unzählige Male hatte ich überlegt, Leslie eine Ausrede aufzutischen, nur um wieder nach Hause zu fahren und mit Atlas die Nacht zu verbringen. Dabei ging es mir nicht um Sex. Ich vermisste seine Nähe, seinen Duft auf meinem Laken, seine Hand auf meiner Taille.

»Wie findest du dein neues Zuhause?«, fragte er seinen Schwager.

Ray zuckte mit den Schultern. »Ich wollte schon immer in einem Dorf wohnen und Ella ist von den Alpakas begeistert.«

»Wie kann jemand nicht von Alpakas begeistert sein?«, fragte ich.

»Grandpa hat gesagt, dass Ella dem neuen Alpakababy einen Namen geben darf, wenn es geboren wird.« Leo ließ seinen Löffel klirrend in seine Schüssel fallen.

Ellas Augen strahlten. So sah sie ihrem Onkel noch ähnlicher. »Wirklich?«

»Früher durften nur Mom oder Daddy den Alpakas Namen geben.«

Mein Lächeln schwand und ein ungutes Gefühl machte sich in meinem Bauch breit. Ich senkte den Blick. Ich wollte mit aller Kraft verhindern, dass

Blossoms Worte zu mir drangen. Doch in meinem Kopf kreisten sie immer wieder. Unsere Beziehung würde nie mehr so sein wie früher. Ich war nicht die Tochter, die sie nie hatte, sondern eine Verräterin, die ihren Sohn betrog. Ich schluckte und starrte meine Kaffeetasse an, bis Atlas meinen Namen flüsterte. Wie kann mein Glück etwas Schlimmes sein? Würde Chris nicht wollen, dass ich weiterlebe?

»Ist das okay?«, fragte er.

Ich runzelte die Stirn. »Was ist okay?«

»Wir haben gerade gesagt, dass wir schon loswollen. Die Kinder möchten die Alpakas besuchen, bevor wir nach Hause fahren«, sagte Ray.

Blinzelnd stand ich auf. »Klar. Wir müssen den Laden öffnen.«

Atlas half Leo mit seiner Regenjacke, während ich die Rechnung bei der Kellnerin beglich. Meine Gedanken waren nicht mehr im Hier und Jetzt und ein Teil meines Herzens fühlte sich taub an. Was Blossom betraf, konnte ich für sie nichts machen. Sie würde mir erst vergeben, wenn sie dazu bereit war und ich musste damit leben, wenn es nie dazu kam. Ich hatte mich dafür entschieden, mir selbst zu vergeben und musste heute Abend dringend noch etwas tun.

***

Der Regen prasselte auf meinen Kopf. Meine Kleidung klebte nass an meinem Körper und ich sog die kühle Luft der Abenddämmerung in mich ein. Die Laternen schalteten sich an und ich blieb vor der sattgrünen Wiese stehen. Mein Blick folgte dem Weg aus bebauten Steinen, auf dem ich ein Jahr lang nicht gegangen war, und mein Herz vergaß für eine Sekunde zu schlagen. Mit einem Knoten im Hals zog ich meine flachen Sandalen aus, vermied den steinigen Weg und vergrub meine Fußsohlen stattdessen im akkurat getrimmten Rasen. Die matschige Erde zwischen den Grashalmen gab nach und umschlang beinahe meine Füße. Das Gefühl bescherte mir eine Gänsehaut. Würde es nicht in Strömen regnen, wäre Mr. Silva schon hier aufgetaucht und hätte mich vom Friedhof getrieben. Aber er war nicht hier. Keiner würde so verrückt sein und hier zu der Zeit, bei so einem Unwetter, auftauchen. Ich dankte Gott dafür, denn nur so hatte ich den Mut, Chris zu besuchen.

Vor seinem Grabstein blieb ich stehen, ließ die Hand mit dem Blumenstrauß sinken und meine Sandalen auf den Rasen fallen. Ich wappnete mich, um die Welle der Gefühle zu empfangen, die dieser Anblick mir bescheren würde. Doch sie kam nicht. Der graue Marmorstein mit Chris' Namen bedeutete mir nichts, denn ich wusste, dass er nicht hier war. Ich glaubte von ganzem Herzen, dass er an einem besseren Ort darauf wartete, mich und Leo wiederzusehen. Irgendwann.

Langsam ließ ich mich auf den Boden sinken, kniete mich nieder und lehnte den Strauß nasser Feldblumen an den Grabstein. Erst als ich meinen Mund öffnete, um Luft zu holen, schmeckte ich das Salz meiner Tränen und merkte, dass mich dieser Anblick doch nicht kaltließ.

»Hey, Chris ...«, setzte ich an. Mein Herz krümmte sich zusammen und der Kloß in meiner Kehle nahm epische Ausmaße an. »Es tut mir leid, dass ich dein Grab nicht früher besucht habe. Aber du weißt, dass ich nicht gut darin bin, mich um solche Sachen zu kümmern.«

Mein Blick glitt über eine Vase, in der Sonnenblumen steckten. »Deine Mutter hat sich aber darum gekümmert. Sie war schon immer in allem besser als ich.«

Das hatte ich auch gedacht, als ich sie darum gebeten hatte, sich um Leo zu kümmern. Er hatte eine bessere Mutter als mich gebraucht, ein besseres Vorbild, als ich es war.

»Ich will aber besser werden, Chris.« Meine Stimme versagte. »Ich will besser sein für Leo und auch für dich. Aber ich muss wissen, dass du mir vergeben hast. Ich muss wissen, dass du mir vergibst, nicht für unseren Sohn dagewesen zu sein.«

Ich schloss die Augen, presste meine Stirn gegen den kühlen Marmor und ließ meine Finger über die eingravierte Schrift gleiten.

»Bitte, gib mir ein Zeichen, dass es okay ist, Atlas in mein Leben zu lassen, denn ich habe Angst, Chris. Ich habe Angst, dass Blossom recht hat und ich dich enttäusche.«

Nur das Prasseln der Regentropfen auf den Boden riss die Stille auf. Ich wartete, brachte kein einziges Wort mehr über meine schwere Zunge und hoffte auf ein Wunder. Doch ich wusste, dass nichts passieren würde.

»Ich liebe dich«, flüsterte ich. »Aber ich lasse dich jetzt los.«

Nichts geschah. Kein Donner, kein Blitz, kein Blatt bewegte sich anders als üblich im Wind. Deshalb stand ich auf, küsste meine Fingerspitzen, presste sie gegen den Grabstein und ging.

Der ganze Weg nach Hause fühlte sich an, als würde ich mich unter Wasser befinden. Erst als ich meine nassen Klamotten abgestreift und lange geduscht hatte, spürte ich die Welt, wie sie war. Es war so, als wäre ich durch einen Sturm gegangen, hätte all meine Ängste wie Steine aus meiner Brust entnommen.

Mit einem Handtuch rieb ich mir die Haare trocken, als mein Handy klingelte. Ich nahm es vom Couchtisch, setzte mich auf das Sofa und ging ran.

»Maddie? Maddie Wonder?«

Die Stimme klang fremd. Ich sah stirnrunzelnd auf das Display und beäugte die unbekannte Nummer. Bis auf die Vorwahl von Cotton Village kannte ich sie nicht.

»Wer möchte es wissen?«

»Oh, Entschuldigung.« Der Mann räusperte sich und etwas im Hintergrund raschelte. »Mein Name ist Dr. Bailey. Die meisten in Cotton Village nennen mich Dr. B.«

Natürlich kannte ich den Anwalt, der zu geizig war, um sich eine neue Brille zu kaufen. Jedes Mal, wenn er meine Schwiegereltern besucht hatte, hatten Chris und ich gerätselt, warum er immer eine kaputte Brille trug. Sein Sohn Jo hatte uns dann in der Schule verraten, dass er kein Geld für überflüssiges Zeug ausgab. Als wäre eine Brille das. Der Mann war mal Richter, arbeitete aber seit meiner Teenagerzeit als Anwalt. Aber nur, wenn ein Fall ihm besonders am Herzen lag. Ich hatte sogar nebenbei mitbekommen, dass er für den Schadenersatz gekämpft hatte, die meine Schwiegereltern und ich nach Chris' Tod erhalten hatten. Aber es waren schon ein paar Jahre vergangen, seit wir uns zum letzten Mal gesehen hatten.

»Hallo, Dr. B. Habe ich vielleicht vergessen, Papierkram bei Ihnen zu unterzeichnen?« Ein anderer Grund, warum er mich jetzt angerufen hatte, fiel mir einfach nicht ein.

»Nein, Maddie. Ich rufe nicht als Anwalt, sondern als Blossoms und Coles guter Freund an.«

Ein kalter Schauder kroch meine Wirbelsäule hinauf und ich straffte die Schultern.

»Sie haben mich darum gebeten, mit dir zu reden und ich wollte dich fragen, wann ich vorbeikommen könnte. Wir könnten uns auch ...«

»Worüber?«, fiel ich ihm ins Wort.

»Willst du nicht lieber einen Termin vereinbaren?« Er klang verdutzt.

Mir war es egal. »Worüber wollen Sie mit mir reden?«

»Blossom macht sich Sorgen um Leos Wohlbefinden. Vor allem, weil du eine schwierige Phase nach Chris' Tod durchgemacht hast und dich jetzt schon in eine neue Beziehung stürzt.«

Galle stieg in mir hoch. Wie konnte sie mit einem fremden Mann über mein Liebesleben sprechen? Wie konnte sie es wagen, einen Anwalt zu suchen, um ihm vorzugaukeln, dass ich mich schlechter um meinen Sohn kümmern würde, weil ich mich verliebt hatte?

»Meine Beziehung geht weder meine Schwiegereltern noch Sie etwas an.«

»Das kann ich verstehen.« Er räusperte sich. »Aber sehen die zuständigen Behörden die Situation auch so?«

Das konnte nicht sein Ernst sein. »Drohen Sie mir etwa?«

»Maddie.« Er holte tief Luft und etwas klimperte im Hintergrund. »Ich will keinen Streit. Dafür bin ich zu alt. Das Einzige, was ich hier versuche, ist, einen Weg zu finden, damit eure Familie sich versteht.«

Ich stand auf, presste das Handy fester gegen mein Ohr und krallte mich an der Wut fest, die in meinem Bauch tobte.

»Wenn Sie meiner Familie etwas Gutes tun wollen, sagen Sie Blossom, wie unmöglich sie sich gerade verhält. Ich weiß genauso wie Sie, dass ein Rechtsstreit zwischen uns nicht nur Geld kosten würde, das wir nicht haben, sondern für sie auch aussichtslos ist. Ich habe einen Job, mein Laden läuft sehr gut und bald ziehe ich von der Farm weg. Warum sollte ein Richter meinen Schwiegereltern Leos Sorgerecht geben?«

»Ich wollte nur ...«

»Mich interessiert nicht, was Sie oder meine Schwiegermutter wollen. Mit der Aktion habt ihr beide meinen Respekt endgültig verloren. Ich wünsche Ihnen einen schönen Abend!«

Ich legte auf. Das Handy entglitt meiner zitternden Hand und fiel dumpf auf den Teppich. Mein Herz blutete. Kraftlos sackte ich auf der Couch in mich zusammen. Wir waren an einem Punkt angekommen, von dem ich nie gedacht hätte, dass wir ihn jemals erreichen würden. Aber ich würde mich nicht manipulieren lassen. Atlas war ein wundervoller Mann, der mir nie einen Grund liefern würde, damit Blossom Leos Sorgerecht für sich beanspruchen konnte. Sie hatten gebluftt und ich konnte nur hoffen, dass Cole von der ganzen Sache nichts wusste und seine Frau überredete, mich meine eigenen Entscheidungen treffen zu lassen.

Kapitel 34

Maddie

Der Regen hatte eine Pause eingelegt, doch der Duft nasser Erde hing immer noch in der Luft. Der Anfang des Sommers zeigte sich mit der heißen Abendluft. Die Zikaden stimmten in die nächtliche Symphonie ein und mein Herz tanzte vor Aufregung. Eigentlich war das Gefühl total unpassend, denn ich hatte Atlas schon geküsst, war mehrmals in seinen Armen eingeschlafen und es gab keine Stelle an seinem Körper, die ich nicht kannte. Trotzdem war das hier eine Premiere. Mein Sohn und die ganze Stadt wussten, dass Atlas und ich ein Paar waren und heute würde er mich zum ersten Mal ausführen. Ein Teil von mir freute sich darüber, nach Birmingham zu fahren, denn wir wären sicher die Hauptattraktion in Charlies Restaurant. Aber ein anderer Teil wollte, dass jeder sah, wie ich und Dr. Atlas James Prescot Händchen hielten. Vielleicht war das der Teil, der in der Schule viel zu oft gehört hatte, ich sei nicht gut genug.

»Rot steht dir definitiv gut«, sagte Sage und verdrehte spielerisch die Augen. »Was steht dir nicht gut?«

Lächelnd sah ich an mir herab, strich über den weichen Stoff meines Sommerkleides und hob den Kopf zum kleinen Publikum, das seit ein paar Minuten im Wohnzimmer auf mich wartete.

»Du siehst echt toll aus, Mom.«

Ich eilte auf Leo zu, presste ihm einen Kuss auf die Stirn und wischte den Lippenstiftabdruck wieder weg. Meine Hand zitterte bereits und ich fühlte mich genauso albern wie glücklich. Vielleicht war es das Zeichen, um das ich Chris gestern gebeten hatte. Eventuell funktionierte alles gerade gut, damit ich verstand, dass auch ich Glück verdiente.

»Wann kommt Onkel Atlas?«, fragte Ella und stand auf. Ihre rosa Feenflügel wackelten, während sie auf den Fußballen auf und ab wippte.

Ich warf kurz einen Blick auf die Uhr. »Er muss gleich da sein.«

»Ich kenne dieses Kleid.« Leo stand ebenfalls auf und zupfte an dem roten Stoff. »Das hat Daddy dir geschenkt.«

Mein Herz fühlte sich an, als würde es in sich zusammenfallen und ein schlechtes Gewissen machte sich in mir breit. Wie hatte ich vergessen können, dass Chris mir das Kleid zum Valentinstag geschenkt hatte? Ich mutete meinem Sohn viel zu, indem ich mich schon nach so kurzer Zeit auf eine neue Beziehung einließ. Jetzt besaß ich nicht einmal das Feingefühl, ihn die Erinnerungen, die Leo an seinen Vater noch hatte, behalten zu lassen.

»Findest du es schlimm?«, wollte ich wissen und legte meine Hände auf Leos Schultern. »Soll ich lieber ein anderes Kleid anziehen?«

Leo legte den Kopf schief. »Warum?«

»Ich weiß nicht.« Blinzelnd fuhr ich mit den Fingern durch seine Haare.

»Dann nicht.«

So einfach. Vielleicht machte ich mir viel zu viele Gedanken um seine Erinnerungen an Chris. Ich würde Leo so gerne beschützen, die schönsten Momente mit seinem Vater in ein Marmeladenglas einschließen und ihm schenken, damit er jederzeit hineinschauen und sich an diese besondere Zeit erinnern konnte. Aber so funktionierte das Leben nicht. Ich musste loslassen, darauf vertrauen, dass Chris immer einen besonderen Platz im Herzen unseres Sohnes haben würde. Egal ob er sich an Einzelheiten erinnerte oder nicht. Auch musste ich aufhören, meine Ängste auf ihn zu übertragen.

»Wie sah eigentlich dein Daddy aus, Leo?«, fragte Ella.

»Wie ich. Aber größer.«

Unwillkürlich lächelte ich und ging auf den Fernsehschrank zu. »Warte. Ich habe hier ein Foto von Chris.«

Sage stand abrupt auf. »Mach dir keine Umstände, Maddie. Du musst nicht ...«

»Das ist nicht umständlich«, unterbrach ich sie und zog ein Bild aus der Schublade. »Ich wollte das Foto schon lange aufhängen, aber ich habe noch keine Zeit gehabt, einen schönen Bilderrahmen zu kaufen.«

»Ich meine ...«

Sehnsucht erwärmte mein Herz, während ich Chris anschaute, der einen zweijährigen Leo auf dem Arm hielt. Ella kam auf mich zu, zog meine Hand herunter und starrte ein paar Sekunden lang stirnrunzelnd auf das Bild.

»Mom, das ist Mr. Wonder«, sagte sie verwirrt und sah ihre Mutter an.

Sages Blick wanderte zu mir. Waagerechte Furchen gruben sich in ihre Stirn und in ihre Augen stahl sich ein Gefühl, das ich nicht recht deuten konnte.

»Was meinst du, Ella?«, fragte ich, ohne den Blick von Sage zu nehmen.

»Ich kenne ihn.« Sie nickte, wobei ihr blonder Pony auf ihrer Stirn tanzte. »Das ist Mr. Wonder aus meiner Grundschule.«

Mein Magen fühlte sich bleischwer an. Etwas war hier falsch. Sehr sogar.

»Das kann nicht sein, Liebes.«

»Es kann nicht jemand aus deiner Schule sein, weil mein Daddy gestorben ist«, sagte Leo und zog das Bild aus meiner Hand.

»Mr. Wonder auch.« Ellas blaue Augen wurden plötzlich von einer tiefen Trauer überschattet.

Ich wusste, dass Sage und ihre Familie aus Atlanta kamen. Aber in der Stadt lebten Millionen Menschen. Es war so unwahrscheinlich, dass Ella in dieselbe Schule gegangen war, in der Chris unterrichtet hatte. Es musste ein riesengroßer Zufall sein und solche Zufälle gab es nicht.

Mein Puls schlug schneller und ich fühlte mich so, als würde ich mir ein Puzzle anschauen, in dem ein Teil fehlte.

»In welche Schule bist du in Atlanta gegangen, Ella?«

Sie öffnete den Mund, um mir zu antworten, wurde aber vom Klopfen an der Tür unterbrochen. Hastig ging Sage auf die Tür zu, riss sie auf und kehrte zu den Kindern zurück. Alles ging zu schnell. Sie schulterte den Rucksack, den ich mit Leos Sachen zum Übernachten gepackt hatte, schaute mich dabei nicht an, sondern nur ihren Bruder, der verdutzt im Türrahmen stehen geblieben war.

»Hey, Atlas«, sagte sie so ernst wie noch nie. »Kommt Kinder, wir gehen lieber los.«

»Was geht hier vor?«, wollte ich wissen.

Atlas schaute seiner Schwester zu, während sie sich an ihm vorbeischob. »Habe ich etwas verpasst?«

»Du musst mit Maddie reden, Bruderherz.«

»Worüber?«

»Bis dann, Onkel Atlas.« Ella zog an Atlas' Ärmel, damit er sich zu ihr beugte und sie ihm einen Kuss auf die Wange pressen konnte.

Leo gab mir Chris' Bild zurück, umarmte mich und lief auf Atlas zu. »Morgen müssen wir zu unserem Schloss.«

»Das machen wir, Champ.«

Mein Blick blieb auf meinen Sohn geheftet, der Atlas kurz umarmte, aus dem Haus lief und in Sages Auto einstieg. Erst als sie mit den Kindern wegfuhr und die Tür ins Schloss fiel, stieß ich die Luft aus, die ich unbemerkt angehalten hatte. Meine Zunge fühlte sich taub an, doch mein Puls donnerte immer heftiger gegen meine Schläfe.

Atlas kam auf mich zu, ein zaghaftes Lächeln auf den Lippen. »Du siehst unglaublich aus.«

»Kannst du mir bitte sagen, was gerade passiert ist?«

»Ich weiß es selbst nicht.« Er rieb sich den Nacken.

Ich sammelte die Gedanken, Eindrücke und Worte, die in den letzten Sekunden im Raum gestanden hatten. Nichts ergab einen Sinn, doch die Antwort war da, zu dicht vor meinen Augen, dass ich sie hätte erkennen können.

»Ella hat gesagt, dass sie Chris aus ihrer Schule in Atlanta kennt.« Ich zerknüllte beinahe das Foto in meiner Hand, streckte es aber Atlas entgegen. »Deine Schwester hat sich merkwürdig verhalten, ist aufgestanden und sofort gegangen.«

Atlas' Gesicht sah bleich und sorgenvoll aus, sein Adamsapfel hüpfte auf und ab und er ließ ein paar Sekunden vergehen. »Jetzt verstehe ich es.«

»Gut, dann erkläre es mir!«

»Willst du dich hinsetzen?«

»Mir geht es gut so. Ich bleibe lieber stehen.« Ich ließ meine Hand sinken, kreuzte die Arme vor der Brust und lauschte dem Sturm, der sich in mir aufbaute.

Atlas schluckte abermals, wandte den Blick von mir ab und sein Brustkorb bewegte sich in einem tiefen Atemzug. »Ich habe dieses Gespräch lange geplant. Jedoch hatte ich gehofft, dass es nicht so kommt.«

»Atlas, bitte.« Ungeduld verzehrte meinen ganzen Körper.

»Ich war nicht immer ehrlich zu dir und ich möchte jetzt, dass du mich ausreden lässt.«

Ich nickte.

Er schob seine Hände in die Hosentaschen und sah dabei seine Schuhe an. »Als ich nach Cotton Village gezogen bin, wusste ich schon, wer du bist.«

»Woher?«

»Ich war beim Amoklauf in der Montgomery Primary School dabei. Aus dem Grund habe ich Schlafprobleme. Deshalb habe ich die Panikattacke gehabt. Zu laute Geräusche und Stress lösen eine Attacke bei mir aus.«

Seine Stimme klang verhalten, zu leise. Doch als er wieder aufsah und sein Blick meinem begegnete, wohnte keine Ruhe in seinen grauen Augen, sondern Furcht.

»Du warst da?« Ich flüsterte beinahe. »Aber warum hast du es mir nicht gesagt?«

Atlas kam näher und legte seine kühlen Handflächen an meine Wangen. »Maddie, du musst erst mal einiges verstehen, okay?«

»Du machst mir Angst«, brachte ich hervor.

Ich wollte ihn ebenfalls berühren, sagen, dass es in Ordnung war. Wenn Atlas auch beim Amoklauf gewesen war, musste er furchtbare Dinge erlebt haben. Es war okay, wenn er nicht von Anfang an mit mir darüber reden wollte. Wer würde freiwillig solche Erlebnisse in Erinnerung rufen wollen? Warum würde er das tun müssen?

»Ich hatte nicht nur schon von dir gehört, sondern auch ein Bild von dir gesehen.« Mit seinem Daumen malte er sachte Muster auf meine Haut und seine Augen glitzerten feucht. »Aber ich konnte nicht wissen, dass du diese wundervolle Frau bist. Ich konnte nicht wissen, dass ich mich in dich verlieben würde. Ich habe nicht geahnt, dass die Gefühle, die ich mein Leben lang vermieden habe, mir den Boden unter den Füßen wegreißen würden.«

»Wie konntest du ein Bild von mir gesehen haben?«

»An diesem Tag ging alles so schnell ...« Er ließ seine Hände sinken, trat aber nicht zurück. »Ich wollte Ella abholen, um mit ihr Eis essen zu gehen, aber erst in der Schule habe ich Sages Nachricht bekommen. Ella war nicht zur Schule gegangen, weil sie krank geworden war. Als ich dann wieder gehen wollte, habe ich die ersten Schüsse gehört.«

Ella war in derselben Schule gewesen!

Chris hatte gewollt, dass unser Sohn in dieselbe Schule ging, in der er unterrichtete. Aber Leo hatte Freunde in seiner Grundschule gehabt und wollte die Schule nicht wechseln.

»Wir waren in diesem Klassenzimmer eingesperrt«, fuhr Atlas fort und ich starrte das deutliche Pulsieren der Schlagader an seinem Hals an. »Die Kinder haben geschrien und geweint. Ich wollte helfen, aber ich wusste nicht wie. Der Junge kam dann mit der Waffe ins Zimmer. Die Schreie wurden lauter und lauter. Er hat dann seine Ohren mit den Händen zugehalten und den Kopf geschüttelt, ohne die Waffe loszulassen. Ich wollte die Kinder beruhigen, aber sie haben nur lauter geschrien.«

Atlas trat ein paar Schritte zurück, atmete hektischer und fuhr sich mit zitternder Hand durch die Haare.

Warum tat er das? Warum ließ ich zu, dass er über solche schrecklichen Momente redete? Er musste aufhören.

Hör bitte auf.

»Du musst nicht ...«

Abrupt blieb er stehen und sah mich an. »Chris ist auf den Jungen zugegangen und alles ging so verdammt schnell.«

»Chris ...«, wisperte ich.

»Der Junge hat seine Augen geöffnet und auf Chris geschossen. Viermal.«

Der Lehrer Chris Peter Wonder wurde durch insgesamt vier Schüsse tödlich verletzt.

Lehrer der Montgomery Primary School wurde erschossen.

Zwanzig Tote.

Der Amoklauf in der Montgomery Primary School schockiert und viele Fragen sind noch offen.

Die Stimmen der Nachrichtensprecher, die an diesem entsetzlichen Tag im Fernsehen darüber berichtet hatten, echoten in meinem Kopf und mein Herz warf sich unkontrolliert gegen meinen Brustkorb.

Langsam ergaben Atlas' Worte in meinem Kopf einen Sinn. Er war da gewesen! Er hatte mit Chris geredet! Atlas hatte die ganze Zeit gewusst, dass ich mit einem Mann verheiratet gewesen war, der während des Amoklaufs gestorben war.

»Es ist also kein Zufall, dass wir uns kennengelernt haben.«

»Ich konnte mich nicht bewegen«, sprach er weiter, ohne meine Erkenntnis anzusprechen. »In meinem Kopf wusste ich, dass ich auf ihn zugehen und helfen sollte. Aber ich konnte mich nicht bewegen. Erst als der Junge wieder aus dem Zimmer gegangen ist, habe ich mich zu Chris geschleppt.« Er atmete schneller, stockend. »Es gab mehr Schüsse, die Kinder haben lauter geweint und ich habe mir nur das ganze Blut angeschaut, das aus Chris' Wunden ausgetreten ist.«

»Hast du Chris schon vor dem Amoklauf gekannt?«

Atlas schüttelte den Kopf. Er sah mich dabei immer noch nicht an. »Er hat hektisch geatmet und ist in Panik geraten. Aber er hat nicht aufgehört, deinen und Leos Namen zu sagen.«

Seine Stimme versagte. Sie kroch unter meine Haut und erschütterte mich bis ins Mark. Als er mich wieder ansah, zerfiel mein Herz in zwei Hälften. Er brauchte mich. Atlas brauchte mich jetzt. Doch meine Glieder wogen eine Tonne. Meine Füße klebten am Boden und das Pochen meines Herzens hallte in meinem Kopf wider.

»Er hat seine Hand geöffnet und darin war ein kleines Bild von euch beiden. Chris hat das Foto die ganze Zeit in der Hand gehabt.«

»Warum bist du hierhergezogen?«, fragte ich benommen.

»Ich weiß nicht.« Atlas schluckte erneut, hob die Hand, als würde er mich berühren wollen, steckte sie aber in die Hosentasche. »Wochenlang habe ich von dir geträumt. Ich musste dich sehen, wissen, wie du klingst.«

»Und warum hast du mir nichts davon erzählt?«

Abermals fuhr er sich durch die Haare. »Schuldgefühle.«

»Wieso?«

Mein Ehemann war erschossen worden. Das war eine Tragödie, aber dafür konnte Atlas nichts.

»Ich bin die ganze Zeit bei Chris geblieben, habe seine Hand gehalten und ihn versprechen lassen, dass er überleben würde, um euch wiederzusehen.«

»Es war ...« In meiner Brust zog sich mein Herz zusammen. Warum konnte ich nicht sagen, dass Atlas nicht daran schuld war?

Verzweiflung stahl sich in seine stürmischen Augen. »Der Junge hat sich umgebracht und die Kinder sind aus dem Klassenzimmer gestürmt.«

Hör auf damit.

Hör auf, dich zu quälen.

»Es war ...« Erneut blieben die Worte in meinem Hals stecken.

»Ich konnte mich aber nicht bewegen!«

»Es war nicht ...«

War er der Einzige, der sich quälte?

»Ich habe zugesehen, wie dein Mann verblutet ist, anstatt Hilfe zu holen«, sagte er.

»Es war ...«

Ich konnte das nicht. Atlas hatte mich die ganze Zeit angelogen und jetzt Erinnerungen wachgerufen, die meine Seele wieder und wieder verletzten. Kälte sickerte durch meinen ganzen Körper und Tränen traten mir in die Augen. Ich verstand ihn und gab ihm auch an Chris' Tod keine Schuld. Aber ich war mir sicher, dass meine Schwiegereltern nicht genau wie ich denken würden. Blossom suchte bereits jetzt nach einem Grund, Leo für sich zu beanspruchen. Sie wollte jetzt schon ihren Sohn durch ihren Enkel ersetzen. Wenn ich ihr alles erzählte, was passiert war oder sie auf eine andere Weise davon erfuhr, würde sie einen handfesten Grund haben, um das Sorgerecht zu kämpfen. Blossom hatte Chris' Arbeitskollegin die Schuld an seinem Tod geben wollen. Sie hatte mir die Schuld geben wollen und mir sogar mit einem Anwalt gedroht. Atlas hatte keinen Grund, sich schuldig zu fühlen, dennoch hatte er uns alle angelogen. Wenn Blossom schon jetzt gegen unsere Beziehung war, was würde sie noch tun, wenn sie die ganze Wahrheit erfahren würde? Ich konnte Leo so eine Situation nicht aufbürden. Wie würde er sich fühlen, wenn meine Beziehung zu meinen Schwiegereltern durch meine Verbindung mit Atlas immer schwieriger wurde?

»Ich bin aufgestanden, rausgegangen und konnte den Sanitätern nicht sagen, dass Chris Hilfe brauchte«, sprach er weiter.

»Es ... ich ...«

Wenn die Ärzte eine halbe Stunde früher gekommen wären ...

Die Spekulationen von Chris' Arbeitskollegin kamen mir wieder in den Sinn. Wenn Blossom mit ihr redete? Wenn meine Schwiegereltern sie suchten? Leo war meine Priorität, der wichtigste Mensch in meinem Leben, und ich konnte die Familie, die ihm geblieben war, nicht zerstören.

»Wenn ich schneller gewesen wäre, würde Chris vielleicht noch hier sein.« Atlas kam auf mich zu und streckte mir seine Hand entgegen. »Es tut mir leid, Maddie.«

Sag das nicht bitte.

Ich glaubte ihm. Jedes Wort. Dennoch wich ich zurück. Ich war nicht wie meine Mutter, denn Leo war mir wichtiger als meine eigenen Gefühle. Meine Beziehung mit meinen Schwiegereltern balancierte bereits auf dünnem Eis und wenn sie von Atlas' Lügen und dem Amoklauf erführen, würden wir in den Krieg ziehen. Eine Schlacht, für die ich überhaupt nicht vorbereitet war. Ein Kampf, den ich so oder so verlieren würde, denn rechtlich konnten sie nichts anstellen. Aber Leos Herz würde leiden, wenn Blossom mit meiner Beziehung nicht einverstanden war.

»Warum hast du uns angelogen?«

Er schüttelte den Kopf. »Ich wollte es dir schon früher sagen, aber ich habe so viel Angst gehabt ...«

Atlas' Blick, all die schrecklichen Gefühle, die in seiner Miene sichtbar wurden, brachen mir das Herz.

»Ich habe nicht geplant, mich in dich zu verlieben«, sagte er.

»Geh bitte«, unterbrach ich ihn.

Meine Worte schnürten mir die Kehle zu. Wenn Atlas noch mehr sagte, würde ich ihn nicht gehen lassen. Aber ich musste es tun. Für Leo.

»Bitte.«

Er öffnete den Mund und presste die Lippen abermals aufeinander, bevor er sich umdrehte und mein Haus verließ.

Ich blieb zurück. Mein Herz lag in Trümmern. Ich hatte endlich verstanden, dass wir nie eine gemeinsame Zukunft haben würden.

Kapitel 35

Atlas

Meine Hände zitterten, der hellgrüne Tee schlug kleine Wellen in meiner Tasse und in meinem Hals schien die ganze Welt zu stecken. Ich trank einen Schluck. Die warme Flüssigkeit rann meine Kehle hinunter und ich wartete auf das Gefühl von Geborgenheit, das nicht kam. Stattdessen schrumpfte mein Herz jede Sekunde ein bisschen mehr, je länger ich an Maddie dachte.

»Was hast du erwartet?«, fragte Sage und nahm neben mir auf der Couch Platz. Sie redete leise, denn die Kinder waren zusammen mit Ray in Ellas Zimmer eingeschlafen.

Ich sah von meinem Tee auf, fing Sages besorgten Blick ein und presste die Lippen fest aufeinander. »Ich habe Hoffnung gehabt. Aber es war mir schon immer klar, dass sie mir nicht vergeben würde.«

»Atlas, das sage ich zum letzten Mal ...«, seufzend legte sie eine Hand an meine Wange, »... du trägst keine Schuld an Chris' Tod.«

»Warum hat Maddie mich dann weggeschickt?«

»Vielleicht, weil du gesagt hast, dass du schuld daran bist? Oder weil du sie angelogen hast.« Sage ließ ihre Hand sinken und zuckte mit den Schultern. »Maddie hat gerade Streit mit ihren Schwiegereltern, weil sie nicht wollen, dass sie eine neue Beziehung hat. Sie muss neu anfangen, sich praktisch allein um ihren Sohn kümmern, einen Laden führen und aufpassen, dass sie bloß nichts Falsches macht und sich jemand in der Stadt das Maul über sie zerrreißt. Dann verliebt sie sich in dich und erfährt sowas. An ihrer Stelle wäre ich auch verwirrt und würde Abstand brauchen.«

Meine Schwester konnte es mir so oft sagen, wie sie wollte: Die Erinnerungen an diesen Tag hatten sich wie ein Brandzeichen in meinen Kopf eingraviert. Ich würde nie vergessen, wie bitter die Worte geschmeckt hatten, die in meiner Kehle steckengeblieben waren. Niemals würde ich den Moment verblassen lassen, in dem ich für Chris um Hilfe hätte rufen müssen. Alle Menschen auf der Welt könnten mich dazu zwingen, zu wiederholen, dass ich nicht daran schuld war, aber keiner konnte wissen, ob er überlebt hätte, wenn ich nicht unter Schock gestanden hätte.

»Ich fühle mich aber so. Wenn ich schneller gewesen ...«

»Das machst du seit Moms und Dads Tod.« Ihre Stimme klang flehend, als hätte sie diese Worte zu lange mit sich herumgetragen.

»Was meinst du damit?«

Sage rieb sich barsch das Gesicht und klemmte ihre Haare hinters Ohr, bevor sie mich wieder ansah. »Du trägst die Welt auf deinen Schultern, Atlas.«

»Ich übernehme einfach Verantwortung für alles, was ich tue oder eben nicht getan habe.«

Sie schüttelte den Kopf. »Nach dem Tod unserer Eltern warst du nicht für mich verantwortlich, hast dich aber trotzdem schuldig gefühlt. Immer wenn ich Mist gebaut habe, hast du deinen Kopf hingehalten und die Konsequenzen für mich getragen. Ich meine … wir waren zehn!«

Jeder von uns hatte anders auf den bisher größten Verlust unseres Lebens reagiert. Während ich mich abgeschottet und kaum geredet hatte, hatte Sage um sich geschlagen und auf andere Weise um Aufmerksamkeit gebettelt. Sogar der Oldtimer unseres Großvaters war Opfer einer ihrer Wutausbrüche geworden. Aber ich war derjenige gewesen, der die Schuld auf sich genommen hatte, als die dreizehnjährige Sage das Auto gegen die Hecke fuhr.

»Ich bin nun mal dein großer Bruder.«

Sie rollte heftig mit den Augen. »Du bist ein paar Minuten älter und mir wäre es lieber, dass du dein Leben selbst lebst.«

»Das sagt diejenige, die meinetwegen nach Alabama gezogen ist.« Ich trank meinen Tee aus und stellte die Tasse auf den Couchtisch.

»Okay.« Sie kreuzte die Arme vor der Brust. »Ich gebe zu, dass ich genau wie du noch lernen muss, mit meinen Verlustängsten umzugehen. Aber ich habe mich zumindest getraut, mein Herz wieder zu öffnen.«

Oder Ray war eher der hartnäckigste Mann, den ich kannte. Sie hatten sich früh ineinander verliebt, doch Sage war nicht bereit für eine Beziehung und hatte so oft mit ihm Schluss gemacht, dass ich beim zehnten

Mal schon aufgehört hatte zu zählen. Sie hatte ihm immer gesagt, dass lieber sie die Beziehung beenden wollte, bevor er genug von ihr hatte. Doch er war immer wieder zurückgekommen, hatte sie um eine Chance gebeten, ihr Herz erobern zu dürfen und hatte es schlussendlich auch geschafft, es zu gewinnen. Schließlich hatte sie sogar seinen Heiratsantrag angenommen.

So etwas hatte ich mir auch gewünscht. Ich hatte davon geträumt, eine Frau zu finden, die keine Angst vor meinen Dämonen hatte. Jemanden, der mich ohne Worte verstand, wie Ray und Sage es taten.

»Ich habe mich endlich getraut und was hat mir das gebracht?«

»Das kann passieren. Leider gibt es keine Garantie, dass sie dein Herz nicht brechen wird oder du ihres. So ist es in Beziehungen.«

Ich schüttelte den Kopf. »Warum bin ich so dumm gewesen und habe nicht von Anfang an die Wahrheit gesagt?«

»Was wirst du jetzt tun?«

»Ich fahre wieder nach Atlanta.« Mein Herz stolperte, während ich die Worte aussprach. »Maddie will mich nicht mehr sehen und ich brauche auch ein wenig Abstand.«

»Für wie lange?«

»Ich weiß nicht. Einen Monat? Vielleicht zwei?«

»Atlas, es hilft nicht, wegzulaufen.«

»Es tut mir leid, dass du meinetwegen hierhergezogen bist und ich ...«

»Ich bleibe«, fiel sie mir entschlossen ins Wort. »Ella hat kein einziges Mal über den Amoklauf gesprochen und ich fühle mich erstaunlicherweise in diesem Kaff wohl und Ray auch.«

»Das freut mich.«

Eine Sache weniger, die mein Gewissen belastete. Cotton Village war mir ans Herz gewachsen und ich hatte nicht vor, für immer wegzubleiben. Aber meine Schwester sollte nicht daran denken, mir für diese kurze Zeit zu folgen.

»Und was ist mit deiner Praxis?«

»Schließen?« Ich zuckte mit den Schultern. »Keine Ahnung. Ich will nicht an mich denken, sondern an Maddie, die etwas Abstand braucht.«

»Aber wir müssen mein Schloss reparieren.« Leos Stimme erklang im Wohnzimmer und ich schaute erschrocken in seine Richtung. Er strich seinen Arm auf und ab, seine großen Augen waren tränenfeucht. »Der Regen hat es bestimmt kaputtgemacht.«

Eiseskälte überkam mich und ich stand abrupt auf. »Hey, Champ. Ich habe nicht gesehen, dass du hier bist.«

Wie viel hatte Leo von meinem Gespräch mit Sage mitbekommen? Ich wollte nicht, dass er so von meiner Abreise erfuhr. Aber noch weniger wollte ich, dass er es auf diese Weise mitbekam, dass ich beim Amoklauf gewesen war und ihn angelogen hatte.

»Wer hilft mir, wenn du gehst?« Seine Unterlippe zitterte.

Mein Herz brach.

»Du kannst es Ella zeigen, Champ.« Ich hockte mich auf die Knie und bat abermals stumm um Vergebung. »Deine Mom kann auch …«

Abrupt trat er zurück. »Du hast es mir versprochen, dass du bleiben würdest!«

Ich hatte so viel zerstört, verlor alles, von dem ich nicht einmal gewusst hatte, dass ich es so sehr brauchte. »Champ, ich ...«

»Du hast versprochen, dass du nicht wie Daddy verschwinden würdest!«, brüllte Leo. Tränen kullerten aus seinen Augenwinkeln und er wich einen weiteren Schritt zurück.

»Ich werde dich nicht ...«

Verlassen.

Leo wartete nicht ab, dass ich meinen Satz beendete. Stattdessen drehte er sich um und lief zurück ins Zimmer. Meine Gefühle rissen mir den Boden unter den Füßen weg und in meiner Brust fühlte es sich so eng wie noch nie an. Ich hatte Chris', Maddies und jetzt noch Leos Vertrauen missbraucht. Als ich aufstand, um ihm zu folgen, hielt mich Sage am Ärmel fest.

»Lass ihn, Atlas. Er wird das schon verstehen, aber er braucht Zeit. Jetzt gehe ich lieber zu ihm.«

Ich nickte und versuchte, den schweren Kloß in meiner Kehle herunterzuschlucken. »Ich an seiner Stelle würde es nicht begreifen.«

Sage presste die Lippen aufeinander, umrundete mich und eilte ins Kinderzimmer.

Ich schleppte mich zur Couch, ließ mich darauf fallen und vergrub mein Gesicht in den Händen. Vielleicht hatte sie recht und es war nicht richtig, zu gehen.

»Atlas!«, rief Sage. Ich hörte ihre eilenden Schritte. Als sie im Wohnzimmer ankam, waren ihre Augen weit aufgerissen. »Leo ist weg!«

Mein Herz machte einen Satz und ich stand auf. »Was meinst du damit?«

»Das Fenster in Ellas Zimmer ist offen und er ist nirgendwo zu sehen.«

Kapitel 36

Maddie

Der stürmische Wind knallte abermals das Fenster zu und die Scheiben erzitterten, als würden sie jede Sekunde zerbersten. Ich eilte ins Wohnzimmer. In meinem Bett fand ich keine Ruhe, denn meine Gedanken kreisten um Chris und Atlas. Mein Herz war gebrochen, schlug nur schwach in zwei Hälften, und ich war mir nicht sicher, ob es je wieder heilen würde. Die Zeit sollte alles wiedergutmachen, ließ Wunden verblassen. Aber was, wenn ich den Schmerz nicht vergessen wollte? Was, wenn ich für immer ein Loch in meiner Brust haben wollte, um mich jeden Tag an Chris zu erinnern? Er war meine erste große Liebe gewesen, Leo würde immer ein Teil von ihm sein und es gab so viel, wofür ich ihm dankbar war. Ich wollte ihn nicht vergessen, nicht ersetzen. Das würde ich nie tun. Aber ich musste an meinen Sohn denken und eine Beziehung mit Atlas würde uns auseinanderreißen, anstatt zusammenzufügen.

Du bist nicht wie deine Mutter, Maddie.

Ich hatte gesehen, wie Atlas sich während einer Panikattacke verhalten hatte und konnte es mir nicht vorstellen, wie er am Tag des Amoklaufs gelitten hatte. Er war im Schock gewesen. Es war nicht seine Schuld gewesen, doch im selben Atemzug malte ich mir in meinem Kopf aus, wie Chris am Boden dieses Klassenzimmers gelegen und auf Hilfe gewartet hatte. Meine Brust brannte bei dem Gedanken, dass er sich an die Hoffnung, mich und Leo wiederzusehen, geklammert hatte. Dasselbe Bild würden meine Schwiegereltern im Kopf haben.

Wenn die Ärzte eine halbe Stunde früher gekommen wären ...

Kopfschüttelnd sperrte ich das Fenster zu, setzte mich auf die Couch und zog mein Handy aus der Tasche meines Morgenmantels. Mein Daumen schwebte über Atlas' Nummer, doch ich öffnete die Bildergalerie. Ich schaute zu dem Foto, das er mit meinem Telefon geschossen hatte. Wir lagen in meinem Bett, verwoben in den weißen Laken, und ich lehnte meine Wange auf seine nackte Brust. Meine Augen waren geschlossen und meine Nasenspitze berührte sein Kinn. Sein Duft nach nasser Erde und herbem Duschgel war so lebendig in meinen Erinnerungen, dass ich ihn sogar jetzt riechen konnte.

Als ich auf das zweite Bild klicken wollte, klopfte es an der Tür. Ich schaute zu meiner Handyuhr, die kurz nach Mitternacht zeigte, und mein Herz donnerte einmal hart gegen meine Brust. Hastig erhob ich mich, eilte zur Tür und öffnete sie. Vor mir stand Sage und ein paar Schritte hinter ihr Atlas.

»Maddie, ist Leo da?« Ihre Augen waren weit aufgerissen, ihre Schultern hoben und senkten sich hektisch.

Leo! Mein Puls raste und ein schmerzhafter Stich
durchzog mein Herz. »Was meinst du?«

Sage sah Atlas verzweifelt an, griff nach ihrer Kehle,
als würden die Worte darin steckengeblieben sein.

»Was ist verdammt nochmal passiert?!« Mir wurde so
schnell heiß und kalt, dass sich meine Sicht leicht
trübte. »Leo ist doch bei euch zu Hause.«

Atlas trat näher. Zwischen seine Augen gruben sich
tiefe Furchen. »Er ist weggelaufen.«

»Was?!« Meine Stimme versagte und ich ballte meine
Hand auf meinem Herzen.

Das passiert jetzt nicht.

Das ist ein Albtraum.

»Ich habe dir meinen Sohn anvertraut und du lässt einen Achtjährigen mitten in der Nacht weglaufen?« Ich
funkelte Sage an. Wut vermischte sich mit Verzweiflung, welche heiß in meinen Venen pulsierte. Doch
jetzt war nicht der Zeitpunkt, um mich mit ihr zu streiten. Ich musste Leo finden. Mein Kind, das in der Dunkelheit umherirrte und mich brauchte.

Ich wartete ihre Antwort nicht ab, drehte mich um
und lief ins Wohnzimmer, um mir die Jeans und meine
Sneakers anzuziehen. Den Morgenmantel zog ich aus,
streifte stattdessen einen Hoodie über mein Pyja-
mashirt und stürmte an Sage und Atlas vorbei. Meine
Sicht verschwamm, während mir Tränen in die Augen
stiegen und so viele Fragen in meinem Kopf kreisten.
Trotzdem blieb ich nicht stehen, steuerte auf das Haus
meiner Schwiegereltern zu und legte meine ganze
Hoffnung in den Wunsch, mein Sohn wäre gerade bei

ihnen angekommen. Das sah Leo nicht ähnlich. Er würde nicht grundlos weglaufen.

»Blossom! Cole!« Mit der Faust hämmerte ich so hart gegen die Tür, dass mir das Holz in das Fleisch schnitt. Mit jeder Sekunde, die verging, schwoll der Kloß in meinem Hals weiter an. »Blossom!«

Licht ging sich im Hausinneren an, dann ertönte ein Poltern, gefolgt von Schritten, und Cole erschien vor mir. »Um Gottes willen, Maddie! Was ist in dich gefahren?«

»Ist Leo da?« Ich schob mich an ihm vorbei. Mir war es egal, ob ich ihm wie eine Irre vorkam. »Leo!«, schrie ich durch das Haus und durchstreifte die dunkle Küche und das Wohnzimmer.

»Maddie?«, fragte Blossom verschlafen und wickelte ihren Morgenmantel enger um sich. »Was ist passiert?«

»Leo ist weggelaufen.« Atlas kam ebenfalls ins Haus und stellte sich vor seine Schwester.

»Warum würde er das tun?«, wollte Blossom wissen.

Mein Blick schnellte zu Sage, die den Kopf senkte und sich den Oberarm rieb. »Atlas und ich haben uns im Wohnzimmer unterhalten und er hat uns gehört. Leo war sauer. Als ich ihm dann hinterhergegangen bin, stand das Fenster im Ellas Zimmer offen und er war nirgendwo zu finden.«

»Mein Enkel läuft nicht einfach so weg!« Blossoms Stimme klang höher und ich konnte aus jedem Wort hören, wie sehr sie mich dafür beschuldigte.

»Es war meine Schuld«, sagte Atlas.

Endlich sah ich ihm in die Augen und Eiseskälte kroch meine Wirbelsäule hinauf. »Warum?«

»Ich habe gesagt, dass ich aus Cotton Village wegziehen werde, und er war von mir enttäuscht.« Seine grauen Augen schwammen in Traurigkeit und Reue.

Er würde wegziehen.

Er würde mich verlassen.

»Nein!« Blossom schaute mich an. Wut loderte in ihren Augen. »Es ist deine Schuld! Hättest du dich nicht auf eine zukunftslose Beziehung eingelassen, würdest du das Herz deines Sohnes jetzt nicht wieder brechen.«

»Blossom!«, warnte Cole.

»Ich werde nicht schweigen! Es reicht nicht, dass sie Chris' Erinnerungen entwürdigt hat, jetzt bringt sie auch unseren Enkel in Gefahr.«

»Es reicht!«, schnitt Cole ihr das Wort ab. »Es bringt niemandem etwas, wenn wir hier darüber diskutieren, wer schuld daran ist. Tatsache ist, dass mein Enkel verschwunden ist und wir ihn suchen müssen.«

Cole schnappte sich seinen Autoschlüssel vom Esstisch, schlüpfte in seine Arbeitsschuhe und lief auf die Tür zu. »Ich fahre durch die Gegend. Vielleicht ist er noch unterwegs hierher. Blossom bleibt zu Hause, für den Fall, dass er hier auftaucht.«

»Ich fahre in die Stadt«, sagte Sage und stürmte aus dem Haus.

»Ich rufe Chief James an«, fügte meine Schwiegermutter hinzu.

Blossoms Worte klafften noch tief in meiner Seele und alles in mir fühlte sich taub an. Mein Sohn war verschwunden und es war meine Schuld. Wenn ich Atlas' Nähe nicht zugelassen hätte, wäre Leo nicht weggelaufen, weil wir uns getrennt hatten.

»Ich gehe in den Wald.« Atlas ruhige Stimme schlich sich in meine Ohren und ich hob den Kopf. Eine Träne löste sich von meinem Mundwinkel, während ich ihn ansah.

»Wieso?«, fragte ich.

»Vielleicht ist er in sein Schloss gegangen.«

Ich nickte und schob all meine Schuldgefühle und die Vorwürfe beiseite. Es ging hier nicht um mich.

»Ich komme mit dir.«

***

Regen prasselte vom Himmel herab. Der stürmische Wind erschwerte meine Schritte und mein Atem kam gepresst aus meinem Mund. Ich stapfte so schnell, dass meine Waden schmerzten. Trotzdem watete ich tiefer in den Sumpf, zu dem unser Wald wegen des Sturms geworden war. Der Geruch von Matsch und Wasser drang mir in die Nase, meine nassen Haare klebten mir auf der Stirn und bei jedem weiteren Zentimeter fühlten sich meine Füße schwerer an. Atlas hielt mit mir Schritt. Nur das schmatzende Geräusch und das Rauschen des Sturms brachen die Stille zwischen uns. Während er den Weg mit einer Taschenlampe beleuchtete, verdrängte ich die Angst, die mir die Luft abschnürte. Ich musste Leo finden und sehen, ob es ihm gutging.

Es geht ihm gut.

Es geht ...

Ein Wimmern vermischte sich mit dem Heulen des Windes und ich blieb stehen. Ich sah Atlas an, dessen Augen sich im Licht der Taschenlampe weiteten.

»Leo!«, brüllten wir wie aus einem Mund.

»Mom!«

Gemeinsam liefen wir los und eilten in die Richtung, aus der Leos Stimme kam, um nach ein paar Metern abrupt stehen zu bleiben.

»Leo!« Atlas beleuchtete einen Graben, der bis zum Rand voll schlammigen Wassers war. In der Mitte ragten knochige Äste wie Spieße empor. An den Ast eines Baumes, der über dem Abgrund baumelte, klammerte sich mein Sohn.

»Beweg dich nicht!«

»Mom! Ich will runter!«, rief Leo. Er umfasste den schwingenden Ast fester.

Panik erfasste jede Zelle meines Körpers und ich blieb wie angewurzelt stehen. Mein Puls raste und ich wollte auf den Baum klettern und meinen Sohn retten, konnte mich aber keinen Millimeter bewegen. Atlas drückte die Taschenlampe in meine Hand. Er achtete nicht weiter auf mich, sondern stapfte auf den Baum zu.

»Du musst die Stelle beleuchten!«, trug er mir auf.

»Mom!«, brüllte Leo. »Ich habe Angst!«

Mein ganzer Körper bebte. Tränen liefen mir über die Wangen. Ich umschloss die Lampe mit beiden Händen, beleuchtete den Baum und kam näher.

»Es ist schon gut, mein Löwe. Wir holen dich herunter.«

Es wird alles gut.

»Schau nicht nach unten, Champ«, brüllte Atlas über das Heulen des Windes hinweg und kletterte den Stamm voller Moos hinauf. »Sieh nur mich an.«

»Ich wollte nur sehen, ob mein Schloss noch im Graben ist und da ist mir meine Taschenlampe aus der

Hand gerutscht«, wimmerte Leo. Er zitterte am ganzen Körper, sein Pyjama war ein einziger Erdklumpen.

Atlas nickte, robbte näher an Leo heran und reichte ihm die Hand. »Wenn es hell ist und das Wasser abgelaufen ist, retten wir dein Schloss.«

Leo schüttelte den Kopf, bewegte sich aber kein Stück. »Du gehst aber weg. Ich muss das alles allein machen.«

Mein Blick ging von meinem Sohn zum Graben voll schlammigem Wasser und abgebrochenen Ästen, über dem er schwebte. Ich konnte nicht atmen, nicht denken, nur beten, dass er von diesem Baum in Sicherheit gebracht werden konnte.

»Ich gehe nirgendwohin, Champ«, sagte Atlas.

»Du hast aber Sage gesagt, dass du wegziehst.«

»Es war dumm von mir. Ich bleibe. Versprochen.«

Leo schaute mich an und dann wieder Atlas. »Versprochen?«

»Versprochen.«

Erst als Leo Atlas die Hand entgegenstreckte, atmete ich auf. Ich ging einen Schritt vorwärts, doch der Ast, auf dem Leo saß, ächzte und brach ab, sodass mein Sohn ins Wasser stürzte. Ein Schrei blieb in meinem Hals stecken, während ich zusah, wie mein Sohn nur knapp die Äste verfehlte und nicht wieder auftauchte. Atlas zögerte keine Sekunde und sprang meinem Sohn hinterher.

Leo!

Atlas!

Bitte.

Ihre Namen kamen mir nicht über die Lippen und nach jeder verstrichenen Sekunde zog sich die Schnur um mein Herz enger, bis Atlas die Wasseroberfläche durchbrach und Leo mit sich zog. Ich atmete wieder, kroch auf allen Vieren bis zum Rand des Grabens und hielt mich an entblößten Wurzeln des mächtigen Baums fest. Das Wasser färbte sich rot, vermischte sich mit dem Braun der Erde und ich mobilisierte meine letzten Kräfte, um die Hand nach Leo auszustrecken.

Blut!

Ich durfte nicht in Panik geraten. Nicht jetzt.

»Mom«, ächzte er, kam aber nicht näher.

»Mein Fuß steckt fest«, rief Atlas.

Erbarmungslos peitschte der Wind den Regen gegen mein Gesicht. Mein Blick glitt zwischen beiden hin und her.

»Ich komme.«

»Nein!«, keuchte Atlas. »Wenn du springst, kannst du auch feststecken.«

»Was mache ich dann?«

Er sah mich kurz an, dann drehte er Leo zu sich. »Champ, du musst allein zu deiner Mutter schwimmen.«

»Ich lasse dich nicht allein.« Seine Stimme bebte und Schmerzen lagen in jedem seiner Worte.

»Das machst du nicht, Champ. Ich komme gleich nach, okay? Aber vorher muss ich wieder ins Wasser tauchen und meinen Fuß befreien.«

»Nein«, fuhr ich dazwischen. »Ich habe mein Handy dabei und kann die Feuerwehr rufen.«

Atlas schaute zu dem Baum, dessen abgebrochene Äste vom stürmischen Wind hin- und hergerissen wurden.

Uns blieb keine Zeit.

»Ich warte dann hier auf die Feuerwehr, Champ«, sprach er weiter und sah Leo an. »Aber jetzt musst du zu deiner Mutter schwimmen.«

Leo schaute mich an. Unsicherheit flackerte in seinen feuchten Augen.

»Ja, mein Schatz.« Ich legte mich mit dem Bauch auf den matschigen Boden und hakte meinen Fuß an einer abstehenden Baumwurzel ein, sodass meine ausgestreckte Hand nur eine Armlänge von ihnen entfernt war. »Wenn du hier oben bist, rufe ich die Feuerwehr.«

Tränen strömten mir übers Gesicht und ich versuchte verzweifelt, die Sicherheit auszustrahlen, die Leo und Atlas jetzt brauchten. Es musste schnell gehen. Sobald ich meinen Sohn an der Hand hatte, würde ich Hilfe rufen.

Leo schluckte. Seine Lippen zitterten und er weinte. Doch nach einem tiefen Atemzug ließ er Atlas los und schwamm die kurzen Züge zu mir. Ich griff nach seinem Shirt, zog ihn unbeholfen zu mir, bis er keuchend neben mir lag. Ich wollte ihn genauer ansehen und sagen, dass alles gut werden würde. Stattdessen zog ich mein Handy aus der Tasche und rief die Feuerwehr an. Ich schaute die ganze Zeit nur Leo an, der zitternd nach Atlas Ausschau hielt. Als ich dann auflegte und zum Wasser sah, verwob sich mein Blick mit dem von Atlas, bis Leo schrie und ein Ast in den überfluteten Graben stürzte.

Kapitel 37

Maddie

Das Piepen des EKGs beruhigte meinen Pulsschlag und ich stellte mir vor, das Geräusch wäre ein Vogelzwitschern. Ich atmete den Geruch von Desinfektionsmitteln ein, vergrub meine Finger in Leos sandblonden Haaren und presste ihm einen Kuss auf die Stirn. Seine Lider flatterten, doch er atmete weiterhin regelmäßig. Er schien sich nicht an den Lauten zu stören oder daran, wie kalt und steril sich so ein Krankenhauszimmer anfühlte. Trotzdem brannten meine Augen. Der Schrei, der in meiner Kehle steckengeblieben war, stieg mit jeder Sekunde höher und Tränen liefen mir über die Wangen. Innerlich brach ich zusammen. Nur innerlich. Leo hatte meinetwegen zu viel durchgemacht und ich musste ihn endlich beschützen. Ich würde nicht mehr die Kontrolle verlieren, mich von meinen Gefühlen leiten lassen, sondern die Mutter sein, die er verdiente und brauchte.

Es geht ihm gut.

Nur das ist wichtig.

Leo würde wahrscheinlich durchschlafen, denn er hatte Gott sei Dank nur Schürfwunden und keine schweren Verletzungen erlitten. Da wir nicht sicher sein konnten, ob er sich seinen Kopf angeschlagen hatte oder nicht, musste er über Nacht zur Beobachtung im Krankenhaus bleiben.

Langsam stand ich auf. Ich ließ Leo widerwillig los und schlich aus dem Zimmer. Die Kälte des Marmorfußbodens drang durch meine verdreckten Wollsocken, doch ich ignorierte das nassklebrige Gefühl. Ich steuerte auf den Kaffeeautomaten zu. Leslie würde jeden Moment vorbeikommen, um mir neue Sachen und Schuhe vorbeizubringen. Meine Hose konnte ich gleich entsorgen, so schmutzig war sie, und meine Sneakers steckten irgendwo im schlammigen Wald – wahrscheinlich zwischen den entblößten Baumwurzeln. Die Ärzte hatten mir geraten, nach Hause zu fahren, um mich umzuziehen und zu duschen. Meinen Gestank ertrug nicht einmal ich selbst. Aber das Letzte, was ich jetzt wollte, war, mich von meinem Sohn zu trennen.

Ich blieb vor dem Automaten stehen, drückte meine Stirn gegen das kühle Gerät, schloss die Augen und gab mich nur für eine Sekunde der Taubheit hin.

In die Stille der Nacht mischten sich nur die leisen Schritte der Krankenhausmitarbeiter. Die Sonne musste gleich hinter dem Horizont hervorscheinen und ich suchte in mir nach Kräften, wie nach schwarzer Wolle in einem dunklen Zimmer.

»Wie ... wie geht es ihm?«

Ich öffnete die Lider, lehnte mich zurück und sah Sage an. An ihrem Gesicht klebte Matsch, ihre Haare waren ein feuriges Durcheinander und in ihren blauen Augen lag Traurigkeit.

»Gut. Er schläft jetzt«, erwiderte ich mit belegter Stimme.

Sie nickte und zog die Ärmel ihres Pullovers über die Finger. »Es tut mir sehr leid, Maddie.«

Ihre Reue lag in jedem ihrer Worte und Schamgefühl steckte mein Gesicht in Brand. Wenn ich für Ella verantwortlich gewesen und sie aus meinem Haus weggelaufen wäre, würden mich die Gewissensbisse genauso stark belasten. Zu allem Überfluss hatte ich mich auch noch wie das letzte Miststück verhalten. »Mir tut es leid, dass ich gesagt habe, du hast Leo weglaufen lassen. Das war dumm von mir.«

»Du warst in Panik.« Sie rang sich ein zitterndes Lächeln ab und zuckte mit den Schultern. »Ich wäre auch ausgerastet und hätte aus deiner Hütte Kleinholz gemacht.«

In der Stille verstanden wir uns. Von Mutter zu Mutter.

»Willst du wissen, wie es Atlas geht?«, fragte sie nach einer kurzen Pause.

Unruhe breitete sich in meinem Bauch aus. Alles war vor ein paar Stunden so schnell gegangen und erst jetzt hatte ich das Gefühl, mich aus meinem Überlebensmodus herausbewegen zu können. Der Ast, der ins Wasser gefallen war, hatte Atlas' Kopf um ein Haar verfehlt. Er war gleich danach aufgetaucht. Sein Fuß war frei gekommen und er hatte sich an einer Wurzel bis zum Rand ziehen können. Erst als die Feuerwehr erschienen war, hatte er gesagt, dass sein Arm schmerzte und er befürchtete, ihn sich gebrochen zu haben. Wir waren zusammen ins Krankenhaus gefahren, doch seitdem wir drei hier angekommen waren, hatte ich Atlas nicht mehr gesehen.

In mir tobte ein Kampf, der mich daran hinderte, zu ihm zu gehen. Mein Herz sagte, dass ich ihn nicht mehr gehenlassen würde, wenn ich in seine Augen blicken würde. Meine Vernunft hielt mir meinen Vorsatz, mich auf meinen Sohn zu konzentrieren, wie ein Warnschild vor mein Gesicht.

»Wie geht es ihm?«, fragte ich schließlich.

Sie zuckte erneut mit den Schultern. »Sein schlechtes Gewissen ist größer als meins. Größer als die ganze Welt.«

»Wieso? Er hat Leo das Leben gerettet.«

»Willst du ihn nicht selbst fragen?« Sages Worte klangen vorsichtig, als würde sie blind in einem Raum voller Glassplitter umhertasten.

Der Drang, Atlas zu sehen, erstickte mich beinahe. Ich wollte ihn festhalten und ihn darum bitten, nicht wegzuziehen. Aber das stand mir nicht mehr zu. Ich hatte ihn aufgegeben. Ich musste ihn aufgeben.

»Lieber nicht.«

Sage schluckte. Sie lehnte sich mit dem Rücken an den Automaten und starrte die grellen Neonröhren an der Decke an. »Ich weiß nicht, ob er es dir erzählt hat, aber wir haben unsere Eltern sehr früh verloren.«

»Das hat Leo mir gesagt.«

Schon an dem Tag, an dem ich mit ihm darüber geredet hatte, war mir diese Geschichte ans Herz gegangen. Damals hatten Atlas und ich noch keine tiefe Verbindung gehabt, doch kein Kind sollte so früh die Eltern verlieren. Vor allem nach Chris' Tod merkte ich, wie nahe mir solche Schicksalsschläge gingen.

»Es war hart für mich, aber viel schlimmer für Atlas«, fuhr Sage fort. »Nicht nur, weil er der nervige, viel zu pflichtbewusste große Bruder war, sondern weil er Mom und Dad darum gebeten hatte, nach Hause zu kommen.« Sie sah mich an und das Feuer, das sonst immer in ihren blauen Augen brannte, erlosch. »Sie hätten erst eine Woche später den Flieger nach Atlanta nehmen wollen. Aber Atlas wollte unbedingt mit ihnen zu einer Ausstellung über Dinosaurier, die zu dem Zeitpunkt nicht mehr stattgefunden hätte. Deshalb hatte er sie angefleht, seinetwegen früher zurückzukommen.«

In meinem Kopf malte ich mir einen Zehnjährigen mit stürmischen Augen aus, der von Dinosauriern begeistert war, und schmolz dahin. Doch in derselben Sekunde tat es in meiner Brust weh. Schuldgefühle sollten niemals auf so einem kleinen Herzen lasten.

»Das Flugzeug ist abgestürzt, richtig?«

Sie nickte. »Mein Bruder war immer so brav und nur einmal hat er auf seinen Willen bestanden.«

»Es war trotzdem ein Unfall. Atlas müsste es mittlerweile wissen.«

»Ich versuche ihn seit über zwanzig Jahren davon zu überzeugen.« Sage zuckte mit den Schultern. »Jetzt sagt er sich auch, dass er Leo nicht beim Aufbau des Schlosses im Wald hätte helfen sollen. Er findet auch, dass er nicht hätte sagen sollen, dass er wegzieht und den Kleinen im Stich lässt. Ich habe fast darauf gewartet, dass er sich wegen des andauernden Regens die Schuld gibt.«

Was würde ich geben, um Atlas zu sagen, dass er falschlag? Er war der Freund, den Leo brauchte und der Mann, in den ich mich verliebt hatte. Er hatte ein großes Herz und verdiente nur das Beste. Atlas verdiente alles, was ich ihm jetzt nicht geben konnte.

»Nichts davon ist seine Schuld und er hat das Recht, wegzuziehen, wenn er es so will.«

»Mein großer Bruder hat sich vorher nie verliebt, weißt du das?« Sage schenkte mir ein schüchternes Lächeln und verdrehte kurz darauf die Augen. »Na klar hat es einige Frauen in seinem Leben gegeben, sogar feste Freundinnen. Immerhin hat er meine guten Gene. Aber verliebt hat er sich noch nie.«

»Ich ...«

»Du bist die erste Frau, die er liebt und es muss ihn alles gekostet haben, zuzugeben, dass er sich in dich verliebt hat, denn vorher hatte er sich nie binden wollen. Seine Angst, jemanden zu verlieren, der ihm viel bedeutet, war so groß, dass er das Risiko nicht eingehen wollte. Aber nur, bis du in sein Leben getreten bist.«

Die erste Frau, die er liebt.

Liebe.

Mein Herz sank tiefer. Das war ein verdammt großes Wort, das ich aus seinem Mund bisher nicht gehört hatte. Eines, das ich selbst bisher auch nur Chris gesagt hatte. Ich hatte keine Ahnung, ob ich den Mut haben würde, es jemals zu jemand anderem zu sagen.

»Er ist mir auch sehr wichtig.«

»Aber er muss aufhören, sich für alles die Schuld zu geben.« Sie schaute kurz über die Schulter, in die Richtung, in der sich Atlas' Zimmer befand. »Der Amoklauf war eine Tragödie, aber Atlas ist nicht an Chris' Tod schuld.«

Blinzelnd trat ich einen Schritt zurück. Der Themenwechsel traf mich wie eine Brechstange in die Magengrube. »Das weiß ich.«

»Gut, denn solange er das nicht von dir hört und du ihm nicht vergibst, wird er daran glauben. Vor allem, weil du alles mit ihm beendet hast, nachdem er dir davon erzählt hat.«

Ich hatte Atlas noch nicht eindeutig gesagt, dass er nicht an Chris' Tod schuld gewesen war. Es war so viel seitdem passiert und auch wenn genau diese Worte mir nicht über die Lippen gegangen waren, so wusste ich, dass ich sie sagen musste. Egal, ob wir noch eine Chance zusammen hatten oder nicht. »Aber im Moment kann ich es noch nicht.«

»Warum nicht?« Sie kam einen Schritt auf mich zu.

Ich wich einen weiteren zurück.

»Weil ich mich um Leo kümmern muss und in meinem Leben ist gerade kein Platz für Atlas.«

Sage schüttelte lächelnd den Kopf. »Ihr seid euch viel ähnlicher, als ich gedacht habe.«

»Was meinst du damit?«

»Ich bin auch Mutter, Maddie. Ella ist das Wichtigste in meinem Leben.« Ein verzweifeltes Lachen erschien auf ihren Lippen. »Früher habe ich gedacht, dass ich Ray so sehr liebe, dass ich mir für ihn eine Kugel einfangen würde. Heute würde ich keine Sekunde zögern, ihn als Schutzschild zu benutzen, um unsere Tochter zu schützen. Aber ich bin nicht nur Mutter, sondern auch Sage. Ich muss keine Rolle aufgeben, um auch die andere zu leben.«

»Ella hat auch nicht ihren Vater vor einem Jahr verloren.« Ich wusste ganz genau, was sie wollte und für dieses Gespräch war ich viel zu erschöpft.

»Aber Leo liebt Atlas und er würde sich so sehr …«

»Sage!«, fiel ich ihr barsch ins Wort. »Ich mag dich unheimlich gerne und bin mir sicher, dass du nur das Beste für deinen Bruder willst. Aber ich denke nicht, dass ich noch jemanden brauche, der mir sagt, was für meinen Sohn besser ist.«

Sie resignierte. »Verstehe.«

Eine Schweigesekunde verging, bis ich tief durchatmete und mit dem Daumen in die Richtung zeigte, aus der ich gekommen war. »Ich muss zurück, denn ich will nicht, dass mein Sohn aufwacht und denkt, er ist hier allein.«

»Ich mache den Laden auf und kümmere mich um alles«, sagte sie, ohne mir in die Augen zu schauen.

»Danke.« Ich drehte mich um und steuerte auf Leos Zimmer zu, doch Sages Worte brannten in meinem Kopf. Egal wie groß meine Gefühle für Atlas waren und wie stark es in meinem Herzen schmerzte, ihn zu verlassen – das, was zwischen uns gewesen war, spielte keine Rolle mehr. Wenn er noch aus Cotton Village wegziehen wollte, würde ich ihn nicht daran hindern.

***

Leos Lachen berührte mich. Ich musste schmunzeln. Im Fernseher lief eine Kindersendung, Schokopudding klebte um seinen Mund herum und allein die Tatsache, dass mein Sohn kein Krankenhaushemd mehr trug, ließ sich mein Herz eine Tonne leichter anfühlen. Mein

Blick schweifte zur Wanduhr. Ich presste Leo einen Kuss auf die Stirn, versprach, schnell zurückzukommen und ging aus dem Zimmer, um mich auf die Suche nach dem Arzt zu machen, der ihn entlassen sollte. Im Flur kam Leslie mit zwei Kaffeebechern in den Händen auf mich zu.

»Danke für die Sachen«, sagte ich und nahm einen der dampfenden Becher entgegen.

Meine beste Freundin war vor einer Stunde gekommen und hatte mir saubere Kleidung mitgebracht. Auch dafür, dass ich nicht mehr in nassen Socken herumlaufen musste, war ich dankbar. In dem Moment war ich so erschöpft und durcheinander gewesen, dass ich mich nicht einmal bedankt hatte. Danach hatten wir die Nachricht bekommen, dass Leo heute schon entlassen werden würde. Neue Kraft war dadurch in mir entfacht worden. Leslie hatte mir dann angeboten, uns beide nach Hause zu fahren und war daher geblieben.

»Ich bin froh, dass du endlich heim darfst, denn du brauchst dringend eine Dusche.« Sie nippte an ihrem Kaffee.

»Sehr nett.«

Sie zuckte mit den Schultern. »Ich bin nur ehrlich.«

Ich brachte ein müdes Lächeln zustande, doch es verging mir sofort, als Blossom auf dem Flur erschien und mit wütender Miene auf mich zukam.

»Wo ist mein Enkel?«, fragte sie. Sie atmete heftig und ihre Nasenflügel bebten.

»Was ist los mit dir?« Ich stellte meinen Kaffeebecher auf eine Fensterbank und kreuzte die Arme vor der Brust.

Ungläubig öffnete sie den Mund. »Das frage ich dich!«

»Achte nicht auf sie, Maddie.« Außer Atem kam auch Cole bei uns an und drückte mich kurz. »Wie geht es ihm?«

Noch bevor ich etwas antworten konnte, schaltete sich Blossom dazwischen.

»Ich habe mir die ganze Nacht Sorgen um meinen Enkel gemacht und wurde im Ungewissen gelassen. Als Cole mir endlich erzählt hat, was passiert ist, hat er gesagt, dass ich nicht hierherkommen sollte.« Sie warf verärgert ihre Hände in die Luft.

»Sorry, Maddie«, sagte Cole besänftigend. »Wenn ich sie nicht hierhergebracht hätte, wäre sie zu Fuß gekommen.«

Vielleicht war es egoistisch von mir, Cole darum zu bitten, meine Schwiegermutter nicht ins Krankenhaus zu fahren und ihr noch nicht davon zu erzählen, was geschehen war. Aber ich hatte ihre Stimme bereits in meinem Kopf hören können, wie sie mir Vorwürfe machte. Es war genau das, was gerade passierte. »Leo braucht Ruhe, Blossom. Du kannst ihn gerne sehen, wenn wir zu Hause sind.«

Sie lachte verzweifelt. »Sehr witzig! Wenn es darum ging, deine Ruhe zu haben, hast du keine Sekunde darüber nachgedacht, Leo sechs Monate lang bei uns zu lassen.«

Ihre Worte bohrten ein Loch in meine Brust. Sie trafen gerade auf die heilende Stelle, die meine Mutter hinterlassen hatte.

Du bist nicht wie sie, Maddie.

Ich straffte die Schultern. »So lange habe ich mich schuldig gefühlt, weil ich Hilfe angenommen habe,

Blossom. Du wirst mich nicht davon überzeugen, dass ich eine schlechte Entscheidung getroffen habe. Damals habe ich das Beste für Leo gewollt. Zwar bin ich dankbar dafür, dass ihr euch so gut um ihn gekümmert habt, doch ich lasse mich deswegen von dir nicht fertigmachen.«

»Mach dir selbst nichts vor. Du bist egoistisch, genau wie deine Mutter.« Blossom ballte ihre Fäuste. »Ich hatte meinen Sohn verloren und du hast nur an dich gedacht.«

Ich war nicht wie sie.

Ich würde nie wie sie sein.

»Du hättest jederzeit sagen können, dass es dir zu viel wird. Stattdessen hast du mich denken lassen, dass Leo bei euch besser aufgehoben wäre als bei mir. Ich habe dir geglaubt und vertraut. Wäre ich wie meine Mutter gewesen, hätte es mich nicht interessiert, was besser für meinen Sohn ist.«

»Meine Damen, bitte.« Sanft zog Cole Blossom zurück. »Wir dürfen nicht laut werden und es bringt Leo nichts, wenn ihr euch streitet.«

»Meinem Enkel ging es auch besser bei uns«, fuhr sie fort, ohne ihrem Mann Beachtung zu schenken. »Wenn du nicht zurückgekommen wärst, würde Leo nicht im Krankenhaus liegen.«

Ich liebte meine Schwiegereltern und war ihnen unheimlich dankbar. Aber meinen Sohn zu beschützen, bedeutete nicht nur, meine Wünsche aufzugeben, um bei ihm zu sein. Es bedeutete, selbstbewusster zu werden und nicht zu erlauben, dass mich jemand verletzte und hinzunehmen, dass jemand anderer als seine Mutter über ihn bestimmte. Egal wie sehr ich meine

Schwiegermutter schätzte, ich konnte nicht zulassen, dass sie mein Herz brach und über uns bestimmte.

»Es reicht, Blossom«, sagte ich mit fester Stimme. »Ich habe dich immer wie eine Mutter geliebt. Mehr als das. Aber wenn du weiterhin mit mir so sprichst, siehst du deinen Enkel nie wieder.«

Sie blinzelte und war sprachlos. »Das würdest du nicht wagen!«

»Willst du mich wirklich auf die Probe stellen?« Mein Puls schlug ungesund schnell und jede Zelle meines Körpers protestierte gegen die Entscheidung, die ich treffen musste.

»Ich denke, Maddie ist müde und es ist eine Menge passiert«, redete Cole auf sie ein. »Wenn ihr weiter diskutiert, wird es Leo dadurch nicht besser gehen.«

Blossom presste die Zähne so fest aufeinander, dass ihre Kiefer zuckten, sagte aber nichts. Stattdessen drehte sie sich um und verschwand in der Weite des Flurs.

Mein Herz raste. Eine unsichtbare Hand legte sich um meine Luftröhre und drückte zu. Aber diese Worte hatten einfach rausgemusst. Für Leo und auch für mich selbst.

»Sie ist nervös und sagt Sachen, die sie nicht so meint«, versuchte Cole mich zu besänftigen.

»Ich denke, sie hat jedes Wort so gemeint.«

Er atmete tief durch und ließ die Schultern hängen. »Ich fahre sie wieder nach Hause. Rufst du mich an, wenn wir Leo besuchen dürfen?«

Ich nickte und sah zu, wie auch mein Schwiegervater ging. Ein Teil von mir wusste, wie undankbar ich mich benommen hatte. Doch ein anderer Teil wollte für

meine Zukunft kämpfen und meine Vergangenheit
endlich hinter sich lassen. Auch wenn ich mich von
Menschen trennen musste, die mich immer wieder daran erinnern wollten.

Kapitel 38

Atlas

Vielleicht lag meine Gelassenheit daran, dass ich eine Ladung Schmerztabletten intus hatte, doch ich hatte mich getraut, über die Wiese zu gehen und mich auf Maddies Veranda zu stellen. Nur der Mut, an die Tür zu klopfen, fehlte mir noch. Ich atmete tief durch, sog den Duft von frisch gemähtem Rasen in mich ein und ließ die Sonnenstrahlen ein paar Herzschläge lang meine Haut wärmen, bevor ich doch anklopfte.

Mit jeder verstrichenen Sekunde donnerte mein Puls heftiger und ich lauschte, wie sich die Geräusche der Natur mit den Schritten im Haus vermischten, bis die Tür geöffnet wurde.

»Atlas.« Maddies Stimme war ein heiseres Flüstern.

In ihre braunen Augen zu schauen, jagte Hitze durch meine Adern. Eine, die sich in meinem Bauch einnistete. Als wäre ich durch tiefsten Winter gegangen und würde jetzt endlich vor einer Feuerstelle stehen.

Eine ganze Woche hatte ich sie gemieden, war zuerst im Krankenhaus geblieben und von da aus direkt nach Birmingham gefahren, um mir und ihr die Zeit zu geben, die wir brauchten, um mit uns klarzukommen. Doch keine Minute hatte ich aufgehört, an diese Augen, diese Lippen, diese Stimme zu denken.

»Bist du gerade beschäftigt?«

Maddie krallte ihre Fingernägel in das Holz der Tür, strich sich die Haare mit der freien Hand hinters Ohr und schüttelte den Kopf. »Ich bin vor einer Stunde aus dem Laden gekommen.«

»Können wir reden?« Ich bewegte mich nicht, obwohl alles in mir danach verlangte, meine Hand auszustrecken und sie zu berühren.

Sie schaute zu meiner Armstütze und zurück in mein Gesicht. Sie schien einen Augenblick abzuwägen, ob es eine gute Idee wäre, trat jedoch zur Seite und ließ mich herein.

Der Duft von Gebäck strich mir um die Nase, Stimmen erklangen aus dem Wohnzimmer und ein Kampf entfachte in meiner Brust. Ich kämpfte darum, ihr nicht die Worte zu sagen, die auf meiner Zunge lagen, denn der Grund, warum ich hier war, hatte nichts mit den Gefühlen zu tun, die ich für Maddie empfand. »Ist Leo da?«

Sie nickte. »Er schaut fernsehen.«

Ich trat näher an sie heran, sodass ich mit ihr sprechen konnte, ohne dass Leo uns hörte. »Wenn du damit einverstanden bist, würde ich mich gerne bei ihm entschuldigen.«

»Wofür?«

»Ich war ein Idiot, zu denken, dass es richtig wäre, zu gehen, nur weil ich verletzt war. Leo ist mir verdammt wichtig und wenn du es mir erlaubst, möchte ich weiterhin ein Teil seines Lebens sein.«

Maddie schluckte, hob kurz die Hand, kreuzte aber die Arme vor der Brust. »Ich würde mich sehr freuen, wenn ihr Freunde bleibt.«

Noch eine weitere Frage bewegte mein Herz und ich lief Gefahr, eine Wunde aufzureißen, die vielleicht gerade zu heilen begann.

»Weiß er, was mit Chris und mir passiert ist?«

Sie schluckte. Ihre Brust hob und senkte sich in einem tiefen Atemzug. »Es gibt nichts, was er wissen muss.«

Unzählige Fragen brannten auf meiner Zunge, doch ich verdrängte sie. Maddie war seine Mutter und wenn sie den Zeitpunkt für richtig hielt, würde sie Leo davon erzählen. Sollte er meine Freundschaft noch wollen, würde ich dann dazu bereit sein, mit ihm darüber zu reden?

»Okay.« Einen Herzschlag lang blieb ich stehen, schaute ihr in die Augen und hoffte, dass sie mehr sagte, mich ein paar Sekunden länger ihre Stimme hören ließ. Tief in meinem Herzen wünschte ich mir, dass sie mir eine zweite Chance gab, obwohl ich nicht glaubte, dass ich eine verdiente. Zwar hatte ich verstanden, dass das mit Chris nicht meine Schuld war, denn ich hätte ihm geholfen, wenn ich nicht unter Schock gestanden hätte. Trotzdem hatte ich Maddie angelogen und zwischen uns stand die Ungewissheit wie eine undurchdringliche Wand.

Sie deutete auf das Wohnzimmer. Ich drehte mich langsam um und ging zu Leo.

Der Kleine saß auf dem Teppich, stopfte sich einen tropfenden Löffel voller Müsli in den Mund und erstickte beinahe vor Lachen, während sich Tom und Jerry jagten. In meinem Kopf verfluchte ich mich, diesen so tapferen Jungen in Gefahr gebracht zu haben und fragte mich gleichzeitig, seit wann er mir so viel bedeutete. Die Angst, dass er mich noch hasste, saß tief in meinem Inneren, ließ meine Knie zittern und schnürte mir die Kehle zu.

»Hey, Champ«, sagte ich mit zittriger Stimme und lehnte mich an den Türrahmen.

Rasch sah Leo vom Bildschirm weg. In seiner sanften Miene schien sich ein Film abzuspielen und aus seinem Mundwinkel tropfte Milch. Ich wappnete mich für die scharfen Worte, die er mir entgegenschleudern würde. Ich hatte ihn im Stich gelassen. Er war meinetwegen beinahe gestorben.

Doch stattdessen zeichnete sich ein herzliches Lächeln auf seinem Gesicht ab und er ließ seinen Löffel klirrend in die Müslischüssel fallen.

»Atlas!«, rief er, stellte die Schale auf den Boden und eilte auf mich zu. Er warf sich mir entgegen, schlang seine dünnen Ärmchen um mich und legte den Kopf in den Nacken, um mich anzusehen. »Du bist wieder da!«

Mein Herz schlug in einem ganz neuen Rhythmus und das Gefühl, das dieser kleine Junge in mir auslöste, war mit keinem vergleichbar, was ich je gespürt hatte.

»Ich war nie richtig weg, sondern musste nur meine Gedanken ordnen, bevor ich zurückkommen konnte.«

»Ich habe dich aber nicht zu Hause oder in der Praxis gesehen.« Leo ließ seine Arme sinken.

Ich ging in die Hocke. »Hast du mich gesucht?«

Eifrig nickte er. »Natürlich. Ich wollte Danke sagen, weil du mir vom Baum heruntergeholfen hast.«

Ich kniff die Lider zu, lehnte meine Stirn gegen seine Brust und legte eine Hand auf seine Schulter. Meine Augen brannten und die Angst, die mich die ganze Zeit gelähmt hatte, ließ mich mit einem Mal los.

»Du musst dich nicht bedanken, Champ. Es war alles meine Schuld.«

»Das stimmt nicht.«

Als ich hinaufsah, legte Leo den Kopf schräg. »Du kannst nichts für den Regen.«

»Ich weiß, aber ...«

»Auch nicht dafür, dass mein Schloss unter Wasser stand.«

»Ja, aber ...«

»Auch nicht dafür, dass ich auf den Baum geklettert bin.«

»Wenn ich nicht gesagt hätte, dass ich aus der Stadt ziehe, wärst du nicht weggelaufen.«

Er legte den Daumen an sein Kinn und schaute kurz die Zimmerdecke an. Als er mich wieder ansah, formten sich seine Lippen zu einem breiten Lächeln.

»Okay. Das war blöd von dir. Aber du bist wieder da und jetzt bleibst du hier, oder?«

Ich nickte und tauchte in die Freude ein, die mein Herz erfüllte. »Deshalb wollte ich dich besuchen. Ich bin wieder da und ziehe nicht mehr weg.«

»Na, dann bin ich nicht mehr böse auf dich.«

Ich hoffte von Herzen, dass es so bleiben würde. Auch wenn Maddie es für richtig hielt, ihm nichts von Chris' Tod zu erzählen.

»Hättest du Lust, eine Runde mit Wanda zu fahren? Der Traktor muss bewegt werden.«

Leo grinste noch breiter und sah an mir vorbei. »Darf ich, Mom?«

Ich stand auf, drehte mich zu Maddie um und mein Herz setzte einen Schlag aus. Sie wischte sich eine Träne weg und rang sich ein Lächeln ab.

»Natürlich, mein Löwe.«

In diesem Moment war ich mir sicher, dass wir perfekt füreinander wären. Nein. Wir *waren* perfekt füreinander und ich würde um sie kämpfen.

Kapitel 39

Maddie

Das metallische Klimpern der Stricknadeln erfüllte mein Wohnzimmer, Strickzeitschriften verdeckten den Teppich und eine milde Brise wehte durch das offene Fenster. Ich legte die Nadeln und die Wolle auf den Boden, schnappte mir die dampfende Teetasse und trank einen Schluck. Leo spielte bei Ella zu Hause und würde heute, zwei Wochen nach dem Unglück, zum ersten Mal wieder bei Sage schlafen. Ich hatte endlich wieder Zeit für mich. Dumm nur, dass ich nicht wusste, was ich damit anfangen sollte. Anstatt mich zu entspannen, schlug mein Herz nicht richtig und ich verwandelte mein Wohnzimmer in ein Strickatelier. Ich verknotete meine Haare zu einem Dutt, steckte zwei Holzstricknadeln hinein und setzte mich auf den Boden. In der Zeitschrift lächelte mich eine Schachbrettvariante an. Es handelte sich um ein Strickmuster, das ich niemals hinbekommen würde. Doch es war genau das, was ich jetzt brauchte, um mich abzulenken.

Ich wickelte die Wolle um die Stricknadeln, als es an der Tür klopfte. Nach einem tiefen Atemzug legte ich alles wieder auf den Boden und öffnete die Haustür.

Leslie stand vor mir, ein breites Lächeln auf den Lippen, eine Flasche Tequila in der Hand und auf ihrem T-Shirt stand *Houston, wir haben ein Problem.*

»Was habe ich gemacht, um das hier zu verdienen?«, fragte ich lächelnd und trat zur Seite.

Leslie ging an mir vorbei, steuerte auf die Küche zu und holte Schnapsgläser aus dem Schrank. »Ich hoffe, du meinst es positiv?«

»Wie sonst?« Ich setzte mich an den Tisch, wartete darauf, dass sie mir gegenüber Platz nahm und mir ein volles Glas rüberschob, damit wir zusammen den Alkohol herunterkippen konnten. Die Flüssigkeit rann brennend meine Kehle hinunter und ich schüttelte mich, bevor ich das Glas auf den Tisch knallte.

Leslies Blick schweifte über die ausgebreiteten Zeitschriften auf dem Boden und kehrte zu mir zurück. »Es scheint so, als würdest du ein wenig Ablenkung brauchen.«

Ich liebte es, wie gut sie mich kannte. Als wäre ich das Buch, das sie so oft gelesen hatte, dass sich die Seiten bereits vom Einband lösten. »Wenn Leo nicht da ist, klingt die Stille so verdammt laut.«

Sie goss Tequila in unsere Gläser und nickte mit dem Kinn in Richtung Fenster. »Ich kenne einen gewissen scharfen Tierarzt, der gerade auf seiner Veranda sitzt und sich sehr wahrscheinlich über Gesellschaft freuen würde.«

Allein an Atlas zu denken, sandte Wärme in meinen Bauch. Die Erinnerungen an unsere schöne Zeit brachten mich beinahe vor Sehnsucht um.

»Du weißt, dass das mit Atlas vorbei ist?«

»Ja.« Sie trank einen Schluck. »Ich habe nur nicht verstanden, warum. Du magst ihn. Sehr sogar.«

Weil ich nicht an mich denken darf.

Ich bin Mutter.

Leo ist meine Priorität.

»Der Zeitpunkt ist einfach nicht gut. Wenn ich nicht mit Atlas zusammengekommen wäre, hätte ich besser auf Leo aufgepasst.«

Leslie ließ ihr Glas sinken und legte sanft ihre Hand auf meine. »Wir waren uns einig, dass niemand die Schuld trägt, dass Leo in diesen Sumpf gefallen ist.«

»Blossom stimmt dir aber nicht zu. Sie redet nicht mehr mit mir und lässt mich mit jedem Tag fühlen, wie unwillkommen ich bin.«

»Und du brauchst ihre Bestätigung.« Es war keine Frage, sondern eine Feststellung.

»Nein. Ich hatte nur gehofft, dass wir uns verstehen würden. Aber nachdem sie den Anwalt darum gebeten hat, mit mir zu sprechen, denke ich nicht, dass es zwischen uns wie früher werden wird.«

»Ist das okay für dich?«

Ich zuckte mit den Schultern. »Sie war wie eine Mutter für mich. Das Letzte, was ich will, ist, dass wir so auseinandergehen.«

»Es mag sein, dass du so empfunden hast, aber ich denke nicht, dass dein Gefühl auf Gegenseitigkeit beruht hat.«

Ich legte die Stirn in Falten. »Sie hat mir zu essen gegeben, als mein eigener Vater mich vergessen hatte. Sie hat mir das Waschen, das Kochen, das Überleben beigebracht, während Dad mir nur aus dem Weg gegangen ist.«

»Sie war nett zu dir, weil du mit Chris zusammen gewesen bist.« Sie holte tief Luft und strich mit dem Daumen über meinen Handrücken. »Aber sie war nicht dein Mutterersatz.«

»Was ist der Unterschied?«

»Sie hat es dir übel genommen, dass du in Atlanta bleiben wolltest und Chris von ihr ferngeblieben ist. Danach hat sie Leo für sich haben wollen und ich glaube, dass sie ihn immer noch haben will. Als Sohn. Nicht als Enkel.«

Ich zog meine Hand zurück und fuhr mir übers Gesicht. Ein Teil von mir hatte Blossoms übergriffiges Verhalten schon längst begriffen und wollte Abstand von ihr nehmen. Ein anderer Teil vermisste die Zeit, in der ich jemanden gehabt hatte, der sich um mich kümmerte.

»Wenn sie Leos Sorgerecht immer noch wollen, werden sie sich nicht trauen, jetzt darauf zu bestehen. Der Laden läuft gut und ich habe ein Haus gefunden, in welches wir nächsten Monat einziehen werden.«

»Gut so.« Sie nickte ernst. »Du brauchst Blossom nicht.«

In meiner Brust fühlte es sich schwer an. Obwohl meine Schwiegermutter nicht gut zu mir war, hatte sie Leo immer liebevoll behandelt und sich sechs Monate lang nach dem Tod ihres eigenen Sohnes um ihn gekümmert. Ich hatte nicht das Recht, sie von Leo zu trennen. Das wollte ich auch nicht tun. »Aber ich würde mich gerne mit ihr verstehen. Ich wünschte mir, es könnte alles wie früher sein.«

»Deshalb verzichtest du auf deine Gefühle für Atlas?«

»Nein. Ich ...« Ich zog die Stricknadeln aus meinen Haaren und steckte sie wieder ein. »Es ist nur nicht der richtige Zeitpunkt dafür.«

»Du bist nicht wie deine Mutter, Maddie.« Leslie suchte Blickkontakt und als ich in ihre Augen sah, wusste ich, dass sie recht hatte.

»Ich weiß.«

»Okay.« Sie rang sich ein Lächeln ab. »Dann lass uns darauf trinken.«

***

Der Wind blies mir die Haare aus dem Gesicht. Mein Blick ging herüber zum Mond, der goldgelb am Himmel prangte. Das sanfte Rascheln des Rasens vermischte sich mit dem Grunzen der Alpaka-Herde. Mein Puls schlug laut und meine Hände zitterten, während ich an die Tür von Atlas' Haus klopfte. Ich sog die nach Tau riechende Luft in mich ein und sammelte Mut in meiner Brust. Leise Schritte erklangen und die Tür wurde geöffnet. Atlas schaute mich mit einer Mischung aus Verwunderung und Irritation an. »Hey.«

Seine Stimme war wie ein warmer Ort, an den ich zurückkehrte. Sie war der Klang, nach dem ich mich so lange gesehnt hatte. »Können wir reden?«

Er schluckte, schob seine Hände tief in die Taschen seiner Jogginghose und trat zur Seite.

Ich ging hinein und ignorierte die Sehnsucht, die in meiner Blutbahn schwirrte, während Atlas' Duft um meine Nase strich und sich ein heimisches Gefühl in meiner Brust breitmachte. Erst vor seiner Couch blieb ich stehen, zog meinen Cardigan enger um mich und kaute auf der Unterlippe herum.

»Geht es dir …«, begann er.

»Ich will mich bei dir entschuldigen«, schnitt ich ihm das Wort ab.

Atlas schaute mich überrascht an. »Wofür?«

Meine Knie fühlten sich butterweich an, daher setzte ich mich langsam hin. »Ich hätte früher kommen sollen. Es tut mir leid, dass ich nicht eher mit dir geredet habe, um dir zu sagen, dass du keine Schuld an Chris' Tod gehabt hast. Genauso wenig, wie du für den Unfall im Wald etwas kannst.«

Mein Blick glitt zu seinem Arm, der nicht mehr in der Armstütze lag. Es war aber noch ein Verband um seinen Unterarm gewickelt und einige Stellen auf seiner Haut trugen Erinnerungen an den Abend.

Atlas kam langsam heran, so vorsichtig, als würde er stumm fragen, ob es okay war, in meine Nähe zu kommen. »Danke, dass du das sagst.«

»Du hast mich aber verletzt«, sagte ich.

Er blieb stehen, presste die Lippen fest aufeinander und senkte den Kopf.

»Ich habe dir vertraut, dir mein ganzes Leben eröffnet und du hast es zwischen uns so weit kommen lassen, bis du mir gesagt hast, dass du Chris gekannt hast.«

»Es tut mir leid«, murmelte er, ohne mich anzusehen.

»Warum?«

Atlas wartete eine Sekunde ab, bevor er mir wieder in die Augen sah. »Ich habe einen Fehler gemacht und danach hatte ich Angst, dich zu verlieren.«

Während er sprach, spürte ich dieselbe Furcht in jeder Zelle meines Körpers. »Du bringst mich durcheinander, Atlas.«

»Es tut mir leid.«

Ich stand auf, ging auf ihn zu, bis nur eine Handbreit uns trennte. »Hör auf, dich zu entschuldigen. Hör auf, das zu sagen, was andere hören wollen und die Schuld für alles auf dich zu nehmen.«

Er schluckte, mied jedoch den Augenkontakt. »Ich habe gelernt, dass es nicht richtig ist und arbeite an mir. Aber ich brauche ein wenig mehr Zeit.«

»Sieh mich an«, bat ich. Meine Stimme zitterte.

Als sein Blick endlich meinen traf, durchfuhr mich ein heißer Schauer. Ich verlor mich im Sturm seiner Augen und lechzte nach seiner Berührung und seiner Wärme. Ich erhob mich auf meine Zehenspitzen, bis mein Mund beinahe über seinen streifte.

»Maddie«, flehte er. »Du hast getrunken.«

Er roch also den Tequila, an dem ich genippt hatte. Obwohl ich kaum etwas getrunken hatte, wünschte ich mir, ich hätte das Glas keine Sekunde berührt.

»Nur einen kleinen Schluck. Ich verspreche dir, dass ich nicht einmal angetrunken bin.«

Atlas' schwerer Atem rollte über meine Haut, sein Blick hielt meinem stand und Verlangen loderte in seinen Augen. »Ich will nicht, dass du etwas tust, was du morgen bereust.«

Ich legte meine Hände auf seine Brust, ließ sie hinaufgleiten und vergrub sie in seinen Haaren. »Ich weiß sehr genau, was ich tue.«

Der seelische Krieg, der in Atlas' Innerem tobte, schimmerte in seinen Augen. Er bewegte sich nicht.

Keinen Millimeter. Doch als ich meinen Mund auf seinen legte, küsste er mich. Er schlang seinen verletzten Arm um meine Taille und schob seine freie Hand in mein Haar. Er küsste mich, als hätte er Angst, ich wäre ein Traum, aus dem er zu früh aufwachen könnte. Gierig nach seinem Geschmack öffnete ich meine Lippen, gewährte seiner Zunge Zugang in meinen Mund und ließ sie mit meiner tanzen. Seine Wärme, die Art, wie er mich festhielt, entlockte mir ein leises Seufzen und ich stieß mich hastig von ihm fort. Ich zog unbeholfen meinen Cardigan und mein Kleid aus. Atlas' Brustkorb hob und senkte sich schnell, seine Augen voller Dunkelheit verschlangen jeden Winkel von mir. Plötzlich schüttelte er den Kopf. »Das ist keine gute Idee.«

Ich schloss den Abstand zwischen uns wieder, streifte meine Sandalen von den Fersen und schob meine Hände unter sein T-Shirt. »Willst du mich nicht?«

Atlas sog scharf die Luft ein, sein ganzer Körper zitterte. »Mehr als alles andere auf der Welt.«

Langsam ließ ich meine Hände höher gleiten, doch er umfasste kopfschüttelnd meine Handgelenke. Scham loderte in meinem Gesicht und ich schluckte schwer. Dann drehte ich mich um, um nach meinem Kleid und der Strickjacke zu greifen, als er mich abrupt an sich heranzog. Mein nackter Oberkörper stieß gegen seinen und Atlas küsste mich erneut. Noch härter und gieriger als je zuvor. Als ich nach Luft schnappte, schob er mich sanft zurück, bis ich mich auf die Couch setzte und zu ihm hinaufsah. Mein Körper zitterte. Hitze pochte zwischen meinen Beinen, während er sich, ohne den Blickkontakt zu verlieren, vor mich hinkniete und meinen Slip auszog.

»Atlas, ich ...«

Meine Worte stolperten, als er meine Wade küsste, mein Bein auf seine Schulter legte und seine Lippen höher wandern ließ. Er küsste mein Knie, die Innenseite meines Schenkels, leckte meine Haut und liebkoste mich weiter, bis seine Zunge meine Körpermitte fand. Ich bog den Rücken durch, schloss die Augen und gab mich den überwältigenden Empfindungen hin, die seine Berührungen in mir auslösten. Mit seinen Händen massierte er meinen Po, hob meine Hüften an und leckte mich hungriger. Ich flehte nach mehr, krallte die Finger in seine Haare, bewegte mein Becken im Rhythmus seiner Liebkosungen und schnappte nach Luft.

Schneller, langsamer, schneller. Atlas brachte mich um den Verstand, ließ mich all meine Probleme vergessen und nur ihn spüren. Seine Finger glitten in mich hinein und er leckte und saugte mich weiter, bis ich die Kontrolle über meinen Körper verlor und immer weiter seinen Namen wisperte.

»Atlas, ich ...«, keuchte ich, bevor mich ein Beben durchlief und ich in tausend Teile zerbrach.

Noch immer außer Atem, ließ ich seine Haare los. Mein Mund fühlte sich trocken und mein ganzer Körper taub an. Er setzte mein Bein ab, küsste meinen Bauch und sah mir tief in die Augen. Ich hielt seinem lustvollen Blick stand, stieß mich von der Rückenlehne ab, um mich dann zu ihm zu beugen. Mit meiner Hand glitt ich über seinen Oberkörper, bis zum Bund seiner Hose. Ich wollte mich dafür revanchieren, ihn ebenfalls schmecken. Doch er umschloss meinen Unterarm und sah mich ernst und eindringlich an. »Nicht.«

Die Welle von Gefühlen, die noch in mir schlug, überwältigte mich. Ich stand auf, zog mein Kleid an und schnappte mir meine Sandalen. Ohne mich noch einmal umzudrehen, stürmte ich aus Atlas' Haus. Erst auf meiner Veranda blieb ich stehen. Ich wünschte mir, er würde herauskommen und mir folgen. Aber es passierte nichts und mit bebendem Herz erkannte ich den großen Fehler, den ich gemacht hatte.

Kapitel 40

Maddie

Mein Blick streifte über den Trampelpfad des Waldes, der nach vier trockenen Wochen hart geworden war. Vorsichtig grub ich meine Sneakers zwischen den braun gewordenen Blättern aus. Sonnenlicht lugte zwischen grün belaubten Ästen hervor und liebkoste meine Haut. Ich nahm einen tiefen Atemzug, füllte meine Lunge mit Waldluft und lauschte dem Gesang der Vögel, während ich auf Leos Versteck zusteuerte. Der trockene Boden knisterte unter meinen Füßen, doch ein Laut hob sich von den anderen Geräuschen ab. Eine raue, viel zu bekannte Stimme summte ein Lied, das ich aus dem Mund meines Sohnes oft gehört hatte. Als ich die Lichtung erreichte, blieb ich am Ende des Weges stehen. Hitze kroch meinen Nacken hinauf. Atlas kletterte aus der Vertiefung, in der Leos Schloss gewesen war, und trug einen dicken Ast auf der Schulter.

Mein Herz geriet aus dem Takt und ein heftiges Flattern machte sich in meinem Bauch breit. An seinem T-

Shirt klebte Erde. Der Stoff schmiegte sich eng an seinen Oberkörper. Seine dunklen Haare glänzten schweißnass und lockten sich an der Schläfe. Als er den Ast außerhalb des Grabens ablegte, vertieften sich die Furchen zwischen seinen Augenbrauen. Ich atmete stockend ein, als sein Blick zu mir schnellte.

»Hey.« Er rieb sich den Schweiß von der Stirn. Sein Daumen glitt über sein Gesicht und malte damit einen Streifen Erde von seiner Schläfe bis zur Wange.

Ich kam näher und blieb eine Armeslänge vor ihm stehen. Ich versuchte mit all meiner Kraft, das heftige Flattern in meinem Bauch zu verdrängen.

»Sage hat mir gesagt, dass du hier bist.«

»Du hast mich also gesucht.«

Ich nickte. »Was machst du hier?«

»Ich mache den Graben zu.« Atlas deutete mit dem Daumen auf den Haufen von Ästen und Blättern in der Mitte der Vertiefung. »Der Regen hat alles zerstört und es war eh keine gute Idee, eine Hütte in einem Loch zu bauen. Wenn ich meine Schulter nicht geprellt hätte, wäre ich schon früher gekommen. Jetzt will ich nicht riskieren, dass der Graben sich wieder mit Wasser füllt.«

Die Erinnerung an den Abend, an dem ich Leo vor vier Wochen beinahe verloren hätte, huschte mir durch den Kopf. Wenn Atlas nicht gewesen wäre ...

»Ist Leo damit einverstanden?«, fragte ich und schob meine Ängste beiseite.

»Er kommt nach der Schule hierher. Wir wollen dort ein Baumhaus bauen.« Seine Miene erhellte sich und er zeigte auf einen Baum, an dem Holzbretter lehnten.

Atlas' Lächeln brachte etwas in mir zum Leuchten und mir wurde bewusst, wie sehr ich es vermisst hatte, ihn glücklich zu sehen. Ich vermisste die Art, wie er mich festhielt und die Nase in meinen Hals grub. Mir fehlten der Klang seines Lachens und die Zeit, die wir gemeinsam verbracht hatten. All das würde ich nie zurückbekommen, wenn ich mir nicht erlauben würde, Fehler zu machen.

»Warum machst du das?«

Sein Lächeln verschwand. »Was mache ich?«

»Wieso tust du so viel für meinen Sohn?«

»Weil ich ihn mag.« Die Antwort kam leichter als der Wind über seine Zunge.

Ich trat nervös von einem Fuß auf den anderen. »Ich meine ...«

»Hast du Angst, dass ich nur deinetwegen mit ihm Zeit verbringe?«, fiel er mir sanft ins Wort, neigte ein wenig den Kopf, um den Augenkontakt zu suchen.

»Nein. Ich ...«

»Ich habe verstanden, dass du nichts Ernstes mehr von mir willst, Maddie. Das in meinem Haus war ein letztes Mal. Nichts weiter.« Atlas hob die Hand, als würde er mich berühren wollen, ließ sie jedoch wieder sinken. »Aber ich mag Leo wirklich. Ich will für ihn ein Freund sein, unabhängig davon, ob du jemals wieder mit mir ein Wort wechseln willst.«

Der Gedanke, nie wieder mit Atlas zu sprechen, brach mir das Herz. Ich wollte das nicht. Ich wollte jeden Tag seine Stimme hören, alles mit ihm teilen, was mich beschäftigte oder von jedem Moment erzählen, auf den ich mich freute.

»Wir reden doch jetzt auch miteinander.«

Er wartete eine Sekunde ab und sah mich an, als würde er in meine Seele blicken können. »Wenn du mir jemals eine Chance geben wirst, Teil deines Lebens zu sein, werde ich hier sein, um sie zu ergreifen.«

»Eine Chance, um Freunde zu sein?«

»Eine Chance, um dir nahe zu sein. Egal wie.«

Seine Worte umarmten mein Herz. Ich schloss den Abstand zwischen uns, atmete seinen herben Duft ein und legte den Kopf in den Nacken, um ihm in die Augen zu sehen.

»Und warum?«

»Ist das nicht klar?«

Ich glitt mit meiner Hand über seine Brust und spürte seinen Herzschlag, der sich so wild anfühlte wie mein eigener. »Nein.«

»Ich liebe dich, Maddie.« Er schloss kurz die Augen und schluckte schwer. Als er mich wieder ansah, weiteten sich seine Pupillen.

Ich spürte meinen Puls in meinem ganzen Körper. Mein Herz warf sich wild gegen meinen Brustkorb und in meinem Bauch schwirrte eine Horde Schmetterlinge. Ich hatte keine Ahnung, was die Zukunft für uns bereithielt. Aber in einem Punkt war ich mir sicher: Ich wollte Atlas in meinem Leben.

Unbeholfen schlang ich meine Arme um seinen Hals, stellte mich auf die Zehenspitzen und küsste ihn. Er wartete keine Sekunde ab, vergrub seine Finger in meinen Haaren und presste seine Lippen fester gegen meine. Er schmeckte salzig – nach Verlangen, Sehnsucht und nach allem, was ich jetzt wollte.

»Es tut mir leid, dass ich so lange gebraucht habe, um das zu verstehen«, sagte ich atemlos an seinem Mund.

Er grinste und umarmte mich fester, als würde er mich nie wieder loslassen wollen.

»Was verstehst du jetzt?«

»Ich verstehe, dass ich nicht auf mein Glück verzichten muss, um eine gute Mutter zu sein.« Ich lehnte mich leicht zurück, sodass ich ihm in die Augen sehen konnte. »Und du machst mich glücklich, Atlas. Es hat verdammt lange gedauert, bis ich gemerkt habe, dass ich dich liebe.«

Er schloss die Augen, schob seine Hand tiefer in meine Haare und lehnte seine Stirn gegen meine. »Ich finde es wunderbar, dass du mir das auch sagst. Aber ich wollte dich zu nichts drängen.«

»Ich liebe dich«, wiederholte ich und nahm sein Gesicht in meine Hände. Dadurch zwang ich ihn, mir in die Augen zu schauen. »Das Beste daran ist, dass ich mir sicher bin. Ich muss deinetwegen nichts aufgeben. Ich habe Angst davor gehabt, dass ich durch meine Gefühle für dich zu einem schlechten Menschen werde. Aber das Gegenteil ist der Fall. Du ergänzt mich und mit dir fühlt sich mein Leben leichter an. Ich will diese Leichtigkeit nicht mehr missen.«

Er küsste mich so sanft, dass mein Herz zu explodieren schien.

»Aber vorher muss ich etwas Wichtiges tun«, sagte ich.

Atlas nickte. »Mit Leo reden?«

»Genau.«

***

Grinsend hielt ich die Augen meines Sohnes mit den Händen zu und führte ihn über den Waldweg, während er mit unsicheren Schritten die trockenen Blätter unter seinen Füßen zum Knirschen brachte.

»Sind wir da?« In seiner Stimme schwang pure Aufregung mit.

»Fast, mein Löwe.« Ich unterdrückte ein Kichern. Mein Hals fühlte sich trocken an, doch erst nach ein paar Metern blieb ich stehen und ließ meine Hände sinken.

»Oh, fuck!«, entglitt es seinem Mund und seine Kinnlade klappte herunter.

»Hey! Wo hast du dieses Wort gelernt?«

Er trat näher an den Baum, legte den Kopf in den Nacken und bewunderte das Haus, das Atlas und ich auf den Ästen aufgestellt hatten. Es hätte Wochen gedauert, so ein schönes Örtchen zu bauen. Aber Atlas hatte tagelang Vorarbeit geleistet. Als ich heute Morgen angekommen war, hatte er die Äste bereits gestutzt und die Bretter waren so zugeschnitten, dass wir nur alles hatten zusammenschrauben müssen. Trotzdem war ich so erschöpft gewesen, dass ich nur noch eine Dusche und mein Bett wollte. Jedoch nicht, bevor ich es Leo nicht gezeigt und mit ihm über das Wichtigste, das mir auf dem Herzen lag, gesprochen hatte.

»In der Schule«, murmelte er und bewunderte weiterhin das Haus.

»Ich möchte nicht, dass du das wiederholst.«

Er nickte. In seinen Augen wohnte ein ganzes Firmament, so sehr leuchteten sie.

»Darf ich hinaufklettern, bevor es dunkel wird?«

Ich hatte Cole darum gebeten, Leo hinzuhalten und ihn nicht zu uns kommen zu lassen, bevor wir nicht mit dem Baumhaus fertig waren und Atlas nach Hause gegangen war. Das hatte uns das ganze Sonnenlicht gekostet und Leo musste mit einem übergroßen Eisbecher bestochen werden.

Ich ging in die Hocke, legte meine Hände auf seine Schultern und drehte ihn zu mir um. »Wir können gleich zusammen hochgehen. Aber vorher muss ich dir etwas erzählen.«

»Was ist los?« Sein besorgter Blick glitt an mir vorbei und zurück. »Und wo ist Atlas?«

»Er ist nach Hause gegangen, weil ich mit dir allein reden wollte.«

»Was habe ich falsch gemacht?«

Lächelnd strich ich ihm seine blonden Haare aus der Stirn. Ich hatte erwartet, in diesem Moment vor Nervosität weiche Knie zu bekommen. Doch mein Puls schlug ruhig und in meinem Herzen wohnte die Sicherheit, dass ich alles richtig machte. Für Leo und mich selbst.

»Nichts, mein Löwe.«

»Warum darf Atlas nicht hören, was du mir sagen willst?«

»Weil ich mit dir über ihn reden will.«

»Hat er etwas Falsches gemacht?«

Kopfschüttelnd lächelte ich. »Im Gegenteil. Ich mag ihn. Sehr sogar.«

»Das weiß ich doch.« Erleichtert atmete er ein und aus. »Ich weiß nur nicht, warum du nicht mehr seine Freundin sein willst. In der Schule ist so ein Mädchen, die sagt, dass sie in mich verliebt ist. Aber sie ärgert mich die ganze Zeit. Bist du so wie sie? Magst du Atlas und deswegen ärgerst du ihn?«

Die Leichtigkeit seiner Worte kitzelte mein Herz und entlockte mir ein leises Lachen. Wie einfach wäre das Leben, wenn wir wie Kinder dachten.

»Es ist ein bisschen komplizierter als das. Darum will ich ja mit dir reden. Ich möchte wieder Atlas' Freundin sein. Aber du warst ganz schön traurig, als wir uns getrennt haben und ich möchte nicht, dass du jemals unseretwegen betrübt bist.«

Leo zuckte mit den Schultern. »Ich war sauer, weil er gesagt hat, dass er nicht mehr zurückkommen würde. Aber jetzt ist alles wieder gut, denn Atlas hat mir versprochen, dass wir für immer Freunde bleiben werden.«

»Das weiß ich.« Das Flattern in meinem Bauch verstärkte sich. »Atlas zieht nicht mehr weg und wir sind jetzt auch wieder beste Freunde.«

»Werdet ihr euch dann auch nie wieder trennen?«

Ich wünschte mir, es wäre möglich, Leo eine unkomplizierte Antwort zu geben. Doch ich wollte ehrlich zu ihm sein, denn ich wusste, wie es sich anfühlte, von den eigenen Eltern angelogen zu werden. Meine Gefühle für Atlas waren echt und ich war mir sicher, dass seine für mich es auch waren. Aber wir kannten uns nicht sehr lange und wer konnte wissen, was die Zukunft für uns bereithielt?

»Beziehungen sind kompliziert, mein Löwe. Auch wenn wir heiraten würden, kann keiner von uns versprechen, dass wir für immer zusammenbleiben werden.«

Er zog die Augenbrauen zusammen. »Das ist doof.«

»Aber ich sage dir, dass keiner von uns einfach so weggeht.« Ich fuhr sanft mit dem Daumen über seine Wange. »Wir wollen zusammenbleiben und füreinander da sein.«

Leo schwieg, schien zu überlegen und atmete schließlich hörbar aus. »Okay.«

»Ich verspreche dir auch, dass du immer das Wichtigste in meinem Leben bleibst, weil ich dich mehr als alles andere liebe.«

»Ich habe dich auch lieb, Mama.« Als er seine Arme um meinen Hals schlang und mich fest gedrückt hielt, fiel mir ein ganzer Berg Steine vom Herzen.

»Du bist ein wunderbarer Junge«, murmelte ich an seiner Schläfe.

Leo lehnte sich leicht zurück. »Und wenn Atlas bei uns wohnen will, fände ich das auch sehr gut.«

Ich lachte. Das Geräusch hörte sich perfekt an. »Das werden wir sehen, mein Schatz.«

Kapitel 41

Atlas

Der Geruch von Heu und Staub stieg mir in die Nase, der frische Wind strich über die Schweißperlen auf meiner Stirn und ich lehnte mich auf das ungehobelte Holz des Zauns. Mein Blick blieb auf die Stute geheftet, die ganze Arbeit leistete, um ihr Fohlen auf diese chaotische Welt zu bringen. Sie stand auf, trottete hin und her und legte sich schließlich wieder hin, bis das Baby-Alpaka hinausgeschlüpft war. Die Natur kannte den richtigen Weg, doch manchmal musste ich ein wenig nachhelfen. Da Regenbogen zum ersten Mal ein Baby warf, hatte mich Leo darum gebeten, bei ihr zu bleiben, sollte es losgehen und er noch nicht wieder von der Schule auf die Farm seiner Großeltern gekommen sein.

»Sie hat es gut gemacht.« Blossom stellte sich neben mich und lehnte sich ebenfalls an den Zaun, schaute mich aber nicht an.

»Ich wusste, dass es keinen Grund zur Sorge gab. Aber Leo hätte mir nicht vergeben, wenn ich Regenbogen alleingelassen hätte«, erwiderte ich.

Letzte Nacht hatte ich Maddie mit dem Umzug ins neue Haus geholfen und war dort über Nacht geblieben. Sie wohnte keine zwanzig Minuten von der Farm entfernt, da es innerhalb von Cotton Village keine großen Entfernungen gab.

»Wie geht es Leo?«

Stirnrunzelnd sah ich sie an. »Ihr habt euch diese Woche doch gesehen, oder nicht?«

»Es ist nicht dasselbe.« Trauer schwang in ihrer Stimme mit und sie drehte sich zu mir um. »Vorher habe ich meinen Enkelsohn jeden Tag gesehen und jetzt muss ich seine Mutter fragen, wann ich ihn abholen darf.«

»Blossom.« Ich schluckte schwer. Ich wusste nicht sicher, wie tief ich in dieses noch unbekannte Feld eindringen durfte, denn Blossom war Chris' Mutter und hatte noch immer nicht erfahren, was in der Schule damals passiert war.

»Maddie vermisst dich. Ihr fehlen eure Gespräche und wie es zwischen euch vorher war.«

Sie warf mir einen kühlen Blick zu, senkte dann aber den Kopf und kratzte am Zaun. »Woher weißt du das?«

»Sie strickt häufiger.«

Meine Gedanken wanderten zu den Nächten, in denen sie aus dem Bett aufgestanden war und ich ihre Wärme vermisst hatte. Ich wusste dann, dass ich Maddie im Wohnzimmer mit zwei Stricknadeln in den Händen finden würde.

»Vorher hat sie nur versucht zu stricken, wenn sie nervös war. Aber jetzt schaut sie sich jeden Tag unterschiedliche Muster an und sammelt Wolle in allen Farben. Sie hat auch ein Bild von dir, auf dem du einen roten Schal trägst, und benutzt es als Vorlage, um diesen zu stricken.«

Blossom sah mich wieder an. Ihre Mundwinkel zuckten kaum merklich. »Schafft sie es?«

»Ich habe sie angefleht, aufzuhören, so grottenschlecht ist sie. Aber ich denke, so fühlt sie sich dir näher.«

Mir war es egal, wie gut oder wie schlecht Maddie stricken konnte. Aber sie weinte jedes Mal, wenn eine Masche falsch war. Ich wusste, dass es nicht an ihrem Ehrgeiz lag, sondern daran, dass sie Blossom schmerzlich vermisste.

»Keine Ahnung, wieso sie sowas möchte.« Blossom zuckte mit den Schultern, doch ihre wehmütige Tonlage verriet mir, dass meine Information sie nicht kaltließ.

»Hör zu ...«, ich räusperte mich und wählte die Worte sorgfältig in meinem Kopf aus, »... ich weiß, dass ich zu einem falschen Zeitpunkt in Maddies und Leos Leben getreten bin und es euch nicht gefällt. Aber ich liebe sie. Beide.«

Ihre Mundwinkel bogen sich nach unten und zitterten ein wenig. »Du hast dein Leben für meinen Enkel riskiert.«

»Und das würde ich immer wieder tun.« Ich trat einen Schritt näher und sah ihr tief in die Augen. Blossom musste verstehen, dass ich jedes Wort ernst meinte. »Ich werde alles tun, um sowohl Maddie als auch Leo glücklich zu machen. Ich liebe beide von ganzem Herzen, aber ich kann und will dich nicht ersetzen. Sie brauchen dich und Cole.«

»Ich bin alt und stur, weißt du.« Blossom drehte sich zur Wiese und betrachtete das Fohlen, das sich zum ersten Mal auf die dünnen Beine stellte. »Eigentlich hat ein blöder Teil von mir erwartet, dass Maddie sich nie wieder bindet und Chris nicht vergisst.«

»Ich glaube nicht, dass sie ihn jemals vergessen wird.« Während ich die Worte aussprach, keimte keine Eifersucht in mir auf. Sie hatte ihn geliebt und ein Teil von ihr würde ihn immer lieben. Das war vollkommen okay so. »Sie will es nicht und ich auch nicht.«

»Du bist ein guter Mann, Atlas.« Blossom stieß sich vom Zaum ab und drehte sich erneut zu mir um.

»Ich habe Glück, wunderbare Menschen kennengelernt zu haben.«

Sie hielt meinem Blick stand und ließ die Sekunden verstreichen. »Wie soll das Fohlen heißen?«

»Darf ich es taufen?«

Maddie hatte mir gesagt, dass Blossom nur sie, Chris und Leo die Alpakas taufen ließ. Bis jetzt war nur die Familie dafür verantwortlich und kein Vorschlag von außen wurde angenommen.

»Es kommt darauf an, welchen Namen du vorschlagen möchtest.«

Ich schaute zum Fohlen, das seine ersten Schritte wagte, und mir fiel ein, dass ich noch nicht wusste, ob es ein Weibchen oder ein Männchen war. Aber es gab ein Wort, das perfekt zu diesem Moment passte. Einen Wunsch, der in meinem Herzen brannte.

»Wie wäre es mit Peace?«

Blossom lächelte und wiederholte den Namen ein paarmal lautlos, als würde sie ihn spüren wollen.

»Das klingt wunderbar.«

***

Der zweite Disneyfilm lief weiter im Fernseher, obwohl Leo seit ein paar Minuten eingeschlafen war. Mein Blick blieb auf ihn geheftet, auf die regelmäßigen Bewegungen seines Brustkorbs und auf seinen friedlichen Gesichtsausdruck. Wärme legte sich um mein Herz. Ein Gefühl, das rasch von meinem knurrenden Magen verdrängt wurde. Ich griff nach der Fernbedienung, schaltete den Fernseher aus und hob Leo von der Couch. Verschlafen murmelte er etwas Undeutliches, öffnete seine Augen aber nicht und schlief weiter, auch nachdem ich ihn auf sein Bett gelegt und zugedeckt hatte.

Sein Bett.

Sein Zimmer.

Maddie und ich waren seit drei Wochen offiziell zusammen, hielten Händchen, während wir in der Stadt einkaufen gingen und ernteten keine neugierigen Blicke mehr von den Leuten um uns herum. Da wir mehr Zeit bei mir als bei ihr verbrachten, hatte ich in meinem Zuhause auch ein Zimmer für Leo eingerichtet. Es musste noch dekoriert werden, denn er änderte seine Vorlieben wöchentlich. Zuerst wollte er unbedingt eine Wandtapete mit Dinosauriermuster, dann waren es die *Avengers*, die darauf sein mussten, und als letztes *Star Wars*. Ich beschloss, am Wochenende mit ihm und seiner Mutter die passende Dekoration zu kaufen. Aber ein Bett besaß er schon, weshalb ich Maddie darum gebeten hatte, ihn von der Schule abzuholen und hier übernachten zu lassen. Sie würde natürlich ebenfalls hier schlafen. Eigentlich hatte es keine einzige Nacht gegeben, nachdem wir uns versöhnt hatten, in der Maddie nicht in meinen Armen eingeschlafen war.

Das Klimpern von Schlüsseln erklang im Zimmer und ich schlich hinaus, schloss Leos Tür und ging auf Maddie zu, die gerade hereingekommen war. Das zu sehen – mit ihren eigenen Haustürschlüsseln und dem friedlichen Ausdruck im Gesicht – sandte ein wohliges Gefühl in meinen Magen. Ein Gefühl, das ich nicht zum ersten Mal bei ihr spürte und auf welches ich nie wieder verzichten wollte.

»Wollten deine Kunden den Laden nicht verlassen?«, fragte ich, begrüßte sie mit einem sanften Kuss, nahm ihr die Handtasche ab und legte sie auf den Esstisch.

Maddie grinste, öffnete aber nicht die Augen, sondern schlang ihre Arme um meinen Hals und zog meinen Mund wieder auf ihren. Sie küsste mich so leidenschaftlich, dass sich Hitze in meine Adern schlängelte und meine Jeans verdammt eng wurde. Ich umarmte ihre Taille, hob sie leicht hoch und vertiefte den Kuss. Sie schmeckte nach Wein. Ihre Zunge strich über meine und ihre Haut fühlte sich verlockend weich an.

»Okay.« Ich ließ sie herunter, umfasste ihr Gesicht und verengte die Augen. »Was ist passiert?«

»Du«, sagte sie immer noch lächelnd. »Du bist passiert und alles scheint in meinem Leben zu funktionieren.«

»Das höre ich sehr gerne.«

Maddie küsste mich erneut auf die Lippen, auf die Nasenspitze, auf den Hals.

»Ich habe keine Ahnung, was passiert ist, aber wenn du so weitermachst, ist es mir auch egal. Gleich bist du nackt und ich lasse dich eh nicht mehr sprechen. Nur stöhnen.«

Sie kicherte, zog mich bis zur Couch, schubste mich darauf und kletterte rittlings auf meinen Schoß. »Ich wollte nicht so spät nach Hause kommen. Aber Blossom war plötzlich im Laden, als ich schließen wollte.«

Nach Hause.

Ich wollte nicht durchdrehen, nicht zugeben, wie wunderbar es sich anhörte, wenn Maddie mein Haus als ihr Zuhause bezeichnete. Ein Teil von mir hatte noch Angst, dass sie und Leo nur ein Traum waren, etwas, was zu gut für mich war. Beinahe konnte ich die Freude schmecken, die in meinem Herzen Wurzeln schlug.

»Was hat sie gewollt?«

Abermals küsste sie mich. »Wir haben Wein getrunken und sie hat mir erzählt, dass du mit ihr vor ein paar Tagen geredet hast.«

»Ach ja?«

»Du bist auf der Farm gewesen, um Peace' Geburt zu begleiten, und ihr habt miteinander gesprochen.«

Mein Mund verzog sich zu einem breiten Grinsen. »Das haben wir.«

»Warum hast du mir nichts davon erzählt?«

»Es gab nichts zu erzählen.«

Maddie lehnte ihre Stirn gegen meine und strich sanft mit ihren Fingerspitzen über meine Bartstoppeln. »Du hast das Fohlen getauft.«

»Keine große Sache«, log ich. Es war eine riesige Sache gewesen. Für mich und für Blossom. Aber ich hatte keine Hoffnung hegen wollen, solange sie sich nicht mit Maddie ausgesprochen hatte.

»Du hast mit ihr über mich geredet.« Sie lehnte sich leicht zurück und schaute mir ernst in die Augen. »Du hast gesagt, dass ich sie vermisse und brauche.«

»Ich will dich glücklich sehen, Maddie.«

Es gab nichts, was ich in meinem Leben mehr wollte, als ihr und Leo die besten Momente zu schenken.

»Ich liebe dich«, flüsterte sie und legte ihre Lippen auf meine. »Ich liebe dich, Dr. Atlas James Prescot.«

Ihre Worte streichelten meine Seele und bescherten mir die weltbeste Gänsehaut. Ich verlangte in dieser Sekunde nach nichts anderem, als in ihr zu sein. Ich wollte Maddies Wärme spüren, mich in ihrem Duft ertränken und mich für immer in ihrem Geschmack verlieren.

»Ich liebe dich auch.«

Bevor ich sie erneut küssen konnte, zog sie sich schnell zurück. »Aber wenn du je wieder jemandem sagst, dass ich schlecht stricke, ist es aus mit uns.«

Lachend stand ich auf, während Maddie ihre Beine um meine Hüften schlang. »Ich mache meinen Fehler jetzt wieder gut.«

Ich trug sie hinauf in unser Zimmer. Das Zimmer in unserem Haus. Eine heile Welt, von der ich jetzt wusste, dass ich sie verdiente und ich war maßlos dankbar dafür.